SENTINELA

Também de Jennifer L. Armentrout

SÉRIE COVENANT

Vol. 1: *Meio-sangue*

Vol. 2: *Puros*

Vol. 3: *Divindade*

Vol. 4: *Apôlion*

Vol. 5: *Sentinela*

JENNIFER L. ARMENTROUT

SENTINELA

Tradução
VITOR MARTINS

Copyright © 2013, 2022, 2024 by Jennifer L. Armentrout

Publicado por Companhia das Letras em associação com Sourcebooks USA.

Grafia atualizada segundo o Acordo Ortográfico da Língua Portuguesa de 1990, que entrou em vigor no Brasil em 2009.

TÍTULO ORIGINAL   Sentinel

CAPA   Nicole Hower and Antoaneta Georgieva/Sourcebooks

FOTO DE CAPA   © Jose A. Bernat Bacete/Getty Images, serikbaib/Getty Images

ADAPTAÇÃO DE CAPA   Danielle Fróes/BR75

PRODUÇÃO EDITORIAL   BR75 TEXTO | DESIGN | PRODUÇÃO

Dados Internacionais de Catalogação na Publicação (CIP)
(Câmara Brasileira do Livro, SP, Brasil)

Armentrout, Jennifer
    Sentinela / Jennifer Armentrout; tradução Vitor Martins. –
1. ed. – São Paulo: Bloom Brasil, 2025. – (Série Covenant; 5)

    Título original: Sentinel
    ISBN 978-65-83127-20-4

    1. Romance norte-americano I. Título. II. Série.

25-278714   CDD-813.5

Índice para catálogo sistemático:
1. Romances: Literatura norte-americana   813.5

Aline Graziele Benitez - Bibliotecária - CRB-1/3129

Todos os direitos desta edição reservados à
EDITORA SCHWARCZ S.A.
Rua Bandeira Paulista, 702, cj. 32
04532-002 – São Paulo – SP
Telefone: (11) 3707-3500
facebook.com/editorabloombrasil
instagram.com/editorabloombrasil
tiktok.com/@editorabloombrasil
threads.net/editorabloombrasil

Algumas pessoas dizem que, quando a vida te dá limões, você deve fazer uma limonada. Mas costumo dizer que, quando a vida te dá um deus seriamente irritado mirando na sua bunda, se prepare para a guerra e torça pelo paraíso.
— Alex (Alexandria) Andros

1

Comecei a sentir meus pés primeiro, depois minhas pernas. Um formigamento se espalhou pela pele, fazendo meus dedos tremerem. O sabor doce do néctar ainda estava na minha garganta. Meu corpo doía como se eu tivesse acabado de competir em um triatlo e chegado em último lugar.

Ou como se tivesse levado uma surra e sido socorrida por um deus. Uma coisa ou outra...

Me movimentando, senti toda a lateral do corpo próxima a algo duro e quente, e pensei ter escutado alguém chamando meu nome, mas a voz parecia estar do outro lado do mundo.

Eu estava me movendo na velocidade de uma tartaruga de três pernas, então levei um tempo para abrir os olhos e, mesmo assim, só um pouquinho. Quando minha visão se ajustou à luz baixa, reconheci as paredes amareladas e as bordas de titânio dos dormitórios da Universidade da Dakota do Sul, o mesmo quarto em que eu e Aiden tínhamos feito tudo menos dormir uma noite antes do Dominic chegar com as notícias sobre os sobreviventes da ilha Divindade. As coisas estavam... estavam diferentes; pareciam ter acontecido anos atrás.

Um peso terrível caiu como pedra no meu peito, pressionando minha coluna. Dominic estava morto. Assim como o diretor da universidade e seus guardas. Tudo havia sido um truque de Ares, que tinha se disfarçado de instrutor Romvi. Nosso inimigo estava entre nós o tempo todo. Minha antipatia por aquele homem já era imensa antes mesmo de descobrir quem ele era de verdade, mas agora? Cada fibra do meu ser Apôlion detestava ele. Mas meu ódio por Romvi/Ares/Babaca não importava. Muitas pessoas estavam mortas, e Ares sabia onde eu estava. O que o impedia de voltar para uma segunda rodada? E o que o estava impedindo de matar mais pessoas?

Ouvi meu nome outra vez, agora mais alto e mais perto. Me virando na direção do som, forcei meus olhos a abrirem. Quando havia fechado os olhos de novo? Eu parecia uma gatinha recém-nascida ou algo do tipo. Daímônes em todo o mundo: morrem de medo! Meus deuses, eu era patética.

— Alex.

Meu coração errou as batidas e então acelerou ao reconhecer. Ah, eu conhecia aquela voz. Meu coração e minha alma *conheciam* aquela voz.

— Alex, abra os olhos. Anda, meu amor, abra os olhos.

Eu queria muito, porque faria qualquer coisa por ele. Lutar contra uma horda de daímônes meio-sangue? Claro. Me meter com um bando de Fúrias irritadas? Tô dentro. Quebrar uma dúzia de regras por um beijo proibido? Tá feito. Abrir os olhos? Aí já era pedir demais.

Uma mão forte e quente se curvou sobre minha bochecha; era tão diferente do toque da minha mãe, mas igualmente poderoso e terrivelmente carinhoso. O ar ficou preso na minha garganta.

O polegar dele traçou a curva do meu queixo de um jeito adorável, tão familiar que me deu vontade de chorar. Eu deveria chorar, na verdade, porque não conseguia nem imaginar pelo que ele passou quando eu e Ares nos trancamos naquela sala. Pensando melhor, eu deveria ter chorado quando vi minha mãe. Até senti as lágrimas, mas elas não caíram.

— Tá tudo bem — disse ele numa voz rouca de exaustão e emoção. — Apolo disse que pode levar um tempo. Vou esperar pelo tempo que for. Espero para sempre, se for preciso.

Aquelas palavras balançaram meu coração, contorcendo ele por inteiro. Eu não queria fazê-lo esperar nem um segundo, que dirá para sempre. Queria — não, eu *precisava* — vê-lo. Dizer a ele que eu estava bem, porque *estava* mesmo, não estava? Certo, talvez "bem" fosse uma palavra forte demais, mas eu queria aliviar aquele tom ríspido na voz dele. Queria fazê-lo se sentir melhor, porque não pude fazer minha mãe se sentir melhor, e sabia que não podia *me* fazer sentir melhor.

Uma parte de mim se sentia extremamente vazia. Morta. Era isso. Eu me *sentia* morta por dentro.

A frustração corria como ácido no meu sangue. Meus dedos agarraram o lençol macio enquanto eu respirava fundo. Ele se aquietou ao meu lado, como se estivesse prendendo a respiração e esperando. Em seguida, soltou o ar com força.

Meu coração despencou.

Meus deuses, eu só precisava abrir os olhos, e não andar na corda bamba.

Aquela frustração rapidamente se transformou em raiva — um tipo de raiva profunda na alma que tinha um gosto quente e amargo. Meu pulso acelerou, e foi aí que percebi que ele *estava* ali — o cordão. Havia sumido no Olimpo, mas estava de volta. Não senti de primeira porque só estava percebendo as dores nos meus músculos e ossos, mas o cordão que me conectava ao Primeiro zumbiu como um milhão de vespas, aumentando pouco a pouco até eu jurar que podia vê-lo na minha mente, um cordão cor de âmbar se enroscando com outro azul.

Seth?

A resposta dele não veio em forma de pensamentos ou sentimentos, mas numa onda de energia tão pura que mais parecia um choque de trovão. Me enchi de força, uma chuva torrencial de vitalidade inundando cada terminação nervosa. Todos os sons do quarto aumentaram. Minha respiração, mais controlada agora, e a inspiração profunda e lenta do homem ao meu lado. Portas se abrindo e fechando no corredor do lado de fora, e vozes, abafadas porém distintas. Minha pele ganhou vida. Glifos se espalharam, rodopiando por meu corpo em resposta.

Eu não entendia, mas sabia que Seth estava me emprestando seu poder, como fizeram nas Catskills quando lutei contra as Fúrias pela primeira vez. Ele disse que não sabia o que havia acontecido, atribuindo o ocorrido à adrenalina, mas Seth já tinha... ele já tinha mentido sobre muitas coisas.

Mas agora ele estava me ajudando. Não fazia sentido, já que era muito mais fácil lidar comigo no meu estado mais fraco, mas de cavalo dado não se olham os dentes.

Meus olhos se abriram com força. E eu o vi.

Aiden estava ao meu lado, me encarando. Suas mãos ainda tocavam meu rosto, o polegar acariciava minha pele, e eu podia sentir os sinais do Apôlion flutuando na direção do toque dele. Seus olhos estavam fechados, mas eu sabia que ele estava acordado. Uma poeira espessa cobria seu rosto. Seu cabelo castanho-escuro estava todo desgrenhado. Ondas caíam sobre a testa, tocando o belo arqueado das sobrancelhas.

Um hematoma feio e roxo marcava seu olho esquerdo, e me perguntei se aquele olho ainda abriria. Havia outra marca violenta, um mistura assustadora de vermelhos, sombreando a linha forte do maxilar dele. Seus lábios estavam abertos, o pescoço e os ombros, tensos.

Sem aviso, fui levada à primeira vez que o vi.

O Covenant na Carolina do Norte não existia mais, mas senti que eu estava lá de novo, de pé na sala de treinamento dos novatos. Estava treinando com Cal e Caleb. Tinha feito algo incrivelmente idiota, o que não era novidade, e nós três estávamos rindo. Me virei e vi Aiden na porta. Na época, eu achava que ele não reparava na gente. Ele era um puro-sangue, e puros-sangues não demonstravam interesse algum nos meios-sangues, então presumi que ele estava apenas observando. Mesmo assim, me cativou. Era o homem mais atraente que já tinha visto — um rosto capaz de ser, ao mesmo tempo, rígido e lindo. E aqueles olhos, brilhando entre o cinza e o prata, ficaram tatuados na minha memória a partir daquele momento. A curiosidade só aumentou quando ele apareceu em Atlanta e me salvou daqueles daímônes chatos e falantes três anos atrás.

Nosso amor nunca foi fácil.

Como um puro-sangue, ele era intocável para mim, mesmo eu sendo o Apôlion, mesmo depois que ele arriscou tudo para ficar comigo. Ele era minha força quando eu necessitava, meu amigo quando eu precisava de alguém para me acalmar, meu igual num mundo onde, pela lei, eu sempre seria inferior a ele, e, pelos deuses, ele era o amor da minha vida.

E ele esperaria para sempre para me ver, assim como eu esperaria para sempre, e mais um dia, por ele.

Só que o "para sempre" provavelmente será bem curto, sussurrou uma voz maquiavélica, e ela estava certa. Mesmo se eu conseguisse ultrapassar todos os obstáculos que existiam entre mim e Seth, e transferisse o poder dele para mim, não tinha dúvidas que, mesmo sendo uma Assassina de Deuses, eu teria problemas para lutar com Ares. E se, por algum milagre, eu sobrevivesse, as chances dos outros deuses me matarem eram grandes.

Então, pra que me importar?

Eu e Aiden podíamos fugir juntos, viver o quanto quiséssemos, *felizes*. Ele faria isso se eu pedisse. Sei que faria. Poderíamos nos esconder até sermos encontrados, mas estaríamos juntos e vivos. E, por um tempo, não teríamos que lidar com mais dor ou mais mortes.

Uma grande parte de mim, especialmente aquele lugar escuro e gelado que nasceu quando Ares me derrotou, concordou de coração com aquele plano. *Fuja*. Nada me parecia tão inteligente ou tão simples.

Mas eu não podia, porque havia muito a ser feito. As pessoas contavam comigo, e o mundo poderia cair no mais puro caos se Ares não fosse derrotado.

Me segurei com tudo naquela obrigação e falei:

— Oi.

Os cílios trêmulos dele se abriram, revelando os olhos prateados que nunca falhavam em fazer os músculos da minha barriga contraírem e meu coração acelerar.

Nossos olhares se encontraram.

Aiden levantou o rosto, ficando ainda mais pálido, o que deixava os hematomas no maxilar e no olho esquerdo ainda mais destacados com o contraste forte.

O medo explodiu no meu peito, o que era meio estranho, já que terror geralmente não era minha reação a movimentos bruscos, mas me arrastei pela cabeceira da cama. Minha respiração ficou ofegante enquanto meu corpo protestava contra o movimento repentino.

— Que foi? — perguntei, rouca. — O que aconteceu?

Aiden me encarou com os olhos arregalados. A cor não retornou ao seu rosto. Ele estava pálido como um daímôn e, enquanto a incredulidade estilhaçava seu olhar, a dor borbulhava nele.

Estendeu a mão mas parou de repente antes de me tocar.

— Seus olhos...

— O quê? — Meu coração batia tão rápido que eu tinha certeza que saltaria do peito e daria uma cambalhota em cima da cama. — Eu abri os olhos. Te ouvi me pedindo para abri-los.

Alex se encolheu.

— Alex...

Agora eu estava começando a surtar de vez. Por que ele estava reagindo daquele jeito? Será que Ares tinha acabado tanto com meu rosto que meus olhos foram parar no queixo ou algo assim?

Ele olhou para a porta e voltou a me encarar, o rosto rígido, mas nunca conseguia esconder seus sentimentos de mim. Eu conseguia ler tudo no olhar dele. Havia muita dor ali, o que partia meu coração, mas eu não entendia o motivo.

— O que você está sentindo? — perguntou.

Hum, o que eu *não* estava sentido?

— Eu... vou escolher confusão. Aiden, me diz. O que está acontecendo?

Ele me encarou por tanto tempo que comecei a me sentir envergonhada. Muitos segundos se passaram, e me convenci que meus olhos estavam *mesmo* no queixo, mas aí tudo fez sentido. O pânico se desenrolou no meu estômago e se espalhou como um vírus.

Rolando da cama, fui para o chão. Pontadas quentes de dor ricocheteavam nos meus ossos que ainda estavam se curando. Tropecei para o lado, me segurando na parede.

Num piscar de olhos, Aiden saiu da cama e veio para o meu lado.

— Alex, você está...

— Estou bem. — Contive um gemido.

Aiden estendeu o braço mas dei impulso na parede antes que ele pudesse me tocar. Cada passo doía como o Tártaro. Suor se formava na minha testa, e minhas pernas tremeram com o esforço para ir até o banheiro que unia as duas suítes.

— Preciso ver — ofeguei.

— Melhor você se sentar — ele sugeriu, atrás de mim.

Eu não podia. Sabia o que Aiden estava pensando. Eu estava conectada a Seth, e talvez ele até achasse que aquilo era um tipo de truque e estivesse esperando que eu saísse dali para quebrar as costelas do Deacon, mas Seth estava quieto do outro lado do cordão.

Passando o braço por trás de mim, Aiden abriu a porta do banheiro e eu me joguei lá dentro. A luz preencheu o cômodo pequeno mas eficiente quando ele ligou o interruptor. Meu reflexo se formou no espelho.

Suspirei.

Aquela não podia ser eu. Sem chances.

Não mesmo, não era, e me recusei a acreditar, mas o maldito reflexo permaneceu o mesmo. Eu havia mudado. Drasticamente. A pressão no peito retornou em dobro enquanto eu me agarrava na beirada da pia.

Meu cabelo estava a uns três dedos do ombro agora, as pontas quebradas e irregulares da adaga que Ares usou. Peguei uma mecha, me encolhendo ao descobrir que ela estava bem mais curta do que o resto. Será que o restante do meu cabelo estava pendurado na sala de guerra do Hades agora?

Eu estava pálida, como se estivesse doente há meses, sem ver o sol. Mas isso era o de menos. Cacete, até o fato de que, sim, meus olhos estavam cor de âmbar era o de menos. Eles estavam idênticos aos de Seth em clareza e brilho, como duas pedras de topázio. E estavam brilhando, daria até para ver no escuro, e então entendi por que Aiden ficou tenso. Perfeito, agora eu tinha olhos como favos de mel brilhantes. Grande coisa.

Era o *meu rosto* que eu não conseguia processar.

Eu era fútil como qualquer garota de dezoito anos, então, sim, aquilo... aquilo era uma tragédia.

Nas bochechas e no nariz, linhas rosadas bem claras riscavam minha pele. Na testa também. Era como uma teia de cicatrizes no meu rosto. Apenas o lado do meu maxilar onde Aiden havia tocado mais cedo conseguiu escapar do... bom, do desfiguramento.

Tonta pelo que estava vendo, levantei o braço lentamente e passei os dedos pela bochecha, confirmando o que já suspeitava. As linhas tinham um leve relevo, como costuras. Apolo e seu filho haviam me curado. O néctar ainda estava trabalhando no meu organismo, mas eu sabia que aquelas cicatrizes eram prova do quanto eu precisava da ajuda dos deuses para me curar.

Como em qualquer outra situação, sempre haveria uma troca.

Quando algo era recebido, algo deveria ser sacrificado.

Ninguém precisava me dizer. Eu sabia que aquelas cicatrizes jamais iriam sumir.

— Ai, meus deuses... — Me balancei.

— Alex, é melhor você se sentar. — Ele estendeu o braço para mim de novo.

— Não! — gritei, levantando a mão. Meus olhos se arregalaram. Minha mão também estava coberta de cicatrizes. Eu nem sabia ao certo para que estava dizendo "não", mas minha boca continuou se mexendo. — Por favor, não.

Aiden se afastou, mas não foi embora. Recostando na soleira da porta, cruzou os braços musculosos sobre o peito largo. Seu maxilar estava firme.

Percebi minha garganta pressionada, inflando e depois explodindo como uma tempestade de verão.

— O que você está esperando? Que eu banque a Alex do Mal pra cima de você de novo? — Tombei para a frente, perdendo o equilíbrio. — Que use o...

Aiden avançou, me segurando antes que eu batesse de cabeça na parede.

— Caramba, Alex, você precisa ter cuidado e *sentar*.

Me libertei, dei um passo cambaleante para trás e me joguei sobre a privada fechada. Perdi o ar. Meus deuses, parecia que a minha lombar havia partido ao meio. Fiquei sentada na privada, sentindo como se alguém tivesse chutado a minha bunda. Aiden me encarou com níveis alarmantes de esperança e desconfiança naqueles olhos que eu tanto amava. Senti uns sete tipos diferentes de frustração.

Ele deu um passo à frente, se agachando para me encarar.

— Você não quer me matar?

A maior parte da raiva saiu de mim. Não havia nada como escutar o homem que eu amava fazer uma pergunta como aquela para me jogar um balde de água fria.

— Não — sussurrei.

Aiden respirou fundo.

— Você não quer o que ele quer?

— Não. — Meu olhar caiu para onde as mãos dele estavam, sobre os joelhos.

Meus deuses, as juntas dos dedos estavam machucadas e a pele estava arrebentada, como se ele tivesse socado um... Então, eu entendi. Aiden e Marcus tinham ficado batendo nas portas de titânio da sala do diretor.

Meu coração doeu ao ver aquelas mãos machucadas se abrindo, fechando e abrindo de novo.

— Eu nem sinto a presença dele. Quer dizer, o cordão está ali, então sei que ele está em algum lugar, mas não o sinto. Ele está quieto.

As mãos dele relaxaram e, embora eu não estivesse olhando para ele, pude notar que boa parte da sua tensão se esvaiu. Ele acreditava em mim, no geral, e eu não podia culpá-lo pela desconfiança.

— Meus deuses, Alex, quando vi seus olhos, eu... Eles brilharam como no dia em que você fugiu do porão e...

Quase o matei.

Não consegui encará-lo. Ele se aproximou.

— Sinto muito. É melhor eu...

— Tá tudo bem. — Eu estava tão cansada. Não fisicamente. Por mais curioso que fosse, era um cansaço mais... espiritual. — Eu entendo. Você tem todos os motivos para pensar isso. Não sei por que meus olhos estão brilhando. Seth está lá, mas não está tentando me influenciar.

A palavra "ainda" flutuou não dita entre nós dois.

— E ele não está falando — completei, escondendo o fato de que Seth havia me emprestado um pouco de energia.

Voltei a olhar para minhas mãos e as cicatrizes que a estragavam. Elas não estavam desse jeito no Olimpo ou, pelo menos, eu não tinha notado.

— Não faz diferença — disse ele. — É você, e isso é tudo o que me importa... é o que basta.

Eu queria acreditar nele. Queria mesmo, mas o horror em seu rosto quando viu meus olhos me assombrava. Eu sabia que Aiden os odiava desde o momento em que apareceram após meu despertar e não tirava sua razão. Aqueles olhos sempre o lembrariam de Seth e tudo o que eu disse e fiz naquela época, especialmente quando brilhavam como duas lâmpadas amarelas.

— Alex. — As mãos grandes dele cobriram as minhas. Houve um longo e arrastado silêncio. — Como você está se sentindo?

Dei de ombros e depois me encolhi.

— Bem.

Ele envolveu meus pulsos, e de repente me senti prestes a chorar, mas não sabia o motivo. Tudo o que eu queria era ficar em posição fetal bem ali no chão do banheiro.

— Nunca tive tanto medo em toda a minha vida como quando você expulsou Marcus e a mim da sala.

— Eu também. — Engoli em seco. Não sabia o que tinha me levado àquilo, mas soltei minhas mãos e as coloquei embaixo dos joelhos. — Como ele está?

— Aguentando, mas vai ficar aliviado ao saber que você acordou. — Aiden se inclinou para a frente, seu hálito quente na minha bochecha.

Todos os meus instintos insistiam que eu levantasse o queixo só um pouquinho para encostar os lábios nos dele, mas eu não conseguia me mover.

Houve mais uma pausa, e as palavras ditas depois foram pesadas.

— Entendo por que você tirou eu e Marcus da sala quando Ares atacou. Foi um ato incrivelmente corajoso, assim como você.

Cravei os dedos na calça. Meus deuses, eu estava usando isso durante a luta? Manchas de sangue escuro e seco cobriam o jeans como tinta. Fechando os olhos com força, fiquei enjoada ao perceber que as imagens do que causou aquelas manchas continuavam comigo.

Aiden respirou fundo.

— Mas, se você fizer algo assim de novo, vou te estrangular. Com amor, é claro.

Quase abri um sorriso com aquele mesmo comentário que eu havia feito para ele pouco tempo atrás, mas o sorriso não chegou aos lábios.

Ele não tinha terminado.

— Nós prometemos um ao outro que enfrentaríamos isso juntos.

— Ares podia ter te matado — respondi, e era verdade.

Ares teria matado ele e Marcus se os dois não tivessem ficado fora da sala, e teria feito isso com prazer.

— Mas eu teria te protegido — Aiden rebateu. — Teria feito qualquer coisa que pudesse para te salvar do que você passou lá dentro. Quando entrei na sala e te vi... — Ele hesitou, xingando num sussurro.

— Você teria morrido tentando me proteger. Não entende? Eu precisava fazer aquilo. Não poderia viver sabendo que você e Marcus morreram...

— E acha que algum de nós poderia viver sabendo o que aquele desgraçado fez com você? — A raiva cortou a voz dele. A frustração também. — Olha pra mim.

Sem saber explicar o óbvio para ele, balancei a cabeça.

— Caramba, Alex, olha pra mim!

Assustada, levantei a cabeça e o encarei. Os olhos dele estavam num tom furioso, metálico, e muito *abertos*. Uma dor pura fluía deles, e eu queria desviar o olhar, fugir de forma covarde.

— Meu coração parou quando aquela porta maldita fechou na minha cara. Eu podia ouvir vocês dois lutando. Podia ouvi-lo te insultando, e podia ouvi-lo *quebrando* seus ossos. E não havia nada que eu pudesse fazer. — Ele pegou minhas pernas. A tensão percorreu os músculos dos braços dele. — Você nunca deveria ter enfrentado algo assim sozinha.

— Mas você teria morrido.

— E porque eu te amo estou disposto a morrer para te salvar daquilo. Não ouse tirar essa decisão de mim outra vez.

Minha boca se abriu, mas não havia palavras. Muita coisa estava acontecendo na minha cabeça e no meu peito. O que ele disse partiu meu coração ao meio e depois remendou os cacos. Mas o que mais eu teria se ele morresse? Ficaria muito mais do que devastada, e não conseguia nem pensar na morte dele sem sofrer. Se tivesse que fazer tudo de novo, eu tomaria a mesma decisão porque o amava. Como ele poderia esperar outra coisa de mim?

Eu sabia que precisava dizer aquelas palavras para ele, mas elas... elas não passavam pelo nó na minha garganta e nem aliviavam a pressão no peito. Estremeci, dormente e gelada por inteiro.

Aiden quase segurou meus ombros, mas parou, os dedos curvando no ar.

— Você tem meu coração e também tem minha força. Não duvide que estou disposto a morrer por você, mas precisa confiar que não quero sair do seu lado. Ares não teria acabado comigo com facilidade, porque eu lutaria para continuar vivo e ficar com você.

Escutei e senti o que ele disse, mas tudo o que via eram os guardas que Ares nem sequer tocou. Dominic foi partido ao meio com um gesto das mãos dele. O diretor foi atirado pela janela apenas com um aceno. Nem todo o querer e a força de vontade do mundo teriam poupado a vida deles.

Ele soltou um suspiro furioso quando o silêncio tomou o banheiro.

— Diz alguma coisa, Alex.

— Eu... entendo.

Ele me encarou, desacreditado.

A dormência se espalhou pelos meus músculos.

— Quero tomar um banho. Preciso tirar essas roupas e me limpar.

Aiden baixou a cabeça. Um pouco da cor que havia voltado ao rosto por causa da raiva sumiu de novo, como se só então ele tivesse reparado que eu estava com as mesmas roupas ensanguentadas de quando enfrentei Ares.

— Alex...

— Por favor — sussurrei.

Ele não se moveu por um bom tempo e então assentiu. Se levantando num movimento fluido, parou no meio do caminho e pressionou os lábios na minha testa. Meu coração bateu forte, mas quando me dei conta de que os lábios dele estavam tocando aquelas cicatrizes, me encolhi.

Aiden se afastou, a preocupação estampada em seu rosto.

— Eles te... eles te machucaram?

— Não. Sim. Quer dizer, ainda está dolorido. — A verdade é que não doía nada. Não como o resto do meu corpo. No começo, até que foi bom. — Só preciso de um banho.

Ele hesitou e por um momento achei que ia embora, mas então assentiu de novo.

— Vou pegar algo para você vestir quando terminar.

— Obrigada — eu disse, enquanto ele saía e fechava a porta.

Me levantei lentamente, me sentindo com noventa anos quando minhas juntas estalaram e meus músculos se retesaram. Tirar a roupa imunda levou um bom tempo e, enquanto o vapor enchia o banheiro, entrei embaixo do chuveiro. A água quente escorreu da cabeça aos pés, fazendo minha pele ferida formigar.

Depois de encharcar meu cabelo e meu corpo, a água tingiu a banheira de vermelho e desceu pelo ralo, um suco de frutas nojento. Lavei o cabelo duas vezes, fazendo os movimentos no piloto automático até ficar satisfeita e não ver nenhum tom rosado no chão da banheira.

Só então, ao desligar o chuveiro e sentir a pressão do fluxo diminuir até respingar nas cortinas de plástico, olhei para o meu corpo. Dos pés até os ombros, exceto pelos poucos lugares onde não havia ossos para serem quebrados, eu estava coberta por pequenas cicatrizes.

Meus deuses... nunca tinha visto nada assim antes. Eu parecia uma boneca de retalhos. Saí do chuveiro, as pernas tremendo quando virei de lado. Minhas costas estavam muito piores. A cor era mais escura ao longo da minha coluna, onde muitas das vértebras tinham sido esmagadas. Será que todos aqueles ossos haviam estourado minha pele, ou as feridas estourado vasos sanguíneos? Eu estava sentindo tanta dor na hora que não saberia dizer.

Apôlion ou não, eu não acreditava que havia sobrevivido. Nada parecia real.

A dormência se espalhou como uma erva daninha. Talvez eu estivesse chocada, porque sabia que aquele era meu corpo, mas a ficha ainda não tinha caído totalmente.

Uma marca estranha nas costas, perto do quadril, chamou minha atenção. Rosada e pálida, não seguia o padrão das demais cicatrizes.

Limpando o vapor do espelho, virei para olhar melhor a marca na lombar. Fiquei boquiaberta. Santo Hades da bicicletinha! Tinha um formato perfeito de *mão*.

— Que porra é essa?

— Alex? — A voz de Aiden veio do quarto. — Tudo bem aí?

Com o coração acelerado, peguei uma toalha na estante e me enrolei. Aquela era a última coisa que queria que Aiden visse. Abrindo a porta, forcei o que esperava ser uma expressão tranquilizante.

— Sim, estou bem.

Seu olhar dizia que ele não acreditava, mas baixou a cabeça. Não foi a toalha que chamou sua atenção nem o fato de eu estar tão exposta. No fundo, eu sabia por que ele tinha me olhado e crispado os lábios. Sabia que, quando me viu, não foi meu corpo que o deixou imóvel.

Foi a teia de cicatrizes remendadas que agora cobria cada pedaço de mim, e aquela era a primeira vez que ele a estava vendo de verdade.

Meu rosto queimou de vergonha. Eu já tinha cicatrizes — marcas de daímônes e, é claro, a ferida da lâmina —, mas nenhuma desse jeito. Era feio, horrível. Não tinha como disfarçar.

Ele ergueu o rosto, me encarando, e eu não aguentei ver a emoção que queimava ali ou ter mais uma conversa como a de antes.

Correndo pelo quarto, peguei as roupas limpas que ele tinha deixado na cama e dei meia-volta, quase tropeçando para dentro do banheiro.

— Já volto.

— Alex...

Fechei a porta para o que quer que ele fosse dizer, provavelmente palavras de apoio típicas de Aiden, mas eu já sabia.

Eu não estava bem. Meu corpo com certeza não era mais lindo, e eu não era idiota de acreditar nisso.

O choro ficou entalado enquanto eu deixava a toalha cair no chão. Era estupidez ficar triste, porque meu corpo não chegava nem perto do Top 10 Problemas Complicados no momento, mas, caramba, a dor queimava como fogo no meu peito.

Depois de me vestir, encarei a porta. As lágrimas nunca caíram, mas a dormência invasiva se espalhou, deixando um rastro com as piores emoções: raiva e dor.

E medo e ansiedade.

2

Quem diria que olhos brilhantes poderiam espalhar tensão por uma sala cheia de pessoas?

Todos, incluindo meu tio, me encaravam. Ou só estivessem morbidamente hipnotizados pelo meu rosto. De longe, as cicatrizes não eram tão perceptíveis, mas depois que Aiden tranquilizou o grupo dizendo que eu não era mais uma psicopata, todos se aproximaram.

Os abraços foram... hum, constrangedores.

Até o abraço de Deacon foi meio duro, e quando ele não fazia piadas ou brincadeiras era porque a merda tinha fedido. Eu não sabia se era preocupação pelos meus ferimentos ou medo de eu bancar o Apôlion e partir o pescoço dele do nada. Queria que Lea estivesse ali. Ela teria dito o que todos estavam pensando, sem rodeios.

Mas Lea não ia entrar naquela sala. Lea estava morta, e a pontada de dor que acompanhou esse pensamento não ajudou em nada.

Estávamos na sala comum, perto dos prédios acadêmicos do campus. Era quase idêntica à sala onde encontrei Caleb no dia em que retornei para a ilha Divindade, só que esta tinha móveis melhores e uma tv muito maior.

As bochechas amarronzadas da Olivia estavam um tom mais pálido do que o normal quando ela se afastou de mim com seu rabo de cavalo alto e cacheado.

— Como você está?

— Estou bem. — Era minha resposta-padrão, intercalada com "tudo certo" ou "beleza".

Ela me encarou e rapidamente desviou o olhar.

— Estávamos todos tão preocupados. Fico feliz que você esteja... bem.

Eu não sabia o que responder.

Laadan foi muito mais delicada, mas apesar de ser sempre uma pessoa tranquila e contida, parecia ter dormido com a calça de linho, e mechas do cabelo escuro escapavam da trança. Ela me encarou e, de alguma forma, conseguiu manter uma expressão minimamente empática.

Aiden permaneceu ao meu lado, ou como meu guarda-costas pessoal, ou sabiamente numa distância de ataque. Estava curiosamente quieto enquanto todos ocupavam as cadeiras ou se apoiavam nas paredes. Incapaz de ficar parada, e percebendo que precisava dar um jeito na dor que sentia nas pernas, andei de um lado para o outro, e Aiden nunca ficava a menos de um passo de mim.

Fiz a primeira pergunta que surgiu na minha cabeça.

— Faz quanto tempo que Ares esteve aqui?

— Quase três dias — Marcus respondeu, parecendo sentir dor ao falar. Metade do seu rosto estava inchado com hematomas azuis e roxos.

Do sofá, Diana, uma das ministras-chefes das Catskills e namoradinha em potencial do meu tio, seguiu meus movimentos com um olhar receoso.

— Apolo te tirou daqui imediatamente. Você ficou fora por mais ou menos uma hora e ficou... adormecida desde então.

Olhei para Aiden. Minha passagem pelo Olimpo parecia muito mais longa, mas o tempo funcionava diferente lá, como no Submundo. Minutos eram horas, senão dias, lá.

— E Ares voltou?

Aiden balançou a cabeça.

— Não. Apolo levantou uma proteção para mantê-lo longe.

— Por que ele não fez isso antes? — perguntei.

— Apolo só foi descobrir que era Ares tarde demais — Aiden respondeu, pacientemente. — E imagino que ele tenha presumido que a universidade estava segura.

— Sim, a gente sabe como funcionam as suposições. — Passei pela tv de novo, vagamente ciente de que estava ligada no noticiário. — Achei que o talismã iria prevenir que os deuses descobrissem onde... — Fui tocar meu colar e descobri que ele não estava mais no meu pescoço.

— Ares deve ter roubado — disse Aiden, com um músculo saltando no maxilar. — A única coisa que pensamos é que aqueles guardas e os sentinelas na estrada fizeram algum tipo de contato com Ares, Lucian ou Seth e ligaram os pontos.

— Ou alguém está trabalhando com ele. — Ninguém na sala parecia querer acreditar naquilo. — Ares disse que tem muitos amigos.

Os olhos de Marcus me seguiram com cautela.

— Chegamos a considerar isso, mas...

— Mas como podemos saber quem foi?

Ele não disse nada, porque o que poderia ser dito? Qualquer um poderia ser um traidor, mas, acredite ou não, tínhamos problemas maiores no momento.

Respirei fundo e mantive os olhos no espaço minúsculo entre Deacon e Luke no sofá.

— As chances de Seth saber onde estou são altas.

Ninguém na sala fez um barulho sequer. Nem mesmo os caras no fundo. Havia uns vinte guardas e sentinelas da universidade. Reconheci alguns do grupo que era liderado por Dominic, aqueles que nos encontraram nos muros quando chegamos aqui. Eu esperava de coração que houvesse mais de onde eles saíram.

— Além de Ares provavelmente ter contado a Seth onde eu estava, eu... eu abaixei os escudos quando estava lutando com Ares. — Um calor vergonhoso tomou meu rosto enquanto eu encarava um pequeno rasgo no tapete.

— Imaginamos que Seth já saiba da sua localização agora — disse Marcus, baixinho. — Não sou especialista quando se trata de conexão do Apôlion, mas Seth foi capaz de sentir o que você estava sentindo antes do seu despertar. Foi assim que conseguimos te encontrar em Gatlinburg quando você... quando você...

Quando eu saí para encontrar minha mãe e ela se transformou num daímôn. Senti vários olhares em mim, especialmente um par de olhos prateados.

— Sim.

— Isso significa que ele sentiu exatamente o mesmo que você durante a luta com Ares? — Aiden perguntou, e a voz dele estava falsamente contida.

A famosa calmaria antes da tempestade apocalíptica.

— Quer mesmo que eu responda?

— Sim.

Olhando para ele, desejei não ter olhado. Aiden parecia já saber a resposta, e estava pronto para assassinar alguém, e este alguém era Seth. Comecei a andar de novo.

— Sim.

Aiden xingou bem alto. O irmão dele deu um pulo e correu para o lado dele, dizendo algo baixo demais e rápido demais para que eu entendesse. Aiden cerrou os punhos, chamando minha atenção para suas mãos machucadas.

Eu queria me aproximar, mas me sentia enraizada no chão, perto de Olivia, que estava sentada num divã preto. Forcei minhas pernas a se moverem na direção dele, mas nada aconteceu. Frustração e incerteza me inundaram, tomando o lugar da dormência, e minha raiva foi às alturas.

Fixei o olhar em Aiden, e uma sensação horrorosa acendeu no meu peito. Queria correr para ele, mas um medo primitivo e gelado, uma necessidade de correr *dele*, era igualmente poderosa.

— Alex — Olivia sussurrou.

Olhei para ela e vi seus olhos se arregalarem de ansiedade. Na verdade, *todos* estavam me encarando com a mesma expressão. Mas quê...? Baixei o olhar.

— Ah — meus pés não estavam tocando o chão.

Meu coração deu cambalhotas. Fechando os olhos, me forcei a descer. O alívio me atingiu quando meus tênis alcançaram o carpete.

— Desculpa — eu disse, me distanciando de todos na sala. — Não quis fazer isso. Sinceramente, nem sei como aconteceu.

— Tudo bem — Laadan me tranquilizou com um sorriso breve.

De olhos arregalados, Deacon permaneceu ao lado de Aiden.

— Se sua cabeça começar a girar...

— Cala a boca, Deacon — Aiden grunhiu.

Ele fez uma careta mas ficou quieto, e eu me senti uma aberração.

Lembrei de como me senti quando os escudos caíram entre Seth e mim. A fúria que queimou através da conexão. Seth estava epicamente irritado, mas eu não sabia se era por causa do que Ares estava fazendo ou de algo além. A conexão passou tudo para ele: toda a dor e o desespero que senti quando Ares ganhou vantagem. E quando eu quis morrer em vez de encarar uma segunda onda daquela dor que destruía até a alma, Seth sentiu um gostinho daquela emoção amarga e podre.

Como ele podia estar numa boa com aquilo? Será que os meios justificavam o fim para ele? Eu sofri demais nas mãos de Ares para esperar uma mudança em Seth. Parecia mais crível que a raiva dele estivesse associada ao fato de eu não ter me submetido a Ares, acima de qualquer coisa.

Outro pensamento aleatório se formou. A profecia da vovó Piperi, grande oráculo, voltou como uma ferida gelada. *Você vai matar aqueles que ama.*

Em parte, eu amava Seth — antes de ele se tornar um babaca, é claro. Ele era parte de mim. Éramos yin e yang, mas eu não estava mais cega pelo Seth do passado a ponto de não enxergar o que precisava ser feito. Se não conseguisse transferir o poder do Assassino de Deuses para mim, eu o *mataria*.

Ou morreria tentando.

Mas a profecia não significava que as pessoas que eu amava morreriam *pelas minhas mãos*. Kain, um guarda meio-sangue que ajudou Aiden a me treinar, foi transformado pela minha mãe para me pegar e morreu pelas mãos de Seth. Caleb foi assinado por um daímôn porque eu estava sofrendo tanto por Aiden que a gente fugiu para comer e beber, mesmo sabendo que poderia haver daímônes no campus. E minha mãe foi transformada num daímôn — sua morte verdadeira — por minha culpa. Então, eu a matei, *sim*. E, apesar de não poder dizer que amava a Lea, no fim eu a respeitava bastante, e a morte dela também estava ligada a mim.

E mais pessoas que eu amava iam morrer.

Cruzei os braços, ignorando como meus ossos estalaram.

— A universidade não estará segura comigo aqui.

Aiden se virou para mim, estreitando os olhos, mas antes que ele pudesse falar, Marcus interveio:

— Não há outro lugar mais seguro, Alexandria. Pelo menos aqui temos sentinelas e...

— Sentinelas e guardas não significam nada se Ares conseguir entrar. E, digamos que ele não consiga... ainda temos que nos preocupar com Seth.

— Não podemos sair daqui — Luke se inclinou para a frente, apoiando os braços nos joelhos. — Não até juntarmos as tropas e você se recuperar por completo...

— Eu estou bem! — Minha voz fraquejou na última palavra, um detector de mentiras humilhante.

Luke arqueou a sobrancelha.

— Não importa — continuei. — Preciso ir embora.

— Você. Não. Vai. Embora.

Todos na sala se viraram para Aiden, inclusive eu. As palavras dele pairaram no ar, e um tom desafiador saía de cada poro.

— Eu preciso — respondi.

— Não. — Avançando até mim, seus músculos poderosos pulsavam sob a camisa preta. A camisa de sentinela, e, deuses, ele era sentinela da cabeça aos pés naquele momento. — Já tivemos essa conversa. Todos estamos cientes dos riscos, Alex.

Desafio aceito.

— Mas isso foi antes de Ares descer a porrada na gente.

Os olhos dele ficaram num tom furioso de prata ao me encarar.

— Nada mudou!

— Tudo mudou!

— Alguns detalhes mudaram, talvez, mas só isso.

Eu o encarei, embasbacada.

— Uma coisa era quando suspeitávamos de Hefesto ou Hermes, mas estamos falando de *Ares*. Caso você não lembre, ele é o deus da porr...

— Eu sei quem ele é — disse Aiden, entre dentes.

— Crianças! — Marcus advertiu.

Lançamos olhares mortais para ele ao mesmo tempo.

Marcus ignorou.

— Aiden tem razão, Alex. — É claro que ele ia ficar do lado do Aiden. — Todos sabemos no que estamos nos metendo. — Apontou para o rosto machucado. — Acredite, nós sabemos, e como dissemos antes, estamos juntos nessa.

— Mas e eles? — Eu lembrava de quando todos se levantaram e anunciaram que estavam ao meu lado. E uma delas acabou morta. Apontei para o fundo da sala. — E as outras pessoas da universidade? Os alunos e todos os que vieram para cá em busca da segurança que foi oferecida? Eles estão dispostos a correr o risco?

Um sentinela ao lado do jovem que estava com Dominic no dia em que chegamos deu um passo a frente e disse:

— Posso falar?

Aiden lançou um olhar para ele que assustaria qualquer pessoa inteligente. Aparentemente, aquele sentinela não estava acostumado a fugir. Mas até aí, nenhum de nós estava.

— Qual é o seu nome? — Diana perguntou.

— Valerian — respondeu ele, um meio-sangue, é claro, que me parecia ter uns vinte e poucos, quase trinta anos.

— Em homenagem à planta? — Decano perguntou.

Luke revirou os olhos.

O cara assentiu.

— Todo mundo me chama de Val.

— O que você tem a dizer, Val? — Diana continuou.

— Todos aqui foram afetados pelo que está acontecendo. Não consigo citar uma pessoa que não tenha perdido um amigo ou um ente querido. Sem falar que perdemos nosso diretor e nossos amigos quando Ares atacou. Não posso falar por todos, mas a grande maioria daqueles que moram aqui está disposta a fazer o que for preciso para dar um fim a isto.

Eram todos uns idiotas.

Balancei a cabeça ao me virar. Nenhum dos sentinelas ou guardas ali poderia enfrentar Seth, muito menos o que Ares pudesse jogar no nosso caminho.

Aiden segurou meu braço num toque firme porém gentil, como se, mesmo com raiva, estivesse ciente de que meu corpo ainda estava se curando.

— Para de ser tão teimosa, Alex.

— Você que é um cabeça-dura — rebati e tentei soltar meu braço, mas ele segurou firme, com um olhar aviso. — Estou tentando protegê-los.

— Eu sei. — A voz dele perdeu um pouco da tensão. — E é só por isso que não estou te colocando sobre os ombros e te trancando num quarto qualquer.

Estreitei os olhos.

— Essa eu quero ver.

— Está me desafiando?

Alguém no fundo da área comum pigarreou.

— Pelo visto esses dois aí têm história...

Deacon engasgou numa risada ao se jogar no sofá.

— Positivo!

O olhar de Aiden deslizou até o irmão, e ele respirou bem, bem fundo.

— Nossa! — Deacon deu um cotovelada no Luke. — Isso seria constrangedor se não fosse tão divertido. É como observar nossos pais...

— Cala a boca, Deacon! — Aiden e eu gritamos ao mesmo tempo.

— Viu só? — Deacon sorriu. — São como ervilhas e cenouras.

Luke se virou para ele lentamente.

— Você acabou de citar *Forrest Gump*?

Ele deu de ombros.

— Talvez sim.

E num piscar de olhos parte da tensão de Aiden se dissipou... e da minha também. Ele soltou meu braço mas continuou colado em mim como velcro.

— Às vezes me preocupo com você, Deacon — disse ele, curvando os lábios para um lado.

— Não é comigo que você deveria se preocupar. — Deacon apontou o queixo para mim. — Sua preocupação deveria ser com a srta. Preciso Ser Um Mártir aí.

Fiz cara feia, mas todos na sala me encararam sérios, inclusive o grupo de sentinelas no fundo. Não tinha como convencê-los do contrário. Eu sabia que não sairia dali sozinha e realmente não queria. Para ser sincera, só a ideia de enfrentar Ares ou Seth sozinha me fazia tremer de medo.

Eu precisaria de um exército — e dos grandes. Com sorte, o sentinela estava certo, e a maioria das pessoas ali iria querer entrar na briga, porque iríamos precisar.

Soltando o ar lentamente, olhei para Aiden.

— Tá bom.

— Tá bom o quê? — ele perguntou.

Ele ia me obrigar a dizer.

— Eu fico aqui.

— E?

Meus deuses...

— E aceito a ajuda de todo mundo, que seja.

— Muito bem. — Ele se abaixou rapidamente e beijou minha bochecha. — Você finalmente está enxergando as coisas direito.

Fiquei vermelha pra valer quando metade da sala — meios-sangues não estavam acostumados a ver um puro e uma meio juntos — nos encarou boquiaberta. Apesar de suspeitarem que havia algo entre nós, ver a prova devia ser chocante.

No meio da conversa, peguei um pouco do que estava rolando no noticiário. Uma guerra de grande escala havia estourado no Oriente Médio. Cidades inteiras foram derrubadas. Um dos países tinha acesso a armamento nuclear e estava ameaçando usá-lo. A onu estava chamando uma intervenção global, e os Estados Unidos e o Reino Unido estavam mandando milhares de tropas para lá.

A sensação que eu tinha sobre tudo aquilo não era boa.

— É o Ares — disse Solos, falando pela primeira vez desde o início da reunião.

Me virei para ele e fui lembrada de que as minhas cicatrizes não eram nada em comparação com a marca funda que cobria seu rosto bonito.

— A gente tem certeza disso?

Marcus assentiu.

— A presença dele no reino mortal causa discórdia, especialmente quando ele não está escondendo sua identidade.

— Nós vimos algo muito interessante na TV ontem — Deacon acrescentou.

— Sim — Luca interveio. — Um dos comandantes do exército de ataque estava usando uma faixa no braço com o escudo grego estampado. Não tenho ideia do que Ares espera ganhar ao começar uma guerra.

Parecia óbvio para mim.

— Ele simplesmente... ama a guerra. Se alimenta disso como os deuses costumavam se alimentar da crença dos mortais. E, se há uma grande guerra dividindo metade do mundo, pode entrar e subjugar a humanidade.

— Verdade — disse Diana suavemente. — O amor do Ares pela guerra e pela discórdia já é bem conhecido. Ele fica mais forte em tempos de grandes conflitos.

— Era tudo o que a gente precisava. — Aiden cruzou os braços. — Ares ficando mais forte.

Dei alguns passos, me inclinei sobre uma mesa de aero hóquei. Era difícil olhar para uma daquelas e não pensar em Caleb.

— Ares quer governar. Ele acha que está na hora dos deuses tomarem o reino mortal para si, e eu não ficaria surpresa se houvesse outros deuses apoiando ele. — Provavelmente Hermes, mas tirando Marcus e Aiden, ninguém mais sabia que Hermes havia ajudado Seth a entrar em contato comigo.

Os sentinelas no fundo soltaram vários xingamentos, e alguns deles até teriam me arrancado um sorriso no passado.

— Bom, pelo menos sabemos o que Ares quer. Ele está procurando guerra — Aiden disse, falando para a sala como um líder nato, algo que eu obviamente não tinha aprendido a ser. — Vamos dar o que ele quer.

3

Decidimos fazer uma reunião dali a dois dias para todos no campus que quisessem se unir ao que Deacon estava chamando de "Exército Espetacular". Diana e Marcus, que aparentemente assumiram juntos as operações diárias do campus após a morte do diretor, escolheram o coliseu do conselho como local da reunião. Todos os doze membros do conselho da universidade, e mais um bocado de outros lugares, estavam lá, e Diana jurou que não seria um problema para eles se a gente usasse o que era considerado um dos espaços mais sagrados do campus.

Duvidei um pouco.

Mas o dia anterior não seria para o recrutamento do E.E. ou para bolarmos estratégias de batalha. Seria o dia em que os mortos seriam devidamente enterrados.

Depois que a conversa terminou, saí rapidamente da área comum e fui para o lado de fora em busca de um ar fresco. O oxigênio dos meus pulmões parecia estar velho, e meu cérebro, cheio de buracos. Assim que a raiva se dissipou, o que sobrou foi aquela dor chata no corpo ainda em processo de cura e uma dormência interna esquisita.

A noite começou a cair e, embora estivéssemos em meados de maio, o ar gelado tocou meu rosto. Me senti grata pela camisa de manga comprida que Aiden tinha pegado para mim.

Passei pelo prédio principal e olhei para cima, retomando o fôlego quando observei o último andar. A janela virada para o pátio estava lacrada com tábuas. Meu olhar desceu até a calçada de mármore abaixo da janela. Estava rachada.

Estremecendo, dei a volta pela grade de ferro que separava o pátio das calçadas. Assim como na ilha Divindade, flores e árvores de todo o mundo floresciam ali, apesar do clima. O aroma limpo das rosas e o doce das peônias se misturavam com o cheiro mais forte de videiras e oliveiras.

Parando perto da entrada, encarei a réplica de mármore de Zeus. Com cabelo e barba cacheados, ele parecia mais uma montanha do que um deus todo-poderoso.

Não poderia ter aparecido em algum momento, dado uma surra no Ares e terminado com aquilo? Com certeza Zeus seria capaz de dar um jeito de enrolar Seth e derrotar Lucian. Mas ainda teria que lidar com Seth... e comigo.

Mais ao fundo do pátio, uma estátua de Apolo brilhava, iluminada por uma pequena lâmpada na base. O rosto dele estava virado para o céu.

— Onde está você? — perguntei.

Depois que Apolo estragou seu disfarce como Leon, ele não conseguia mais ficar no reino mortal por longos períodos sem enfraquecer. Me perguntei se com Ares acontecia a mesma coisa e se, nesse caso, ele ficava no Olimpo com outros deuses ou tinha um esconderijo em outro lugar.

Dando as costas para a estátua, comecei a voltar pelo caminho, já que aquele monumento de pedra não responderia às minhas perguntas. Passando por diversos prédios menores, que pareciam templos gregos em miniatura, dei a volta no prédio do conselho. Bustos dos Doze Olimpianos foram entalhados nos quatro lados do prédio, que lembrava um templo antigo quando visto de perto. Como sempre, um nó de medo se formou no meu estômago conforme eu passava rápido por ali.

Prédios dos conselhos não me traziam boas memórias.

Depois do prédio do conselho, olhei para trás. Dormitórios se erguiam até o céu, por trás dos prédios acadêmicos principais. A universidade era mesmo uma cidade própria, mas, tirando os guardas em patrulha, eu ainda não tinha visto um estudante sequer.

Era melhor mesmo que mantivessem os alunos em seus quartos. A última coisa que precisávamos era de um bando de puros-sangues zanzando por lá, se alimentando da histeria.

Meus deuses, eu parecia uma velha. Me *sentia* uma velha.

Chegando ao final da calçada, os muros de mármore se erguiam diante de mim noite acima. Holofotes na parte de cima do muro, separados por alguns metros, iluminavam todo o campus. Nas sombras daquela monstruosidade de seis metros de altura que cercava a universidade, guardas e sentinelas estavam a postos nos trechos danificados do muro.

Me sentei num banco e estiquei as pernas, alongando os músculos ainda machucados enquanto observava os homens. Mesmo de onde estava sentada, dava para ver que eram meio-sangue. Todos eles, e não pude deixar de pensar no meu pai. Eu já tinha perdido a esperança de que ele estivesse ali, porque Laadan já o teria encontrado a esta altura. Ele poderia estar no Covenant de Nova York nas Catskills. Poderia estar em qualquer lugar, ou poderia estar morto.

Esfregando as mãos no rosto, disse a mim mesma para não pensar naquilo, mas, cara, eu estava mergulhando de cabeça numa vibe negativa como se não houvesse amanhã. Ou será que só estava sendo realista? Como ele poderia ter sobrevivido? Como Ares poderia não saber que meu pai estava nas Catskills? Certamente ele usaria meu pai contra mim se pudesse.

E o que ele teria escolhido fazer da vida se pudesse ser algo além de um sentinela, guarda ou servo? O que qualquer um daqueles homens espalhados pelo muro teria escolhido? Será que nenhum deles pensava naquilo?

Eu já havia pensado, num certo ponto da vida, quando estava vivendo entre os mortais, bem antes de saber quem eu era ou de ter escutado aquela profecia idiota. Queria trabalhar num zoológico. Não é a maior das aspirações que alguém pode ter na vida, só que eu amava os animais, mas como todas as criaturas poderiam ser controladas com coação — e consequentemente, por daímônes puros-sangues —, nunca tive um bichinho de estimação. Nas poucas vezes em que visitei um zoológico, os funcionários sempre pareciam curtir o trabalho, e eu queria isso. Queria ser feliz com o que estivesse fazendo da vida. Costumava achar que ser uma sentinela preencheria aquela vontade.

O engraçado era que, quando vivia entre os mortais, tudo o que eu queria de verdade era voltar para o Covenant e ficar perto dos meus. Agora, já não tinha tanta certeza se queria ser sentinela, caso sobrevivesse a tudo aquilo. Olhando para baixo, coloquei as mãos na barriga, como se fosse uma mulher grávida. O cordão vibrou junto, uma conexão aberta e constante. Fechei os olhos e foquei, como fiz na noite anterior antes de ficar cara a cara com Ares. Só os deuses sabiam que, certamente, agora eu parecia tão idiota quanto naquele dia.

Seth?

Não houve resposta — nada do outro lado. Como se o cordão chegasse no espaço e sumisse.

Ouvi passos sobre o cascalho e não precisei olhar para trás pra saber quem era. Aiden estava me seguindo o tempo inteiro.

Os passos pararam atrás do banco.

— Não vou fugir — eu disse, e não estava planejando mesmo.

Houve uma pausa.

— Eu sei.

Segundos depois, ele deu a volta no banco e se sentou ao meu lado, com as mãos apoiadas sobre as coxas.

Nenhum de nós disse nada pelo que me pareceu uma eternidade. Foi ele quem quebrou o silêncio primeiro.

— Sinto muito por ter gritado com você mais cedo.

Engasguei numa risada ao lançar um olhar para ele.

— Não sente nada.

Ele ergueu um lado dos lábios, mas não era um sorriso de verdade que mostrava as covinhas. Eu não via um sorriso daqueles desde que acordei no meio da tarde.

— Tá bom — ele cedeu. — Não sinto muito pelo que eu disse, mas sinto muito por ter levantado a voz.

— Tudo bem.

— Queria que você parasse de dizer isso.

Me levantei um pouco rápido demais, e meus joelhos me traíram com pontadas afiadas de dor.

— Mas *está* tudo bem.

Eu estava de costas para ele, mas pude *senti-lo* franzindo a testa só pelo tom da voz.

— Não está tudo bem, Alex. Estou certo de que o mundo vai desabar ao nosso redor. E, às vezes, as coisas não estão bem mesmo.

Coloquei um pé na frente do outro como se estivesse andando numa corda bamba, mas meu equilíbrio ainda não estava completamente recuperado e, depois de três passos, eu poderia ser confundida com uma bêbada.

— Admitir que as coisas estão muito ferradas agora não te torna fraca — ele continuou.

Fiquei parada.

— Esse discurso não é muito motivacional.

Aiden deu uma risada seca.

— Não era pra ser. É mais uma dose de realidade.

— Acho que já tive o bastante dessas doses recentemente.

Ele soltou um suspiro pesado.

— Você não precisa estar bem com o que te aconteceu, Alex. Ninguém espera isso. Eu muito menos.

Me virei lentamente para dizer que aquela era a última coisa sobre a qual eu queria falar, mas não foi isso que saiu.

— Se não fico bem com isso, como devo ficar então?

Os olhos dele encontraram os meus.

— Furiosa.

Ah, isso eu estava bastante.

— Você pode ficar triste, assustada e pode achar tudo injusto, porque *foi mesmo*. Muitas coisas não foram justas com você, isso em especial. Nada daquilo foi certo, e você precisa se permitir viver essas emoções.

— Estou me permitindo. — Mais ou menos.

O estranho era que eu sentia todas aquelas coisas, mas não era o suficiente. Como a tampa de uma garrafa só um pouquinho aberta para deixar um pouco de ar entrar.

Um olhar triste atravessou seu rosto enquanto ele balançava a cabeça.

— Não está, não. Você precisa colocar tudo pra fora, Alex, ou isso vai te apodrecer por dentro.

Meu peito estufou bruscamente. Eu já estava podre por dentro.

— Estou tentando.

— Eu sei. — Aiden se inclinou para a frente, sem nunca tirar os olhos dos meus. — Desculpa ter duvidado de você hoje de manhã.

— Aiden...

Ele levantou a mão.

— Só me escuta, tá bom? A última coisa que você precisava ao acordar depois de algo como aquilo era a reação que eu tive. Sei que não ajudei em nada.

Não foi o reencontro apaixonado com trilha sonora romântica que eu esperava, mas eu também entendia.

— Meus olhos...

— Isso não é uma justificativa decente para minha atitude.

— Não é grande coisa, Aiden, mas eu te perdoo.

Aiden me encarou por um longo momento e depois se sentou. O olhar dele passeou do meu rosto para meu cabelo cortado. Quis me esconder.

— Vem cá — disse ele, gentilmente.

Um frio se espalhou pelo meu peito e fiquei no mesmo lugar, mas as palavras saíram de mim como se minha boca tivesse sido sequestrada pela Alex de dentro.

— Eu tô parecendo o Frankenstein.

— Você é linda.

— Eu tô parecendo o Frankenstein com o corte de cabelo de uma adolescente rebelde que largou a escola.

Nossos olhares se encontraram de novo.

— Você nunca esteve tão linda.

— Você tá precisando de um exame de vista.

Ele sorriu um pouquinho.

— E você precisa de um exame nessa cabecinha.

Mordi o lábio.

— Vem cá — ele repetiu, levantando a mão.

Dessa vez, não pensei na dormência e no frio em meu peito. Ignorei isso e forcei minhas pernas a andarem. Em três passos cambaleantes, meus dedos se entrelaçaram nos dele.

Aiden me puxou para seu colo, me encaixando no peito para que eu pudesse escutar as batidas fortes de seu coração. Seus braços me envolveram, me segurando no lugar. Ele soltou o ar, tremendo, e, meus deuses, eu amava quando ele me abraçava daquele jeito.

Os lábios dele tocaram minha testa.

— *Ágape mou.*

Sorri contra o peito dele e, no escuro, eu podia quase fingir que tudo estava normal.

Naquele momento, eu precisava daquilo. Precisava muito.

Quando o sol começou a nascer no horizonte, milhares de alunos, centenas de funcionários e aqueles que buscaram refúgio se reuniram no cemitério que ficava além dos dormitórios, embaixo do muro de fortaleza que cercava os fundos do Covenant.

O cemitério era parecido com o da ilha Divindade. Estátuas dos deuses observavam os grandes mausoléus e túmulos, e jacintos floresciam o ano inteiro. Para mim, aquelas flores sempre serviam como um lembrete bizarro do que poderia acontecer se você fosse favorecido por um deus.

Me perguntei se existiria uma flor com meu nome um dia. *Alexandrias* soava bem. Com sorte, elas seriam lindas, como um punhado denso de flores vermelhas, e não pareceriam com algo que cresce nas rachaduras do asfalto.

Na morte, meio e puro eram tratados como iguais, e assim como minha mãe disse um dia, era o único momento em que as duas raças poderiam descansar lado a lado. Mas as coisas ainda eram segregadas entre os vivos, mesmo quando não havia momento melhor do que agora para que meio e puro se unissem como um.

Os puros-sangues tomaram o centro do palco, localizado na frente das piras funerárias. Não parecia importar que apenas um dos corpos embrulhados em linho pertencia a um puro, e os três outros, não. O ritual e a lei decretavam que os puros-sangues tinham assentos na primeira fila, então isso foi feito. Atrás dos membros puros-sangues do conselho, alunos, guardas e sentinelas puros-sangues e civis, ficavam os meios-sangues. Eu sabia que eles mal conseguiam ver as piras ou escutar o discurso do velório feito por Diana e outro ministro-chefe.

Nosso grupo ficou à esquerda das pessoas, mas separado. Seguimos a procissão fúnebre pelo campus antes do amanhecer, e nós oito nos movemos em grupo para o lado, como se tivéssemos concordado, sem dizer nada, que participaríamos do velório mas não nos separaríamos nas estruturas de classe.

Era de se pensar que as pessoas estariam olhando para a frente num enterro, mas não. Muitos encaravam nosso grupo, principalmente Aiden e eu. Alguns dos olhares eram abertamente hostis. Outros pareciam enojados. Aqueles olhares vinham dos puros-sangues. Os meios só estavam chocados ou impressionados.

Aiden apertou minha mão.

Olhei para ele, que me deu um sorriso fraco. Era impossível que não tivesse percebido que metade da congregação estava nos encarando, mas não soltou minha mão. Acho que ele sabia que eu precisava daquela conexão.

Era engraçado como as coisas estavam tão diferentes. Antes de tudo o que aconteceu, sempre que Seth estava em grupos grandes de meio-sangue, ele era observado com admiração.

Eu só estava sendo encarada por estar de mãos dadas com um puro-sangue. Quão bizarro era aquilo? Olhando para a multidão, fiz contato visual com um aluno puro-sangue. Os puros eram iguais aos meios, mas tínhamos aquela habilidade esquisita dada pelos deuses de saber diferenciar. Ele nos encarou como se quisesse arrancar Aiden da minha mão e depois passar um dia inteiro me explicando por que não deveríamos estar de mãos dadas.

Fechei os olhos para ele, levantei a outra mão e cocei o nariz... com o dedo do meio.

O puro virou a cabeça para a frente. Em outra época, eu provavelmente teria levado uma surra. Mas eu era o Apôlion, duvidava que ele fosse tentar a sorte. E, sinceramente, havia problemas muito maiores do que uma meio e um puro quebrando as regras.

Apertando a mão de Aiden com mais força, me obriguei a olhar para as piras. As palavras eram ditas em grego antigo e, pela primeira vez na vida, minha cabeça não traduziu tudo como "unhé-unhé-unhééé". Eu entendia o idioma, e as palavras eram poderosas e comoventes, preces e honrarias que faziam jus àqueles que morreram pelas mãos de Ares, mas faltava alguma coisa. Não que Diana ou o outro ministro estivessem fazendo algo de errado. Não entendi de primeira, mas depois fez sentido.

O que estava faltando... faltava *dentro* de mim.

As palavras faladas significavam alguma coisa, e eu sentia aquela melancolia se espalhando no campus. Conforme as tochas eram posicionadas aos pés das piras, cheguei a pensar em Lea e como ela merecia aquele tipo de velório, e não uma cova aberta às pressas no meio do nada. Meu peito doeu por ela e por todos aqueles que estavam sendo velados.

Fiquei de luto.

Mas enquanto sentia todas aquelas coisas, eu não as *sentia* de verdade. A dor aguda do luto, uma sensação com a qual me familiarizei bastante no último ano, estava amortecida. Quando as chamas alaranjadas lamberam o ar e envolveram os corpos como cobertores, não virei o rosto como sempre fazia. A fatalidade daquilo não me abalou. Havia uma bola pequena e gelada no meu peito, estilhaços afiados de gelo em minhas veias, e vez ou outra o medo tremia como as chamas.

Medo e dor eram coisas que eu sentia — eram reais e tangíveis o suficiente para que pudesse sentir seu gosto. Todo o resto estava abafado, como se eu tivesse sido desconectada das outras emoções humanas, sem entender o porquê.

Perceber isso fez o medo aumentar ainda mais, trazendo uma boa dose de ansiedade, e notei que, como medo e apreensão eram farinhas do mesmo maldito saco, fazia sentido que, se eu sentisse uma coisa, sentiria também a outra.

Meu coração estava batendo como uma britadeira, e minhas mãos estavam suadas quando o enterro acabou e o sol já estava sobre nossas cabeças. A multidão começou a voltar para o campus. Haveria um banquete em memória daqueles que se foram, e a maioria do grupo participaria. Marcus foi se juntar a Diana. Solos estava conversando com Val, e Luke e Deacon estavam indo na frente com Olivia.

O ar entrou e saiu dos meus pulmões num ritmo alarmante, e só percebi como estávamos andando devagar porque havia uma boa distância entre nós e a multidão à frente.

O cordão estava se esticando. Talvez fosse uma reação aos meus níveis de ansiedade ou algo do tipo, mas minhas visão e audição ficaram ampliadas. O canto dos pássaros era um grito. As folhas farfalhavam como centenas de papéis se amassando. O sol estava brilhante demais, a conversa da multidão, alta demais. Meus deuses, aquela pressão surgiu do nada, esmagando meu peito — puta merda, estava difícil de respirar — como se alguém tivesse me apertando com um alicate. Um formigamento quente e afiado subiu pela minha coluna até a cabeça.

Com certeza havia algo de errado comigo, e não era um ataque de pânico. Rodopiando pela minha cabeça sem parar havia apenas um pensamento: por que eu não conseguia *sentir* mais nada além daquilo? Onde estava o luto? Por que meu peito parecia vazio e gelado, exceto quando eu estava furiosa ou assustada? Mas, na noite passada, quando estava nos braços de Aiden, a dormência não pareceu tão ruim, como se a tampa tivesse sido aberta mais um pouquinho. E, no geral, eu era uma pessoa bem emotiva. Em qualquer dia normal, sentia umas cem coisas diferentes como se estivesse provando sabores de sorvete.

Aquilo não era certo nem normal e me deixava apavorada.

Parei de repente, e Aiden também. Segurando minha mão, ele olhou para mim por cima do ombro.

— Alex?

Meu peito doía.

— Não consigo sentir nada.

Se virando totalmente para mim, ele tombou a cabeça para o lado, franzindo as sobrancelhas.

— Como assim?

Coloquei a mão no peito.

— Não consigo sentir nada aqui *dentro*.

Aiden começou a soltar minha mão, mas eu o segurei como se minha vida dependesse daquilo.

— O que está acontecendo?

— Não sei. — Respirei fundo. — Não consigo sentir nada exceto...
exceto medo e dor. Todo o resto parece abafado. Não consigo chorar. Não
chorei nem quando vi minha mãe.

O choque se espalhou pelo rosto marcante dele.

— Você viu sua mãe?

— Tá vendo? — O pânico fincou suas garras podres em mim. — Nem
te contei sobre isso, e eu te conto tudo. Nem *pensei* nisso de verdade. Estou
tipo... nhé. Tudo é nhé.

A preocupação substituiu a surpresa conforme ele chegou mais perto.

— Acha que é o Seth?

Balancei a cabeça tão rápido que o cabelo cortado bateu na minha cara.

— Ele não está falando comigo.

— Mas isso não quer dizer que não seja ele — Aiden sugeriu, e a raiva
surgiu em meio à preocupação.

— Não faz sentido. O que ele tem a ganhar fazendo isso? Mas até aí,
será que precisa fazer sentido? — Me soltei então, tirando o cabelo da frente do rosto. — E se eu estiver quebrada? E se for assim que sinto as coisas
agora? O que...?

— Nossa. Calma, Alex. — Aiden tocou meu rosto. — Você não está
quebrada. E não vai se sentir assim para sempre. Você passou por umas
coisas bem doidas. Vai levar tempo para processar tudo. Respira fundo.
Vem, respira fundo. Inspira e solta devagar.

Agarrei os punhos dele, quase incapaz de envolver com meus dedos,
e fiz o que ele sugeriu.

— Certo. Estou respirando.

— Muito bem. — O tom de prata dos olhos dele era tudo pra mim.
— Continua respirando comigo.

Continuei respirando, mas também comecei a me mover. Não sei por
que fiz o que fiz em seguida. Talvez fosse porque, se eu não sentisse aquilo de verdade, estaria muito, muito ferrada. Fiquei na ponta dos pés e
beijei Aiden.

Sim, um comportamento super inapropriado depois de um velório. Mas
eu o beijei.

Eu precisava sentir algo além da dormência, da dor e da raiva, nem
que fosse só um pouquinho. E, quando Aiden me beijava, eu sempre sentia
tantas emoções que até ficava tonta.

Aiden levantou a cabeça levemente.

— Sentiu isso?

— Sim. — Respirei, arrepiada quando nossos lábios se tocaram.

Ele deu um sorriso torto.

— Estava torcendo para você dizer que não, só para eu ter uma desculpa para te beijar de novo.

Afundei os dedos nos braços dele.

— Você não precisa de uma desculpa.

E não precisei esperar muito. Os lábios dele tocaram os meus de novo, um movimento incrivelmente gentil que gerou outro tremor em meu corpo. Foi lento e macio, aumentando meus batimentos cardíacos. O formigamento em minha nuca recuou e voltou, se espalhando pela barriga e mais para baixo, mas era uma sensação diferente. Eu *senti* Aiden — *senti* amor nos braços dele, e não queria perder aquele sentimento.

Desesperada para manter a dormência e os sentimentos gelados e sombrios à distância, me pressionei contra Aiden, praticamente subindo em seus sapatos. Ele era tão mais alto que eu, mas a gente deu um jeito. Bem, Aiden deu um jeito. O braço em volta da minha cintura se apertou, e fui levantada até a ponta dos pés. Aiden sustentou boa parte do meu peso enquanto levantei a mão, enterrando os dedos no cabelo dele sobre a nuca. O calor invadiu minhas veias; foi como a vez em que Seth me emprestou sua energia. Como se eu estivesse abrindo os olhos de novo e voltando à vida. Glifos se espalharam pela superfície da minha pele.

Então, eu só precisava beijar Aiden para sentir algo real e bom? Anotado, pode deixar.

Só que, no fundo, eu sabia que aquilo não era normal, nem certo, nem mais meia dúzia de coisas. Ignorei aquela voz irritante porque, sério, ela não estava ajudando muito. Intensifiquei o beijo, abrindo os lábios de Aiden e colocando minha língua dentro da boca dele. Um som grave e sexy saiu de seu peito, e sua outra mão envolveu minha nuca.

— Alex? — Havia um alerta suave na voz dele.

— Que foi?

Ele tombou a cabeça para o lado, esbarrando o nariz no meu.

— Você não sabe o que está fazendo.

Quase ri.

— Sei exatamente o que estou fazendo.

— Meus deuses... — Aiden acariciou minha bochecha ao puxar meu quadril para mais perto do dele. Meu peito se agitou de um jeito muito gostoso. — Você passou por muita coisa. Ainda está se curando e...

— E o quê?

— Não sou perfeito. Não consigo manter o controle sempre. — Os olhos dele queimavam como mercúrio. — Se você continuar me beijando assim, é capaz de nem conseguirmos chegar a algum lugar mais reservado.

Ah, eu gostava daquela ideia.

— E tem algo de errado nisso?

— Não. Sim. — Ele pressionou a testa na minha, e aquele gesto de repente pareceu estranho. — Você passou por...

— Estou bem. Fico mais do que bem quando estou assim com você. — Um tom desesperado tomou conta da minha voz enquanto eu agarrava o braço dele. — Preciso disso. Preciso de *você*, Aiden. Por favor, não...

A boca de Aiden cobriu a minha. O que quer que eu tenha dito foi como achar o mapa de um tesouro. Bum! Bem ali. O beijo dele me levou para um lugar onde eu não pensava em nada. Não existia Ares. Nem uma batalha iminente para planejar. Nada de Seth. Nem dor ou medo. Tudo o que eu sentia era calor, amor e *Aiden*.

Tudo o que eu sentia era ele.

Chegamos no prédio mais próximo — o centro de treinamento. Aiden abriu a primeira porta destrancada que achou. Um almoxarifado. Dava pro gasto.

Nossos olhares se encontraram. Os olhos dele pareciam piscinas de prata, e seu peito inflou de repente.

— Precisamos falar sobre o que você me contou — disse ele.

— Eu sei.

— Mas não agora.

O ar ficou preso na minha garganta.

Numa investida poderosa, ele estava em cima de mim. Nossas bocas se uniram enquanto ele me segurava. Meu quadril bateu num carrinho. Toalhas brancas dobradas caíram no chão. Senti dor nossos ossos, mas uma dor mais forte me fez ignorá-la.

— Quando você estava naquela sala, achei que... — Ele me beijou de novo, descendo as mãos pelo meu quadril. Estremeci. — Achei que nunca mais faria isso com você de novo. Meus deuses, Alex, eu...

Uni nossas bocas de novo, silenciando os medos dele e os meus. Seus dedos seguravam com força minha cintura, e ele me levantou, me colocando sobre o carrinho agora vazio. Meu coração errou uma batida quando os lábios dele desceram da minha testa até minha bochecha. Deveríamos estar fazendo muita coisa, mas nada parecia mais importante naquele momento.

Nos beijamos como se fosse a última vez em que teríamos o luxo de nos embebedarmos um do outro. Perdi o fôlego de novo. O frio entrou em mim como um dia gelado e chuvoso. Adormeci por dentro. No momento em que aquele pensamento surgiu, me dei conta de como era verdadeiro. O amanhã não estava garantido, muito menos a próxima hora. Ares poderia dar um jeito de chegar. Seth poderia aparecer. Aiden poderia...

— Ei, cadê você? — Aiden perguntou gentilmente, segurando meu rosto com as pontas dos dedos.

Quando não respondi, ele encostou os lábios nos meus, abrindo-os com uma paciência infinita, me trazendo de volta ao presente, para longe do frio que se espalhava em meu peito.

Gentilmente, jogou minha cabeça para trás.

— Fica aqui comigo. Tá bom? Fica comigo.

Curvei os dedos machucados em sua camisa, me aterrando nele. Seus lábios tocaram os meus, expulsando a dormência invasiva. Ele tombou a cabeça, intensificando o beijo...

Um alarme estridente e ensurdecedor tocou em algum lugar no campus, iniciando um zumbido baixo que foi aumentando até eu e Aiden nos afastarmos bruscamente.

Descendo do carrinho, olhei para a luz vermelha piscando sobre as portas. Reconheci aquele som e sabia o que significava. Meus músculos ficaram tensos enquanto meus olhos arregalados encontraram os de Aiden.

Houve uma falha de segurança e, assim como no Covenant nas Catskills, eu sabia que não se tratava de um alarme falso.

Estávamos sob ataque.

4

Aiden mudou de deus do sexo para deus da batalha em dois segundos, enquanto eu permaneci parada ali, grudada no chão como as estátuas lá fora. Meus lábios formigaram de um jeito agradável, mas a bola de gelo voltou a pesar no fundo do meu peito, se espalhando como uma nevasca.

Ele se virou para mim, abaixando a cabeça e me beijando rapidamente.

— Teremos que continuar isso aqui depois.

Então, saiu pela porta.

Me forcei a segui-lo para fora do almoxarifado, pelo corredor vazio. As sirenes continuavam gritando, e o tempo inteiro eu só conseguia pensar que Ares estava de volta, tentando passar pelas proteções que Apolo ergueu. Não podia ser Seth, porque eu não o sentia ali.

Meus passos estavam lentos, mas os de Aiden eram longos e determinados. Ele estava pronto para enfrentar o que quer que nos esperasse lá fora. Eu não estava. Meu coração estava quase saindo pela boca, e minhas mãos voltaram a suar. A onda de tensão me deixou nauseada. Uma imagem do aquário quebrado e dos peixes de cores vibrantes se debatendo no chão ocupou meus pensamentos, seguida pelo som da risada fria e provocativa de Ares.

Não consigo fazer isso de novo.

O ar saiu dos meus pulmões numa lufada descompassada enquanto Aiden abria as portas pesadas. Eu precisava fazer aquilo. Havia me preparado para a batalha e, como sentinelas, podíamos entrar numa briga a qualquer momento. Era por isso que havia duas adagas do Covenant presas nas pernas de Aiden, penduradas em sua calça tática preta. As mesmas que estavam presas nas minhas coxas, um peso tão familiar que tinha até me esquecido delas.

Uma sentinela nunca sai de casa sem suas adagas.

Esticando o braço para baixo, curvei os dedos sobre os cabos compridos. Era para isso que eu havia treinado.

Bem, mais ou menos. Treinei para enfrentar daímônes, e não um Deus da Guerra doidinho da cabeça.

Preciso fazer isso.

Do lado de fora, corremos até a frente do campus. Vários guardas já estavam posicionados na defensiva em frente ao prédio no estilo coliseu onde ficavam as áreas comuns e os refeitórios. A maioria do campus estaria lá dentro agora para o banquete, mas conforme cercávamos o prédio alunos puros-sangues eram mandados para dentro, com os rostos pálidos e amedrontados.

Me perguntei se eu estava com a mesma expressão. Se sim, aposto que aquilo não os tranquilizava.

— O que está acontecendo? — Aiden perguntou a um dos guardas.

O meio-sangue balançou a cabeça.

— Algo está rolando no muro. Recebemos ordens para levarmos todos os puros para uma área segura.

— Não pode ser o que eles disseram — comentou outro guarda, com os olhos arregalados ao segurar o cabo da pistola, e sua atenção foi capturada por um grupo de puros-sangues que surgiu ao lado do prédio. — Ei! Vocês precisam entrar. Agora!

— O que disseram? — perguntei, feliz em ouvir que minha voz não falhou, mas não recebi uma resposta. Os guardas estavam distraídos com o grupo atrasado de puro-sangue. — Deixa pra lá, então — murmurei.

Antes que pudesse prosseguir, Aiden se virou para mim, colocando as mãos nos meus ombros.

— Melhor você ficar de fora dessa.

— Oi? — Foi a única coisa que consegui dizer.

A determinação brilhou nos olhos metálicos dele.

— Alex, você ainda não está totalmente curada, e não temos ideia do que diabos está acontecendo lá em cima.

Uma parte grande e irresponsável de mim queria dizer "tá bom" e saltitar para dentro do prédio junto com a multidão assustada, mas não importava o quão assustada eu estivesse, não iria desmoronar.

— Estou bem, Aiden. Eu...

— Você é muitas coisas, Alex. Forte. Corajosa. Linda. Muito sexy — disse ele com um sorrisinho rápido. — Mas você *não está* bem. Nós dois sabemos disso.

Tá certo. Bem colocado.

— Tem razão, mas você não entende. Não posso me esconder. Se eu não... — Respirei fundo e decidi ser honesta para variar. Parabéns pra mim! — Se eu não passar por aquele muro e encarar o que quer que esteja lá agora, não farei isso nunca. Entende? Não posso me permitir fazer isso. Preciso... preciso superar.

E era verdade. Havia tanta coisa sob minha responsabilidade. Eu precisava enfrentar Seth e transferir o poder do Assassino de Deuses dele para mim, e aquilo exigiria uma batalha das grandes entre nós dois. Depois teria que encarar Ares. E não podia amarelar só porque levei uma surra. Precisava levantar e seguir em frente. Já tinha feito isso antes.

Mas dessa vez é diferente, sussurrou aquela voz chata que parecia comigo mesma. Ignorei a voz.

— Preciso fazer isso ou... — Ou vou me esconder para sempre.

Aiden desviou o olhar, respirando fundo. Os ombros dele ficaram tensos e eu soube que ele iria argumentar com a famosa Lógica de Aiden. Ele expirou.

— Tá bom. Mas fica perto de mim. Se as coisas saírem do controle e eu achar que você não dá conta, vou te colocar nos meus ombros. Entendido?

Fiquei surpresa — e um pouquinho irritada — com aquela declaração arrogante, mas sabia que ele tinha boas intenções, e as sirenes não parariam de gritar tão cedo. Assenti.

— Combinado?

Suspirei.

— Combinado.

— Então vamos nessa.

Apertando o passo, forcei meus músculos cansados a trabalharem quando corríamos pela calçada. Ao nos aproximarmos, vários sentinelas nos acompanharam, e eu já enxergava algumas dezenas perto do muro.

As sirenes diminuíram, mas aquela tensão carregada e sobrenatural pairava no ar como nuvens pesadas me dizendo que o que tinha acontecido lá ainda não havia terminado. Analisando a área, senti meu estômago gelar. À nossa esquerda, um grupo pequeno de guardas e sentinelas agachados, cercando alguma coisa. Reconheci Luke, Olivia e Solos, e não me surpreendi ao vê-los no olho do furacão. Eles não hesitaram. Apesar de Luke e Olivia não serem tecnicamente formados, eles eram sentinelas.

Eu, por outro lado, era uma farsa vestida de preto.

Solos se endireitou, puxando para trás uma mecha do cabelo na altura dos ombros que havia escapado do rabo de cavalo baixo. Ele se virou ao ouvir a voz de Aiden, e a cicatriz irregular se destacou na sua bochecha absurdamente pálida.

Não ouvi o que ele estava dizendo. Meu olhar estava fixo no que os outros sentinelas encaravam. Um corpo caído no chão, totalmente irreconhecível. Homem? Mulher? Não tinha a menor ideia. A pessoa era sentinela, isso dava para dizer pelo que restou do uniforme preto. A pele e as roupas pareciam ter sido arrancadas até que restasse apenas fatias finas de carne e músculos. Até as pálpebras e os olhos foram arrancados.

Meu estômago revirou.

— Meus deuses...

Olivia se levantou, alisando as pernas. Foi aí que eu vi a outra sentinela no chão, com joelhos dobrados e mãos sobre a barriga. Sangue escorria pelo corpo. Havia cortes profundos e de vingança nas bochechas. O olho esquerdo estava sangrando terrivelmente. Gemendo baixinho, ela tentava se manter parada enquanto outra mulher enfaixava o rosto dela com gaze branca, cobrindo o olho dilacerado.

— Estão patrulhando lá fora, perto dos carros queimados. Disseram que eles apareceram do nada — Olivia me disse numa voz sussurrada. — Ela quase foi pega por um deles quando foi puxar ele de volta para dentro do portão.

Lancei um olhar para o corpo.

— *Quem* apareceu do nada?

Olivia abriu a boca, mas o grito agudo mais assustador que eu já tinha ouvido a interrompeu. Os gritos agudos se intensificavam.

Vários disparos estouraram, e levantei a cabeça. Além do muro, uma nuvem escura se aproximou no horizonte, vindo na nossa direção. Só que não era uma nuvem.

Dei um passo para trás, com as mãos nas adagas.

A nuvem arqueou para cima, se dividindo em centenas de corvos malditos. Meu queixo caiu.

— Santos corvos...

— Têm umas águias misturadas ali no meio — Luke comentou.

— E alguns falcões — Aiden acrescentou.

Revirei os olhos.

— Tá bom. Santas aves de rapina! Melhorou agora?

— Muito — Aiden murmurou.

As aves cobriam o céu, tão unidas que eclipsaram o sol por um momento. Nunca havia visto nada como aquilo. Elas rodopiavam no alto como um funil escuro cada vez maior. De repente, as aves mudaram, voando para baixo na nossa direção como torpedos alados com garras e bicos afiados. Pensei no corpo esfolado e quase vomitei.

— Elas estão possuídas! — gritou um guarda.

Seu uniforme branco estava sujo de terra.

Queria agradecer ao cara por informar o óbvio. Eu não era especialista em animais, mas sabia que aves não viravam psicopatas sem motivo, o que significava que havia daímônes por perto... ou um deus. Um deus podia influenciar nossos amigos de penas. Mas minha resposta engraçadinha foi interrompida quando as aves do inferno fizeram um voo rasante.

Em poucos segundos, já tinham nos alcançado.

Se abaixando, Olivia gritou ao batalhar para se livrar de um deles.

— Ah! Aves! Tinham que ser aves? — Bati em uma antes que ela enfiasse suas garras nojentas no meu cabelo já picotado. Como diabos iríamos enfrentar uma revoada de aves? As garras arranharam as costas das minhas mãos, e a dor for afiada e rápida.

Solos se virou, arqueando o braço graciosamente. Uma adaga voou no ar, rodopiando, e fincou nas costas de uma águia que estava agarrada nas costas de um guarda.

Bom, aquele era um dos jeitos — um pouco demorado, mas efetivo. Mas eu tive uma ideia melhor. Balançando os braços como um guardinha de trânsito em perigo, corri até Aiden. Ele arrancou um falcão de cima de um sentinela caído. Pequenos arranhões vermelhos sangravam em suas bochechas.

— Fogo! — gritei. — Bota fogo no céu!

Luke estava balançando suas lâminas para o céu como um chef de cozinha insano.

— Eu e Olivia damos cobertura pra vocês dois!

Embainhando as adagas, Aiden levantou as mãos com as sobrancelhas cerradas em concentração e a linha do maxilar tensionada. Fagulhas saíram dos seus dedos e, um segundo depois, suas mãos estavam em chamas. Estendi o braço, envolvendo minhas mãos em seu punho. Respirei fundo, ignorando as asas que chegaram perto demais da minha bochecha e os calafrios que me causaram.

Fechando os olhos, usei o elemento ar e imaginei o fogo voando para cima num feixe estável e depois se espalhando como um teto em chamas. Aiden podia fazer o fogo chegar ao teto, mas não com a mesma magnitude e tão rápido quanto conseguiria com minha ajuda.

— Já deu — disse Aiden, a pele quente sob meus dedos.

Abri os olhos. Por um momento, fiquei impressionada. Usar os elementos ainda era novidade para mim. O fogo, num tom vibrante de vermelho-sangue, pulsava nas mãos de Aiden e explodia para cima numa bola gigante. O vento soprava meu cabelo para trás enquanto aquele inferno lambia o ar, rolando na direção do muro e voltando para o campus, consumindo as aves no caminho. A chama não era natural, mas um produto do éter que Aiden carregava dentro de si. Ela devorava os corvos, deixando apenas um rastro de poeira brilhante.

Quando a maioria das aves foi destruída e apenas algumas restaram para nos atacar, Aiden cerrou os punhos e eu soltei a mão dele. Só então vi os glifos suaves nas minhas mãos. Ninguém além de Seth poderia vê-los, mas ainda me sentia meio esquisita quando apareciam para dar um oizinho.

— Isso foi tão *Resident Evil* — disse Luke com os olhos arregalados. — Que demais!

Abri um sorriso, um pouco ofegante.

— Foi incrível mesmo, né?

Luke começou a assentir mas ficou parado quando um guarda passou correndo por nós, atirando os braços enquanto tentava tirar uma das aves restantes das suas costas. Ele franziu a testa.

— Nunca mais vou olhar para um pássaro do mesmo jeito.

Lançando um olhar para ele, Aiden deu um passo a frente, arrancando o que eu imaginava ser um falcão das costas do guarda desesperado. O falcão se contorceu sob o toque dele, e pude dar uma boa olhada em seu rosto. Os olhos da coisa eram pretos — sem pupilas ou íris, assim como os daímônes.

Dei as costas para o grito doentio que seguiu. Quando os animais ficavam sob o controle de um daímôn ou um deus, não tinha como reverter.

Vários sentinelas se levantaram, feridos e cortados, mas nenhum se machucou tão feio quanto aqueles que foram até os carros queimados na estrada de acesso e provavelmente foram cegados pelas aves. Um calafrio percorreu minha espinha, e minhas mãos automaticamente se estenderam para as adagas nas minhas coxas. Fiquei toda arrepiada. Ao meu redor, meios e puros-sangues reagiram àquela tensão peculiar que se espalhava por nossos corpos. Meus glifos rodopiaram, mudando os padrões e formando novos.

— Eles estão chegando! — gritou um guarda perto do muro. Sua capa branca esvoaçava no vento como asas.

Eu já estava esperando um grifo surgir do nada, mas não foi isso que bateu no portão de ferro com força o bastante para estremecer aquela estrutura maciça, rasgando a pele do invasor.

Era um daímôn.

Com o rosto branco como a capa dos guardas e velas grossas como serpentes pretas, o daímôn recuou e avançou no portão de novo.

Limpando o sangue da mão, Olivia balançou a cabeça.

— O que ele está fazendo?

— Além de desfigurar a própria cara? — Me encolhi quando a criatura bateu no portão mais uma vez. — Talvez esteja com muita fome.

Daímônes eram puros-sangues que ficaram viciados no éter presente no sangue dos puros, e só ano passado descobrimos que também podiam transformar os meios. Foram eles que deram origem aos mitos dos vampiros, embora não fossem nem um pouco gostosos. Tudo começou eras atrás — algo que Dionísio fez, provavelmente quando estava entediado.

A maioria de nossos problemas só existia por causa do tédio dos deuses.

Outro daímôn se juntou, depois mais um, e mais um. Cada vez que eles batiam no portão, eu me encolhia. Suas peles expostas estavam estraçalhadas e ensanguentadas.

Solos estava no portão, capaz de derrubar dois deles enfiando adagas entre as barras do portão. Daímônes eram altamente alérgicos a titânio. O material cortava a pele deles como se fosse água. Eles explodiram em nuvens azuis cintilantes, um depois do outro, mas outros apareceram, se balançando no portão. Olhei para os lados. As dobradiças estavam enfraquecendo.

Me movi, vendo dúzias e dúzias de daímônes atrás daqueles no portão. Aiden conjurou fogo, atingindo vários deles com a chama, mas continuavam avançando no portão até serem consumidos pelo fogo.

Aquilo não era *nada* bom.

Mas um pensamento aterrorizante me ocorreu. Quando eu era cem por cento Time Seth depois do meu despertar, descobri que ele e Lucian estavam trabalhando com daímônes, alimentando os monstros com os puros-sangues que não se aliavam a eles. Os daímônes podiam estar ali por causa de Ares ou porque Seth estava chegando. De uma forma ou de outra, era pouco provável que tantos monstros assim apareceriam no meio do nada, como fizeram durante a reunião do conselho nas Catskills.

— Precisamos fazer alguma coisa. — Luke pegou suas adagas, cerrando os olhos ao virar para mim. — Você consegue fazer a parada do Apôlion? Como fez com os autômatos?

Percebendo que deveria fazer o mesmo que Luke, peguei minhas adagas. Minhas mãos tremiam, e torci para que ninguém notasse.

— Não prometo manter o portão intacto no processo. Talvez, se eu fosse lá para fora e desse a volta por trás dele.

— Nada disso. — Aiden avançou. — Te atacariam em segundos.

Com todo o éter em minhas veias, eu seria como um sino anunciando a hora do jantar, mas se fosse lá para fora, poderia fazer alguma coisa. Poderia dar um fim em tudo, antes que as coisas saíssem do controle. Mas mantive a boca fechada, e isso era tão incomum para mim que nem sabia mais se eu ainda era *eu*. Uma semana atrás, já estaria escalando aqueles muros malditos.

Sentinelas não demonstram medo.

E tudo o que eu sentia ali era medo.

Mais monstros bateram no portão, fazendo o centro dele entortar perigosamente.

— Abram o portão! — Aiden gritou, segurando o ombro de um guarda. — Se eles quebrarem o portão, teremos uma ferida aberta para proteger.

— Isso é maluquice! — o guarda argumentou. — Se eles passarem por nós...

— Eles não vão passar por nós. Mande metade da tropa formar uma fila alguns metros para trás — Aiden ordenou. — O restante fica aqui.

Luke balançou a cabeça e murmurou.

— Aquela vai ser a fila do "deu merda".

Ao lado dele, Olivia riu. Os dedos dela se abriram e fecharam ao redor dos cabos das adagas.

— Sabe, isso nem é tão ruim assim.

— Não? — perguntei.

Ela balançou a cabeça.

— Poderia ter acontecido durante o funeral.

O portão chacoalhou como ossos secos e furiosos mais uma vez, e então o guarda entrou em ação, gritando palavras de ordem. Deixar os daímônes entrarem parecia loucura, mas Aiden tinha razão. Mesmo se parássemos o ataque, ficaríamos muito vulneráveis com um buraco enorme no lugar do portão.

Metade dos sentinelas e todos os guardas foram para os fundos, formando a fila do "deu merda". Olivia e Luke permaneceram perto do portão, prontos para a batalha. Forcei meus pulmões a inflarem enquanto dois sentinelas se voluntariavam para a missão quase suicida de abrir o portão.

Aiden ficou ao meu lado, abaixando a cabeça e falando baixo o bastante para que só eu escutasse.

— O bicho vai pegar. Sei que você não quer ouvir isso, mas é melhor você voltar para a área comum. Encontra seu tio e...

— Eu consigo — respondi, e então repeti umas cinco vezes na minha cabeça. — E vocês vão precisar da minha ajuda. Posso fazer meu lance de Apôlion sem me preocupar com o portão.

Os olhos foram tomados por um cinza escuro e tumultuoso.

— Alex, realmente acho...

— Tarde demais — interrompi, quando os sentinelas escancararam o portão.

Aiden girou e, antes que eu pudesse respirar de novo, os daímônes invadiram o portão, engolindo os dois sentinelas numa onda enorme. Ele xingou e olhou para mim. Eu não queria que ele se distraísse. Daímônes não podiam me matar, mas podiam matar Aiden.

— Estou bem. — Apertei as adagas com mais força. — Agora manda ver.

Ele parecia querer protestar mais, só que não havia tempo. Abaixando no último segundo, ele atingiu um daímôn na barriga com o ombro. A força do golpe fez o daímôn cair de costas. Aiden girou, enfiando a adaga no peito do daímôn. Em poucos segundos, o bicho não passava de uma pilha de poeira cintilante. Aiden se virou, ombros firmes e a boca cerrada. Acabou com um daímôn e depois mais um. Se Leon/Apolo estivesse ali, estaria contando.

Me virei com o som de pegadas fortes. Um daímôn estava avançando na minha direção, olhos escuros como petróleo e a pele sem nenhuma cor. Meus músculos ficaram tensos como nos segundos antes de entrar numa batalha, mas era diferente desta vez. Eles travaram completamente. Minha boca secou. Meu coração estava à beira do ataque cardíaco. Foi como quando vi minha mãe naquele beco na ilha. Eu estava imóvel.

Você não pode lutar. Não consegue mais fazer isso. Você está quebrada.

Minha voz interna era *tão* insuportável... Eu estava paralisada. Ao meu redor, os sons de metal batendo e grunhidos daqueles que lutavam se ampliaram até serem tudo o que eu conseguia ouvir.

O daímôn parou bruscamente, farejando o ar, e então abriu a boca, revelando uma fileira de dentes de tubarão. O bicho uivou.

Minha mente... tinha alguma coisa errada com ela. Eu sabia que era um daímôn na minha frente e sabia que nem precisava usar minhas adagas. Podia usar fogo ou vento. Podia conjurar akasha, o quinto e último poder que apenas os deuses e o Apôlion podiam controlar, mas não vi o daímôn. No lugar dele, vi um deus furioso de dois metros de altura. Vi Ares.

Fiquei ofegante. Dei um passo para trás, engolindo a bile.

— Não.

O daímôn me atingiu, me derrubando de costas. As adagas voaram das minhas mãos, derrapando sobre a terra seca, levantando uma nuvem de poeira.

— Eu te dei uma saída mais fácil — disse Ares, fincando os dedos nos meus ombros. — Mas você preferiu assim, e todos os que você ama vão morrer por causa disso.

Alguém gritou meu nome, e a imagem de Ares desfocou nas bordas. Veias pretas e saltadas surgiram na face dele. Dentes afiados apareceram por trás da boca cruel. Um tremor poderoso dominou meu corpo, e os glifos na minha pele ficaram loucos, como se tivesse um deus...

Um clarão de luz branca me cegou, e então o daímôn explodiu numa nuvem de poeira azul. Uma flecha prateada caiu no meu peito.

— Mas que... — Peguei a flecha, gritando quando ela queimou meus dedos.

— Vou precisar disso — disse uma voz suave e musical que eu só havia escutado uma vez antes. A flecha foi arrancada dos meus dedos. — Valeu!

Olhei para cima e descobri por que meus glifos estavam fazendo uma versão maluca de choque na minha pele.

Vestida com seu tecido camuflado cor-de-rosa, ela estava de pé em cima de mim, o arco prateado apoiado na curva do quadril. Seu cabelo vermelho estava preso num rabo de cavalo, mas os cachos longos caíam até a altura da cintura. Estática crepitava em seus olhos completamente brancos.

— Está tentando pegar um bronze?

Meio estupefata com a aparição dela, me levantei.

— O que você está fazendo aqui? O Apolo...?

— No momento, meu irmão está sendo acorrentado numa pedra pelo nosso pai por causa de Ares. — Ela colocou outra flecha no arco. — Zeus está muito bravo, e é claro que está culpando Apolo por toda essa bagunça. Como poderia saber o que Ares estava tramando? — Ela disparou a flecha, que passou direto por cima da minha cabeça. Um grunhido alto me dizia que ela acertou em cheio. — Não é nossa culpa se Ares apanhou com vara umas cem vezes.

Outra flecha voou de seus dedos ágeis. Dessa vez, passou voando pela lateral da minha cabeça e tive certeza de que estava a poucos centímetros de ganhar mais um furo na orelha.

— Você precisa reagir, bonitinha — disse ela, abrindo um sorrisão.
— Seu namoradinho está quase entrando para as estatísticas.

— O quê...? — Assimilei aquelas palavras e me virei.

Meu coração parou.

Aiden estava cercado, dois daímônes nas costas dele e dois na frente. Nenhum sentinela por perto. Os daímônes iam direto para os puros-sangues porque eles, como Ártemis e eu, eram lotados de éter. O que era bom para os meios, dando a eles uma vantagem. Mas não Aiden. O sangue pulsava em seu pescoço. Uma daímôn fêmea na frente dele tinha sangue nos lábios rosados e ressecados.

Ele foi marcado.

Aiden foi marcado.

Ah, aquilo ativou em mim o modo "vou acabar com aquela piranha".

Independentemente do que fosse a coisa que invadiu meu organismo, a tal coisa foi encoberta pelo meu medo *por* ele. Me esquecendo de Ártemis e sua aparição repentina, inesperada e muito bizarra, avancei. Meus músculos e corpo sabiam o que fazer. O cérebro desligou. O instinto bateu. Finalmente.

Cheguei por trás dos dois daímônes e finquei a adaga em um deles. O outro sentiu meu potencial etéreo e se virou para mim.

O bicho gritou.

— Apôlion...

— Cala a boca — eu disse, abaixando quando ele tentou me golpear. Me levantei, chutando e dando uma rasteira dele. — Sei que meu cheiro é bom. Aposto que o gosto também é.

Descendo a adaga, derrotei o daímôn e então me ergui. Passando por baixo do braço de Aiden, fui direto para a fêmea com o sangue *dele* na cara feia *dela*. Girando a lâmina para trás, balancei o braço, atingindo a daímôn fêmea no pescoço. Ela jogou o rosto para trás e o prazer que senti deveria preocupar terapeutas em todo o país.

— Caramba — disse Aiden ofegante, e depois derrotou o outro daímôn.

A daímôn fêmea avançou na minha direção, praticamente se empalando na minha adaga. A poeira aqui voou por meu rosto.

— Que nojo.

Ártemis estava acabando com os daímônes e fazendo aquilo lindamente. Com suas bochechas um tanto coradas e o lábio inferior entre os dentes, ela corria para todos os lados, explodindo um daímôn depois do outro. E, quando os sentinelas começaram a perceber que havia uma deusa no meio de nós, todos basicamente pararam o que estavam fazendo.

A legião de daímônes não ia nos matar. Não mesmo. Ártemis estava ali.

Ela pulou num tronco de árvore, rodopiando como uma bailarina. O sol reluzia em seu arco prateado. Três flechas dispararam do arco, ziguezagueando entre os sentinelas e atingindo os daímônes.

Santa bunda do Hades...

Eu nunca ia querer arrumar briga com Ártemis.

Em menos de um minuto, uma dúzia de daímônes não passava de pilhas de poeira azul cintilante, e Ártemis nem sequer suou. Nenhuma mecha de seu cabelo saiu do lugar. Guardando o arco no cinto preso em suas costas, ela deu uma piscadinha para Solos antes de sumir e reaparecer bem na minha frente.

— Meus deuses! — gritei, dando um passo para trás. — Precisava disso?

Ela tombou a cabeça para o lado.

— Ares está jogando sujo. Esses aqui — ela acenou com os braços para o lado. — São coisa dele. Ele que os enviou para cá, e vão chegar mais. O Primeiro está a caminho.

— Seth? — Aiden passou a mão pelo pescoço. — Ele está vindo para cá?

Os olhos bizarros de deusa da Ártemis soltaram todo tipo de estática ao olhar para ele. Um brilho fino a cercava, como se ela tivesse mergulhado em glitter, e então a roupa camuflada desapareceu.

Arregalei os olhos.

Uma verdadeira deusa estava de pé na nossa frente, vestida com um linho branco, quase transparente, que abraçava suas curvas e revelava mais pele do que uma tanguinha. Uma faixa prateada cobria seu braço. Uma lua pendurada nela, brilhando como se estivesse banhada em luz.

Ela deu um sorriso suave e sedutor quando encarou Aiden.

— Olá, que tal você largar essa Apôlion e vir ficar com...

— Ei! — Cruzei os braços, tentando manter meus olhos no rosto dela. — Você não deveria ser uma deusa *virgem*?

Então ela deu uma risada delicada e tilintada.

— Querida, já ouviu falar em "fazer e não contar"?

— E você já ouviu falar em sutiã? — questionei. — Porque dá para ver seus... você sabe. *Tudo*.

Aiden pigarreou enquanto desviava o olhar, com as sobrancelhas arqueadas. Ártemis riu de novo ao voltar sua atenção para mim.

— Vou ajudar você o quanto puder, assim como os outros, até que Apolo possa retornar para o seu lado. Não podemos permitir que Ares continue. Você precisa transferir o poder do Primeiro para si mesma.

Como ela passou de dar em cima do meu namorado para aquele papo todo sério de guerra, morte, blá-blá-blá, estava além da minha compreensão.

— Está no topo da minha lista de prioridades, junto com... *ei!* — Me esquivei da mão que ela estendeu de repente. Seus dedos tocaram minha bochecha. — Para! — Dei um salto para trás, mas ela me tocou de novo. — Cara, vocês deuses são tão esquisitos...

Ártemis franziu o nariz para mim.

— Tem alguma coisa errada com você.

— Hã? — Aquilo não me parecia muito educado. Olhei para Aiden. Ele estava encarando Ártemis, mas não do jeito que os outros caras, exceto Luke, estavam encarando. Correção: até o Luke estava dando uma secada nela. — Se importa de explicar? — perguntei.

Ela fechou os olhos e então estendeu a mão de novo. Me forcei a ficar parada e deixar que ela me sentisse, porque, sério, parecia que ela não iria parar. Tocou minha bochecha e colocou a outra mão abaixo dos meus seios, entre as costelas.

— Hum... — Eu estava começando a ficar assustada. — Espero que isso tenha um bom motivo, porque metade dos caras está nos encarando como se torcesse pra gente se pegar.

Aiden tossiu.

Os cílios da deusa se levantaram.

— Tem algo dentro de você.

— Bom, tenho órgãos e... — Parei de falar, lembrando de como o filho de Apolo dissera a mesma coisa. Fiquei preocupada. — Tipo alguma coisa que não deveria estar aqui?

— Não sei. — Ela afastou as mãos, graças aos deuses. — Você deveria dar um jeito nesse cabelo.

E, então, desapareceu do nada. Foi embora de vez, porque os sinais do Apôlion se acalmaram. Levantei a mão, ajeitando envergonhada as pontas irregulares do meu cabelo enquanto olhava para Aiden. Ele me encarou, parecendo ter levado um chute no saco. Abriu a boca para dizer alguma coisa e depois virou a cabeça.

Sem a menor ideia do que foi aquilo, assimilei a batalha massacrante. Havia sangue espalhado pela grama e corpos jogados no chão, alguns morrendo e outros já mortos. Precisaríamos de mais funerais. Vi que meus amigos continuavam de pé. De alguma forma, o alívio de não enfrentar mais um dia sem algum deles foi uma gota a menos no meu balde de lamentações.

Lutar era um desejo e uma necessidade que nasceu comigo, assim como todos os outros meios-sangues que não foram para a servidão. Só que, em algum momento entre o Poseidon destruindo o Covenant na ilha Divindade e eu acordando depois que Apolo me devolveu do Olimpo, lutar perdeu seu apelo.

Uma vida inteira fazendo isso?

Pensei no que disse a Aiden quando não tinha mais certeza de que queria fazer aquilo, mas isso foi antes de Ares. Tudo era diferente agora.

Meu olhar encontrou Aiden.

Ele estava ajoelhado ao lado de um sentinela caído, um que parecia ter a minha idade. O vento agitou as mechas de cabelo de Aiden, tirando-as da sua testa. Ele levantou a cabeça, seu olhar sombrio encontrou o meu, e pensei ter visto a mesma exaustão nos olhos dele.

Nós dois estávamos tão... tão de saco cheio.

5

Um bom tempo depois do pôr do sol, quando o campus se acalmou um pouco após um ataque quase desastroso, me deitei na cama. De banho recém-tomado, roubei uma calça de moletom e uma camiseta de Aiden.

Eu estava exausta mas ansiosa. Sabia que deveria dormir, porque o dia seguinte seria o recrutamento do E.E., mas encarei o teto, balançando os pés até Aiden aparecer, vestindo uma camiseta.

Meus olhos se voltaram para aqueles músculos abdominais perfeitos. Será que eu era uma pessoa ruim por, apesar de todas as coisas terríveis que estavam acontecendo, continuar encarando aquelas entradinhas na barriga dele?

Aiden deixou a camisa cair, cobrindo toda aquela magnitude ao subir na cama. Ele se inclinou para baixo, colocando as mãos na minha cabeça. Seus lábios tocaram os meus, e um calor se espalhou em mim, como aconteceu antes daquele filme do Hitchcock ganhar vida.

O jeito como Aiden me beijava, bem, nunca deixava de me afetar. Toda vez era como a primeira vez. Borboletas voavam no meu estômago no momento em que nossos lábios se tocavam. Meu peito sempre se agitava, e eu nunca me acostumava com o fato de que ele estava me beijando. E de que estávamos juntos apesar das leis que proibiam e de tudo o que atrapalhava nosso caminho, incluindo nós dois. Quando levantou a cabeça, soltei um suspiro e ele beijou o cantinho da minha boca.

Se deitando de lado, se inclinou sobre a minha barriga, apoiando o peso sobre o cotovelo.

— Você deveria estar dormindo.

— Eu sei.

— Mas você não está.

— Nem você.

Ele abriu um sorriso de canto de boca.

— Como você está se sentindo?

— Bem. — Estendi a mão, tocando logo abaixo da marca que ele havia recebido. A pele ali sempre seria alguns tons mais pálida que o tom natural da pele dele. A mordida foi bem perto da jugular. Embora fosse um puro-sangue, a mordida poderia ter deixado ele desacordado por um tempo, ou até mesmo matado. — E você?

51

Ele segurou minha mão, afastando-a do pescoço e beijando a palma.

— Estou bem.

Tentei não demonstrar, mas o medo me inquietava.

— Você nunca foi marcado antes.

— Tudo tem uma primeira vez. — Ele abaixou minha mão, mas continuou segurando. — Nem é tão ruim assim.

Eu discordava.

— Quero matar aquela daímôn de novo.

Aiden sorriu, então. Um sorriso de verdade, mostrando aquelas covinhas profundas. Parecia fazer tanto tempo que eu não via aquele sorriso.

— Foi meio sexy quando você apareceu do nada e acabou com ela.

— Preciso de uma camiseta escrito "Acabei com ela".

— Posso fazer uma pra você, mas gosto de te ver vestindo minhas roupas.

Um rubor se espalhou por meu rosto.

— Eu deveria ter te pedido antes.

— Você nunca precisa pedir. — Ele apertou minha mão delicadamente. — Está com fome?

Grunhi.

— Não. Meus deuses, não. Meu estômago está quase explodindo com tudo o que você me fez comer mais cedo.

Ele não disse mais nada e fechou os olhos. Me perdi ao encará-lo. Um ano atrás eu jamais imaginaria que estaríamos onde estávamos agora. Um ano atrás, jamais me imaginaria paralisando no meio de uma luta.

Aiden abriu os olhos e me encarou de volta.

— O que está se passando na sua cabeça? — Às vezes me assustava com a habilidade que ele tinha de me ler.

— Eu hesitei na luta.

— Acontece, *ágape mou.*

O termo carinhoso quase me quebrou.

— Não com sentinelas — sussurrei, encarando por cima do ombro dele. — Eu paralisei completamente, Aiden. Não conseguia me mexer. Eu não queria...

— O quê? — ele indagou quando não continuei a frase.

Molhei os lábios e disse baixinho:

— Eu não queria estar lá.

— E quem queria?

Soltando minha mão, voltei meu olhar para ele.

— Você não entende. Eu não queria estar lá. Não queria lutar. Queria estar em qualquer outro lugar, e quando vi aquele daímôn, achei ter visto...

— Interrompi. Não podia admitir que achei ter visto Ares. Ele acharia que eu estava ficando maluca. — Simplesmente travei. E se eu fizer isso de novo e mais pessoas se machucarem ou morrerem?

— Alex, você não é a responsável pelas mortes de hoje. — Ele virou, colocando seu rosto bem em cima do meu. — Não coloca esse peso de merda nos seus ombros. Não faz sentido.

Mas FAZ sentido, sussurrou aquela voz.

— As pessoas esperam que eu lute e mande bem nisso. Não vem me dizer que todo mundo não esperava que eu derrotasse aqueles daímônes. E se a Ártemis não tivesse aparecido...

— Você teria acordado. Assim como fez — disse Aiden, acariciando meu rosto e me forçando a encará-lo. — Você está pegando muito pesado consigo mesma. Tudo o que você passou vai te afetar, e você não está se dando tempo para lidar com o que *acabou* de acontecer. Você não está bem, Alex, mas não está quebrada nem destruída.

O ar saiu trêmulo de mim.

— Então o que eu sou?

— Você é alguém incrivelmente forte e corajosa, que passou por muita coisa. Várias pessoas esperam muito de você. E não é porque você é fraca. Você tem dezoito anos, Alex. E mesmo se tivesse vinte e oito, toda essa merda já seria coisa demais. — Os dedos dele deslizaram pela minha bochecha, pelo caminho um pouco irregular por causa das cicatrizes. — Você é o Apôlion, mas é apenas uma pessoa. E não está sozinha. Você tem a mim. O Luke, a Olivia e seu tio. Tem o Solos e meu irmão, embora ele seja um pouquinho inconsequente. — Um pequeno e rápido sorriso apareceu em seus lábios. — E amanhã você terá um exército inteiro. Você não está sozinha nisso. Nunca estará sozinha.

Pisquei para conter os olhos molhados.

— Acho que, no tempo livre, você anda estudando um livro cheio de coisas certas a dizer.

Ele riu baixinho, e depois seus lábios tocaram os meus num beijo rápido.

— Que nada. Eu só te amo, Alex.

Levantando as mãos, toquei seu rosto macio. Os pequenos arranhões das aves já tinham se curado, deixando leves marcas para trás.

— Acho que eu perderia a cabeça sem você.

Ele beijou minha bochecha e depois se esticou ao meu lado, deslizando o braço ao redor da minha cintura. Nos momentos silenciosos que seguiram, não senti dormência nem medo. Estava alegre, quente, e me sentia um pouquinho como antigamente. Amanhã seria um dia importante, e não dava para saber o que nos aguardava depois. Eu não queria pensar em nada daquilo. Não agora.

Virei para o lado e me estiquei, unindo nossos lábios. Os beijos começaram lentos, em nada parecidos com aquela manhã, quando pegaram fogo muito rápido, mas então se intensificaram e meu coração acelerou, pulsando dentro do peito. A mão dele agarrou meu quadril, puxando meu corpo para mais perto. Com os corpos colados, um calafrio dançou pelas minhas costas quando seus dedos escorregaram por baixo da minha camiseta, deslizando pela pele nua da minha cintura. Minha mão passou para o peito dele, e desejei ter um poder de Apôlion que fizesse as roupas desaparecerem. Teria sido bem útil.

Ele me deitou de costas e colocou uma perna entre as minhas. Sua língua me invadiu, bagunçando meus pensamentos e me puxando para mais perto. Uma tensão deliciosa tomou meu ventre e, quando o corpo dele se esfregou contra o meu, suspirei. Minha reação foi imediata, empurrando o corpo contra o dele.

Aiden estremeceu ao levantar a cabeça. Seus olhos estavam como prata derretida.

— Precisamos fazer uma pausa rápida.

Acreditei ter escutado errado, porque ele mexeu a perna de um jeito que me fez tremer, e depois me beijou de novo, mordiscando meu lábio.

— Sério, precisamos conversar por um segundo — ele disse, com a voz grave.

Um pequeno sorriso surgiu em meus lábios.

— Então para de me beijar.

— Excelente ideia. — Ele pressionou os lábios na área sensível embaixo da minha orelha. — Mas muito difícil. — Porém, ele se sentou ao meu lado de pernas cruzadas. — Quero conversar com você sobre uma coisa.

O jeito como ele disse fez meu estômago gelar. E ele estava com aquela cara de "Aiden está falando sério".

— Tá bom. Sobre o quê?

— Sobre o que a Ártemis te disse hoje.

— Meu cabelo?

Ele lançou um olhar sonso para mim.

— Não. Quando ela disse que tinha alguma coisa dentro de você.

— Ah. Isso? Esquisito, né? O filho do Apolo, Escu alguma coisa, disse a mesma coisa quando eu estava no Olimpo. — Suspirei, tentando não surtar. — Não tenho ideia do que estão falando.

— Não mesmo? — A voz dele se encheu de surpresa.

— Não. — Franzi a testa. — Você tem?

Aiden abriu a boca e depois fechou. Muitos segundos se passaram, e então ele passou a mão pelo cabelo, coçando a cabeça. — Pensa bem, Alex.

Cruzando as pernas, dei de ombros.

— Me explica você, que é tão sábio.

— Você vai mesmo me fazer dizer? — Ele sussurrou um xingamento, colocando a mão sobre o colo. — É claro que vai. Você não acha que existe a possibilidade da Ártemis ter sentido, ou visto, sei lá, que você está... grávida?

Eu o encarei.

— *Quê?*

Ele franziu as sobrancelhas escuras.

— Grávida.

— Não. — Me engasguei com uma risada e revirei os olhos. — Sem chance. — Aiden olhou para mim como se eu fosse idiota. — Que foi? — Fiz uma cara feia. — Sem chance de ser isso, porque não é possível. Eu, tipo, saberia se fosse o caso, e seria totalmente...

Nossa. Eu soava meio idiota, porque poderia mesmo ser *aquilo*. Eu tomava minhas injeções anticoncepcionais, mas sinceramente não lembrava quando tinha tomado a última, e vai saber se eram cem por cento efetivas, ou se funcionavam em Apôlions, e quando foi *mesmo* a última vez que menstruei? E...

Ai, meus deuses do Olimpo...

Me sentei, quase empurrando Aiden da cama. Meus olhos arregalaram.

— Grávida? Um pão no forninho? Uma pequena Alex ou um pequeno Aiden correndo por aí? Tá bom. Um pequeno Aiden seria a coisa mais fofa, mas gravidinha? Meus deuses, já te disse como odeio a palavra "gravidinha"? Pra que colocar no diminutivo? A mesma coisa com "maridinho". Sério mesmo? Maridinho e gravidinha são as palavras mais estúpidas que...

— Alex, nossa. — Ele riu. — Calma. Respira.

Tentei respirar, mas não conseguia superar a palavra *grávida*. Fiquei com um *puta merda* preso na garganta.

— Não pode ser, pode?

Ele inflou o peito e então assentiu.

— Pode ser, Alex.

Nossa, fiquei abalada só de pensar. Grávida? Eu? Tive vontade de rir, mas se começasse, sabia que não conseguiria parar, e não seria uma risada do tipo fofa. Seria uma risada do tipo histérica.

— Isso... — Soltei o ar estremecendo enquanto olhava para baixo. Eu estava meio tentada a levantar minha camiseta e começar a apertar a barriga. Mas não fiz isso, porque aí eu teria um surto dos grandes.

— Isso muda tudo.

Levantei o olhar, encarando Aiden. Os olhos dele estavam prateados e brilhantes, e meu coração errou uma batida. Quando estavam daquela cor, Aiden estava sentindo algo forte, algo bom, mas eu não sabia o que pensar. Grávida de Aiden? Eu *não podia* ser mãe. Sério. Eu mal lembrava de escovar meus dentes de manhã. Ser responsável por uma criança, especialmente no meio da bagunça que estava a minha vida? O bebê não teria a menor chance. Ele acabaria sendo devorado por coiotes selvagens ou algo do tipo.

Aiden sorriu com o canto da boca.

— No que você está pensando?

— No que *você* está pensando? — Meu coração estava a mil.

— Estou pensando... em um monte de coisas, mas se for isso o que os deuses sentiram em você, precisamos pensar no que iremos fazer. — Ele se aproximou, me puxando pela calça. — Sei que não é o melhor momento.

Aquilo, sim, me fez rir.

— Sim, no caso é o *pior* momento.

— Mas será que seria tão ruim assim? — ele perguntou.

O olhar dele, a honestidade tão escancarada e — *meus deuses* — aquela pitada de aceitação me irritaram.

— Você estaria de boa com isso?

Aiden abaixou o olhar por um momento e depois virou para se sentar de frente para mim. Segurou minhas mãos e, de repente, percebi o quão sério aquilo era. Eu era lenta para processar as coisas.

— Não é o momento certo para nós — começou, entrelaçando seus dedos nos meus. — Não com tudo o que está acontecendo, mas... mas como eu poderia não ficar de boa?

Fiquei sem palavras, de verdade. Alguém precisava filmar aquele momento.

— Eu te amo, Alex. Isso nunca vai mudar e, embora a gente não esteja pronto para isso, *posso* ficar pronto para isso. Nós dois podemos, e vamos passar por isso juntos. Acho que não serei um pai tão ruim. Quer dizer, praticamente criei o Deacon, e ele continua vivo. — Riu baixinho, e um leve rubor surgiu em suas bochechas. — Mas, se você estiver de boa, precisamos pensar bem no que iremos fazer. Sei que não podemos fugir do que precisamos fazer, do que *você* precisa fazer, mas teremos que ajustar algumas coisas.

Eu não conseguia nem imaginar que tipo de ajustes teríamos que fazer. Se estivesse grávida, será que eu poderia sair e lutar? Será que conseguiria transferir o poder de Seth? E, meus deuses, que tipo de criança eu iria parir? Parte meio, parte puro e parte Apôlion?

Aquela criança poderia destruir o mundo.

Mas Aiden... meus deuses, eu queria chorar. Queria fazer aquelas lágrimas descerem, porque eu era muito sortuda por tê-lo em minha vida. Muitos caras já estariam em outro estado naquela altura.

As lágrimas não caíram, mas eu conseguia me mexer. Me ajoelhei e ele soube o que eu queria. Seus braços se abriram, e engatinhei para o colo dele, envolvendo meus braços em seu pescoço e me agarrando como se fosse um polvo.

— Você é perfeito — eu disse, com o rosto enterrado no espaço entre o pescoço e o ombro.

— Não sou perfeito. — Ele passou a mão pelo meu cabelo, apoiando a parte de trás da minha cabeça. — Só não consigo ficar triste com o fato de que talvez a gente vá ter um bebê.

Fechei os olhos com força enquanto uma pontada de emoções desenfreadas me atravessou. Em meio à tempestade de medo e confusão, havia uma porção quase imperceptível de... de *felicidade* me preenchendo como um fio de fumaça. Os meios-sangues eram a prole dos puros com mortais e não tinham permissão para procriar. Além disso, sentinelas não tinham filhos — nem mesmo os puros-sangues que escolhiam aquele tipo de missão. Eles não viviam o suficiente para criá-los. Então nunca sequer considerei a ideia de ter um bebê, e agora como eu poderia não querer aquilo? Especialmente porque, mesmo despreparados para algo tão grandioso, Aiden estaria comigo. Não como uma obrigação, mas porque ele me amava e amaria nosso filho.

E *eu*? Provavelmente seria a mãe mais irresponsável que já existiu, mas amaria a criança com todo o meu ser.

Meus deuses, meu cérebro devia estar maluco, porque nunca pensei que um dia pensaria numa coisa dessas.

Aiden beijou minha têmpora.

— Precisamos falar com um dos médicos daqui em breve, só para termos cem por cento de certeza em qualquer um dos casos, e depois... bom, vamos encarar isso juntos.

Ai, nossa. Dar uma passadinha na enfermaria para um teste rápido de gravidez? Isso seria tão constrangedor. Um pensamento me ocorreu.

— O Marcus vai te matar.

Uma risada profunda e rica retumbou do peito dele.

— Meus deuses, tem razão!

Comecei a sorrir, mas aí levei um soco da realidade e aquela pontinha de felicidade se esvaiu.

— Não posso estar grávida, Aiden.

— Alex...

— Você não entende. — Me afastei e saí do colo dele, me arrastando na direção da cabeceira da cama. Suspirei ao abraçar meus joelhos. — Não é que eu esteja negando o jeito como corpos de homens e mulheres funcionam, mas a gente não faz *aquilo* desde que Ares apareceu, e não tem a menor chance. Se eu estivesse grávida, um bebê não teria sobrevivido àquela luta.

O brilho prateado diminuiu um pouco.

— Eu nem tinha pensado nisso. Meus deuses — disse ele, coçando o queixo. — Como não pensei nisso? Seria... — Ele balançou a cabeça, travando o maxilar.

Eu não sabia o que dizer, porque a chance de estar grávida era ínfima. Uma dor perfurou meu peito. Quando os olhos dele ficaram opacos, sua felicidade cintilante também ficou. Eu odiava tirar aquilo dele.

Aiden se moveu para se esticar do outro lado da cama e depois deu um tapinha no espaço ao seu lado. Mordendo os lábios, me arrastei para baixo e me deitei ao lado dele. Nenhum de nós disse mais nada porque não sabíamos o que dizer. Em determinado ponto, Aiden desligou a luminária ao lado da cama e se acomodou de novo ao meu lado.

Um bom tempo depois de eu achar que Aiden já havia dormido, respirei fundo, fechei os olhos e fiz algo que me parecia incrivelmente insano.

Coloquei as mãos no meu ventre.

Meu coração saltou, embora minha barriga não parecesse diferente. Será que eu estava grávida e... não, não mesmo. Era um bebê. Era o bebê de Aiden. Será que *nosso* bebê sobreviveu à luta contra Ares? Coisas mais malucas já haviam acontecido. E, na minha vida, eu já quase esperava que o impossível podia e iria acontecer. Então, apesar de ter descartado a possibilidade, havia uma chance. Eu reconhecia aquilo. Só não sabia o que pensar ou fazer.

Na escuridão, Aiden colocou a mão sobre a minha, na minha barriga, e permaneceu assim durante a noite inteira.

6

Aiden saiu bem cedo para buscar café da manhã. Me ofereci para ir junto, mas ele insistiu que eu ficasse na cama e descansasse mais um pouco. Pesadelos me perturbaram por boa parte da noite. Daímônes quebrando as paredes. Ares ultrapassando as barreiras de proteção. Pessoas que amo morrendo ao meu redor. Me mexi tanto durante a noite que Aiden mal conseguiu dormir, mas não foi só isso. No fundo, eu sabia por que Aiden queria que eu ficasse no quarto. Ainda havia uma parte dele que acreditava que eu poderia estar grávida. Bom, havia uma pequena parte de *mim* que achava a mesma coisa.

Toda vez que eu pensava que poderia haver uma chance, meu estômago revirava e meu coração acelerava. Eu não poderia focar naquilo hoje, mas foi a única coisa na qual pensei enquanto tomava um banho rápido e me vestia.

Avistei meu reflexo no espelho embaçado e me encolhi. Até mesmo molhado, meu cabelo estava todo desregular. Eu precisava fazer algo a respeito. Caminhando até a pequena cozinha e a sala de estar que uniam os dois quartos, encontrei uma tesoura. Imediatamente, me lembrei de quando segurei uma tesoura antes, depois da morte de Caleb.

Você deveria cortar seu cabelo.

Romvi/Ares disse aquilo para mim e, no desespero por ter perdido meu melhor amigo, tentei cortar meu cabelo. Uma reação estranha na época, mas agora?

Encarei a tesoura, sentindo um nó se formando na garganta. Seth havia me impedido. Ele esteve do meu lado o tempo todo depois da morte de Caleb. Mesmo quando eu descontava toda a minha mágoa e a minha raiva em cima dele, Seth permaneceu ao meu lado. Éramos os dois lados da mesma moeda, e, se não fosse por ele, a depressão e o desprezo por mim mesma teriam me derrubado.

O que aconteceu com você, Seth?, perguntei, mas não obtive resposta pela nossa conexão. Nada além da vibração suave do cordão, e, na real, não importava o que havia acontecido. Tudo o que ele fez ofuscou as coisas boas. E ele estava no Time Ares. Depois do que Ares fez comigo, eu não poderia perdoar Seth por aquela escolha.

Soltando um suspiro pesado, saí do quarto e atravessei o corredor para bater na porta da Olivia.

— Oi — ela disse ao abrir a porta, mas seu sorriso morreu um pouco ao olhar para baixo e ver o objeto afiado na minha mão. Ela não deu um passo para trás, mas seu olhar dizia que ela queria. — O que foi?

— Queria saber se você pode dar um jeito no meu cabelo antes da reunião de hoje. — Comecei a balançar a tesoura, mas decidi que o gesto parecia meio agressivo. — Não queria chegar lá parecendo que passei um cortador de grama na cabeça antes de conhecer um monte de gente nova.

O sorriso dela voltou, iluminando seus olhos castanhos.

— Claro! Posso dar um jeito. — Ela pegou a tesoura com seus dedos habilidosos. — Na verdade, estou feliz que você pediu porque eu queria oferecer, mas achei que seria meio sem noção.

— Não seria. Sei que meu cabelo está horrível. — Fui atrás dela entrando no quarto. — Mas obrigada.

— De boa. Vamos pro banheiro. — Olivia me fez sentar na beirada da banheira, com os pés para dentro. Ela colocou uma toalha sobre os meus ombros e depois pegou um pente. Ficamos em silêncio enquanto ela desembaraçava os fios, e então ela enfim falou: — Ontem foi loucura, né? Nunca vi nada parecido com aquelas aves. E todos aqueles daímônes?

— Pois é. Você e Luke arrasaram demais. — Encarei um frasco de xampu e Olivia deu mais algumas penteadas delicadas. — Ártemis disse que foram enviados por Ares.

— Não acredito que um deus tenha se rebaixado e usado daímônes. Me parece algo tão errado... — Ela pegou a tesoura. — Fica paradinha, tá bom?

Ficar parada não era meu forte, mas tentei.

— Seth e Lucian estão fazendo a mesma coisa.

A mão de Olivia parou sobre a minha cabeça.

— Lembro de você ter dito... só não entendo nada disso. Sei que Ares quer guerra. Dã, ele é o Deus da Guerra. O cara prospera com essas coisas. E Lucian? Um puro-sangue sedento por poder? Confirmado. Mas Seth? Eu não entendo. Não sei o que podem ter oferecido para ele se meter nesse tipo de coisa.

— Tudo. Ele acha que vai conseguir tudo.

A tesoura cortou.

— Você?

— Acho que não tem nada a ver comigo, não desse jeito. — Queria me mexer, mas não queria que meu cabelo ficasse ainda mais desnivelado. — Eu sou apenas... um meio para um fim.

Olivia ficou quieta por alguns instantes enquanto passava a tesoura pelos meus ombros.

— Você conhece ele melhor do que eu. Seth sempre me assustou, mas nunca imaginei que chegaria a este ponto. Nunca imaginei nada disso.

Acho que ninguém imaginou que chegaríamos àquele ponto, com o mundo inteiro à beira de um colapso.

— Está nervosa pra hoje? — ela perguntou, passando o pente por meu cabelo de novo.

— Sim, um pouquinho. Quer dizer, não tenho ideia do que vou dizer. Não sou o tipo de líder engraçadinha, e não sou muito... motivacional.

— Só diga a verdade. — A tesoura voltou a trabalhar, e suspirei. — Se Ares controlar o Assassino de Deuses e decidir ir atrás do Olimpo, os deuses irão destruir tudo o que virem pela frente para detê-lo, incluindo cada puro e meio.

— E, se ele conseguir escravizar a humanidade, os puros serão os próximos da lista. — Franzi a testa. — Isso tudo é um saco.

Olivia riu de leve.

— O eufemismo do ano.

— Verdade.

Ela terminou o corte de cabelo improvisado e respirou fundo antes de eu me levantar para ver como ficou.

— Nossa! — Inclinei o corpo para trás, surpresa. — Ficou muito bom.

Olivia revirou os olhos.

— Você achou que eu ia te deixar feia?

Dei de ombros.

— E ainda assim veio me pedir ajuda? — Ela balançou a cabeça, saindo do banheiro. — Você devia estar desesperada mesmo. Por sorte, as mechas mais curtas estavam na frente, então deu para disfarçar com o corte. Ainda dá para prender o cabelo para trás.

Meu cabelo, que antes batia no meio das minhas costas, agora estava na altura dos ombros e sem o peso que eu sentia antes. Me senti normal de novo. Abri um sorriso hesitante e saí do quarto.

— Você fez um trabalho muito bom mesmo. Obrigada.

— De nada. Fico feliz em ajudar. — Ela deu um tapinha no lugar ao lado dela na cama. — Vem relaxar um pouco comigo.

Caminhei até ela e me sentei. Pensei em como Caleb me pediu para não contar nada para Olivia sobre a vida dele no Submundo. Não era justo, porque eu sabia que Olivia ainda se importava bastante com ele, mas Caleb queria que ela seguisse em frente. Porém, era difícil não ser honesta com ela.

Olivia chegou mais perto, passando os dedos nas minhas mãos.

— Ainda dói? — perguntou, levantando o rosto.

Me segurei para não puxar a mão.

— Hoje até que não está doendo.

Ela mordeu o lábio inferior e, devagar, afastou a mão.

— Sinto muito.

Arqueei as sobrancelhas.

— Pelo quê?

— Pelo que te aconteceu — disse ela, entrelaçando os dedos. — Eu não te vi. Só depois que Apolo te trouxe de volta, mas o jeito como Aiden e seu tio ficaram depois da luta... estavam tão... — Ela pigarreou. — Enfim, sinto muito.

Eu não sabia o que dizer de primeira, mas então as palavras meio que saíram do nada.

— Estou bem feia, não estou?

— Quê? — Ela arregalou os olhos ao se virar para mim. — Não era disso que eu estava falando! Meus deuses, sou tão babaca! Nem pensei antes de dizer. Você não está feia, Alex. As cicatrizes estão leves, e tenho certeza que...

— Tá tudo bem, Olivia. Sinceramente, essa deveria ser a última das minhas preocupações. — Sobretudo considerando o que eu e Aiden discutimos na noite anterior e o que nos aguardava no futuro. A vontade de contar para ela bateu com força, mas eu não sabia como ter aquela conversa. — E odeio pensar nisso porque faz com que me sinta muito fútil. E, tipo, nem é o nível aceitável de futilidade.

— Não é futilidade. — Ela me cutucou com o joelho. — Está tudo bem se preocupar com esse tipo de coisa. E, se qualquer um te disser que é fútil pensar nisso, vamos arrebentar a cara da pessoa e ver o que ela acha.

Soltei uma risada rouca.

— Uau!

— É sério. — Ela deu uma piscadinha. — Então... — Uma batida na porta a interrompeu. Ela levantou num salto. — Se for o Deacon, vou dar uma surra nele. Ele me acordou no meio da noite porque não estava conseguindo dormir e o Luke estava lá fora patrulhando o muro. — Ela parou na porta, virando para mim. — Me fez trançar o cabelo dele. Tipo, aquelas tranças bem pequenininhas, e depois me fez *tirar* as tranças.

Uma risada borbulhou na minha garganta.

— O Deacon é tão bizarro...

— Não tô brincando. — Ela tocou a porta. — Juro pelos deuses, deu vontade de... oh! *Não* é o irmão chato. — Levantei a cabeça, espiando um Aiden confuso, e sorri.

— Estou procurando Alex — disse ele, carregando uma sacola de plástico. — Mas agora estou curioso para saber o que meu irmão fez.

— Nem queira saber. — Olivia deu um passo para o lado. — Ela está aqui.

— Estou vendo. — Alex ficou na porta, com um sorriso leve em seus lábios carnudos. — Gostei do cabelo.

Peguei algumas mechas.

— A Olivia arrasou.

— Arrasou mesmo. — Ele virou o meio-sorriso para Olivia, e as bochechas dela ficaram coradas. — Trouxe café da manhã.

Me levantei da cama e caminhei até a porta.

— Hora da comida. — Parei na frente da Olivia. — Obrigada mais uma vez.

— Imagina. — Ela avançou e me deu um abraço. De primeira, meio que congelei. Parecia esquisito, mas bom.

Retribuí o abraço e, por algum motivo, aquilo pareceu um grande passo para mim.

Aiden empurrou uma porção de bacon equivalente a um porco inteiro para mim. Tipo, num dia normal eu poderia comer por uma família inteira, mas ele me observou como um falcão até eu terminar tudo.

— Gostei muito do cabelo — ele disse, depois que voltei do banheiro onde lavei a gordura deliciosa dos dedos. Colocou uma mecha por trás da minha orelha. — Mas você poderia ficar careca e eu ainda te acharia linda.

Fiz uma careta.

— Minhas orelhas são enormes. Não seria nem um pouco atraente.

Aiden riu e deu um beijo no canto da minha boca.

— Humm, tá com gostinho de bacon.

— Que delícia.

Ele pousou as mãos na minha cintura, e me inclinei para a frente, apoiando o rosto em seu peito.

— Quer comer mais alguma coisa?

— Meus deuses, não. Estou cheia.

— Certeza?

Me virei no peito dele, esfregando a bochecha como um gato querendo carinho.

— Certeza. — Fechei os olhos, entendendo o motivo de ele querer me alimentar do nada. — Aiden...

— Eu sei. — Ele me abraçou, apoiando o queixo sobre a minha cabeça. — Sei o que você vai dizer e sei o que conversamos ontem à noite, mas acho que, antes de descartarmos qualquer coisa, é melhor termos cuidado. Você precisa ser examinada.

Mais uma vez, a ideia de ir até a enfermaria e pedir um teste de gravidez era equivalente a tomar banho de sol pelada na frente de uma horda de daímônes, mas Aiden tinha razão. Levantei a cabeça e olhei nos olhos dele.

— Eu vou. Prometo.

— Muito bem. — Ele abaixou a cabeça, me beijando a ponto de eu quase esquecer o que precisava fazer. — Está pronta? Marcus vai esperar por nós no conselho.

Eu não estava pronta, mas disse sim. Rapidamente, vesti meu uniforme de sentinela. A empolgação que costumava sentir ao colocar o uniforme todo preto sumiu.

Sumiu completamente.

Você não é mais uma sentinela.

E já fui sentinela algum dia? A primeira vez que vesti aquele uniforme e saí para enfrentar minha mãe, me senti uma sentinela. Aquela onda de empolgação me dominou quando me vesti depois de quebrar a conexão com Seth e me preparei para entrar no Submundo com Aiden.

Eu não deveria estar vestindo este uniforme agora. A voz interna insuportável concordava.

Mas mantive o uniforme, porque precisava parecer pronta mesmo que não estivesse. Prendendo as adagas nas pernas, deslizei a pistola que Aiden me deu no coldre. Ele deu um tapinha na minha bunda quando passei por ele e, bem, aquilo fez com que eu me sentisse um pouquinho melhor em relação ao uniforme.

Meu tio estava com Diana, esperando em uma das salas laterais. Havia uma boa multidão reunida ali, e o bacon que comi estava fazendo coisas engraçadinhas no meu estômago. Subir nas alas dos palanque me lembrou do dia em que Lucian e Seth se viraram contra o conselho.

Marcus ainda parecia abatido, mas como todos os puros-sangues, ele se curava rápido. Os hematomas estavam mais leves, e o inchaço já havia diminuído.

— Como você está se sentindo, Alexandria?

Torci pelo dia em que ele começaria a me chamar de Alex, e as pessoas parariam de me perguntar como eu estava me sentindo.

— Bem. E você?

Ele abriu um sorriso seco.

— Melhor.

Solos entrou, e Aiden imediatamente começou a questioná-lo sobre os muros. O portão ainda estava de pé. Não houve novos ataques, e enviaram uma patrulha para o lado de fora, como o grupo que encontramos nos muros quando entramos na universidade. Luke estava entre eles.

Deacon estava conversando com Olivia, mas ficou quieto e se endireitou no banco. Seu olhar passou do irmão para Solos, e fiquei grata por Deacon não ter visto os dois sentinelas que foram mortos naquela carnificina. Os olhos dele, a única característica que compartilhava com Aiden, brilhavam na cor prata. A preocupação estava estampada em seu rosto.

Caminhei até ele.

— Luke vai ficar bem. Ele é um sentinela incrível.

Ele deu um sorriso torto.

— Eu sei. É só que...

Ninguém, não importa o quão bom fosse, estava a salvo de verdade, especialmente os sentinelas. Queria ter algo mais a dizer, mas se Deacon e Luke fossem levar aquele relacionamento a sério, ele teria que se acostumar com os perigos que Luke enfrentava. Era uma realidade dura.

— Ele vai ficar bem — eu o tranquilizei, e Deacon assentiu, soltando o ar de modo delicado.

Val entrou da sala principal, com a mão no cabo da adaga. Seus olhos azuis eram extraordinariamente brilhantes, contrastando com a pele marrom.

— Todos estão prontos, aguardando vocês.

Meu tio se virou para mim e assentiu. Toda nervosa, dei um passo adiante, aliviada quando ele e Aiden me seguiram.

Entrar no palanque do conselho era maluquice. Afinal de contas, o ministro-chefe Telly, líder de todos os conselhos, já havia tentado me dar o elixir e me forçar à servidão durante uma sessão do conselho. Então, é isso, eu não era muito fã de caminhar diante dos doze tronos. Tudo o que conseguia pensar quando parei no centro, cercada por dois puros-sangues, era em como eu queria ter preparado um discurso ou algo do tipo.

Muita gente estava me encarando — mais de trezentas pessoas, ao que me parecia. No fundo, estavam os guardas e sentinelas que estavam fora da patrulha, e os números eram desanimadores — talvez uns cem, cento e cinquenta. E a maioria deles devia ser da universidade, ou seja, boa parte dos outros não conseguiu chegar... ou se juntou ao outro lado.

Nada bom.

Membros do conselho que moravam na universidade eram os mais fáceis de identificar. Eles vestiam seus mantos cerimoniais: vermelho, azul, branco e verde, representando as diferentes casas de poder. Fogo. Água. Ar. Terra. Membros do conselho que se refugiaram ali não estavam vestidos com elegância, mas o desdém frio de ver uma meio-sangue de pé no lugar que pertencia a eles estava estampado em seus rostos, assim como nos rostos de vários alunos e membros do corpo docente.

É de se pensar que, em tempos de guerra, aquele preconceito se enfraqueceria, mas parecia só fortalecer as crenças milenares de que os meios valiam menos do que os puros.

Uma integrante do conselho que estava bem na frente curvou os lábios ao se inclinar na direção de outro membro, sussurrando algo que provavelmente não era um comentário muito fofo.

E então, antes que eu pudesse abrir a boca numa tentativa vergonhosa de unir as massas, um membro do conselho de manto vermelho se levantou e a diversão começou.

— Ela não deveria estar diante dos tronos dos *ministros* — falou, cerrando os punhos contra o manto. — Não é para isso que as câmaras do conselho devem ser usadas. E um puro-sangue traidor está ali também! Um que usou coação contra alguém da sua própria raça. É uma desonra!

Aiden arqueou a sobrancelha, parecendo não sentir culpa alguma.

Suspirei e cruzei os braços.

Um murmúrio baixinho começou no fundo da sala. Um aluna se levantou. Era uma puro-sangue linda e ruiva, que me lembrava a Dawn, irmã da Lea.

— As pessoas estão morrendo fora destes muros, mortais, puros, meios, e a primeira coisa que você comenta é o fato de que há uma meio-sangue de pé no conselho?

O membro do conselho se virou.

— Enquanto puro-sangue, você deveria respeitar as leis da nossa sociedade!

— Leis da nossa sociedade? — A garota arregalou os olhos, rindo. — Você está maluco? Fiquei sabendo que os daímônes quase invadiram os muros ontem e tem um deus controlando eles. Quem se importa com a porra das leis agora?

Eu meio que adorei aquela garota.

Marcus deu um passo adiante, pigarreando ao levantar o queixo.

— O senhor pode não concordar com o uso da câmara do conselho, ministro Castillo, mas este não é o motivo desta reunião.

Enquanto o ministro explicava por que sentia que aquele era o momento ideal para discutir suas opiniões, meu olhar encontrou o da Laadan. Logo pensei no que ela disse sobre meu pai quando estávamos em Illinois. Torci para encontrá-lo aqui, mas lá no fundo eu sabia que não aconteceria. Ele provavelmente ficou nas Catskills com os outros meios-sangues servos, protegendo e liderando eles. O ministro-chefe Telly o escravizou, colocou-o sob o efeito do elixir e até cortou sua língua, mas meu pai... era um líder.

E eu era filha dele.

— Quanta estupidez — eu disse, alto o bastante para calar o membro do conselho falante. Todos os olhos se voltaram para mim. Dei um passo para a frente. — Estamos discutindo sobre quem pertence ou não a este palanque... este palanque *estúpido*. Não passa disso. Estes tronos? São apenas cadeiras. Quem liga? Não significam nada para mim ou para o resto do mundo. Só têm importância porque vocês inventaram isso.

O ministro ficou da cor do próprio manto.

— Como ousa?

— Ousando! — Usando um pouco daquela raiva que borbulhava no meu estômago como veneno, trouxe o sentimento à superfície. — Sim, sou meio-sangue. Sou uma das *muitas* que foram treinadas para dar a vida para que você possa se sentar nestas *cadeiras* preciosas. Então, que tal mostrar um pouquinho de respeito por nós?

— Alexandria — disse Marcus com a voz baixa, ficando ao meu lado. Mas eu estava furiosa e ninguém ia me parar.

— Mas também sou o Apôlion. Se quisesse, poderia chutar vocês até o outro lado do mundo, ou usar coação para ganhar a aprovação de todos aqui, mas não acredito em forçar as pessoas a fazer nada. Você bem que poderia aprender essa lição, né?

Pessoas se entreolharam. Os sussurros aumentaram. O ministro levantou o queixo, desafiador.

— Vejo aonde você está querendo chegar, mas isso não muda o estupro descarado com as nossas leis!

— Estupro com as leis? Nossa, isso não foi nem um pouco ofensivo. — Balancei a cabeça para todos aqueles que estavam assentindo. — Vocês estão sendo irracionais. Não entendem. Quando Ares ultrapassar as barreiras, o que *vai* acontecer, ele vai se sentar em um dos seus tronos preciosos. E nenhum de vocês vai mais ocupá-los. Ele vai fazer o que quiser com vocês.

— Ele é um deus — outra ministra argumentou, uma mulher de quarenta e poucos anos. — E somos os servos deles. Se ele...

— Ah, sim, vocês com certeza serão *escravos* deles. Melhor pararmos por aqui e convidarmos Ares. Karma é mesmo gostoso pra ca...

— Alex — disse Aiden, balançando a cabeça levemente.

Revirei os olhos, mas respirei fundo e me forcei a desviar o olhar da ministra antes que a forçasse a cacarejar como uma galinha. Sinceramente, aquilo faria tanto sentido quanto o que ela estava dizendo.

Analisei a multidão.

— Eu vi Ares matar pessoas num estalar de dedos. Ouvi os planos dele. Ele não está nem aí para vocês. Vê os puros-sangues assim como vocês veem os meios-sangues. Vai escravizar vocês junto com os mortais. Ares acredita que os deuses deveriam governar o reino mortal de novo, e isso é um desejo perigoso. Ele vai travar uma guerra com os mortais, com vocês e com qualquer deus que entrar no caminho. Não haverá mais conselho para argumentar. Teremos novas regras e novas lei para seguir, e todos estaremos no mesmo nível. Isso eu posso garantir. E, se ele conseguir transformar o Primeiro num Assassino de Deuses, os outros deuses vão destruir este mundo para detê-lo. Eles já começaram.

Alguns no fundo encararam, desacreditados. Outros pareciam ter medo. Um dos sentinelas no fundo se pronunciou.

— E nós podemos deter Ares?

Não, sussurrou aquela voz. *Não podemos deter Ares.* A pressão afundou meu peito.

Engolindo em seco, me esforcei para ignorar aquela ansiedade já familiar crescendo dentro de mim.

— Ele te derrotou. Foi o que ouvi — disse um estudante. — E você é o Apôlion. Se não conseguiu derrotá-lo, como nossos sentinelas e guardas serão capazes de fazer qualquer coisa?

— E se a gente tentasse entrar num acordo com ele? — sugeriu um puro-sangue mais velho. — Lutar não é a única resposta.

Um dos guardas gargalhou.

— Ares é o Deus da Guerra, não o Deus dos Acordos.

— Ele é o Deus da Guerra, — argumentou o puro. — Como poderemos derrotá-lo?

— Então não vamos fazer nada? — perguntou Val, ao lado do palanque. — Vamos deixar o medo de falhar em batalha nos render? É assim que um sentinela ou um guarda se comportam?

Houve alguns gritos de discordância, e todos vieram dos sentinelas e guardas — soldados que nunca deixavam seus postos.

— Não sei — eu disse e, mais uma vez, a multidão se aquietou. — Não sei se podemos deter Ares. E você tem razão, ele acabou comigo e a coisa foi feia, mas sei que nenhum de nós estará seguro se ele conseguir o que quer. E também sei que não estamos sozinhos. Temos Apolo e Ártemis, e outros deuses nos apoiando, e temos... temos...

Uma sensação estranha se desdobrou dentro de mim, mandando uma série de calafrios como dedos gelados sobre minha pele. Balancei a cabeça, fazendo uma dor afiada curvar meu pescoço. De repente, ficou difícil de respirar. Era como acordar e perceber que eu já estava atrasada para alguma coisa.

— Alex? — Aiden parou ao meu lado, com as sobrancelhas cerradas. Os olhos dele analisaram meu rosto. Ele colocou a mão no meu braço. — O que foi?

Vi Marcus e ele, mas cada fibra do meu ser estava focada em *outra pessoa*, do lado de fora do prédio, e muito, muito perto. A multidão se agitou. Um tremor atravessou meu corpo. Lá no fundo, o cordão ganhou vida, zumbindo freneticamente. Os sinais do Apôlion vieram à tona, rodopiando sobre minha pele. Meu coração acelerou enquanto o corpo se arrepiava por inteiro.

— Ele chegou — eu disse para Aiden, num sussurro frágil. — Seth está aqui.

7

Nenhuma sirene tocou, e eu sabia que nenhuma tocaria. Seth era descolado demais para aquilo.

— Alex, espera! — Aiden segurou meu braço, me fazendo parar na frente do prédio do conselho.

Marcus estava atrás dele, assim como Val.

— O que você está fazendo? Você foi embora no meio do discurso!

— Ele está aqui. Sei que está. Consigo *sentir*. — Seth não estava falando comigo, mas eu o sentia em todas as minhas células. O cordão estava vibrando junto, de um jeito que só fazia quando ele estava por perto. — Peça a Val para garantir a segurança de todos, mas preciso ir.

— Alguma coisa está acontecendo no portão — disse Val, colocando a mão sobre o fone de ouvido. — Não estou recebendo uma resposta definitiva deles, mas algo está rolando.

— Você não tem que ir. — Os olhos de Aiden ficaram com um tom tempestuoso de cinza. — Precisamos de um minuto...

— Pra quê? Para dar mais tempo a ele? Não.

— Ele tem razão. — Marcus se juntou a nós. — Qual é o seu plano? Ir até lá e cumprimentar Seth?

Estreitei os olhos para o meu tio.

— Na verdade, meu plano era enfiar uma adaga nos olhos dele e depois decidir o que fazer.

Marcus travou o maxilar.

— Acho que você está perdendo a linha. Se ele transferir seu poder ou conseguir te controlar, já era. Precisamos pensar melhor.

— Ele não vai conseguir me controlar. — Olhei para Aiden, implorando para que entendesse o que eu mesma não conseguia entender. Eu não queria enfrentar Seth, mas *precisava* vê-lo. Eu tinha que descobrir se meus instintos estavam certos, e se ele estava mesmo lá e eu não estava errada. — Já passamos desse ponto.

Aiden balançou a cabeça.

— Nenhuma sirene tocou, e Val não está conseguindo falar com os guardas no portão. Pense nisso. Podemos estar caindo numa armadilha. *Você* pode estar caindo numa armadilha.

Seth poderia manter dezenas de guardas quietos usando coação. Aquele fato não mudava nada. Soltei meu braço, cansada daquela conversa. Dando meia-volta, atravessei o campus a caminho dos portões. Não olhei para ver se Val estava fazendo alguma coisa. Cada passo deixava o cordão mais apertado. Minha pele parecia esticada a ponto de rasgar quando passei pelo pátio e senti o cheiro doce das peônias.

— Juro pelos deuses, Alex, vou te pegar e te jogar sobre meus ombros. Você não pode sair. Pense por um segundo. — Aiden estava ao meu lado com a cabeça baixa e um tom de alerta em sua voz. — Lembra do que conversamos ontem à noite. Se você estiver...

— Eu me lembro — rebati, apertando o passo. — E *aquilo* não tem nada a ver com isso.

— *Aquilo* tem tudo a ver com isso!

Pisquei, meio assustada por ele ter gritado comigo, mas como poderia estar surpresa? Aiden faria qualquer coisa para manter a mim — e o bebê, se existisse — em segurança, mas se Seth estivesse ali, não tinha como se esconder. Nada estaria em segurança.

Marcus apareceu do meu outro lado.

— Sobre o que vocês falaram ontem à noite? E, sim, sei que não é o melhor momento para esta discussão, mas vocês precisam mesmo dormir em camas separadas para que não aconteçam mais essas "conversas" no meio da noite.

Quase ri, porque, nossa, se ao menos ele soubesse como aquele conselho estava atrasado.

— Não é hora para essa conversa. Acredite.

— Isso não me tranquiliza. — Marcus passou a mão pelo cabelo que esvoaçava com o vento, fechando os olhos verdes brilhantes. — Alexandria, por favor, escuta. Isso não é seguro nem inteligente. Precisamos *pensar* antes.

Aiden entrou na minha frente, me forçando a parar. As mãos dele tocaram meus ombros.

— Você está começando a me assustar. Tá bom? — Ele acariciou meu rosto com delicadeza, forçando meus olhos a encararem os dele. — Você não está pronta para isso... pronta para *ele*.

Alex?

Respirei fundo ao me afastar. Os dedos de Aiden escaparam de minhas bochechas. O cordão ficou tenso, se esticando dentro de mim, e então se expandiu, ansiando por sua outra metade ao som da voz de Seth. Ele estava bem perto dos escudos. Será que era porque ele estava muito perto? Ou eu estava verdadeiramente despreparada por ser a primeira vez que estávamos próximos desde o meu despertar?

Meu olhar pairou para além de Aiden, na direção dos muros distantes. *Seth?*

Houve uma pausa, e então o cordão estalou dentro de mim. *Precisamos conversar.*

Não sei por que aquelas duas palavras me irritaram, mas a fúria transbordou dentro de mim, de forma tão potente e veloz que quase gritei de raiva. "Precisamos conversar." Depois de tudo, era aquilo o que ele tinha a dizer? Tive vontade de chutar aquela pergunta na cara dele.

Saí correndo. Minhas botas afundavam na terra solta. Aiden gritou, e o escutei vindo atrás de mim, mas eu sabia ser rápida quando queria, mais rápida do que ele. Passei pelas últimas estátuas e quase dei de cara com um monte de guardas cercando a entrada dos muros. Eles não se mexeram, não falaram nada.

Estavam *enfeitiçados.*

— Saiam da frente — gritei, empurrando os guardas com os ombros. — Saiam...

As palavras morreram nos meus lábios. Fiquei completamente parada, mas senti como se o chão tremesse sob os meus pés.

— Ai, meus deuses...

Ele estava a um passo de distância dos portões fechados, separado de mim por ferro e titânio. Seu cabelo estava mais comprido do que quando voltamos das Catskills, caindo sobre a testa num emaranhado de ondas loiras. Estava vestido como um sentinela; a roupa preta contrastava com sua pele dourada. Suas feições perturbadoramente perfeitas estavam sem aquele risinho típico e sempre presente, mas os sinais pretos do Apôlion deslizavam sobre sua pele, e seus olhos âmbar luminosos estavam fixos nos meus.

Seth era lindo. Como se fosse uma criação dos próprios deuses e, de certa forma, ele era. Sempre houve uma falta de humanidade na beleza dele, desde que nos conhecemos. Olhando para ele agora, pela primeira vez em meses, percebi algo cobrindo seus olhos e entalhado em suas feições que não estava ali antes.

A visão me deixou desconfortável.

O movimento atrás dele chamou minha atenção. Luke deu um passo à frente como se estivesse atordoado. Ele nem piscou ao destrancar o portão. As dobradiças rangeram, e então o portão pesado se abriu. Só Luke estava com Seth, mas eu sabia que havia mais. Todos os instintos do meu corpo me diziam que um *exército* aguardava no topo da montanha, só esperando um sinal para nos atacar.

Seth deu um passo à frente, seus olhos deixaram os meus apenas para observar minha aparência alterada. Aquela emoção se fortaleceu nos olhos e no rosto, e me recusei a acreditar no que estava vendo. Naquele momento, quis matá-lo *e* tocá-lo. Esquisito, mas imaginei ter algo a ver com nossa atual situação.

— Alex — ele disse em voz alta, rompendo o transe.

Só de pensar nele, minha pele se arrepiava. Queria passar uma borracha e apagar essas memórias da cabeça. Eu o odiava pelo que ele havia se tornado, pelo que havia permitido, e o odiava porque em algum nível ainda o amava, porque ele fazia parte de mim — mesmo tendo se virado contra mim como uma cobra venenosa de estimação.

Aiden derrapou até parar ao meu lado, ofegante. Ele estava falando, mas eu não escutava seus gritos e do meu tio, que gritava com os guardas parados.

Meu cérebro desligou — o que nunca era uma coisa boa e, definitivamente, não era bom para Seth também. Avancei, passando pela lateral de Aiden, que tentou ficar entre nós dois enquanto eu sacava minha pistola.

— Faz um movimento sequer e meto uma bala bem no meio da sua testa. — Minha mão não tremeu. O medo que vivia dentro de mim foi aniquilado pela fúria crescente e quase descontrolada. — Sei que não vai te matar, mas vai doer pra cacete.

Uma emoção brilhou brevemente nos olhos de Seth. Não era surpresa. Era mais como uma pontada de dor ou arrependimento, mas, até aí, eu provavelmente estava dando mais confiança do que aquele babaca merecia. Lentamente, ele levantou as mãos.

— Libere-os da coação — ordenei com o dedo firme no gatilho. — *Agora*.

Os olhos âmbar dele se moveram até o local onde Luke estava parado, imóvel, com os guardas. Ele não disse nada, mas senti a onda de poder passando pela minha pele como um carinho delicado.

— Mas que...? — Luke tropeçou para trás, colocando as mãos na cabeça. Ele levantou o olhar, viu quem estava ali e suspirou. — Puta merda.

O olhar de Seth voltou a encontrar o meu. A tensão no ar aumentava enquanto os outros saíam da coação e, pela primeira vez em suas vidas, viam os dois Apôlions juntos.

— Precisamos conversar — disse ele mais uma vez.

Tombei a cabeça para o lado. Eu não havia esquecido do tom musical da voz dele, mas escutar pessoalmente era diferente de ouvir a voz que surgia através da nossa conexão maluca. O cordão vibrou junto, mas pelo canto do olho vi Aiden se mover para trás de Seth, alinhando sua arma na direção do Primeiro. Eu sabia que, se Seth desse um passo na minha direção, Aiden puxaria o gatilho.

E também sabia que Seth poderia desarmar nós dois num piscar de olhos.

— Não há nada que você possa dizer que eu queira ouvir. — Respirei fundo, me forçando a *não* puxar o gatilho só pela diversão de vê-lo cair. — E, se você acha que será capaz de me convencer a ficar do seu lado depois do que Ares fez, pode ir se lascar.

— Não é isso o que me trouxe aqui.

— Até parece.

A cabeça dele tombou para o lado, quase numa imitação do que eu havia acabado de fazer. Mais uma vez, seu olhar âmbar penetrante passeou pelo meu rosto. Ele balançou a cabeça, se ajoelhou e fechou os olhos.

Beleza. Por essa eu não esperava.

Abri a boca, mas estava sem palavras. Olhando para Aiden, vi que ele estava tão embasbacado quanto eu. Um senso apurado de alerta me impedia de abaixar a arma. Seth poderia ser um diabinho enganador, mas isso? Eu não entendia.

Seth abaixou os braços. Ele não falou em voz alta. *Você tem razão. Isso não vai me matar, mas eu mereço. Então, atire.*

Atordoada pelo que ele disse, falei em voz alta:

— Quê?

Atire. O ar saiu estremecendo o corpo dele. *Se isso for apagar a lembrança do que Ares te fez, então atire. Atire!*

Pega de surpresa, o encarei de cima. *Você sentiu tudo, não foi? Tudo o que ele fez comigo.*

Os olhos de Seth piscaram antes de se abrirem, e não quis acreditar no que vi neles. Era tarde demais para qualquer um de nós se arrepender.

— Tudo — disse ele em voz alta, rouco.

— Do que ele está falando? — Aiden indagou.

Balancei a cabeça, sentindo um nó no estômago. *Você sabe como me senti? O que eu desejei?*

Ele fechou os olhos com força. *Sim.*

E você quer que eu arranque essas lembranças de você? Acha mesmo que uma bala faria isso? Nem fodendo. Abaixei a arma com as mãos trêmulas. Uma raiva violenta chegou à superfície. *Se não posso me livrar destas lembranças, você também não pode.*

— Vai se foder.

De guarda, Aiden foi para trás de Seth.

— Anda, Alex, fala comigo. O que está acontecendo?

— Eu nunca quis que isso acontecesse — disse Seth antes que eu pudesse responder. Os olhos dele estavam abertos de novo, e não tinha como negar a dor presente neles. E havia apenas duas coisas por trás daquele tipo de mágoa afiada: raiva e verdade. — Eu jamais aceitaria o que aconteceu. Eu não sabia que ele faria tudo aquilo com você.

— Ele está falando de Ares? — Uma calma mortal e enganadora entrou na voz de Aiden enquanto ele dava um passo adiante, o cano da arma chegando terrivelmente perto da nuca de Seth. — Ele não sabia o que Ares ia fazer?

Seth virou a cabeça para o lado, olhando por cima do ombro.

— Sei que isso não muda nada, nem desfaz o que aconteceu, mas eu não sabia. Jamais permitiria que alguém machucasse a Alex.

— *Você* machucou a Alex, seu filho da puta! — Um brilho perigoso preencheu os olhos cinzentos de Aiden.

O Primeiro mordeu os lábios e baixou os olhos.

— Bom, aí você não mentiu, *Santo* Delphi, mas eu a amo...

— Não atira nele! — alertei Aiden, percebendo como os dedos dele pulsaram no gatilho. — Faça qualquer coisa, mas não atira nele.

Um músculo saltou no pescoço de Aiden.

— Não posso prometer nada.

Um risinho fraco, quase imperceptível, surgiu nos lábios de Seth.

— Não — eu disse, guardando minha arma no coldre, incapaz de tirar os olhos de Seth. O choque atravessava meu corpo. — Apesar de te irritar, ele não está tentando nos enganar.

Aiden arregalou os olhos.

— Como você pode ter certeza?

Como? Era algo que eu apenas *sabia*.

— Seth não se curvaria para ninguém a não ser que... — Eu nem consegui terminar, porque Seth voltou a se virar para mim, e nossos olhares se encontraram de novo.

Sinto muito, disse ele, e embora não fosse em voz alta, o pedido de desculpas me balançou inteira. Seth nunca se desculpava. Não era algo típico dele. *Sinto muito, muito mesmo.*

O sangue sumiu do meu rosto e voltou rapidamente, se espalhando por minhas bochechas.

— Ele não está tentando nos enganar.

Aiden encarou.

— Alex...

— Não está. Eu... apenas sei. — Minhas mãos ficaram fracas de repente. — Por que você está aqui, Seth? Você sabe que não podemos confiar em você. E você não pode ficar perto de mim. — Mesmo naquele momento, o cordão se esticava com tensão entre nós, me puxando para ele como um rato caindo numa armadilha feita no Olimpo. Parte de mim desejava me aproximar dele, apesar de tudo o que dizia o bom senso, de como me sentia a respeito dele e de mais uma dúzia de coisas.

— Sei que você não vai acreditar na minha palavra nem me escutar. Você não tem motivo para tal. Foi por isso que te trouxe uma coisa.

Meu estômago borbulhou, porque a última vez que ele me deu um presente foi o ministro-chefe Tally completamente destruído.

— Você trouxe uma coisa para mim? Você só me dá coisas insanas, Seth.

— Você vai amar isso. — Um pouquinho do humor sombrio dele se arrastou pelos olhos brilhantes, mas morreu logo. — Posso me levantar, já que você não vai atirar em mim?

— Como eu disse, não posso prometer nada — Aiden repetiu, sorrindo de forma macabra.

Seth levantou o peito.

— Eu não estava perguntando para você.

— E sou eu que estou com uma arma apontada para sua nuca.

— Bom, que seja — Seth murmurou.

Suspirei. Apesar de não acreditar que Seth estava tentando nos enganar, não confiava nele por completo. E, quando ele disse que eu amaria aquela coisa, eu preferia dar um chute na minha própria cara do que ver o que ele trazia na manga.

— Levanta *bem* devagar.

Seth se levantou de forma fluida, mantendo as mãos para o alto. Havia adagas e uma pistola penduradas na cintura e nas coxas dele. Olhei para Marcus e, embora eu preferisse que outra pessoa se aproximasse de Seth, ele assentiu. Marcus se moveu rapidamente, removendo qualquer arma visível, e ficou claro que Seth permitiu tudo. Não poderíamos fazer nada contra suas armas mais mortais — o controle dos elementos e de akasha.

— O que foi, Seth? — perguntei.

Ele inclinou a cabeça para o portão.

— Dá um segundo a eles.

— Estão se movendo do lado de fora dos portões... Sentinelas. — Um guarda pegou sua arma. Ele deu um passo adiante, tombando a cabeça para o lado. — Tem um ministro com eles.

— Quê? — Meu olhar se voltou para Seth. — Quem é, Seth?

O olhar dele se fixou no meu.

— A única pessoa que você quer ver morta mais do que eu. — Sustentei o olhar. — Deixa eles entrarem, mas se prepara para um cavalo de Troia.

Seth deu um risinho enquanto virava para o portão. Aiden manteve seus olhos treinados nele, e eu tinha certeza que, se um bebê Apolo passasse de fralda pelo portão, ele não olharia.

Meu coração acelerou quando o primeiro sentinela passou pelo portão, seguido de mais um. Trocaram olhares receosos com os sentinelas do nosso lado ao abrirem caminho revelando quem estava entre eles.

— Puta merda — sussurrei.

Entre os dois sentinelas, estava um Lucian completamente acabado — meu padrasto e o puro-sangue responsável por Seth ter se virado contra o conselho. Eu odiava, *sim*, aquele homem mais do que odiava Seth. Ele havia se aproveitado do desejo de Seth por uma família e por aceitação, criando um tipo macabro de relação familiar. Lucian nunca gostou muito de mim, desde que se casou com minha mãe, e se prestava atenção em mim era basicamente porque eu era o segundo Apôlion. Enquanto Lucian controlasse Seth, poderia ter de mim o que queria — poder absoluto.

Seu cabelo escuro e comprido parecia oleoso e malcuidado, e aqueles olhos cor de obsidiana estavam molhados. Ele estava definitivamente sob o efeito de coação, mas aquilo não explicava por que estava ali. Dei um passo para o lado com meus dedos flutuando sobre o cabo da arma.

— O que é isso?

— Ele sabia — Seth disse. Virei para ele.

Ele sabia, Seth repetiu, na nossa conversa privada. *Estávamos nas Catskills e eu sabia... sabia que Ares havia saído, mas não sabia que ele tinha vindo atrás de você. Ele não me contou. Prometeu que você não se machucaria no meio disso tudo e... Lucian também prometeu. Eu acreditei neles. Acreditei completamente.*

Comecei a sentir que ia vomitar. Eu não queria ouvir nada daquilo, mas precisava.

Mas, quando me conectei com você, soube que alguma coisa estava acontecendo. Você estava sentindo tanta... Seth perdeu as palavras, desviando os olhos fechados. Seu rosto ficou tenso. *Fui até o Lucian e contei o que senti em você. Contei como era horrível e como não tínhamos concordado com aquilo e jamais concordaríamos. Que não aceitaria o que Ares fez, e Lucian, ele sabia. Sabia quando Ares saiu. Sabia o que Ares faria se você não se submetesse.*

Meu olhar se voltou para o meu padrasto. Ele me encarou de volta com os olhos vazios. Eu não sabia o que sentir enquanto Seth continuava ou talvez estivesse sentindo demais. Aquele homem poderia odiar cada parte de mim, mas saber o plano de Ares e permitir? Não sentiu um pingo de compaixão por mim? Nada?

Lucian me disse uma vez que eu precisava ser quebrada. Bom, se ele concordou com o que Ares fez, conseguiu o que queria. Eu fui quebrada.

Lucian riu. A voz de Seth me revirou por dentro. *Ele riu e, naquele momento, não consegui mais continuar com tudo aquilo. Quando Ares voltou, eu disse a ele que iria te encontrar e transferir seu poder para mim. Que você ficaria fraca o bastante para dar certo, e que eu estava trazendo o Lucian para falar com quem estivesse aqui, convencendo todos a passarem para o nosso lado. Ares acreditou em mim.*

Seth riu em voz alta, o som seco e quebrado como galhos partidos.

— Eu não sou como ele.

— Ares? — sussurrei, ciente de que todos ali que tinham controle cognitivo podiam nos ouvir.

Ele assentiu brevemente.

— Puxei minha... arrogância *ofuscante* dele. Ele não ousaria achar que eu o desobedeceria. Bom, em breve ele verá, muito em breve. E duvido que ficará feliz.

— Espera — disse Marcus, dando um passo adiante. — Vocês precisam parar com essas conversas escondidas. Que diabos está acontecendo?

Seth o ignorou e deu um passo na minha direção. Ele não chegou muito longe antes que a arma de Aiden tocasse sua nuca.

— Mais um passo — Aiden alertou, os olhos em chamas. — E vamos descobrir como um Apôlion sobrevive a um tiro na cabeça.

— Você não tem ideia de como eu quero descobrir isso — Seth respondeu, curvando um lado dos lábios. — Eu te contei sobre aquela vez em que dormi com a...

— Seth! — gritei, puxando a atenção de volta para mim. — Ainda dá pra tirar o Lucian da coação ou você fritou o cérebro dele?

— Não fritei ele. — Seus olhos encontraram os meus de novo. — Pensei em deixar essa parte pra você.

Não precisei pedir a Seth para soltar o Lucian, porque um segundo depois Lucian cambaleou para a frente, puxando o ar como se estivesse se afogando. Seus olhos escuros clarearam, e ele começou a assimilar onde estava.

— O que está acontecendo? — ele perguntou, se soltando dos dois sentinelas. Ele levou as mãos ao peito. — Seth?

— Quantos sentinelas você trouxe? — perguntei a Seth, encarando meu padrasto.

— Centenas — respondeu, com a voz cansada. — Um exército inteiro, todos leais a mim.

Lucian virou a cabeça para Seth.

— Quê? A você? Seth, o que você está fazendo?

— E ele riu? — Lágrimas encheram meus olhos, mas não caíram.

A dor dentro de mim se transformou em algo feio e violento.

— Sim — Seth respondeu.

Claro que havia a chance de Seth estar me enganando, mas eu não duvidava que tudo o que ele disse sobre Lucian era verdade. Meu padrasto sabia o que Ares iria fazer. E *riu*. Para mim, não havia nada mais cruel do que aquilo. Seth não era um anjinho inocente. Ele tomou suas próprias decisões, mas Lucien facilitou o processo. Levou Seth para aquele caminho. Talvez não tenha segurado a mão dele, mas quem sabia onde estaríamos se Lucian não tivesse *amigos* influentes e se não tivesse usado Seth da forma como usou?

Não senti calma, mas havia uma aceitação se espalhando por meus ossos, se misturando com o frio dentro de mim. A única coisa quente enquanto eu encarava meu padrasto era o cordão que me conectava ao Primeiro.

Na minha cabeça, só havia duas possibilidades. Superar tudo aquilo era uma delas. Me vingar era outra. Duas opções, e aquela voz gelada dentro de mim me disse que realmente não havia escolha além delas.

Aiden se moveu com cuidado.

— Alex, o que está acontecendo?

Na velocidade da luz, puxei a pistola e disparei.

Lucian não fez um som sequer.

Caiu para trás, imóvel — os olhos pretos sem emoção encararam o céu sem nuvens e os cabelos escuros se espalharam ao redor dele como uma poça de sangue — com uma pequena bala de titânio no meio da testa.

Vovó Piperi disse que eu mataria aqueles que amo. Neste caso, ela estava certa e errada. Sim, matei o Lucian, mas nunca o amei. Até poderia ter amado em algum ponto da minha vida, talvez, se ele não me tratasse como se eu fosse o anticristo ou, mais tarde, como um objeto.

Aiden xingou num sussurro, mas manteve a arma apontada para Seth.

— Meus deuses — Marcus soltou o ar com força ao encarar o ministro. — Alexandria...?

Dei um passo para trás com as pernas tremendo.

— Isso resolve um dos problemas, não resolve?

Meu tio balançou a cabeça lentamente e, naqueles olhos profundos e verdes, vi o medo. Não consegui me afetar por ele.

Seth me encarou, quase como se não estivesse acreditando que fiz o que fiz. Não sei o que ele achou que eu *faria*. Dar um tapinha nas costas do Lucian? Um soco e nada mais? Mas aquela tensão torturada na expressão de Seth se intensificou até eu sentir um desconforto cada vez mais forte.

— Alex —Seth sussurrou, e aquela única palavra saiu pesada e triste.

Eu fiz a coisa errada?

Era um pouquinho tarde para questionar aquilo, imagino.

A arma ainda estava na minha mão, e a coloquei de volta no coldre. Me virei para Seth.

— Ainda não confio em você por completo.

— Não achei que confiaria. — Os glifos deslizaram por sua pele, desaparecendo. — Então, o que faremos agora?

Aiden avançou, dando uma coronhada na cabeça de Seth com força o bastante para matar um mortal. Seth caiu. Sendo Apôlion ou não, aquilo o deixaria derrubado por algumas horas. Aiden encarou meus olhos arregalados.

— Também não vou arriscar.

8

Seth foi levado para uma das celas embaixo do prédio principal do conselho. As barras eram feitas de titânio, e os guardas a postos para vigiá-lo eram puros-sangues. Ainda assim, se Seth quisesse sair, ele iria sair. Não tínhamos sangue de Titã ou de Hefesto para construir uma cela à prova de Apôlion, então estávamos correndo um grande risco ao prendermos Seth. Mas, realmente, não havia outra opção. Também tínhamos centenas de sentinelas leais ao Seth do outro lado do portão, e não dava para saber por quanto tempo permaneceriam lá se não ouvissem notícias dele. A única notícia boa era que ele ficaria desacordado por um tempo, mas quando acordasse, bom... eu lidaria com isso quando chegasse a hora.

Mas agora precisava tomar um banho.

O suor escorria por minha pele como uma sobra da adrenalina que atravessou minhas veias depois de ver Seth, mas era mais do que isso. Eu me sentia pegajosa e imunda por dentro e por fora, como se estivesse há dias sem banho.

Estava me sentindo *suja* — tipo, moralmente corrompida.

Meu coração batia um pouco rápido demais enquanto esfregava a pele até ela ficar rosada. Fechei os olhos com força e respirei fundo várias vezes.

Eu tinha cometido um erro?

Matar o Lucian foi a coisa errada a fazer? Moralmente falando? Dã! Era errado, mas ele não mereceu? Ele não fez por merecer?

Como sentinela, irei matar daímônes. Isso não é a mesma coisa que bancar a juíza e a executora.

A esponja caiu dos meus dedos de repente fracos, num baque molhado no chão do boxe. Meu estômago embrulhou ao me abaixar para pegar. A água pingava nas minhas costas, mas eu mal a sentia.

Quando puxei o gatilho, não senti nada. Pouco antes havia raiva, até mesmo uma pontada de tristeza em resposta à crueldade do Lucian, mas quando meu dedo apertou... nada. Como se tirar uma vida fosse uma ação insignificante.

Havia algo de errado com aquilo — errado *comigo*.

Parece ter sido ontem que Seth quis matar o ministro-chefe Telly e eu disse que isso era errado. Que, mesmo sendo os Apôlions, não poderíamos tomar aquele tipo de decisão.

Mas eu tomei.

Matei Lucian.

A *sangue-frio*, sussurrou aquela vozinha irritante. *Você nem piscou.*

Verdade. Não senti nada ao puxar o gatilho, nada além de raiva. Mas mesmo aquela fúria não me pareceu tangível. Só os deuses sabiam que eu tinha dificuldade de administrar minha raiva, mas nunca havia surtado daquele jeito. Atirar em maçãs era uma coisa. Atirar na cabeça dos outros já era outro nível.

O que havia de errado comigo? Ou melhor, no que eu estava me transformando?

Forcei meus pulmões a respirar fundo várias vezes, me endireitei e enxaguei a espuma do corpo. Desliguei o chuveiro e peguei uma toalha felpuda, enrolando-a no corpo.

A dormência estava dentro de mim, escapando pelos meus poros, cobrindo minha pele. Senti que precisava de mais um banho, e continuaria me banhando até lavar o que quer que fosse aquilo.

Não me olhei no espelho antes de abrir a porta e entrar no quarto ao lado.

Aiden estava sentado na beirada da cama com as mãos apoiadas nos joelhos. A pistola estava ao lado dele e as adagas estavam soltas, alinhadas perfeitamente ao lado da arma. Ele levantou a cabeça, seus olhos cinza-escuros se moveram lentamente sobre mim até encontrarem os meus. Meu coração saltou no peito e senti os músculos do meu ventre se contraírem.

Quando estava perto de Aiden, não me sentia dormente. Sentia muitas coisas.

Me aproximando dele, parei entre suas pernas abertas. Aiden ajustou a postura com um olhar questionador. O ar ficou preso na minha garganta quando ele levantou os braços. Andei para a frente, colocando os joelhos nas laterais de seus quadris. Ele cruzou os braços ao redor do meu corpo, colando meu peito no dele enquanto eu apoiava a bochecha em seu ombro. Os minutos passaram em silêncio. A mão dele desceu pelas minhas costas num gesto relaxante que expulsava aquela dormência, mas eu queria sentir mais. *Precisava* sentir mais.

Apoiada no colo dele, coloquei a mão no seu rosto. Um choque de alerta atingiu minha mão e subiu pelo braço. Sem que ele pudesse ver, os sinais do Apôlion surgiram na minha pele, rodopiando por meu braço até chegarem na mão.

Ele abaixou os olhos.

— Precisamos conversa sobre o que aconteceu, Alex.

Conversar era a última coisa que eu queria, o mesmo valia para pensar. Sentir era a única coisa que me interessava no momento. Me inclinei para a frente, pressionando a testa contra a dele. Nossas bocas se alinharam perfeitamente, mas Aiden estufou o peito de repente.

Ele cerrou o punho sobre a minha lombar.

— Não é assim que se conversa.

— Não quero conversar. — Toquei os lábios dele com os meus. Nada além de um toque rápido das nossas bocas, mas o abraço de Aiden ficou mais forte. — Quero te sentir.

— Alex...

Me afastei um pouco e desenrolei a toalha, surpreendendo a mim mesma, já que costumava ficar consciente sobre o meu corpo na maioria das vezes.

Aiden sustentou o contato visual por um momento e depois abaixou os olhos, e senti seu olhar como um toque quente. O calor subiu por minha pele enquanto ele arrastava seus olhos de volta para cima. Conhecendo Aiden, sabia que ele queria fazer a coisa certa. Tínhamos muito a conversar — a dormência que eu sentia, o fato de que congelei no meio da batalha no dia anterior, a reunião com o conselho, Seth, o fato de que eu tinha acabado de dar um tiro na cabeça do meu padrasto e a possibilidade de nos tornarmos pais despreparados. O Aiden que eu *conhecia* queria falar sobre tudo aquilo, porque cada coisa era importante, mas o Aiden que eu *amava* jamais me dispensaria de novo.

Ele colocou as mãos nos dois lados do meu rosto e guiou minha cabeça até a dele. No momento em que nossos lábios se tocaram, foi como acordar depois de um sono longo demais. A sensação percorreu meu organismo, transbordando por meu sangue e espantando o frio. O beijo ficou mais intenso, e eu sabia que Aiden queria o mesmo que eu. Nós conversaríamos, mas só mais tarde. Bem mais tarde.

— O que é isso? — perguntou Aiden, com a voz grave e arranhada.

— O quê?

Os dedos dele deslizaram por minha cintura e minha lombar. Ele estava tocando a cicatriz de forma estranha. Me enrijeci e afastei sua mão. Deu um beijo nele com mais vontade, mais força, tirando sua atenção daquele lugar até saber que ele não estava mais pensando naquilo. As mãos dele passaram por meus ombros, descendo até a cintura, deixando um rastro de arrepios. Ele me puxou contra seu peito e, embora ainda estivesse de uniforme, sua pele queimou a minha. Beijar Aiden era como sentir o ar fresco depois de um tempo sem respirar. Seus beijos espantavam todos as incertezas e sensações estranhas emaranhadas dentro de mim.

O lábios de Aiden desceram pelo meu pescoço, e tombei a cabeça para trás. Ele enroscou um braço ao redor da minha cintura enquanto sua outra mão deslizava por minha barriga, e depois foi subindo, arrancando um gemido repentino de mim. Um som intenso e gutural escapou de seu peito, e cada músculo de minhas mãos contraiu em resposta. Seus lábios se aproximaram de uma área sensível, e a respiração dele arfou no meu ouvido. Por um momento doloroso, nenhum de nós se mexeu, e sobraram apenas nossos corações acelerados, pulsando nas veias. Depois num instante, a sensação deliciosa dos lábios dele contra meu pulso não era o bastante.

Me afastei para agarrar aquela camiseta irritante dele, e abri os olhos.

Olhos completamente brancos encararam os meus. E um sorriso cruel. O rosto era assustadoramente familiar — lindo de arrepiar e sem nenhuma compaixão.

— Você nunca vai vencer.

Um terror congelante cresceu em meu peito enquanto me afastava, me soltando da mão que segurava minha cintura. Caí no chão. Ignorando a dor nas costas, me levantei rápido e corri para o lado, pegando a pistola do Aiden. Só quando meus dedos seguraram o cabo me dei conta de como seria inútil atirar em Ares.

Apontei a arma mesmo assim, decidindo que pelo menos causaria alguma dor, mas congelei porque não era o Ares que estava ali.

Era Aiden, de olhos arregalados da cor do céu antes de uma tempestade de verão. Ele estava com as mãos afastadas e o peito subindo e descendo rápido.

— Alex? O que... o que você está fazendo?

Respirei fundo e com raiva, mas o ar não chegava em meus pulmões. Uma pedra se formou no meu peito, me esmagando enquanto eu andava para trás. Não entendia o que estava vendo. Era o Ares — só podia ser ele! O rosto dele — a voz dele.

— *Ágape mou*, fala comigo. Me diz o que está acontecendo — disse ele, com a voz rouca mas os olhos ainda fixos nos meus. — O que está acontecendo?

— Aiden? — sussurrei com as mãos trêmulas.

Ele assentiu devagar, e a outra palavra que disse saiu rouca.

— Sim.

A pressão se transformou num medo confuso e cortante enquanto o encarava. Meu lado racional gritava que era Aiden quem estava na minha frente, que Ares não conseguiria entrar na universidade, mas eu não conseguia abaixar a guarda, porque era ele...

— Não era você — sussurrei com o dedo tremendo perigosamente sobre o gatilho. — Não era *você*. — Ele contraiu os lábios de tensão.

— Como assim? Sou eu. Estou aqui com você, *ágape mou*. Estou bem aqui.

Um tremor desceu por meu braço enquanto a incerteza se espalhava pelo peito como um gole de água muito gelada. Eu sabia que era melhor baixar a arma antes de atirar acidentalmente no Aiden, porque era ele quem estava na minha frente, mas não conseguia.

— É o Seth? — perguntou ele, cerrando os punhos. — É ele que está fazendo isso?

— Seth? — pisquei. — Não. Não era você. Era... era o Ares.

Uma dor imediata surgiu no rosto dele, espalhando tristeza em seu olhar prateado, e eu não gostava daquilo porque significava uma mágoa muito profunda.

— Estou aqui com você. Era eu aqui esse tempo todo, *ágape mou*.

Minha respiração seguinte queimou a garganta.

— Acho que... acho que estou ficando louca.

— Ah, Alex...

Aquelas duas palavras partiram meu coração como nunca antes. A dor contida nelas pesou meus ossos como chumbo. Estremeci.

— Olha pra mim — disse ele, com a voz baixa. — Você sabe que sou eu.

Então Aiden deu um passo adiante, e ele era a pessoa mais corajosa do mundo ao fazer aquilo com uma arma apontada para o coração. Devagar, como se não quisesse me assustar, ele estendeu a mão e gentilmente tirou meus dedos da arma. Meu coração pesou. Sem tirar os olhos dos meus, colocou a arma de novo sobre a cama e pegou uma manta. Enrolou o tecido macio sobre os meus ombros, fechando na frente enquanto dava um beijo rápido e carinhoso na minha testa.

Aquela pequena demonstração de afeto me quebrou.

— Desculpa — eu disse enquanto meu corpo tremia. Quase atirei no Aiden. Poderia ter machucado ele ou até o *matado*. — Ai, meus deuses, me desculpa, Aiden.

— Shhh — ele sussurrou, envolvendo seus braços ao meu redor e me puxando para mais perto. Ele sentou na cama, e pressionei meu rosto em seu peito, em cima de seu coração acelerado. Fechei os olhos com força. — Vai ficar tudo bem, Alex. Aconteça o que acontecer, estamos nessa juntos, lembra? E vai ficar tudo bem. Prometo.

Um novo terror inundou meus sentidos enquanto Aiden me abraçava, com a mão segurando minha nuca e a outra acariciando minhas costas. Ele me balançou devagar, murmurando algo que eu não estava ouvindo direito porque só conseguia focar em uma coisa.

Era possível que eu tivesse feito um desvio direto para a Terra das Malucas, o que explicaria muita coisa. Alguém se surpreenderia? As pessoas surtavam sob pressão o tempo todo, e os meios-sangues, embora treinados para manter a cabeça no lugar, não eram diferentes. Mas aquilo importava? Na verdade, não, porque uma coisa era verdade:

Aiden não estava seguro perto de mim.

* * *

Eu e Aiden não conversamos.

Acho que ele estava com medo de forçar demais as coisas por enquanto, já que obviamente eu não estava no meu melhor momento. Afinal, poucas horas antes eu havia atirado na cabeça de alguém, depois alucinado Ares e apontado uma arma para Aiden... enquanto estava peladona.

Isso é o que chamo de empata-foda.

De alguma forma, acabamos esparramados na cama, e Aiden enfim caiu no sono. Já era tarde, mas eu não conseguia dormir. Minha mente estava agitada com tudo aquilo. Se estivesse louca, e eu achava que estava mesmo, como poderia liderar o Exército Espetacular contra Ares? Só podia dar problema.

E Seth estava acordado.

Ele não estava tentando se comunicar comigo, e o fato de eu saber disso era assustador num novo nível, mas a consciência dele existia à margem da minha. Ele estava acordado e ansioso.

Eu também.

Fazendo o mínimo de barulho possível, me afastei de Aiden e me vesti no escuro. Decidi que, se acabasse colocando a camiseta do avesso, poderia culpar minha loucura. Ficar lunática tinha que ter algum benefício, né? Talvez fosse melhor enlouquecer de vez.

Me arrastei para fora do quarto e fechei a porta. Tentei me convencer de que eu não sabia o que estava fazendo, mas sabia. Cada parte de mim sabia para onde estava indo, sobretudo aquele cordão irritante dentro de mim. Ela vibrava como um filhotinho agitado.

Andando pelas sombras, não demorei muito a chegar no prédio do conselho. A entrada para as catacumbas onde ficavam as celas estava altamente protegida.

Nenhum dos guardas pareceu feliz com a ideia de abrir passagem e me dar acesso ao Primeiro. Mas não tiraria a razão. Todos sabiam o que poderia acontecer se Seth transferisse meu poder para ele, mas ele estava lá, e isso por si só já era arriscado.

Solos subiu pela escada estreita, apertando os olhos ao me ver diante dos guardas.

— O que houve, Alex?

— Preciso falar com Seth.

Ele parou na minha frente.

— Acha mesmo que essa é uma boa ideia?

— Tem mais alguma sugestão além de dar um murro nele de duas em duas horas?

Os lábios dele estremeceram num risinho que diminuiu a gravidade da cicatriz que atravessava seu rosto, do olho direito até o maxilar.

— Não vejo problema algum nisso.

Ri, mas soou forçado.

— Nem eu, mas preciso falar com ele para entender o que diabos está fazendo aqui, e saber se os sentinelas do lado de fora do portão serão um problema.

— Provavelmente serão um problema — Solos respondeu.

Ele era uma fonte de comentários tranquilizadores. Me mexi impaciente, jogando as mechas mais curtas de cabelo para trás da orelha.

— Não estou aqui para me conectar com ele — eu disse, bem baixinho. — Ele não tem mais esse tipo de poder sobre mim. Além do mais, não deixarei ele chegar perto para sequer tentar.

Solos desviou o olhar, mexendo o maxilar sem parar.

— Não gosto nem um pouco disso. Não me leva a mal. Não acho que você vai virar a Alex do Mal pra cima da gente, mas estamos no meio da madrugada e Aiden não está com você.

Arqueei as sobrancelhas.

— E o que isso tem a ver com o Apôlion preso na nossa cela?

— Só me sinto cem por cento mais confortável quando Aiden está por perto, especialmente se você for ficar de conversinha com Seth — admitiu.

— Aiden está dormindo, e ele precisa descansar. Além do mais, não preciso de uma babá. — É claro que precisava, mas nunca admitiria aquilo. — Anda, Solos, não me faça te *obrigar* a cooperar.

Ele me analisou de perto e depois suspirou.

— Não faça eu me arrepender disso.

— Quanta confiança você tem em mim — murmurei, quando ele deu um passo para o lado e passei.

— Não tem nada a ver com confiança. — Solos estava na minha cola enquanto eu descia a escadaria íngreme. Um vento gelado passou pelos meu jeans. Vestir calça tática de sentinela me pareceu errado, considerando a situação. — E, sem ofensas, não confio em ninguém. Aprendi na marra há muitos anos, e me lembro disso todos os dias quando me olho no espelho.

Me curvei sob o arco baixo e entrei uma câmara ampla. Seth não estava ali. Meu olhar encontrou uma porta de titânio do outro lado, e olhei por cima do ombro.

— Sua cicatriz?

Solos se recostou na parede e cruzou os braços.

— Não ganhei ela fazendo a barba.

— Achei que tivesse sido lutando contra daímônes.

Ele balançou a cabeça levemente.

85

— Eu tinha dezenove anos.

Por mais errado que parecesse, fiquei morbidamente curiosa.

— Como aconteceu?

Não recebi uma resposta imediata, e o cordão dentro de mim puxou com impaciência.

— Estava em patrulha numa noite e, perto do fim do turno, conheci uma mulher. Ela era a mulher mais linda que eu já tinha visto. Uma coisa levou a outra e, bom, eu era um cara de *dezenove* anos. Era pra ser um lance de uma noite só, sem compromisso, sem revelar nomes, e tudo foi ideia dela, não minha. Não tive como recusar.

— Claro — eu disse, deduzindo onde aquele encontrinho terminou, mas não como aquela noite resultou numa cicatriz tão grande.

— Mas ela não era uma mulher comum, Alex. Era uma deusa.

Fiquei boquiaberta.

— Afrodite — ele disse, abaixando o queixo. — Aparentemente, ela estava entediada e decidiu fazer uma visitinha ao reino mortal. A velha história de lugar errado, hora errada. Ou lugar certo, dependendo do ponto de vista, e quem era eu para recusar? — Ele abriu um meio-sorriso enquanto eu o encarava, surpresa. — Como pode imaginar, o bom e velho Hefesto não ficou muito feliz quando descobriu.

— Imagino — respondi devagar.

— Ele me deu essa cicatriz. — Solos apontou para a bochecha direita. — E teria me matado se Afrodite não tivesse interferido. Basicamente, tive que me esconder quando Apolo trouxe ele para construir aquela cela para você, mas devo dizer que, por duas horinhas com ela, valeu a pena.

Uma risada espontânea me escapou, e o sorriso torto de Solos se abriu.

— Mas aprendi a nunca confiar quando alguém diz que vai dar tudo certo, sabe? E aprendi a nunca, nunca confiar num deus ou em qualquer coisa criada por eles. Deuses são cobras na grama alta que você nunca vê se aproximando.

Solos permaneceu na câmara circular, e caminhei até o corredor estreito iluminado por tochas nas paredes, incapaz de sentir que *eu* era a cobra na grama alta. Seth também. Éramos seres perigosos criados pelos deuses e poderíamos atacar tudo e todos ao nosso redor a qualquer momento.

Talvez nossas naturezas violentas fossem produto daqueles que nos criaram. Ninguém mais no mundo era mais louco que um deus do Olimpo.

Esqueci a história do Solos quando virei uma esquina e vi a cela alguns metros adiante. A luz das chamas bruxuleava pelas barras de titânio. Uma sombra mais escura estava pressionada contra as barras, e levei apenas um segundo para perceber que era Seth de costas para o corredor.

Parando a alguns passos de onde ele estava sentado, ignorei o puxão quase intoxicante do cordão — da nossa conexão.

— Veio me desacordar de novo? — perguntou, com a voz curiosamente sem aquele toque lírico.

Me aproximei, parando no limite do alcance dele.

— Ainda não decidi.

— Pode poupar os esforços. Não estou planejando uma fuga ousada e não tenho planos de espalhar caos e destruição.

— Bom saber.

— Mesmo? — Ele virou a cabeça e pude ver seu perfil. Ele estava de olhos fechados, e os cílios longos, mais escuros que o cabelo loiro, tocavam o rosto. — O St. Delphi sabe que você está aqui em baixo, Alex?

Estreitei os olhos.

— Não vou falar sobre ele.

Um sorrisinho surgiu no canto da boca dele e depois sumiu.

— Que bom, porque realmente não quero ouvir sobre como vocês dois estão felizes e apaixonados. Prefiro desmaiar na porrada.

Considerando que eu tinha acabado de apontar um arma para Aiden, não colocaria "felizes" na equação, mas o comentário me pegou de surpresa. Cheguei para o lado e me ajoelhei, fora do alcance dele.

— Vamos ser sinceros um com o outro. Você nunca me amou desse jeito. Você sabe disso, não sabe?

Seth não respondeu por um longo momento e depois tombou a cabeça para trás, contra as barras, e soltou um suspiro pesado.

— Tem razão, mas nunca tive chance.

De novo, fui pega despreparada pela franqueza dele. Seth era o rei das respostas vagas e inúteis, pior do que um deus na maior parte do tempo. Encarei o perfil dele por um minuto longo e tenso. As palavras meio que saíram da minha boca como uma represa rompendo sob pressão.

— Eu te amei. E não foi o mesmo que senti pelo Aiden, mas te *amei*, e você me traiu. Você se juntou ao Lucian e praticamente me fez de refém para me forçar a me conectar com você! E eu ainda tinha esperança em você. *Ainda* te defendia. Então, você me transformou na Alex do Mal e começou uma guerra ao lado do Ares! Pessoas morreram, Seth. — Minha voz embargou enquanto minhas pernas cederam. Me sentei com as mãos fracas entre os joelhos e o encarei através das barras. — E não apenas recentemente. Há quanto tempo isso está acontecendo? Desde a época da minha mãe? Desde que os daímônes mataram Caleb na ilha Divindade? Desde que todos aqueles daímônes morreram nas Catskills? Você e Lucian já estavam usando daímônes naquela época? Estavam, não estavam?

Mais uma pausa, e então ele abriu os olhos. O brilho cor de âmbar me assustou.

87

— Sinto muito.

Meu peito apertou.

— Pessoas morreram. Pessoas que eu amava. Pessoas que nunca conheci, e a troco de quê?

— Se pudesse voltar no tempo e mudar tudo, eu voltaria. Nunca aceitaria aquele posto como guarda do Lucian — ele disse baixinho. — Teria desaparecido se soubesse de tudo que ia acontecer, Alex.

Balancei a cabeça. Aquele Seth — aquela criatura arrependida e lamentável — não era o Seth que eu conhecia.

— Seus problemas de personalidade estão começando a aparecer.

Ele deu um risinho sarcástico.

— Olha quem fala.

— Você não tem ideia — murmurei e, depois, falei mais alto: — Quando isso tudo começou a dar errado, Seth?

— Quando eu nasci.

Meus ombros ficaram tensos.

— Isso não é verdade, Seth.

— É, sim. Você deveria ser a Primeira, Alex. Todos os Apôlions vieram de Apolo. Fui criado para isso... para o que Ares queria. Foi a mesma coisa com Solaris e o Primeiro. Então, sim, é verdade. Tudo começou a dar errado naquele momento. — Ele riu, mas soava como todas as minhas risadas pós-Ares. Não havia calor por trás delas. — Porra, as coisas começaram a dar errado centenas de anos atrás quando Ares decidiu que queria governar o mundo.

— Não — respondi, engolindo em seco. — Você sempre fez o que queria, Seth. E não sabia de nada disso quando nos conhecemos. Você tomou essas decisões. Você ficou...

— Você, por acaso, já provou éter, Alex? — Ele virou tão rápido que meu coração acelerou. Me encarando, Seth agarrou as barras até as juntas dos dedos ficarem brancas. — Não como os daímônes, mas já tomou tanto éter que poderia fazer *qualquer coisa* que quisesse e sentir *tudo* o que nunca pôde? Sabia que é como ter raios no sangue? Já provou o sabor do poder supremo e soberano? Já?

Balancei a cabeça devagar, e ele continuou:

— Claro, Lucian me prometeu muitas coisas, e Ares também quando nos conhecemos nas Catskills, mas aquelas promessas não eram nada comparadas com o que senti depois do seu despertar. Era como provar poder puro. — Um brilho febril iluminou os olhos dele ao se fixarem nos meus. — Depois daquilo, eu não precisava das promessas deles, porque sabia, *sabia* que poderia conseguir tudo o que quisesse, que tinha poder para isso. E aquele poder... — Ele soltou a barras e se balançou para trás. — Não tem nada igual, Alex. Fiquei viciado, e o poder me cegou para todo o resto. Era minha fraqueza. *Ainda é* minha fraqueza.

Não respondi, porque parte de mim sempre soube que o poder não era a força dele.

— Não tem ideia de como é difícil até ficar perto de você agora. A conexão me chama... seu éter, tudo. — Ele avançou, envolvendo os dedos nas barras de novo. — Só penso nisso, e se eu conseguir transferir seu poder para mim, acho que nem Ares poderá me controlar. Estará tudo acabado.

Baixei o olhar.

— Você é melhor do que isso.

— Não sou e você sabe disso, então nem vem com essa merda. — Ele soltou aquela risada fria de novo. — Mas *você* é.

— Não sou melhor do que você.

— É, sim — ele insistiu baixinho. Encostou a testa nas barras. Um olhar assombrado se espalhava em seu rosto. — Você é.

O fundo dos meus olhos queimava.

— Caso você não se lembre, dei um tiro na cabeça de um homem mais cedo só porque eu quis.

— Ele mereceu.

Estremeci.

— Não senti nada, Seth. Nem um pingo de remorso ou arrependimento. Nada. Isso... isso não está certo.

— Ele mereceu, Alex. Você não tem ideia do que ele estava fazendo, do tanto que abusou com o poder. — Nossos olhares se encontraram e ele respirou fundo. — Mas eu nunca quis te ver fazendo algo como aquilo. Talvez quisesse antes, mas depois do que o Ares fez com você? Depois de ver o que *eu* fiz com você? Não quero mais nada disso. Quero que acabe logo, e o único jeito de acabarmos com isso é se você tirar o poder do Primeiro. Você precisa se tornar a Assassina de Deuses.

Fiquei boquiaberta. Não era possível que ele soubesse nossos planos.

— É o único jeito de deter Ares, Alex. — Ele engoliu em seco. — E eu não consigo. Se eu pegar seu poder, não sei o que sou capaz de fazer. Tem que ser você, e sei que é possível. Você só tem que...

— Eu sei — respondi, interrompendo ele ao me aproximar. — Sei como fazer, Seth, mas...

Ele abriu os lábios.

— Mas só quando chegar a hora, quando estivermos cara a cara com aquele filho da puta, porque quanto mais tempo você passar com o poder dentro de si, mais louca vai ficar. Acredite.

— Eu já estou louca — sussurrei.

— Quê?

Repeti, e não sei o que me fez admitir. Talvez tenha sido porque, de certa forma, eu e Seth éramos a mesma pessoa, confiando ou não nele.

— Não sou a pessoa certa para nada disso. Há *algo* de errado comigo. Desde que lutei contra Ares, não estou bem. Não sinto as coisas como antes. Não sinto nada na maior parte do tempo. Eu paralisei no meio de uma luta, tipo, paralisei mesmo. Achei ter visto Ares mais cedo e apontei uma arma para Aiden.

Ele arqueou as sobrancelhas.

— E o que tem de errado nisso? — ele disse, e eu bufei. — Ei, tô brincando. Fiquei curioso pra saber por que você faria isso. Pra você, o sol nasce e se põe na bunda do Aiden.

Bela imagem.

— Achei que... achei que ele fosse o Ares.

— Como assim? Você viu o Ares no lugar dele?

Assenti com um ar maligno.

— Não sei se sou capaz, e também tem a possibilidade de eu estar... — Fechei a boca antes de falar demais e baixar a guarda totalmente.

— Estar o quê?

Quando não respondi, ele se virou de lado e se acomodou ao lado das barras. *O quê, Alex?*

Era sempre irritante quando ele mudava a comunicação comigo daquele jeito. *Não sei. Acho que... Aiden acha que eu...* Balancei a cabeça. *Não importa. Isso não muda nada.*

Seth me encarou por tanto tempo que, por um segundo, tive medo de que ele conseguisse ler meus pensamentos. Então, arregalou os olhos de leve. *Você está...?* Um som estrangulado saiu da garganta dele.

— Não consigo nem pensar nisso. Você está grávida?

Incapaz de confirmar ou negar, não disse nada, e aquilo deve ter sido resposta suficiente porque Seth xingou num sussurro. Fechando os olhos com força, cobri o rosto. Meus dedos se curvaram no cabelo, e as cicatrizes finas pareceram ásperas ao meu toque.

Alex? A voz dele era um sussurro bem fino, e depois em voz alta ele disse:

— Sinto muito, Alex, por tudo que causei de uma forma ou de outra.

Balancei a cabeça sem levantar ou tirar as mãos. Eu não entendia por que ele estava se desculpando. Ele não tinha nada a ver com esse lance de fazer bebês com Aiden. Aquilo era culpa nossa.

Ficamos sentados daquele jeito por alguns minutos, ambos em silêncio. Procurei dentro de mim... algo que não fosse uma pontada de tristeza, uma emoção além da raiva e da confusão, algo mais substancial do que aquele vazio enorme.

Não encontrei nada.

Seth suspirou em meus pensamentos.

— Eu vi seu pai, Alex.

9

De primeira, achei que não tivesse escutado direito.

Devagar, levantei a cabeça e fixei meu olhar no dele.

— Quê?

— Vi seu pai quando estava nas Catskills — ele repetiu baixinho. — Não antes do seu despertar. Não o vi naquela época, mas quando chegamos há mais ou menos um mês, ele estava lá. Ainda está.

Minha boca se mexeu, mas não saiu nenhum som. Me arrastei para a frente, chegando mais perto de Seth do que provavelmente deveria. Respirei fundo, mas o ar ficou preso.

— Você viu... como ele está?

— Não falei com ele, mas ele estava com os outros servos. O elixir não está funcionando, e ele parece estar mantendo todos em segurança. Não pode ir embora. Nenhum deles pode com Ares por lá. — Fez uma pausa, e meu coração despencou do peito. — Ele parece estar bem, mas Ares sabe quem ele é, Alex.

Encarei Seth enquanto assimilava aquelas palavras.

— Mas ele está bem por enquanto?

Por enquanto. Seth reafirmou em silêncio.

Fechando os olhos, me encolhi sob a pressão repentina que apertou minha garganta. *E Ares sabe que ele é meu pai?*

— Sim.

— Ele planeja usar meu pai contra mim? — perguntei, já sabendo e temendo a resposta.

— Gostaria de te dar uma resposta boa. — Houve uma pausa, e então senti seus dedos tocarem meu braço. A eletricidade passou da pele dele para minha, e levantei a cabeça bem rápido. Me afastei, saindo de seu alcance, observando os sinais do Apôlion flutuando por seu braço até o pescoço. Seth recolheu o braço de novo para trás das barras. — Ele vai usar todos os meios necessários, Alex. Não pode te alcançar agora, mas, no momento em que puder, vai balançar seu pai na sua frente.

Desviei o olhar, fechando a boca com tanta força que meu maxilar começou a doer. Eu sabia que não estava sentindo tudo o que deveria, considerando o perigo em que meu pai estava. Soltei um suspiro enfurecido.

— E não vai vir só atrás de mim. Vai querer você também.

— Eu sei. — Seth soltou uma risada seca, e voltei a olhar para ele. — Mas o que mais ele tem para me chantagear além de você?

E então entendi. Quando Ares descobrisse que Seth estava mudando de lado, forçaria a mão de Seth ao forçar a minha, e usaria meu pai e todos a quem eu amava para fazer aquilo acontecer.

— Que merda, né? — disse Seth.

Bufei.

— Você não tem ideia.

— Então, por que estamos fazendo isso? Sério mesmo. Podemos ir embora.

Olhei feio para ele.

Seth riu de novo e, desta vez, soou mais genuíno.

— Pode levar o St. Delphi junto.

— Aposto que ele amaria o convite. — Na verdade, a ideia de fugir era tentadora pra caramba. Claro que eu já tinha considerado isso, e poderíamos nos esconder pelo tempo que quiséssemos, mas isso não era certo. — Ainda sou consciente o bastante para saber que não posso fazer isso.

Seth encaixou a cabeça entre as barras, mas não disse nada.

— Ainda mais depois do que Ares fez, mas isso vai além. Muitas pessoas inocentes vão terminar escravizadas ou mortas por ele. Eu não conseguiria viver sabendo disso.

— Eu conseguiria.

Dei um pequeno sorriso.

— Claro que sim.

Houve mais um tempo de silêncio, então ele disse:

— Você está tão diferente.

Eu não sabia o que dizer.

— Não é porque você está louca, mas sei pelo que passou.

Minhas costas ficaram tensas.

— Quero morrer. — Pronto. Disse em voz alta e soou tão horrível quanto o pensamento.

Seth abaixou o olhar.

— Eu sei.

— Parte de mim quer...

— Não diga. — Seth se levantou rapidamente e se afastou das barras. Uma pontada de vergonha brotou como uma erva daninha, e ele desviou o olhar. — Sei que você não vai me deixar sair. E, se você não tiver um plano melhor agora, provavelmente é melhor assim. Todos vão se sentir melhores com isso.

— Isso faria você se sentir melhor? — Me levantei.

Seth se afastou até o canto mais sombrio da cela.

— Isso deveria fazer *você* se sentir melhor. — Eu tinha certeza que meu lugar também era numa cela como a que o Seth estava ocupando. — Nada disso... — disse Seth. Devo ter pensado em voz alta. — Você não é louca, anjo.

— Não me chama assim.

Seth não respondeu. A conversa obviamente tinha acabado. Fiquei por mais um momento, sem saber se havia algo mais a ser dito àquela altura. Acabei não dizendo nada enquanto dava meia-volta e caminhava para a porta de titânio que deixei entreaberta.

De uma coisa eu tinha certeza: Seth não iria nos enganar. E, se ele viesse para cima de mim, seria como um daímôn indo atrás de éter, nada mais. Não significava que ele estava seguro, mas era melhor assim do que trabalhando com Ares.

Abri a porta e vi uma silhueta esguia encostada na parede. Não era Solos. Merda.

Fechei a porta, respirei fundo e encarei Aiden. Cachos de cabelo escuro caíam sobre sua testa em ondas incontroláveis. Seu cabelo estava começando a cachear como o do Deacon, e eu gostava daquele visual mais bagunçado. Agora as pontas do cabelo tocavam as sobrancelhas igualmente escuras — sobrancelhas que, no momento, estavam franzidas. Os lábios dele formavam uma linha forte e fina, e os olhos estavam cinzentos como metal. Ele não estava nada feliz.

— Oi? — eu disse, meio patética.

Os músculos em seus braços cruzados ondulavam sob a camiseta preta. Ele estava tão parado que parecia ser parte da parede.

— Você me deixou no meio da noite.

Mudei o peso de um pé para o outro.

— Sim.

— Sem dizer nada — acrescentou numa voz calma até demais. Eu o conhecia bem o bastante para saber como aquela calma enganava. Estava entrando na zona de perigo. — Especialmente depois do que aconteceu entre nós? Você chegou a parar e considerar o que eu pensaria quando acordasse e visse que você sumiu?

Ele tinha razão.

— Desculpa, mas estou bem.

— Claro que você *não está* bem.

Abri a boca, pensando que ele estava falando sobre o lance da arma, mas me dei conta de outra coisa. Meu estômago embrulhou.

— O quanto você escutou?

Aiden descruzou os braços.

— O suficiente.

Minha cabeça estremeceu. Não parecia possível, mas era.

— Aiden...

— Te ouvir dizendo que amou ele foi... bom, não tenho nem palavras.

O calor se espalhou pelo meu rosto.

— Eu disse que não era do mesmo jeito como me sinto por você!

— Espera. — Ele levantou a mão, me silenciando. — Por dias, venho tentando te fazer conversar comigo sobre tudo. Imaginei que você não estivesse pronta, então não forcei, mas aí você me abandona no meio da noite para conversar com *ele*.

Ops.

— E diz pra *ele* o que está se passando na sua cabeça quando não me contou nada direito?

Encurralada, reagi do único jeito que sabia — o único jeito que a Alex do passado, a Alex antes de Ares, teria reagido.

— Talvez você não devesse estar bisbilhotando. — No momento em que as palavras saíram da minha boca, quis me dar um soco na cara, porque Aiden tinha o direito de estar bravo. — É falta de educação — concluí, fraca.

— Tá falando sério? — Aiden se empurrou para longe da parede, e seus olhos brilharam como mercúrio. "Ops" duas vezes. — Você foi *atrás* dele.

Nossa. Calma lá.

— Não é bem assim. Não fui atrás dele, eu vim *até* ele.

— Não é bem assim? — Aiden parou bem na minha frente. Ele baixou o queixo com os olhos chamuscando de raiva. — Você contou a ele como está se sentindo.... Como vem se sentindo...

— Eu te contei isso! — Cerrei os punhos enquanto minha própria raiva vinha à tona como um velho amigo.

Sim. Me agarrei àquela raiva. Pelo menos significava que eu estava sentindo alguma coisa.

— Você disse a ele que queria morrer. — A voz dele falhou na última palavra, e a raiva repentina dentro de mim desapareceu. A expressão dele transbordava dor, empalidecendo seu rosto. — E sei que você quase disse que uma parte sua ainda deseja ter morrido naquele dia.

Dei um passo para trás, querendo negar, mas as palavras me fugiram e a vergonha voltou mais forte desta vez. Cruzei os braços, tentando impedi-la de se espalhar. Aiden era a última pessoa que eu queria que soubesse como fui fraca — como ainda estava fraca.

— Me mata saber que você pensa assim. — Um músculo pulsou no pescoço dele quando nossos olhos se encontraram. — Por que não falou comigo sobre isso? — Ele balançou a cabeça, engolindo em seco. — Por que foi falar com ele, justo com ele? Depois de tudo que ele fez?

— Você não entende. — E ele não entendia.

Haja o que houvesse, eu e Seth éramos a mesma pessoa. Aquilo não significava que tudo estava perdoado, mas Seth sabia o que eu tinha enfrentado sem que eu precisasse contar, e eu nunca iria querer compartilhar aquilo com o Aiden. Sabia que precisava contar a ele, mas as palavras não saíam.

Aiden respirou com fraqueza.

— Você disse a ele que acha que está grávida. — Ele parecia ter sido apunhalado no peito por uma adaga do Covenant. — Como pode confiar nele para contar algo assim? E se ele estiver nos enganando? E se levar essa informação para Ares?

— Ele não está nos enganando.

Arregalou os olhos, mudando de posição.

— Como pode ter tanta certeza, Alex? Todos nós vimos como Seth é bem antes de você, e nenhum de nós tinha uma conexão com ele. Ele tinha controle sobre...

— Ele não tinha controle algum sobre mim! Sei que não está nos enganando. Eu *sei*.

— Talvez você esteja certa — disse ele, com o calor morrendo em seus olhos. — Mas esse não é um risco que estou disposto a correr, e você não parou para levar isso em consideração. Você... — Parou e desviou o olhar, levando a mão ao cabelo. — Você não levou meus sentimentos em consideração.

— Eu... sinto muito. É só que... — Balancei a cabeça, desamparada.

Então ele fez algo que nunca tinha feito. Aiden foi embora e me deixou.

Voltei para o quarto que estava dividindo com Aiden, mas ele não estava lá, e quando peguei no sono esperando por ele, ele ainda não tinha voltado. E quando acordei, não havia sinal algum dele, mas ele fez uma aparição em algum momento enquanto eu dormia.

A manta que tinha sido puxada até a beirada da cama foi colocada em cima de mim.

Eu sabia que isso não era uma oferta de paz, e Aiden tinha todos os motivos para estar bravo comigo. Queria ter explicado o porquê de ter contado ao Seth tudo o que contei. Não por acreditar que Aiden entenderia cem por cento, mas teria sido melhor do que pedir desculpas ou não dizer nada.

Ou pedir para ele não bisbilhotar.

Me arrastei da cama e tomei um banho rápido. Meu estômago vazio roncou enquanto eu vestia um jeans e uma camiseta de Aiden. Ela me engolia, mas tinha o cheiro dele. Antes de sair do quarto, esfreguei o rosto.

Encontraria Aiden e, de alguma forma, o compensaria por tudo o que fiz.

Ir falar com o Seth foi errado quando Aiden era a única pessoa que sempre esteve e sempre estaria ao meu lado. Minhas intenções não foram maldosas ou sombrias, mas machucaram pra caramba. A única coisa boa daquilo tudo foi descobrir que Seth não estava nos enganando.

Mas eu precisaria de um milagre para convencer todo mundo.

O primeiro lugar onde procurei por Aiden foi na área comum do dormitório. Ele não estava lá, mas Luke estava sentado em uma das mesas com Deacon e Olivia.

E havia um prato gigantesco de bacon e linguiça sobre a mesa, e fiquei com água na boca só de olhar.

Bacon deixava tudo melhor.

— Quer um pouco? — Deacon ofereceu, tirando uma mecha de cachos dourados da frente do rosto. — Porque parece que você vai devorar *a gente* se não te dermos um pouco.

Olivia franziu o nariz.

— Eca.

Me sentei ao lado do irmão de Aiden e me servi com uma porção daquela crocância divina.

— Obrigada. — Eu estava mastigando minha quarta tira de bacon quando senti olhares em mim. Levantando a cabeça, vi Luke. As bochechas dele estavam vermelhas como as de quem pegou um pouco de sol. — Que foi? — perguntei com a boca cheia.

— Não sei como ele fez aquilo... Seth. — Ele se sentou na cadeira, esfregando a mão no queixo. — Lembro de estar lá fora perto dos carros, de ver alguns sentinelas que não reconheci e, quando me dei conta, estava do lado de dentro dos porões, e vocês dois estavam lá.

— Coação — disse Deacon, virando para mim. — Passei a manhã inteira falando disso com ele.

— Passou mesmo — Olivia comentou.

Luke franziu a testa.

— Sei que foi coação, mas, caramba, nunca senti nada parecido antes.

— Eu já. — Olivia olhou diretamente para mim, e perdi o apetite só de lembrar. — A responsabilidade não foi sua, Luke. — Ela espetou uma linguiça com o garfo. — E agora temos outro Apôlion maluco, sem ofensas, Alex, preso numa cela.

— De boa — murmurei, e depois suspirei. — Não foi sua culpa, Luke. Deacon poderia fazer uma coação, mas uma feita por um Apôlion é um soco e tanto.

Luke não pareceu aliviado com aquilo, mas pegou uma porção de bacon, então imaginei que, se ele estava comendo, não estava tão traumatizado.

— Então, o que vamos fazer com Seth? — Deacon perguntou depois de alguns momentos.

Um tremor atravessou o corpo de Olivia. A garota nunca foi fã de Seth, e me lembrei do que Aiden dissera na noite anterior. Todos já haviam sacado qual era a de Seth, menos eu. Bom, nem o Caleb, porque ele era o maior fã quando o assunto era Seth.

Curiosamente, não senti uma pontada de dor quando pensei no Caleb.

— Não vamos fazer nada por enquanto — respondi, finalmente. Todos na mesa me encararam. Abaixei o olhar para meu prato meio comido de bacon. — Seth não está mais trabalhando com Ares. Não diria que devemos recebê-lo de braços abertos ou convidá-lo pro café da manhã, mas ele não é nosso grande inimigo agora.

— Quê? — A voz da Olivia subiu um oitavo. — Como podemos ter certeza disso?

— Boa pergunta. — Deacon empurrou uma garrafa fechada de suco de laranja na minha direção. — Tá com sede?

Murmurei um obrigado e bebi um gole.

— Bom, primeiro, a cela só está prendendo Seth porque ele não está tentando fugir. Se ele quiser sair, vai conseguir mais rápido do que qualquer um de nós, incluindo eu. Além disso, ele não quer mais se tornar o Assassino de Deuses.

Luke balançou a cadeira para trás, com os olhos arregalados.

— Oi???

Olivia congelou com uma linguiça no ar a caminho da boca e me encarou surpresa. Inquieta na cadeira, senti o calor se espalhar por minhas bochechas, mas não sabia por quê.

— Ele não quer se tornar o Assassino de Deuses. Quer que eu transfira o poder dele para mim.

— E como ele descobriu que esse era nosso plano? — Deacon perguntou. Ele ficou sério de repente, o que era uma raridade.

— Ele não descobriu. Só sugeriu sem que eu dissesse nada. Seth tem... bom, como eu disse, não quer mais saber de Ares ou Lucian... — Franzi as sobrancelhas. — Lucian não é mais um problema.

— Pode-se dizer que sim — disse Luke num sussurro e, depois, mais alto: — Sem querer chutar cachorro morto e enterrado, mas como alguém, incluindo você, poderia acreditar em qualquer coisa que Seth diz? Quer dizer, e se ele mudar de ideia...

Aí, estaríamos todos ferrados.

Eu entendia, mas não conseguia explicar de verdade por que confiava em Seth. Os problemas dele com aquele vício perverso eram uma história dele. Sem fome e sem clima para convencê-los quando eu ainda precisava falar com Aiden e mais um monte de gente, me levantei da mesa.

— A gente se fala mais tarde.

Caminhei até a porta antes de perceber que Deacon estava me seguindo. Ele acompanhou meu passo enquanto saíamos do dormitório.

— Tá ligada que só estavam expressando nossas preocupações, né? — falou, colocando as mãos nos bolsos do jeans. — Eles não queriam te magoar.

— Eu sei. — Apertei os olhos contra a luz brilhante do sol. — E não me magoaram.

— Tem certeza?

Eu tinha. Como sempre, eu não estava sentindo muita coisa. Continuamos descendo pela calçada em silêncio, passando por alguns estudantes puros-sangues. Eles encararam.

— Aiden está mal-humorado. Do tipo "se você respirar perto de mim, vai ganhar porrada de nunchuck" — Deacon anunciou quando passamos por um centro de treinamento.

Meu estômago embrulhou um pouco.

— Nunchuck? Acho que ele nem sabe como usar isso.

— Meu irmão sabe como usar todas as armas conhecidas pelo homem. Nunchucks não são uma exceção.

Dei um pequeno sorriso.

— Se você diz...

— Então, vai me contar o que está perturbando meu irmão, além do exército de sentinelas inimigos nos esperando lá fora e o arqui-inimigo dele de boa numa cela embaixo do nariz dele?

— Você viu o Aiden hoje? — perguntei, em vez de responder.

Ele assentiu.

— Está na sala do diretor com Marcus.

Me virei na direção do prédio principal do Covenant e não fiquei feliz por ter que ir para a sala onde vi Ares pela última vez.

— Então, não vai me falar nada sobre Aiden?

— Você vai me seguir até a sala do diretor?

— Sim. — Deacon abriu um sorriso rápido para mim.

— É bem longe.

— Um exercício não faz mal.

Suspirei.

— Aiden está bravo comigo.

— Duvido.

— Ah, acredite, ele com certeza está bravo comigo. — Coloquei o cabelo para trás da orelha e olhei para Deacon. Ele me deu uma cotovelada amigável no braço, e o canto dos meus lábios se ergueu um pouquinho, mas o sorriso logo sumiu. — Ele está bravo porque fui falar com Seth.

Deacon arqueou a sobrancelhas.

— Ele está bravo por causa disso?

— Bom, abandonei ele no meio da madrugada, não avisei o que ia fazer, entre outras coisas, mas... — Balancei a cabeça, sem querer entrar em detalhes. — Então, ele está um pouquinho perturbado no momento.

Não respondeu quando entramos no prédio principal e passamos pelos guardas, esperando até chegarmos às escadas. O cordão dentro de mim se esticou, já que estávamos perto de Seth.

— Bom, considerando essa merda toda com Seth, entendo por que Aiden não está feliz.

— Eu sei. — Virei no segundo andar. — Não estou chateada com ele. Ele tem todo o direito de estar bravo.

Deacon subiu as escadas saltando, esbanjando energia. Que ódio.

— Ele vai superar. Meu mano te ama, tipo, ama *mesmo*. Tipo, ele está *apaixonado* por você, Alex.

Lancei um sorriso para ele.

— Eu sei. Só odeio o fato de ele estar bravo.

Olhou para mim com os olhos prateados e brilhantes.

— Acho que essa é a primeira vez que te vejo sorrindo de verdade há um bom tempo. — Ele se virou, abrindo a porta para o andar de cima. — Você está bem?

— Não. — Atravessei a porta. — Mas vou ficar.

Deacon colocou o braço sobre meu ombro enquanto atravessávamos o longo corredor. Não havia guardas na porta da sala do diretor, porque não havia um diretor para ser protegido, na real.

— Ficaremos todos bem — ele disse, me apertando. — Ando numa vibe super positiva esses dias.

A porta da sala do diretor estava entreaberta, e sem um segundo de hesitação, Deacon passou pelo meu lado e abriu a porta, me puxando atrás dele.

— Oie!

Marcus, sentado atrás da mesa, levantou a cabeça de sobrancelhas erguidas. Por cima do ombro, Aiden se endireitou. O olhar dele passou por mim e por Deacon e voltou para mim. Sua expressão não dizia nada, mas minhas orelhas queimaram.

— O que está acontecendo? — Marcus perguntou.

Deacon abaixou o braço e se jogou em uma das poltronas de couro.

— Sei lá. Só não tenho nada melhor para fazer.

Aiden cruzou os braços ao olhar feio para o irmão.

Ciente de que provavelmente não éramos bem-vindos naquele momento por um milhão de motivos, caminhei até a outra poltrona e me sentei.

Dando uma conferida rápida na sala, fiquei feliz ao ver que, com exceção da janela fechada com tábua, tudo havia sido consertado. O aquário tinha sido retirado e a mesa fora substituída, assim como o carpete. Mas eu sabia que, se puxasse o carpete, encontraria manchas de sangue ali embaixo.

Algumas seriam minhas.

— Alex.

Ergui o queixo ao som da voz de Aiden, e nossos olhares se encontraram por um breve segundo. Eu até conversaria com ele, mas perdi a coragem no momento em que aqueles olhos cor de tempestade focaram nos meus.

— Também não tenho nada melhor para fazer.

— Então, o que vocês dois estão fazendo? — Deacon perguntou, piscando com aqueles cílios impossíveis de tão longos.

Marcus recostou na cadeira, e seu olhar frio e esmeralda nos encarou.

— Estávamos discutindo o que fazer com os sentinelas na frente dos portões. Eles ainda não causaram nenhum problema. Na verdade, agora parece que estão guardando os portões do lado de fora.

Meu olhar passou por Aiden. Ele estava me encarando daquele jeito intenso e desmedido que só o Aiden dominava. Era como costumava me olhar quando eu estava treinando. Fiquei inquieta na poltrona.

— Bom, hum, boas notícias, né?

— Assim esperamos. — Marcus coçou o queixo. — Aiden estava me contando que você conversou com Seth ontem à noite, né?

Ai.

Que merda.

Me encolhi mais um pouco.

— Sim, conversei.

— E você acredita nele? — ele perguntou. — Ele virou a página?

— Não posso dizer ao certo se ele virou completamente... — Uma rápida onda de energia desceu pela minha espinha, e os sinais do Apôlion se espalharam por minha pele. A eletricidade tomou conta da sala e meus sentidos ficaram aguçados. Eu conhecia aquela sensação. Um deus estava ali. Me levantei num salto e comecei a me virar.

Apolo estava atrás de mim.

— Oi.

Me joguei para trás, levando a mão ao meu coração acelerado.

— Meus deuses...

Ele abriu um meio-sorriso. Apolo parecia inabalável, mas estava com o olhar azul-bebê, em vez daqueles olhos bizarros de deus.

— Por que você continua aparecendo assim? — Aiden balançou a cabeça. — Meus deuses!

Apolo deu de ombros.

— Como você quer que eu apareça? Quer que toque uma campainha antes?

— Na verdade, essa é uma ótima ideia — Aiden respondeu, seco.

Deacon se levantou, de olhos arregalados, e começou a sair da sala.

— Acho que preciso... hum, achar outra coisa pra fazer. Valeu.

Distraída momentaneamente pela aparição repentina de Apolo, estreitei os olhos na direção do irmão do Aiden.

— O que está *rolando* entre vocês dois?

Deacon congelou perto da porta.

O sorriso perverso no rosto de Apolo se espalhou.

— Bom, não sou do tipo que faz e conta.

Fiquei boquiaberta e o rosto de Deacon ficou vermelho como um tomate. Ai, ai. Suspeitas confirmadas.

Uau.

— Minha. Nossa. — Aiden deu a volta na mesa, fuzilando Apolo com os olhos. — Você não...?

— Peraí! — Apolo levantou a mão, sem nenhum argumento na voz. Ele me encarou por um segundo. — Vem cá, Alex.

— Hum... — Não me mexi, e com certeza não queria me meter entre Aiden e Apolo. — Não, obrigada. Procura outra tática de distração.

Apolo tombou a cabeça para o lado.

— Alex...

Senti Seth um segundo antes de escutar um tiro lá fora, e então ele atravessou a porta, derrapando até parar a alguns passos atrás de Apolo. Havia adagas nas mãos dele.

Com os olhos âmbar dilatados, Seth respirou fundou e soltou o ar lentamente quando avistou Apolo.

— Ah. É você.

Bom, agora sabíamos que Seth definitivamente conseguia sair da cela quando quisesse. Pelo canto do olho, vi Aiden sacar a arma. Deacon se arrastou de volta para nosso lado.

— Sim, sou eu. — Apolo pareceu ficar mais alto, o que era meio assustador considerando que ele já era do tamanho de um Godzilla.

Uma porção de guardas apareceu atrás de Seth, todos ofegantes e um pouco abalados. Seth deu de ombros e virou, entregando o par de adagas para um guarda de mãos vazias. Muitos deles começaram a falar ao mesmo tempo.

— Ele simplesmente saiu. Sem aviso — disse um guarda. — Tentamos detê-lo.

— Foi mal — disse Seth. — Achei que era outro deus, um mais insuportável do que esse aqui.

Arregalei os olhos.

O sorriso de Apolo ficou mais tenso.

— Ah, você é tão fofo.

Seth soltou uma risadinha.

— Estava incrivelmente sexy da última vez que verifiquei, mas vou voltar para a cela agora. Um café da manhã cairia bem, aliás. Estou morrendo de fome.

— Isso aqui não é um hotel — disse Aiden, com a arma apontada para Seth.

O Apôlion encarou a arma na mão de Aiden e depois arqueou a sobrancelha.

— Você gosta mesmo de apontar essa coisa pra mim.

— Você não faz ideia da alegria que isso me dá.

Seth ficou com aquela expressão — aquela que dizia que ele estava jogando isca e sabia que Aiden estava prestes a morder.

— Não me deixa esquecer. Te devo uma depois do golpe na cabeça ontem.

— Quer mais um? — Aiden riu. — É só continuar falando.

— Ah, pelo amor dos deuses, parem — eu disse. — Já está ficando ridículo. — Todos se viraram para mim. — Obviamente, você não acha que ele está nos enganando, Apolo, ou já teria dado uma pancada dos deuses nele.

— Só porque não fiz, não significa que não vou.

Seth abriu a boca, mas interferi antes que ele pudesse piorar a situação.

— Não adianta de nada. Ele pode escapar se quiser. Então, pra que fazer ele voltar pra cela?

— Posso desacordar ele de novo — Aiden sugeriu com calma. — Ele vai ficar quietinho por um tempo.

— Você já está começando a me irritar. — Seth se virou para Aiden com os olhos brilhando de leve. — Sabe qual é o seu problema? — Revirei os olhos.

— Me diz. — Um músculo pulsou no pescoço de Aiden.

— Uma palavra. — Seth deu um pequeno passo adiante, brincando com um sorriso nos lábios. — Ciúme.

Levantei as mãos para o alto.

— Desisto. A gente não tem nenhum problema de verdade, né? Podem continuar com a briguinha de garotos.

— Na verdade, apesar dessa briguinha de garotos ser divertida e aguardada, Alex tem razão dessa vez. Quem diria, né? — Apolo ganhou um olhar feio depois dessa. — Aiden, abaixa essa arma. Marcus, não há necessidade de adagas. — Então, ele olhou para Seth. — Se você não tem nada a esconder, não vai fugir de mim.

Seth endireitou a coluna.

— Jamais fugiria.

Eu não tinha ideia do que estava rolando, mas Seth ficou parado enquanto Apolo deu dois longos passos e colocou a mão no centro do peito do Primeiro. O rosto de Seth ficou surpreso, e depois Apolo deu um passo atrás.

— Ele está falando a verdade. Não está mais trabalhando com Ares, mas isso não significa que ele não é mais uma ameaça — Apolo anunciou, e senti que eu sabia do que o deus estava falando. Então, ele se virou para mim. — Precisamos dele aqui de qualquer forma. Ele não é o problema. Você é.

— Quê? — Ele agora estava me encarando. — Por que eu? Eu, sou tipo, a voz da razão pela primeira vez.

— Não é isso. — Apolo me encarou por completo. — Guardas, saiam da sala e fechem a porta.

Eles nem sequer hesitaram. Se espalharam como baratas. O desconforto embrulhou meu estômago enquanto eu olhava para Aiden. Ele não tinha guardado a arma e parecia estar prestes a mirar em Apolo. Deacon conseguiu, com sucesso, se agarrar à parede, fora do caminho de todo mundo.

— Você foi marcada? — Apolo perguntou, inflando as narinas.

Balancei a cabeça, dando um passo para trás. Minha testa suava enquanto eu olhava para a porta. Eu queria muito, muito mesmo, sair daquela sala.

— Não tenho ideia do que você está falando, mas está começando a me assustar.

Os olhos de Apolo mudaram de azul para branco — sem pupilas e sem íris. Estática crepitou pelo ar.

— Vem aqui — ele repetiu.

Eu precisava sair dali. O sangue pulsava nas minhas veias. Cada fibra do meu ser gritava para que eu fosse embora. Apolo não poderia...

Ele avançou — mais alto que o barulho da minha mente, ouvi Aiden gritar — e afundou a mão no meu ombro. Cambaleei com o peso.

— Ele te marcou? — Apolo exigiu saber, com a expressão furiosa. — Ares te marcou? — Aqueles olhos brancos se tornaram meu mundo inteiro.

— O que está acontecendo? — Marcus perguntou, mas ele soava muito distante. Apolo deu a volta por trás e agarrou a barra da minha camiseta.

Quando me dei conta do que ele estava fazendo, era tarde demais. Ele puxou a camiseta para cima, expondo minhas costas. Aiden explodiu, gritando para o deus enquanto eu tentava me contorcer para fugir.

— Achei. — A mão de Apolo tocou a cicatriz de formato estranho, e meu corpo inteiro tremeu, como se eu tivesse levado um choque. — Fobos! Deimos! Revelem-se!

Seth xingou.

Comecei a achar que Apolo tinha perdido a cabeça, mas então, sem aviso prévio, senti um puxão intenso dentro de mim. Me soltei das mãos do deus e dei um passo cambaleante para trás. Um tremor atravessou meu corpo, fazendo cada músculo vibrar. A sala balançou.

— Meus deuses — sussurrei, me curvando e agarrando minha barriga.

— Alex? — Aiden gritou.

— Não encosta nela! — Apolo se colocou entre nós dois, contendo Aiden com nada mais do que a mão levantada. Era como se um escudo invisível tivesse surgido entre nós. — Deimos! Fobos! *Σε διατάζω να σου αφήσει αυτό το πλήθος!*

A pele... meus deuses... a pele sob minhas mãos *se moveu*, empurrando minha camiseta e minhas palmas e formando... *dedos*. A pressão expandiu minha barriga e eu caí de joelhos. Algo deslizou pelo meu peito, subindo pela garganta. Eu não conseguia respirar. A voz de Aiden soava cada vez mais distante enquanto aquela sensação de dedos gelados e pegajosos rastejava sob o meu couro cabeludo. Ela escorregou até a base do meu crânio, se juntando à massa na minha garganta.

Lágrimas escorreram pelos cantos dos meus olhos e joguei a cabeça para trás. Abri a boca para gritar, mas uma fumaça branca e espessa saiu de mim, subindo até o teto. Em meio à chuva de lágrimas, vi a fumaça se espalhar e depois cair em dois pilares separados. Senti um último puxão no fundo do peito, como se algo estivesse se enterrando sem querer sair, e então se quebrou. O último punhado de fumaça saiu de mim.

Caí de joelhos. Respirando com dificuldade e com os braços trêmulos, levantei a cabeça.

— Puta merda — alguém sussurrou.

Os pilares de fumaça branca giravam como minitornados, ganhando forma a cada volta. Dois pares de pernas. Dois pares de braços.

Um grito ensurdecedor reverberou pela sala. Uma lufada de vento balançou as cadeiras e a mesa, e depois nada.

Silêncio.

Dois deuses estavam na sala, suas formas eram translúcidas, mas havia massa suficiente para que suas feições idênticas se revelassem. Eles não eram tão altos quanto Apolo, mas eu tinha a sensação de que ainda não estavam bem formados.

Um deles flutuou na minha direção, rápido demais para que eu pudesse reagir. Através do rosto assustadoramente bonito, pude ver as pernas de Seth avançando.

— Você é mais bonita por dentro... — disse o deus, a voz sibilante como uma serpente.

— Do que por fora — disse o outro.

O primeiro abriu um sorriso debochado.

— Mas, pensando bem, você não está...

— Completa, está? Só sobrou podridão — o gêmeo completou, rindo. Soava como uma tempestade de gelo.

— Que pena — disse o primeiro de novo.

O segundo flutuou para mais perto com a metade de baixo do corpo fantasmagórico se dissipando.

— E de quem é a culpa?

— No fim das contas?

— Quando não restou nada para defender?

Me encolhi para trás, horrorizada. Eles pareciam os Oompa-Loompas distorcidos do Olimpo. Cada vez mais suas formas se dissolviam, mas as palavras eram claras.

— Vocês todos estão destinados à morte. Provem o medo...

Braços fortes me envolveram por trás, me afastando dos deuses contra um peitoral firme.

Aiden se virou, usando seu corpo para proteger o meu, mas não me impediu de ouvir as palavras finais.

— Tudo acabará no final deste ano...

Um suspiro alto varreu a sala e a fumaça desapareceu. Os gêmeos sumiram.

— Bom — Apolo foi o primeiro a falar. — Isso não fez o menor sentido.

Com os músculos fracos, tombei para a frente e teria caído de cara no chão se Aiden não tivesse me segurado. Ele agarrou meus braços, mas minha pele parecia sensível demais, esfolada demais enquanto Aiden me deitava com delicadeza no carpete. Rastejei, respirando fundo.

— O que... o que foi isso? — Deacon perguntou com a voz rouca.

Tremendo, me sentei e levantei a cabeça. Havia um balão inflando na minha barriga, subindo até o peito.

Apolo ficou parado no meio da sala com as mãos na cintura.

— *Aqueles* são Fobos e Deimos. Deuses do medo, do pavor, do pânico e do puro terror. São filhos de Ares. Quando você lutou contra Ares, ele te marcou, dando aos dois acesso à sua psique. Eu sabia que havia algo de estranho com você quando esteve no Olimpo, e Ártemis também notou quando esteve aqui, mas só fui ver agora.

Pisquei lentamente.

— O quê?

— Fobos e Deimos estavam te controlando, se alimentando das suas emoções e escolhendo e amplificando as que você sentia.

Seth ficou pálido ao dar um passo para trás. Os olhos dele encontraram os meus.

— Eu não sabia. — Levantou as mãos. — Não tinha ideia.

— Foi isso que Ártemis notou quando disse que havia algo dentro dela? — Aiden estava ajoelhado ao meu lado. O horror tomou conta de sua voz. — Estavam *dentro* dela?

— Sim. — A luz branca diminuiu nos olhos de Apolo e a íris azul apareceu.

— Achei que... achei que estava enlouquecendo. Que estava grávida. Não imaginei que... — Eu estava chocada demais, *tudo* demais para me importar com o que tinha acabado de admitir para todos na sala, até mesmo para reconhecer a respiração profunda de Aiden e como ela soava entrecortada, ou o jeito como Seth deu as costas, como se não conseguisse suportar olhar para mim. — Estavam dentro de mim esse tempo todo?

— Desde que você lutou contra Ares — Apolo confirmou. — Sinto muito. Se eu tivesse vindo antes, teria percebido.

Encarando o deus, foi difícil aceitar o que ele estava dizendo. Eu entendia. Acreditava, mas só de pensar em outro deus — *deuses* — dentro da minha cabeça e do meu corpo, zanzando por ali, brincando comigo e estando comigo o tempo todo, fiquei arrasada. Me senti inundada pela fúria, queimando como lava em minhas veias. Tinha gosto de sangue e ácido.

O quarto ganhou uma coloração âmbar.

Seth se virou.

— Hum, gente...

Meus ombros e nuca se arrepiaram. Aiden chamou meu nome, mas eu não conseguia ouvir. Era impossível ouvir.

Perdi a cabeça, bem ali, naquele momento.

10

Não lembro de sair da sala do diretor, mas devo ter saído, e presumo que ninguém tentou me impedir. Eu precisava ficar sozinha. Precisava de espaço.

Cheguei numa sala no final do corredor.

Entrei, batendo a porta, com o peito subindo e descendo rápido. Estava sentindo tudo — raiva, mágoa, perda, ódio, amor e tudo mais o que ficou abafado enquanto os filhos do Ares estavam acampados *dentro do meu corpo*. Todas as emoções ao mesmo tempo eram um veneno no meu sangue. A tampa da garrafa dentro de mim fora completamente aberta. As emoções vieram à tona num ímpeto, e parecia que eu estava me afogando o tempo todo.

Uma onda de poder saiu de mim.

A mesa pesada de carvalho no canto, assim como uma fileira de cadeiras e mesas menores, flutuou no ar. Os objetos subiram até o teto. Curvei os dedos, fincando as unhas nas palmas das mãos. A madeira rachou e rangeu antes de quebrar. Os móveis se estilhaçaram como ossos secos.

Um vulcão entrou em erupção dentro de mim.

Abri a boca e gritei. Não reconheci o som. Janelas quebraram. Cacos de vidro caíram e pararam antes de atingirem o chão.

Não era o bastante — a destruição não era o bastante. Talvez jamais seria o bastante. Cada célula dentro de mim foi violada num nível que eu não conseguia sequer começar a compreender.

A sala balançou e o prédio tremeu quando dei um passo à frente. Meus pés levantaram do chão. Sob mim, o piso se curvou e foi arrancado, quebrando-se em seções grandes e irregulares que flutuavam no ar. Outra onda de choque de akasha saiu de mim. A luz azul pulsou, incinerando o piso.

Num clarão, senti a fúria e a vergonha de ter sido tão destruída por Ares.

Eu ainda não havia sentido a perda de todos aqueles que morreram nas mãos de Ares até aquele momento.

Não tinha sentido o amor envolvente dos braços da minha mãe ou a perda dela mais uma vez até aquele exato segundo.

Senti o estrago feito no meu corpo e na minha cabeça, tudo de novo.

Senti a pontada de medo e fúria quando me lembrei de acordar e ver as condições das mãos de Aiden e, mais uma vez, quando me lembrei de ver o rosto ferido de Marcus.

Senti o horror de puxar o gatilho e matar Lucian. Senti tudo.

Me senti *viva*, como se enfim estivesse *acordada*, e era muita coisa. Outro grito saiu rasgando de mim, e as paredes tremeram.

A porta se abriu, e me virei devagar, respirando pelo nariz. Seth estava ali. Meus pés tocaram o chão.

— Você precisa tentar se acalmar. Ou vai acabar derrubando o prédio inteiro.

Me acalmar? Ah, agora o bicho ia pegar.

Voei na direção dele, pegando impulso nos braços. Meu punho bateu no maxilar dele, jogando a cabeça dele para trás. Seth tropeçou e se agachou, protegendo o rosto. A explosão de dor nas juntas dos meus dedos era gostosa pra caramba.

— *Meus deuses* — ele grunhiu.

Levantando a perna, dei uma joelhada na barriga de Seth. Um palavrão sujo explodiu da boca dele enquanto eu agarrava sua camisa com os punhos e o empurrava para trás. Ele se apoiou na parede com uma mão.

— Tá bom. — Ele cuspiu sangue. — Confesso que essa eu mereci.

Aquele cordão estúpido dentro de mim não entendia a violência, mas gostava de como eu tocava Seth. Por esse único motivo, me abaixei e girei, dando uma rasteira nele. Seth caiu como um saco de batatas, direto no chão destruído.

Me levantei com impulso e depois me agachei.

Seth se levantou em tempo recorde, com as sobrancelhas douradas franzidas.

— Tá bom. Você quer descontar tudo na agressão. Eu topo, *anjo*.

— Não. — Mergulhei sob o braço dele e me levantei por trás. — Me chama. — Agarrei os ombros dele e levantei o joelho. — Assim!

Seth se virou antes que eu pudesse arrebentar sua coluna. Ele me encarou, tirando as mechas maiores de cabelo da frente dos olhos cintilantes.

— Anda. Manda ver, anjo.

O som que saiu de mim faria muita gente correr para as montanhas.

Ele me chamou, provocando:

— Tira isso tudo do seu organismo. Você não pode me matar.

Eu não sabia se minha raiva estava direcionada a Seth ou se ele era apenas um saco de pancadas muito conveniente, mas avancei mesmo assim. Atingi seu tronco, derrubando ele para trás. Caímos no que havia sobrado da mesa e rolamos sobre ela. Num ato bem impressionante, Seth girou e caiu no chão embaixo de mim, absorvendo o maior impacto da queda. Eu estava em cima dele, com uma perna de cada lado. Levantei os braços e desci com tudo no peito dele, de novo e de novo. Bati e *continuei* batendo nele. Seu rosto estava turvo por causa dos meus olhos molhados. Mas que diabos? A sensação molhada surgiu e começou a escorrer. Minhas mãos doíam, mas eu não conseguia parar. Lágrimas escorriam por meu rosto, e o tempo todo... o tempo todo Seth deixou que eu batesse nele. Não levantou uma mão sequer. Não me impediu.

Meu corpo tremia e meus braços doíam. O choro saía de dentro de mim, daquele lugar escuro e apodrecido que foi criado quando Ares estilhaçou meus ossos. Meus punhos caíram sobre o peito de Seth mais uma vez, mais fracos, e não consegui levantá-los. Me curvei, tocando o peito com o queixo, e chorei tanto que me senti capaz de afogar o mundo inteiro com minhas lágrimas.

— Para. — Seth segurou meus braços. — Chega, anjo, para.

Queria poder parar, porque chorar em cima de Seth não era o jeito ideal de lamber minhas feridas com privacidade. Era patético e humilhante, mas era como se aquele tampão que me impedia de chorar tivesse sido arrancado. Não tinha como voltar atrás.

Seth grunhiu algo e depois rolou no chão. Em um segundo, eu estava deitada de lado. Por longos minutos, ficamos esparramados no chão como dois idiotas, os braços dele como um torno, me impedindo de causar mais dano a ele ou à pobre sala inocente. Demorei mais tempo do que de costume para que as lágrimas enfim cessassem e eu me acalmasse o suficiente para falar.

— Por que você? — perguntei, com uma voz grossa e soando nojenta. Seth se sentou devagar, me puxando para seu colo e trazendo minhas costas contra seu peito. — E por que não Aiden? — Não respondi porque era óbvio.

— Você teria matado qualquer um que entrasse nesta sala.

Tombei a cabeça, sem forças.

— Isso não o teria impedido.

— Tive que amarrá-lo e prendê-lo num armário. — Quando enrijeci o corpo, ele apertou o abraço e riu. — Tô brincando. Não fiz nada além de usar minha arma mais mortal: a lógica. Apolo pode ter segurado ele por um tempo, mas está esperando do lado de fora.

— Lógica? — Eu ri e, embora o som e a sensação não tenham me doído, soou estranho para mim. — Você nunca usou isso antes.

— Eu sei. — Ficou quieto por um longo momento. — Mas conheço bem esse tipo de raiva, Alex, e sei como se sentiu. E você não chegou a lidar com tudo até este momento. Aiden acha que sabe como você se sente, e pode ser que ele tenha uma ideia, mas *sei* como é e *sei* o que você passou.

Eu ainda sentia vergonha de alguém saber daquele momento horrível e miserável em que implorei pela morte, querendo isso mais do que qualquer coisa. Eu estava tão fraca, tão quebrada, aberta de fora para dentro...

Seth apoiou a cabeça na minha e suspirou.

— Eu não estava mentindo. *Nunca* quis que algo como aquilo acontecesse. De tudo o que fiz e causei... é a única coisa pela qual jamais pedirei para ser perdoado.

Eu não tinha certeza se poderia perdoá-lo de verdade. Sabia que ele não tinha feito aquilo comigo, mas ele teve uma participação significante. Só que eu estava cansada demais e... de saco cheio para continuar agarrada àquela raiva toda, porque ela estava fazendo o que Ares e seus filhos queriam. Estava me quebrando, me matando.

Relaxei e fechei os olhos, me concentrando no subir e descer ritmado do peito de Seth. Uma pequena parte de mim ainda se sentia perdida, e eu não sabia ao certo quando me sentiria inteira de novo, ou se conseguiria, mas sabia o que estava acontecendo naquele momento. Era a conexão entre nós dois e o efeito calmante que tinha.

Seth já tinha feito aquilo antes. Ele costumava me acalmar quando eu tinha pesadelos e usava aquilo para conectar e me controlar, mas agora, no meu estado mais vulnerável, não usou a conexão contra mim. Usou para me ajudar.

Algum tempo passou até eu estar em condições de me levantar e encarar as coisas. Minhas pernas e meus braços estavam estranhamente fracos. Olhei para Seth por cima do ombro e me encolhi. Uma mancha escura de sangue já estava se espalhando pelo maxilar dele.

— Sinto muito pelo seu... rosto.

Nossos olhos se encontraram e um sorriso torto apareceu no rosto dele.

— Sente nada.

— Tem razão.

Seth deu um passo adiante, e lancei um olhar irônico para ele.

— Sabe que você pode dar um tempo, né? Tirar o resto dia só para, sei lá, lidar com tudo isso. Descansar um pouco.

Eu estava exausta de um jeito que só acontecia depois de uma crise emocional. A ideia de deitar minha cabecinha num travesseiro macio era mais tentadora do que comer batata frita com queijo e muito bacon.

— Aposto que Apolo tem um motivo para ter aparecido, além de arrancar aquelas aberrações de dentro de mim.

— Ele pode esperar. — Uma pontada de preocupação brilhou nos olhos de Seth, e era estranho ver aquilo. Desde que o conheci, era raro vê-lo se preocupar genuinamente com alguém além dele mesmo. Mas, até aí, o crédito não era dele. Eu mudei. Ele mudou.

— Não. Estou bem. — Me virei para a porta. — Não temos tempo para cochilos.

— Temos tempo. — Seth me seguiu. — Amanhã não vai ser tão diferente assim de hoje.

E quem disse que aquilo era verdade? Negando minha vontade de concordar e procurar a cama mais próxima, abri a porta. As dobradiças estavam um pouco deslocadas, então ela arrastou pelo chão e só consegui abri-la até a metade. Suspirei ao me espremer para passar. Não fiquei surpresa quando vi Aiden e Marcus encostados na parede em frente. Os dois pareceram relaxar um pouco quando me viram de pé, obviamente sem cara de quem tinha enfiado o dedo na tomada.

Mas parei de repente quando meu olhar encontrou o de Aiden de novo. Era como vê-lo pela primeira vez — as maçãs do rosto amplas; os lábios carnudos e expressivos; o cabelo escuro e bagunçado, e aqueles olhos cinzentos e brilhantes. Um véu se levantou na minha visão e eu não conseguia — não queria desviar o olhar. O quanto havia sido afetada pelos filhos de Ares? Muito, aparentemente.

O olhar de Marcus passou por cima do meu ombro e ele arqueou as sobrancelhas. Um pequeno sorriso despontou em Aiden. Sem dúvidas, ele ficou feliz em ver que eu não estava ferida enquanto Seth, por outro lado, parecia ter dado de cara com um muro.

Meu tio se recuperou primeiro, dando um passo a frente.

— Você está bem, Alexandria?

— Tirando o fato de que acabei de vomitar dois deuses como uma universitária bêbada? Me sinto *fabulosa*.

Sua expressão se abriu aliviada, e ele apoiou a mão no meu ombro.

— Essa é minha sobrinha!

Abri um sorrisinho enquanto mantinha os olhos nos dois. Aiden e Seth estavam se encarando de canto de olho como se estivessem prestes a começar o segundo round da briguinha de garotos.

Marcus apertou meu ombro e depois abaixou a mão. Para ele, aquele era um avanço na nossa relação, e eu estava de boa com aquilo. Me virei, chamando a atenção de Seth. Meus olhos cerraram e os dele reviraram. Levantando as mãos em rendição, ele deu meia-volta e caminhou até a sala do diretor. Marcus foi logo atrás dele. Antes que eu entrasse na sala, Aiden segurou meu braço e me parou. Estávamos sozinhos no corredor.

— Alex — disse ele com uma voz baixa e ríspida.

Me virando para ele, levantei a cabeça e encontrei seu olhar. Minha boca se abriu, mas um nó repentino se formou em minha garganta. Me lancei para a frente, pressionando a testa contra o peito dele e sentindo seu cheiro. Ele estremeceu e depois me envolveu com seus braços fortes. Aiden baixou a cabeça, pressionando o rosto em cima da minha cabeça, e me segurou num abraço apertado de derreter o coração. Me agarrei nele como um macaquinho em perigo, absorvendo o calor e a sensação de estar com ele. Tínhamos *muita* coisa para conversar, mas aquele abraço? Meus deuses, como eu precisava!

Precisava daquele abraço de Aiden.

— Porra, Alex...

Fechando os olhos com força, soltei uma risada abafada.

— É tão engraçado quando você xinga.

— Só você para rir de uma coisa dessas — ele disse, e escutei o contentamento aliviado em sua voz. Seus dedos tocaram meu queixo e Aiden levantou meu olhar para o dele, com cor de luar. — Você está comigo agora?

Pisquei para conter as lágrimas.

— Sim. Sim, estou.

— Que bom. — Ele acariciou meu maxilar com o polegar, e seu olhar intenso analisou meu rosto. — Estou feliz por te der de volta.

Virando a bochecha para a palma de sua mão, engoli em seco.

— Me desculpa.

— Eu é quem deveria pedir desculpas, principalmente por ontem à noite. Fiquei com ciúme e aquilo foi estúpido, eu sei, mas...

— Não. — Balancei a cabeça devagar. — Você estava certo em ficar chateado, mas não é disso que estou falando. Não é por isso que estou me desculpando.

Ele arqueou as sobrancelhas.

Meu peito doeu.

— Eu sei... sei que uma parte de você estava bem com a ideia de termos um bebê. Sei que uma parte de você estava empolgada, apesar de tudo, e sinto muito por não ser isso o que estava rolando. Me desculpa se era *aquilo* e não...

— Para. — Aiden encostou sua testa na minha e segurou meu rosto com suas mãos fortes. — Você não precisa se desculpar. Nunca. Entendeu? Nada disso é culpa sua. E você não fez nada de errado. Aquilo que pensamos não importa.

— Você deve estar decepcionado — sussurrei, curvando meus dedos ao redor dos punhos dele.

— Nunca — jurou. — Estou triste por isso ter acontecido com você. Estou bravo pra caramba, mas, Alex, temos uma vida inteira pela frente para termos aquela conversa e sentirmos aquela vontade de novo.

Perdi o ar.

— Você é perfeito.

— E você sabe que isso não é verdade.

— É, sim.

Alguém pigarreou atrás de nós e, então, Apolo disse:

— Sério mesmo? Ainda bem que não tem um deus esperando por vocês nem nada do tipo...

Aiden se afastou com um grunhido baixinho.

— Às vezes, odeio ele. — Sorri. — Às vezes.

— Eu escutei isso! — disse Apolo. — E estou certo de que tem gente que você odeia mais do que a mim. Vou te dar duas pistas: começa com S e termina com H. — Dava para ouvir alguém bufando da sala do diretor.

Comecei a sorrir.

— Bom, você acertou. — Os olhos do Aiden estavam grudados no meus. — Quer fazer isso agora?

Assenti, então Aiden abaixou a cabeça mais uma vez, me beijando de um jeito que parecia mesmo a primeira vez. Quando levantou a cabeça, seus olhos brilhavam com tudo o que ele sentia naquele momento. Eu sabia que o que ele havia dito momentos antes era verdade. Ele acreditava que teríamos uma vida inteira para sentir aquela esperança crescente de novo, e me agarrei àquilo.

Juntos, nos viramos e passamos direto por Apolo. Ele nos seguiu e se posicionou no meio da sala.

— Bom, a turma toda está aqui. Quase. Ainda faltam algumas pessoas, mas vamos assim mesmo.

Faltavam Solos, Luje e Olivia, e não parecia certo eles não estarem ali. E parecia muito esquisito o Seth estar ali. Ele estava recostado na parede onde antes ficavam as adagas. Ele arqueou uma sobrancelha para mim.

— Sua marca já deve ter sumido, ou seja, os gêmeos não poderão voltar para dentro de você — disse Apolo, e me segurei para não arrancar a camiseta e conferir bem ali. Então, ele se virou para Seth. — E não ache que eu e você estamos de boa. É bom saber que você não é mais a cadelinha do Ares, mas continua sendo um pé no saco.

Aiden riu.

— Espero que seu maxilar esteja doendo muito — Apolo acrescentou.

Seth soltou um risinho.

— Ei, menino de ouro, se quiser repetir a dose, eu topo.

— Que ótimo começo para a segunda reunião do Exército Espetacular — Deacon murmurou. O ar ao redor de Apolo crepitou, e soltei um suspiro alto, me apoiando numa poltrona.

— Então, presumo que você tem um motivo para ter aparecido aqui além de me ajudar e implicar com Seth.

— Correto.

Esperei e, quando Apolo não disse mais nada, cruzei os braços.

— E o motivo seria...?

— Precisamos de um plano — respondeu.

— Uau! — Seth cruzou os braços. — Que conceito diferente!

— Seth — chiei, olhando feio para ele.

— Tudo bem — Apolo respondeu, abrindo um sorriso bizarro para Seth, do tipo "esconda seus filhos". — Quando você menos esperar, vou te transformar numa flor cor-de-rosa com cheiro de xixi de gato.

Engasguei com uma risada.

— Ai, meus deuses...

Seth estreitou os olhos para ele, duas fendas âmbar, mas antes de rebater uma conversa completamente diferente surgiu das profundezas do meu inferno pessoal.

— Desculpa, mas... — Marcus estava apoiado sobre a mesa, parecendo um pouco perturbado. — Foi só eu ou mais alguém ainda não superou o fato de que *esses dois* acharam que estavam... que poderiam estar... que havia a possibilidade de...?

— Você ia ser tio-avô! — sugeri, já que ele obviamente havia perdido as palavras. Ele estreitou os olhos, e meu rosto queimou. — Podemos não falar sobre isso agora?

— Eu apoio — Aiden murmurou, inquieto.

— Discordo. — O sorriso "esconda seus filhos" de Apolo se espalhou por todo o rosto dele. — Essa conversa será entretenimento puro!

— Pra você — Aiden interrompeu, olhando feio.

— Exatamente! — o deus respondeu.

Marcus ignorou.

— Não sei quantas vezes já disse que vocês não deveriam dividir o mesmo quarto. — Ele se virou para mim. — Não importa sua idade ou se você é um Apôlion, Alexandria. Você é minha sobrinha; portanto, sou seu responsável. E você? — Virou para Aiden, que arregalou os olhos. — Você não é inocente.

— Ai, meus deuses — grunhi. Preferiria ter que correr pelada no pátio do que ter aquela conversa com meu tio e uma plateia. Sobretudo *aquela* plateia.

— Sem essa de "meus deuses" pra cima de mim. — A cor retornou ao rosto de Marcus. A cor vermelha. — Preciso mesmo conversar com você sobre atividades sexuais responsáveis?

Seth parecia querer enfiar uma adaga no olho.

— Acho que precisa — Apolo sugeriu.

— Ah! Olha só quem fala! — Me virei para Apolo. — Sério mesmo? Se eu jogar "atividade sexual irresponsável" no Google, sua foto é a primeira coisa que vai aparecer!

Apolo me olhou feio — feio *mesmo* como uma criança birrenta de dez anos de idade.

Marcus agora encarava Aiden como se quisesse pegar a adaga e usá-la numa área bem mais embaixo do que os olhos.

— Beleza, podemos partir para as coisas mais importantes agora? — exigi, perdendo a paciência. — Caso contrário, isso aqui é perda de tempo, e vou pra cama. E talvez isso envolva sexo irresponsável, porque tive um diazinho de merda!

Cinco pares de olhos me encararam. Um deles parecia particularmente interessado no que eu disse.

— Que foi? — Revirei os olhos, fazendo uma careta. — Vamos logo.

Apolo lançou mais um olhar de desprezo para Seth, e tive certeza que não seria o último direcionado ao Primeiro.

— Como eu ia dizendo, precisamos de um plano e, embora eu tenha muitos talentos...

Por algum motivo, não consegui evitar olhar para Deacon. Ele ficou corado.

— Não sou estrategista, não como Ares.

A expressão de Seth dizia que ele estava se perguntando o que Apolo estava fazendo ali, mas, antes que pudesse expressar aquela opinião, outra onda de energia atravessou o ar. O éter em minhas veias vibrou, e os sinais emergiram. Eu e Seth ficamos tensos, na expectativa.

Uma forma azul brilhante apareceu e depois se solidificou ao lado de Apolo. Um segundo depois, onde antes não havia nada além de uma cachoeira cintilante, surgiu uma mulher morena vestindo um terninho de alfaiataria. O cabelo dela estava preso num coque justo, o que só evidenciava a beleza etérea de seu rosto. Em suas mãos finas, quase delicadas, ela segurava um pergaminho enrolado.

Deuses eram como gambás. Você poderia passar a vida inteira sem ver um, mas quando visse o primeiro, encontraria a família inteira.

Todos os puros na sala se curvaram, deixando eu e Seth feito dois idiotas com a coluna ereta. Aparentemente, éramos meio lentos naquela coisa de demonstrar respeito. A deusa não pareceu notar nem se importar.

— Atena, por favor, conheça o, hum... Exército Espetacular. — Apolo arqueou a sobrancelha. — Ou seja lá como se chamam.

— Belo terno — eu disse, enquanto meu olhar descia até o salto agulha dela.

Os olhos brancos se viraram para mim, e ela sorriu.

— Comprei na Saks, junto com essa bolsa de couro incrível e esses sapatos de morrer.

— Ah. — Lancei um olhar para Aiden. Concentrado como estava, me ignorou. — São muito bonitos também.

Ela caminhou para a frente, colocando o pergaminho na mesa. Marcus engoliu em seco e deu um passo para o lado, abrindo espaço para a deusa. Era um mapa desenhado de forma bem rudimentar, com árvores e

115

montanhas que pareciam a letra "V" de cabeça para baixo, e bonecos de palitinho. Parecia que desenhar não era uma das habilidades da Atena.

— O plano, e presumo que não tenha mudado... — fez uma pausa, lançando um olhar curioso para mim e Seth. — Exige que o Assassino de Deuses se aproxime de Ares. No momento, ele está acampado...

— Nas Catskills — Seth interrompeu, observando o mapa. — Ele tem mais ou menos o mesmo número de sentinelas que eu, além dos mortais. Todos eles sob coação.

— Coação do Ares? — Marcus perguntou, e quando Seth assentiu, meu tio suspirou. — Não tem como quebrar a coação de um deus, tem?

— Não, a não ser que você derrube o deus, suponho — disse Apolo. — Dionísio confirmou que o acampamento dos mortais fica a muitos quilômetros das Catskills.

— Teríamos que passar por eles, e depois pelos muros do Covenant de Nova York, que estão guardados por sentinelas. — Seth bateu o dedo no que parecia ser o desenho de um muro irregular, estreitando os olhos. — Mas não é só isso. Ares está bem protegido.

— Protegido pelo quê? — perguntei.

— Daímônes — disse Seth, desviando o olhar. — E você sabe como ele está os controlando.

Meu estômago se revirou. Eu sabia. Ele estava alimentando os daímônes com os puros-sangues e provavelmente com meios também — jantar em troca de lealdade. Lembrei dos dias em que o conselho não acreditava que daímônes eram capazes de raciocinar. Agora, os daímônes provavelmente já sugaram aqueles membros do conselho até o osso.

— E os autômatos. — Atena olhou para Apolo. — Hefesto perdeu completamente o controle sobre eles.

O deus suspirou.

— Nem começa.

Ela estreitou os olhos.

— Avisei a vocês que usar autômatos era uma péssima ideia. Não sabíamos qual deus era responsável por isso, e usar uma criatura feita para a guerra sem esse conhecimento foi um plano ruim.

Foi mesmo. As criaturas meio máquina, meio touro, cuspidoras de fogo, se viraram contra nós e agora estavam sob o controle de Ares.

— Então, seu... — Ela franziu o nariz. — Exército Espetacular terá não apenas que passar pelos mortais como também encarar sentinelas, daímônes e autômatos antes de alcançarem Ares.

Aiden cruzou os braços.

— Isso se ele não vier atrás de nós no momento em que pisarmos fora da universidade.

— Ele não virá. — Atena bateu com o dedo num quadrado, que presumi ser o prédio do Covenant. — Ele sabe como está altamente entrincheirado, e tocar um exército o deixaria vulnerável a ataques. Antes que o Primeiro o deixasse, poderia até arriscar. Mas não agora, sabendo que o Assassino de Deuses está atrás dele. Ares vai permanecer onde está e esperar que vocês cheguem até lá. Ele sabe que vocês sofrerão perdas no processo.

A verdade pesou com força. Nós sofreríamos perdas *sim*.

— Passar pelos mortais não vai ser difícil — continuou. — A perda das vidas deles será uma pena, mas teremos que sacrificar alguns para salvar muitos. Depois, há sentinelas, daímônes e autômatos, mas é a luta contra Ares que irá acabar com tudo.

— Não podemos apenas atingi-lo com um raio do Assassino de Deuses e pronto? — perguntei.

Atena arqueou uma sobrancelha.

— Ele não vai ficar parado esperando por isso, e sabemos o que aconteceu da última vez que você lutou contra ele.

— Valeu pela lembrança — murmurei.

— Foi apenas para apontar algo muito necessário. Nenhum de vocês é treinado para batalhar contra um deus, muito menos contra Ares. Nem posso preparar vocês, não efetivamente. Ele pode e vai ter golpes e planos melhores que os de vocês, e sabe disso. — Atena gesticulou para o mapa, e o papiro desapareceu. Que truque legal. Fiquei com inveja.

— Então, você está dizendo que não podemos derrotar ele, nem mesmo com o Assassino de Deuses? — Marcus perguntou, e as rugas ao redor dos olhos dele pareceram ficar mais perceptíveis.

— Não. — Ela nos encarou e sentou sobre a mesa, cruzando as pernas com elegância. — A guerra é parte força, parte habilidade e parte mentalidade. Temos a força dos Apôlions e dos sentinelas, mas não temos a habilidade, e não temos nada que coloque Ares num estado de defesa. Sem os dois últimos fatores, não iremos conseguir.

Franzi a testa.

— Você também é a deusa dos fatos deprimentes?

Apolo riu.

— Só estou sendo realista — declarou, fria. — Mas tenho uma ideia.

Lá vamos nós. Um pouco de empolgação vibrou dentro de mim. Uma ideia já era melhor do que tudo o que ela vinha falando, porque no momento eu não precisava de Fobos e Deimos na minha cabeça para acreditar que estávamos embarcando numa missão suicida.

— É uma ideia arriscada, mas não temos outra escolha. Se o Assassino de Deuses falhar, será guerra generalizada, e sabemos o que aconteceu da última vez em que os deuses entraram em guerra — disse Atena.

Aiden alternou o peso sobre as pernas.

117

— Centenas de milhares morreram.

— E serão milhões desta vez. — Apolo observou a deusa. — Qual é a sua ideia?

Um pequeno sorriso apareceu.

— Vamos usar o Perses.

Apolo se enrijeceu, e não entendi a reação.

— O semideus? Vamos cortar a cabeça da Medusa ou algo do tipo?

— Não. O Perseu não. *Perses*.

Eu a encarei.

— Beleza, confesso que fiquei dormindo ou desenhando durante a maioria das aulas. Não tenho ideia de quem você está falando.

— Adorei saber disso. — Marcos me fuzilou com aquele olhar de diretor acadêmico. Murchei como uma pobre florzinha deixada no sol sem água.

— Perses é o Deus da Destruição e da Guerra — Apolo explicou de olhos arregalados. — Ele foi quase indestrutível e quase imbatível.

Balancei a cabeça e olhei para Aiden, aliviada ao ver que estava tão perdido quanto eu.

— Entendi. Tem mais algum deus que não conheço?

— Vocês se reproduzem feito coelhos — Seth acrescentou, sorrindo de leve. — É bem possível que nunca tenhamos escutado nada sobre ele.

Deacon tremeu os lábios, mas as palavras seguintes de Atena arrancaram um sorriso do rosto dele e silenciaram a sala inteira.

— Não — disse ela. — Perses não é um olimpiano. Ele é o Deus-titã da Destruição.

11

Encarei boquiaberta a deusa no que deve ter sido a expressão menos atraente conhecida pela humanidade.

— Um titã? — perguntei com a voz esganiçada. — Um danado de um *titã*?

Atena assentiu.

— Um titã.

— Uau. — Aiden passou a mão pelo cabelo, antes de levá-la até a nuca. Ele se virou de lado, balançando a cabeça. — Por essa eu não esperava.

— Acho que ninguém esperava por essa. — Apolo caminhou até Atena. — Vamos revisar passo a passo. Como poderemos usar o Perses? Na última vez que verifiquei, ele estava no Tártaro.

— Ele ainda está lá. — Atena ergueu o queixo. — E, como você sabe, não está morto. Só sepultado.

— E como você acha que iremos soltá-lo? — Apolo questionou, com as sobrancelhas franzidas. — Zeus jamais concordaria com isso.

— *Eu* sou a filha favorita de Zeus. — O sorriso dela era radiante.

Apolo revirou os olhos azuis.

— E desde quando isso é coisa para se orgulhar?

Ela estalou a língua suavemente.

— Posso fazer ele concordar com qualquer coisa. Ele está desesperado, Apolo. Você sabe bem. A última coisa que ele quer é uma guerra estourando.

— A última coisa que ele quer é ter que fazer qualquer coisa. Aquele preguiçoso filho da...

— Verdade. — Atena levantou as mãos. — Mas eu consigo a aprovação dele.

— Certo. Você consegue a aprovação dele, mas e o Hades? Ele nunca vai concordar em soltar o Perses — Apolo argumentou.

— Ele vai, se Zeus obrigar.

Apolo soltou uma gargalhada, e o som balançou as cadeiras.

— Hades controla o Submundo. Ele vai negar *justamente* porque o pai obrigou.

— Aposto que você consegue fazer o Hades compreender e concordar. Isso será responsabilidade sua. — Ela bateu as unhas bem-feitas no joelho dobrado. — E você sabe como Hades adora fazer um acordo.

Da última vez que vi Hades, ele queria me matar. A ideia estava indo só ladeira abaixo.

— Muito bem, digamos que Hades concorde em soltar o Perses. Como seremos capazes de controlar ele? — Apolo perguntou.

— Perses é só um titã. Ele é poderoso e um pouco... selvagem, mas Ares quase morreu pelas mãos dele durante a guerra, se eu bem me lembro. Perses pode treinar o Assassino de Deuses. Ele pode treinar centenas dos nossos para que lutem. Teremos habilidade e vantagem psicológica. — Ela sorriu de novo. — Além do mais, Perses fará qualquer coisa em troca de liberdade. Qualquer um dos titãs faria. Coloque o temor aos deuses nele, ou seja lá como os mortais dizem. Faz ele acreditar e, em troca, Hades pode dar acomodações melhores para ele.

— Ah, essa é boa! — Apolo riu.

— Você está falando sério sobre soltar um titã? — Seth piscou lentamente, como se estivesse saindo de um transe. Quando Atena simplesmente assentiu, ele se virou para mim. — Ares jamais esperaria isso.

Sinceramente, fiquei sem palavras.

Pelo que me lembrava sobre os titãs, aqueles que enfrentaram Zeus foram presos, já que não podiam ser mortos. Titãs eram Fodões com F maiúsculo. A última vez que eles foram derrotados foi um banho de sangue. Ninguém, nem mesmo os olimpianos, mexia com os titãs. E agora estávamos falando sobre soltar um e trabalhar com ele? E torcer pelo melhor?

Ah, aquilo me cheirava a apocalipse. E as pessoas achavam que *eu* tomava decisões erradas?

Mas Seth tinha razão, e Atena também. Ares jamais esperaria algo tão insano assim. Perses era o Deus-titã da Guerra e da Destruição. Se alguém podia nos preparar para encarar Ares frente a frente, só poderia ser ele e mais ninguém.

— Certo — eu disse, expirando profundamente. — Vamos soltar um titã num mundo desprevenido. — Os outros concordaram, e foram feitos os planos para conversar com Hades. A atmosfera estava muito melhor, e aquilo provavelmente tinha a ver com a ausência de Fobos e Deimos e com o fato de termos algo com que trabalhar, independentemente de quão louco fosse. Ainda assim, eu não conseguia deixar de pensar que estávamos deixando a situação muito, muito pior.

Eu sabia que Seth não estava mais preso na cela, mas também sabia que ele não estava no nosso dormitório. Havia outros, e ele sabiamente escolheu um que não tinha tantas pessoas que queriam cometer um homicídio toda vez que o encontravam.

E isso colocou uma boa e necessária distância entre nós dois.

Aquele cordão estúpido dentro de mim não ficou feliz com a separação, mas uma hora a vibração e o zumbido incessantes acabaram cedendo. Eu gostava de pensar que estava ganhando certo controle sobre a necessidade obsessiva de estar perto de Seth, e, se sobrevivêssemos, isso era algo no qual teríamos que trabalhar.

E sobreviveríamos *sim*.

Eu não podia me permitir pensar o contrário. Quando Deimos e Fobos estavam dentro de mim, era só nisso que eu pensava. Nós falharíamos. Morreríamos. Aqueles que eu amo iriam morrer. Agora, sem a influência dos dois, voltei a me sentir eu mesma. Nem tudo era um mar de rosas. Eu ainda poderia perder aquelas pessoas, e depois de descobrir que havia uma grande chance de os olimpianos soltarem minha mãe depois que eu lutasse com Ares, havia momentos em que só queria chorar no cantinho.

Mas nasci uma lutadora e iria lutar. Estava no meu sangue.

Sozinha no quarto, tirei minhas roupas e roubei mais uma camiseta do Aiden para dormir. O algodão macio e desgastado deslizou por minha cabeça e terminou no meio das minhas coxas. Não sabia se Aiden estava de boa comigo roubando suas roupas, mas ele não estava lá e eu gostava de suas camisetas.

Me arrastando para a cama, coloquei as pernas sob o cobertor e me deitei de lado, encarando a porta. Quando vi Aiden pela última vez, ele tinha saído com Marcus para repassar as novas decisões com Solos e a equipe. Exausta, tive que escapar da terceira reunião com o Exército Espetacular. Tinha muita coisa na minha cabeça para encarar todo mundo.

Deitada ali, esperando Aiden voltar, disse a mim mesma mais uma vez que estávamos realmente planejando soltar um titã. Que plano mais maluco. Claro que nunca havia conhecido um titã, e estava um tanto empolgada com a ideia de ficar cara a cara com um ser tão lendário.

Um titã, caramba!

Soltei uma risadinha sonolenta.

Minhas pálpebras ficaram mais pesadas conforme os minutos passavam. Eu não queria dormir, porque precisava conversar com Aiden sobre muita coisa, mas me sentia afundando na cama. Depois que Deimos e Fobos foram arrancados de mim, a tempestade emocional que veio em seguida foi do tipo que limpa tudo, mas também me deixou exausta.

Me dei conta de que não agradeci ao Seth.

Foi a última coisa em que pensei antes de sentir algo quente e levemente áspero tocar minha bochecha. Agitando o corpo, me forcei a abrir os olhos.

— Aiden — suspirei.

Um leve sorriso apareceu em seus lábios carnudos. Sua mão parou na minha bochecha.

— Não queria te acordar.

— Tudo bem. Eu não queria dormir. Estava te esperando.

— Você precisa dormir, mas... — O polegar dele acariciou minha bochecha de novo. — Não consegui deixar de te tocar.

Uma onda de calor tomou conta do meu peito ao ouvir aquelas palavras e depois se espalhou quando me dei conta de que Aiden estava debaixo do cobertor e sem camisa. Talvez até sem calça.

— Não estou reclamando.

Sob a luz suave da luminária de cabeceira, os olhos dele ficaram num tom luminoso de prata.

— Como você está se sentindo?

Me aninhando mais perto dele, contive um suspiro enquanto suas mãos deslizaram por minha nuca.

— Me sinto... me sinto bem. Quer dizer, me livrar daqueles deuses mudou tudo. Que loucura, né?

A intensidade no olhar de Aiden me consumia.

— Não é o tipo de coisa que a gente vê todo dia.

Sorri.

— Que alívio saber que muito do que eu estava sentindo não vinha de mim mesma.

— Sou obrigado a concordar. — Ele levantou o joelho sob o cobertor, e o tecido macio de flanela tocou minhas pernas nuas. Caramba. Ele estava de calça. — Quer conversar?

O que eu queria mesmo era acabar com a pequena distância entre nossas bocas, mas precisava conversar com ele. Acabei sufocando muita coisa quando os deuses estavam esmagando minha cabeça, e havia muito o que Aiden precisava saber, então contei tudo a ele, desde como me senti quando lutei com Ares até como foi o momento em que todas aquelas emoções violentas vieram à tona.

Quando terminei, ele acariciou minha bochecha. Sua mão permaneceu ali o tempo todo.

— Você ainda se sente assim...? Do jeito como se sentiu com Ares?

Encontrei o olhar dele ao apoiar minha mão sobre seu peito quente.

— Acho que ainda tem momentos que... bom, que são péssimos, mas não quero morrer. Estou feliz de não ter morrido. — Soltei uma risada, um pouquinho envergonhada. — Não me sinto mais daquele jeito.

— Que bom. — Aiden aproximou o rosto e me beijou com muita delicadeza, como se estivesse sendo cauteloso, e depois se afastou. Ele deslizou a mão pelo meu rosto e a colocou sobre a minha, apoiada em seu peito.

— Aquilo me matou, Alex, quando te escutei admitindo tudo para Seth. Eu só queria entrar lá e te abraçar, dar um jeito de melhorar as coisas.

— Estou bem. — Virei minha mão e entrelacei nossos dedos. — Mas ainda estou com medo.

— Normal.

— Eu sei. E sei que tudo bem sentir medo.

Ele apertou minha mão.

— Caramba. Eu deveria ter gravado esse momento.

Eu ri, e foi um som verdadeiro. Era bom.

— Nunca agradeci ao Seth e preciso fazer isso, Aiden. Ele ajudou a me acalmar. Não tentou me manipular. Se não fosse por ele, eu teria derrubado aquele prédio.

Os olhos dele se fixaram nos meus.

— Falando no Seth...

Engolindo em seco, me preparei.

— Não posso culpar os deuses por aquilo. Eu sabia o que estava fazendo quando fui ver Seth. Devia ter te acordado e avisado onde estava indo. Foi culpa minha.

— Ele estava certo — disse Aiden, como se não tivesse me escutado.

Pisquei.

— Oi?

— Aquele desgraçado estava certo. — Soltou um suspiro pesado. — Senti ciúme quando te encontrei com ele. Senti ciúme depois. *Ainda* sinto ciúme.

— Eu...

— Escutei o que você disse — declarou, bem baixinho, sem desviar o olhar. — Ouvi quando você disse que amava ele.

Arregalei os olhos e meu estômago embrulhou, enquanto um sentimento horrível se abria no meu peito. Como pude esquecer que ele escutou aquela parte também? Por um momento, fiquei sem saber o que dizer. "Climão" não descrevia nem a metade.

— Eu disse aquilo, mas não é a mesma...

— A mesma coisa que você sente por mim. — Fechou os olhos brevemente. — Eu sei. Honestamente, sei que não é, mas escutar aquilo...? Deu vontade de socar a cara dele. Ainda tenho vontade, por vários motivos, mas principalmente porque sei que sempre haverá uma parte de você que ama Seth. Que vocês dois terão essa conexão pelo resto das nossas vidas, e eu nunca vou conseguir competir com isso.

Uma dor se abriu em meu peito, e diminuí a distância entre nós, praticamente rastejando para cima dele.

— Me perdoa.

Ele arqueou as sobrancelhas ao deitar de costas, envolvendo minha cintura com um braço.

— Pelo quê, Alex? Sou *eu* quem deveria pedir perdão. Fui um babaca com você por causa do meu ciúme idiota. Você não deveria se desculpar.

— Mas você não deveria ter que lidar com uma conexão bizarra de Apôlion. — Encarei ele. — Que casal normal tem que lidar com uma coisa dessas?

— Lidamos com muitas coisas com que casais normais não precisam lidar — ele respondeu, seco.

— Eu sei! É por isso que te peço perdão por você ter que lidar com... comigo e com Seth, acima de qualquer coisa. Se fosse o contrário e você estivesse conectado com outra, eu provavelmente enfiaria uma adaga no olho dela toda vez que nos encontrássemos.

Devagar, Aiden abriu um sorriso.

— Sério?

— Não tem graça. — Dei um tapinha de leve no peito dele. — É verdade. Não conseguiria lidar com isso, então super entendo seu ciúme. Só não quero que você se sinta assim porque te amo. Estou *apaixonada* por você. Para sempre, e todas as outras coisas bregas que se pode dizer.

Ele gargalhou, e o som trouxe um sorriso para meu rosto.

— Sei disso. E preciso trabalhar para não odiar Seth por causa disso. Preciso lembrar dos outros motivos que me fazem querer matar aquele cara.

Eu ri, e ele me recompensou com mais um beijo carinhoso que me fez encolher os dedos dos pés. Mas o beijo não foi muito além. Ele guiou minha cabeça até o local no peito onde seu coração batia num ritmo constante. Eu queria levar as coisas adiante, mas no momento em que minha bochecha tocou a pele dele, minha cabeça ficou pesada demais para levantar.

Aiden me disse como o restante do grupo recebeu a notícia de soltar o Perses. Também explicou a eles que Apolo liberou Seth, e que o Primeiro era de confiança... considerando que ninguém confiava em Seth. Então, ele explicou ao grupo sobre os deuses gêmeos do mal, e me senti eternamente grata. Aquela era a última coisa que eu gostaria de ter que explicar de novo.

Não demorou muito até eu voltar a cair no sono enquanto Aiden falava, ainda mais com o sobe e desce do peito dele me ninando, ou com a mão dele me fazendo cafuné. Não sabia se a posição estava confortável para Aiden, já que eu estava esparramada em cima dele, mas quando acordei de manhã, nenhum de nós dois havia se mexido. Eu continuava deitada de lado, com uma perna por cima dele e o rosto sobre seu peito.

Um prazer gostoso tomou conta de mim. Desejei um milhão de manhãs como aquela. Eu teria aquelas manhãs. Fiquei daquele jeito por mais um tempinho, sentindo e ouvindo a respiração de Aiden. Minha mente começou a viajar, pensando em muitas coisas — em Seth, no meu pai, em meus amigos, na situação dos meios-sangues, no futuro em que derrotaríamos Ares e no que acontecia se falhássemos. Quando me cansei das viagens da minha mente, metade do corpo dele já devia estar dormente. Comecei a me levantar.

O outro braço de Aiden se balançou com uma rapidez surpreendente, e sua mão pousou no meu joelho.

— Aonde pensa que vai? — perguntou, com a voz grave de sono e de... outra coisa.

Senti um calor na barriga e levantei a cabeça para olhar pra ele. Seus cachos escuros apontavam para todos os lados. Seus olhos estavam pesados, e os cílios, espessos. A barba por fazer no maxilar me levou para um território bem perigoso. Só Aiden conseguia ser tão sexy ao acordar.

— Lugar nenhum?

— Acho bom. — A mão se afundou no meu cabelo e a outra subiu por minha coxa, me provocando arrepios. — Acordou há muito tempo?

— Não muito. — Olhei para sua boca. Aqueles lábios eram perfeitos.

Ele fez um som profundo vindo do peito, e o calor dentro de mim só aumentou.

— Que horas são?

— Não tenho ideia. — Não conseguia tirar os olhos dos lábios dele. — Mas acho que perdemos a hora.

— Talvez. — Sua mão escorregou para meu pescoço e ele guiou minha boca até a dele. Senti uma leve preocupação com meu bafinho matinal, mas a preocupação voou pela janela no momento em que nossos lábios se tocaram.

O beijo foi lento, preguiçoso e interminável. Parecia ter uma eternidade que ele não me beijava daquele jeito, mas, na verdade, fazia apenas algumas horas. E me perdi naquele beijo, me perdi no Aiden. Beijá-lo agora não se parecia em nada com o beijo de horas antes. Senti a pressão, a doçura intensa e o amor em cada toque da língua dele e no movimento dos lábios, até o fundo da minha alma. A mão no meu cabelo ficou mais firme enquanto a outra subia por minhas coxas até chegar na curva da minha cintura.

A mão de Aiden parou, e então voltou a descer, me fazendo perder o fôlego. Ele afastou sua boca da minha e abriu os olhos. Prata pura e quente.

— Você não está vestindo nada além dessa camiseta? Tipo... nadinha?

Soltei um risinho.

— Acho que você já sabe a resposta. — Ele tinha que saber, especialmente considerando o local em que a mão dele tocou naquele momento. Parei de rir. Mal conseguia respirar.

Ele fez aquele som de novo, o som absolutamente sexy e masculino que reverberava nele e depois em mim.

— Assim você me mata, *ágape mou*.

— Acho que vou fazer *outra coisa* com você.

Aiden se moveu rápido como um raio. Me deitou de costas e subiu em mim, pressionando as pernas entre as minhas. Seus lábios encontraram os meus como se tivéssemos nascido para isso. Aquele beijo foi diferente. Ávido. Faminto. Minhas mãos deslizaram pela lateral da barriga dele e depois pelas costas. Aqueles músculos esculpidos flexionaram sob minhas mãos e o beijo foi ficando mais e mais intenso, até eu perder os sentidos.

Provavelmente teríamos muito a fazer naquele dia.

Alguns diriam que coisas mais importantes deveriam estar sendo feitas naquele exato momento.

Eu argumentaria veementemente contra, porque não havia nada mais importante do que aquilo. Não quando aquelas mãos maravilhosas e ásperas deslizavam por baixo da camiseta que roubei dele. Aiden esfregou seu quadril contra o meu, e meu sangue pegou fogo. Agarrei o elástico da calça de pijama dele.

— *Ágape mou*, senti tanto a sua falta. — Os lábios dele desceram por meu maxilar, deixando um rastro quente e arrepiante no meu pescoço, e depois de volta a meus lábios. — Preciso de você.

Meu coração perdeu o compasso.

— Sim.

Para o que eu estava dizendo sim? Naquele ponto, para qualquer coisa. Lutar caratê pelada com alguns daímônes? Claro. Resolver fórmulas de trigonometria por diversão? Beleza. Desde que ele continuasse me beijando, me chamando de *ágape mou* e me tocando, eu diria sim para muitas coisas. Pena que não fazíamos aquilo na época da escola. Eu poderia ter usado os beijos dele como um ótimo incentivo nos estudos.

A mão dele agarrou minha cintura, me incentivando a enroscar em sua perna, então parei de pensar.

Só precisava arrancar aquela maldita calça...

Um estalo e uma crepitação precederam a presença sufocante e muito indesejada de um deus. Os lábios de Aiden congelaram nos meus. Abri os olhos, encontrando o olhar de mercúrio dele. Não podia ser. Eu me recusava a acreditar. Nem fodendo.

— Hades chega aqui em vinte minutos — anunciou Apolo de algum lugar bem perto da cama. — Acelerem aí ou continuem mais tarde, crianças.

— Ai, meus deuses — sussurrei, horrorizada.

— Ah, e espero que vocês estejam sendo *responsáveis* — acrescentou.

E então sumiu. Ouvi um grito abafado e rouco de um quarto próximo.

— Odeio ele — Aiden murmurou, enterrando a cabeça em meu ombro, e estremeceu. — Odeio ele até o Submundo, ida e volta.

Minhas bochechas queimaram.

— Um sino. Assim que tivermos um tempinho, a gente compra um *sino* pra pendurar nele.

12

Um deus surgindo e sumindo do nada do quarto, sem dúvida, quebrava qualquer clima.

Depois que Apolo sumiu, nenhum de nós quis correr o risco de ele voltar quando faltassem só dez minutos. Aiden sugeriu que nos apressássemos tomando banho juntos.

Da cama, arqueei as sobrancelhas.

— Acho que não seria um banho rápido.

— Tem razão. — Ele voltou para o banheiro, com a calça do pijama tão baixa que deveria ser crime. — Pelo menos tentei.

Ele desapareceu e me deitei de costas, grunhindo. Daria um chute de ninja na cara do Apolo quando o visse de novo.

Hoje não vesti jeans. Vesti meu uniforme de sentinela.

Meu cabelo ainda estava molhado quando saímos para a sala do diretor. Não sei por que continuávamos nos reunindo lá. Nem tanto por causa do que Ares aprontou naquela sala, mas por causa da escada infinita que tínhamos que subir para chegar lá.

Infinita.

Toda a equipe já esperava na sala, e soube que Apolo estava lá com Hades. Passei as mãos pelos braços, observando os sinais que flutuavam sobre a minha pele.

— Está coçando? — Aiden perguntou.

Dei de ombros.

— Os sinais vão à loucura quando têm deuses por perto.

Enquanto entrávamos na sala do diretor, ele me tocou, passando os dedos pelos meus braços.

— Eles ainda reagem quando te toco?

Um calor percorreu minhas veias e assenti. Os sinais tinham seguido o rastro do toque dele.

— Sim, ainda gostam de você.

Ele abriu um meio-sorriso, e um olhar de orgulho masculino estampou seu rosto. Balancei a cabeça. Garotos. Quando entramos na sala e senti todo aquele poder divino, além da presença do Seth, foi um pouco sufocante. Cerrei os punhos e me segurei para não bater nas paredes ou me empoleirar no Seth.

Os dois deuses eram um tanto mais altos que todo o resto. Estavam lado a lado, mas não poderiam ser mais diferentes um do outro. Enquanto Apolo era todo pele dourada e luz do sol, Hades era escuro como a noite.

Aiden lançou um olhar assustador para Seth ao caminhar na direção das pessoas que cercavam os dois deuses. Pelo menos não socou Seth, o que já era um passo na direção certa.

Acho.

Seth permaneceu no fundo da sala, recostado na parede enquanto encarava os dois deuses com uma pontada de desconfiança. Respirei fundo e me aproximei dele. Um novo tipo de suspeita tomou conta do seu rosto.

— O que foi? — ele disse.

— Não te disse obrigada.

Uma sobrancelha dourada se levantou.

— Pelo quê?

— Por ter me ajudado ontem — expliquei, me virando para ficarmos lado a lado. — Não te disse obrigada, então, obrigada.

— Você já disse "obrigada" três vezes seguidas.

— Sim. — Me recostei na parede. — Posso dizer mais uma se você quiser.

Seth se virou de lado, me encarando. Quando falou, sua voz era baixa e continha uma pontada de tensão.

— Queria que você não dissesse nenhuma vez.

Arqueei a sobrancelha, mas antes que ele pudesse elaborar, Marcus pigarreou, chamando minha atenção. Dois deuses nos encaravam.

Engoli em seco. Me assustei. Pelo menos Apolo estava com os olhos normais. Por outro lado, parecia que alguém tinha esquecido de dar íris e pupilas para Hades.

Seth se afastou e foi para a parede oposta, com as costas rígidas e os ombros tensos. Os deuses acompanharam a movimentação dele como leões observando uma gazela. Então, Hades se virou para mim.

Os lábios do deus se abriram num sorriso firme.

— Que bom te ver de novo, meu amor.

Tirando o fato de ter tentado me matar uma vez, Hades era um homem excepcionalmente lindo. E tinha um sotaque britânico que o deixava muito mais gostoso. Não tinha ideia do motivo de Hades ter sotaque, e ainda não havia escutado nenhum outro deus com o mesmo sotaque.

— Veio sem os cachorrinhos dessa vez? — perguntei.

Ele estreitou os olhos ao se lembrar. Quando nos vimos pela última vez, numa loja de conveniência no Meio do Nada, Virgínia Ocidental, acabei com alguns dos seus preciosos cães do inferno de três cabeças.

— Sem cachorrinhos. *Por enquanto.* — Vestindo uma túnica sem mangas, os bíceps de Hades se flexionaram quando ele cruzou os braços. — Então, é verdade? — Ele varreu o resto da sala com um olhar curioso. Olivia se encolheu, pálida. O sorriso de Hades se espalhou. — Vocês precisam me pedir um favor?

Marcus olhou para Apolo.

— Você não contou a ele?

— Ah, contou. Só estou esperando que alguém aqui use a inteligência e vocês mudem de ideia. — Hades soltou uma risadinha. — Mas acho pouco provável.

Luke deu uma cotovelada em Deacon, que manteve a expressão perfeitamente neutra.

— Alguém nesta sala entende o perigo de soltar o Perses? — Hades perguntou, de pé no meio do círculo aberto. Suas pernas cobertas de couro estavam bem abertas, as coxas grossas como troncos de árvores. Os braceletes de prata em seus punhos brilhavam sob a luz. — Não estou falando de um leve risco de que ele mate alguém que não queremos que morra. Isso ele vai fazer, anotem minhas palavras. Perses é o que podemos chamar de...

— Imprevisível — Apolo completou, sorrindo. — Estamos bem cientes disso, assim como Zeus, e pelo que fiquei sabendo, ele permitiu a soltura do Perses.

Atena era *mesmo* a filha favorita.

— Estou pouco me lixando para isso, você sabe bem. Zeus não tem poder algum sobre meu reino. E, antes que essa conversa continue, quero que todos aqui entendam de verdade o que estão concordando em fazer.

— Nós entendemos — disse Seth, ganhando a atenção do chefe do Submundo.

— Mesmo? — Hades se virou para ele com a cabeça tombada para o lado. — Você andava com Ares. Deixa eu perguntar uma coisa. Qual é a coisa que mais faz Ares prosperar?

— É mais de uma: guerra e medo — Seth respondeu levianamente, e estremeci. — Mas, acima de tudo, ele ama vencer.

— Correto, mas Perses prospera no derramamento de sangue das batalhas. Ele costumava se banhar nas entranhas daqueles que derrotava.

Olivia ficou verde.

— Não só isso, Perses lutava para destruir, não para vencer. Há uma grande diferença. — Hades fez uma pausa, e senti um vento gelado descendo por minha coluna. — E o que aconteceu desde que Ares decidiu brincar no reino mortal?

Aiden se apoiou na outra perna, com o maxilar travado numa linha firme e sisuda.

— Conflitos. Países em todo o mundo à beira da guerra. A presença dele afeta os mortais. Nós sabemos.

— E o que você acha que vai acontecer se acrescentarmos Perses nessa brincadeira? — Hades perguntou. — A influência dele é maior que a de Ares. Aqueles países à beira da guerra podem entrar em guerra de fato só por termos libertado ele. É outro risco que vocês estão dispostos a aceitar?

Ninguém respondeu porque, sério, seria trocar uma situação apocalíptica por outra.

— Precisamos assumir esse risco — eu disse, enfim, encarando os olhos brancos de Hades. — E vamos nos certificar de que ele irá se comportar.

— Assim espero.

— Acham que ele vai se comportar só porque vou soltá-lo nos Campos Elísios depois? Vocês têm ideia dos crimes que Perses já cometeu?

Eu só podia imaginar.

Aparentemente, Hades não queria que eu usasse a imaginação.

— Ele criou o termo "estuprar e empilhar". Dizimou gerações e civilizações inteiras por *diversão*. Matou nossos irmãos só para ouvi-los gritando e implorando por suas vidas. Roubou nossos filhos e os rasgou ao meio só porque *podia*. É isso o que vocês vão soltar no reino mortal. É para ele que vocês estão me pedindo para dar o paraíso.

Meu coração acelerou. Eu entendia o que Hades estava dizendo. Era como se estivéssemos permitindo que Hitler fosse para o céu, ou algo assim, mas eu me perguntava se Hades já tinha escutado aquele papo de "quem não tem teto de vidro que atire a primeira pedra".

— E o que isso tem de diferente do que vocês vêm fazendo ao longo da história?

Hades deu um passo na minha direção e, por cima do seu ombro, vi Aiden e Seth enrijecerem, mas eu não precisava deles. Pisei firme e ergui o queixo. O deus parou a poucos passos de mim.

Akasha, o quinto e último elemento, borbulhou no fundo do meu estômago. Os sinais em minha pele formigaram em alerta, mas me recusei a desviar do olhar inabalável de Hades.

— Que foi? É verdade. Como um titã é pior do que um olimpiano à solta? Como ele é pior do que Ares já está fazendo?

Um sorriso lento, quase relutante, agraciou os lábios de Hades.

— Quer saber a diferença?

— Sim. — Ele tinha noção de como os olhos dele eram bizarros? Provavelmente.

Hades se curvou, chegando tão perto que parecia estar respirando o mesmo ar que eu.

— Um Assassino de Deuses pode matar um olimpiano. Mas não um titã. E um titã pode matar um Apôlion.

Minhas sobrancelhas se arquearam.

— Ah.

Falando assim...

— Sim, "ah". — Hades deu meia-volta, encarando Aiden, que chegou até metade da sala antes que Apolo interviesse e bloqueasse a passagem.

— Então, todo mundo continua de acordo com essa festinha de boas-vindas para um titã sedento por sangue que ninguém pode matar se ele decidir não entrar na brincadeira?

Uma inquietação encheu a sala. Luke e Solos trocaram olhares, sem dúvida repensando. Deacon parecia não ter ideia de como foi parar naquela sala, e Olivia balançava a cabeça lentamente. Apenas Aiden, Marcus e Seth pareciam resolutos.

— Vocês já derrotaram os titãs antes — disse Aiden, com a voz controlada e calma, apesar da tensão crescente. — E naquela vez eram muito mais do que um.

— Foram necessários os esforços de todos para determos os titãs, um de cada vez. E, se conseguirmos deter o Ares, estaremos com um a menos. — Hades respondeu. — Então, não será fácil.

Apolo estufou o peito.

— Se você oferecer o paraíso, ele irá se comportar.

— Acha mesmo? — Hades cruzou os braços de novo. — E eu achando que você não estava de acordo com esse plano...

— Não é o melhor cenário, mas é o que temos, e você sabe que é verdade, então para de bancar o durão. O que você quer em troca para libertar o Perses?

Hades mexeu o maxilar como se estivesse mastigando um osso.

— E por oferecer o paraíso a ele?

O Deus do Sol parecia querer jogar Hades *no* sol.

— Sim. Por isso também.

Lá vem, pensei. O que Hades poderia querer de nós em troca da ajuda? As almas dos nossos primogênitos? Senti uma risadinha subir, mas a engoli, porque poderia mesmo ser aquilo.

Segundos viraram uma eternidade, e então Hades enfim falou.

— Você.

Pisquei, primeiro por não ter ideia de com quem ele estava falando, mas depois vi que a atenção dele estava fixa no Aiden. Meu coração voou pelo peito como um pássaro engaiolado.

— Quê? — perguntei com a voz aguda demais.

Hades deu um sorrisinho.

— Quero ele.

Uma onda de surpresa inundou Aiden, e sua expressão deixou isso visível.

— Você me quer? — Eu não tinha ideia de onde aquilo ia dar, mas não estava gostando nem um pouco.

— Ele não curte essas coisas — Apolo comentou, com os olhos azuis vivos de divertimento. — E achei que você também não curtia.

Alguém, suspeito que Seth, se engasgou com a risada.

Hades lançou um olhar mordaz para o outro deus.

— Quero a alma dele.

13

Eu estava a segundos de descobrir o que aconteceria se um Apôlion golpeasse um deus com um raio de akasha carregado de raiva. Seth sentiu minha fúria. Merda, ele deveria estar se afogando nela. Se esgueirou pela parede, se aproximando cada vez mais de mim.

Ou da saída.

— Não! — eu disse, e depois, mais alto: — Nem fodendo que você vai pegar a alma dele.

Hades se virou bruscamente para mim, e a tensão em seus lábios me dizia que ele não gostou do meu tom. Bom, também não ia gostar de uma mãozada na cara.

— Até pediria pela sua, mas Apolo não permitiria.

Eu não me importava.

— Você não pode pegar a alma dele. Não tô nem aí se precisamos de você.

Apolo soltou um suspiro pesado.

— Alex.

— Não! — Me virei para o deus. — Nem sonhando.

O risinho de Hades me enfureceu.

— Mas você nem ouviu os detalhes ainda.

Marchei até ele, já sentindo o gosto do seu sangue.

— Pode pegar os detalhes e enfiar no meio do seu...

— Alex!

Fechando a boca, tensionei os ombros enquanto me virava para a única pessoa no mundo capaz de me fazer ficar quieta. Aiden estava à minha direta e, no momento em que nossos olhares se encontraram, eu vi. Ele queria escutar o que Hades tinha a dizer. Meu estômago embrulhou.

— Não — repeti, e minha voz soou como um sussurro doloroso. — Não quero nem ouvir.

Ele manteve o contato visual por um segundo a mais e depois se virou para Hades.

— Quais são os detalhes?

O deus transbordava soberba.

— Quero sua alma.

— Acho que já entendemos essa parte — rebati.

Hades me ignorou.

— Sua alma pertencerá a mim assim que você morrer, para eu usar como quiser.

Respirei fundo, mas o ar ficou preso. Como ele quisesse? Minhas mãos coçaram querendo estrangular o deus.

— Um guarda com sua coragem e sua habilidade sempre pode ser útil — Hades continuou.

Imagens dos guardas do inferno, vestindo couro e montados em cavalos de guerra gigantes surgiram na minha mente. Eu não conseguia — não poderia imaginar Aiden como um deles.

— Eu não tiraria sua vida. — Hades continuou enquanto comecei a me imaginar arrancando a cabeça dele com uma espada gigante. — Quando você morrer, não pelas minhas mãos ou por qualquer truque da minha parte, terei sua alma. Dou minha palavra.

Pensei no que Solos tinha dito. Serpentes.

— E você espera que a gente acredite nisso?

— Ele não está mentindo — disse Apolo, apertando os olhos. — Ele deu a palavra. Isso é inquebrável.

Eu ri, e o som saiu rouco. Confiar na palavra de um deus? Eles estavam drogados? Dei meia-volta e vi a expressão de Deacon enquanto encarava o irmão. Desolado. Aceitando. Meus deuses, ele sabia. Me virei para Aiden.

— Não! Vamos encontrar outro jeito.

— Não há outro jeito. — Aiden atravessou a pequena distância entre nós e, gentilmente, colocou suas mãos grandes no meu rosto. — Você sabe disso.

— Não. — Agarrei seus punhos. — Tem que haver outra coisa.

— E tem? Minutos atrás Perses era nossa única opção — Hades, todo feliz, me lembrou.

A indignação fez akasha nas minhas veias implorar para ser usado. E muito.

— É sua *alma*, Aiden. Quando você morrer, terá que trabalhar para ele ou coisa pior. Você não vai para os Campos Elísios. Você... — Parei de falar, incapaz de dizer algo tão egoísta mas verdadeiro.

Não teríamos a eternidade juntos.

Quando eu morresse, caso não matasse Hades bem ali, eu iria para Elísia, e Aiden não estaria lá.

Nunca, a não ser que Hades permitisse. E Hades jamais permitiria.

Lágrimas encheram meus olhos enquanto Aiden encostava a testa na minha.

— Planejo demorar muito a morrer, *ágape mou*. Nós temos o hoje e teremos muitos amanhãs, mas apenas se aceitarmos a ajuda do Hades. Não teremos futuro se não pararmos Ares.

— Mas...

— Isso é maior do que nós dois. — O polegar dele tocou uma lágrima que escapou, secando-a antes que qualquer um além de Seth notasse. Eu não tinha como esconder meus sentimentos do Primeiro. Ele estava muito perto de nós, e sua expressão não tinha o risinho de sempre. Aiden sorriu, mas *doeu*. — Temos que fazer tudo e qualquer coisa para dar um fim a isto.

— Não me importo — sussurrei.

— Se importa, sim.

Balancei a cabeça.

— Se for assim, não. Não me importo.

Não era justo. Não era justo que fôssemos obrigados a continuar fazendo sacrifícios. Já tínhamos que lidar com a possibilidade de perder uma vida mortal juntos, e agora não teríamos nem a vida após a morte? A tristeza me dominou rapidamente.

— Você não iria querer isso pra mim.

— Não mesmo — ele confessou. — Mas não vai ser para você, e nós precisamos disso.

— Vocês precisam mesmo — Hades argumentou, e quis arranhar a cara dele todinha.

Seth se aproximou. Não o vi porque não conseguia tirar os olhos do Aiden, mas o senti.

— Aiden tem razão — disse Seth, bem baixinho, mas ainda assim foi intrusivo. — Você sabe que não há outra escolha.

— Não quero que você tenha que fazer essa escolha — insisti. Sim, eu estava sendo egoísta, mas aquilo não afetava somente a mim. Também afetava o irmão e a família dele. Se Hades não permitisse, Aiden jamais poderia ver sua mãe e seu pai de novo. Era pedir demais.

O lindo rosto do Aiden foi turvado por um mar de lágrimas.

— Eu sei. — Os lábios dele tocaram o canto da minha boca. — Mas é preciso.

Abri a boca para protestar mais, e ele se aproveitou do momento. Intensificou o beijo e me beijou como se estivéssemos sozinhos na sala, no mundo. Minhas costas começaram a formigar numa onda de eletricidade. Me apoiei nele, retribuindo o beijo com tudo o que sentia. Aiden tinha gosto de sal, de menta, de amor.

Alguém, talvez meu tio, pigarreou.

Aiden levantou a cabeça devagar, e a sala voltou ao foco. Minhas bochechas queimavam.

— Ao fazer isso, estamos nos dando um futuro juntos. Tá bem? Precisamos fazer isso. Eu preciso, e não há nada que possa mudar a situação.

— Ah, mas essa conversa não está nem *perto* de acabar — prometi, piscando para conter as lágrimas. — Vou te dar um chute na cara por causa disso depois, mas tudo bem. Tudo bem.

Aiden riu, mas sabiamente deu um passo para trás e se virou para Hades.

— Combinado. Minha alma é sua quando eu morrer.

— Viu só? — Hades me encarou por cima do ombro do Aiden. — Foi tão difícil assim?

— Eu te odeio — chiei.

— Não é nada pessoal, meu amor.

— Sim, e da última vez que você me disse isso, você queria me matar. — Cerrei os punhos.

O Deus do Submundo deu de ombros.

— Combinado.

— Só isso? — Seth perguntou, com as maçãs do rosto mais proeminentes. — Vocês não vão nem dar um aperto de mão? Ele diz "minha alma é sua" e você diz "combinado"?

Olhei feio para Seth.

Hades sorriu de novo.

— Só preciso disso.

Seth revirou os olhos cor de âmbar.

— Que frustrante!

O deus pareceu não dar a mínima para aquilo e voltou sua atenção para mim e Aiden.

— Vocês dois serão os responsáveis pelo Perses, ou seja, irão comigo tirá-lo do Tártaro.

Minha coluna enrijeceu.

— Precisamos ir até o Tártaro?

A estática crepitava ao redor dos olhos de Hades.

— Acho que mostrar a vocês o que possivelmente aguarda nosso puro-sangue pode fazer vocês dois se dedicarem ainda mais a garantir que Perses cumpra a parte dele do plano.

Suspirei.

— Peraí. — Seth deu um passo a frente. — Eu vou com eles.

Aiden abriu a boca, provavelmente para discordar de forma intensa, mas Hades o interrompeu.

— Acho uma ótima ideia. Vocês *três* serão responsáveis por Perses e pelo papel Aiden vai assumir na vida após a morte.

Meu estômago embrulhou e senti como se estivesse caindo. Antes que eu pudesse protestar, Hades já estava fazendo planos. Sairíamos para o Tártaro dali a uma hora. Ele nos levaria direto até lá, sem necessidade de encontrarmos o portão ou enfrentarmos qualquer guarda. Tudo estava acontecendo rápido demais. Aiden conversava com Deacon num tom baixo e sussurrado, e Solos estava com Marcus, cercados por Olivia e Luke.

O incômodo sobre o acordo me caiu como comida estragada. Meu coração batia rápido demais no peito e, se eu não tivesse tanta certeza, poderia jurar que Fobos e Deimon haviam voltado, mas não voltaram. O medo formou um nó gelado na minha garganta.

Alex...

Me virei para Seth. *E se Perses não fizer o que precisamos? E se sair correndo, dizimando uma nação inteira? Hades vai colocar isso na conta do Aiden. Ele terá sua alma e...*

Vamos garantir que isso não aconteça. A confiança nas palavras de Seth foi transmitida pela nossa conexão. *St. Delphi não vai acabar no Tártaro, te prometo.*

O fato de ser Seth prometendo uma coisa daquelas não passou despercebido. *De qualquer forma, ele será dono do Aiden. Aconteça o que acontecer. Aiden será como um meio-sangue, nada além de um...*

O ar saiu dos meus pulmões. Aiden seria como um escravo, assim como todo meio-sangue era agora e seria, mesmo depois que déssemos cabo do Ares. As palavras de Aiden voltaram para mim naquele momento. *Isso é maior do que nós dois.* A ficha caiu e a oportunidade se apresentou. Droga, a oportunidade sempre esteve lá, mas eu estava focada demais em mim para perceber, muito envolvida nos meus próprios problemas para...

Para usar o poder que tinha nas mãos para mudar as coisas.

— Espera! — gritei.

— Alex — disse Seth, com a voz baixa.

Balancei a cabeça, respirando fundo. Apolo se virou para mim, inclinando a cabeça. Me preparei.

— Espera. Tem algo que quero antes de começarmos com isso.

Hades deu uma risada do fundo da alma.

— E você por um acaso está em posição de barganhar, meu amor?

Se ele me chamasse de "meu amor" mais uma vez... me controlei e foquei em Apolo.

— Você quer que a gente desça até o Tártaro para buscar Perses, que a gente tome conta dele enquanto ele nos ajuda, e depois quer que me torne a Assassina de Deuses para derrotar o Ares, certo?

Apolo mudou de posição.

— Me parece que é isso.

Meu coração ficou pesado.

— Só faço isso se vocês fizerem uma coisa por mim.

Hades fez uma careta.

— De novo, meu amor, você não está em posição de barganhar.

Deslizei meu olhar na direção do sr. Alto Misterioso e Prestes a Perder um Olho.

— Sem mim vocês não terão uma Assassina de Deuses. Vocês não podem me obrigar a me tornar uma e não podem me obrigar a lutar contra Ares.

— Podemos ser bem convincentes — Hades esbravejou.

— Sim, Ares tentou ser convincente e mesmo assim não cedi. — Olhei para Apolo. — Sei que vocês não podem me obrigar ou obrigar Seth a fazer isso. Podemos deixar esse abacaxi na mão de vocês. Vocês precisam que a gente *queira*.

Os lábios de Apolo tremeram, como se ele quisesse sorrir.

— E o que você quer, Alex?

— Quero que vocês libertem os meios-sangues. Quero que se livrem das leis que os obrigam a se tornarem sentinelas, guardas ou servos. Quero que deem a eles os mesmos direitos dos puros-sangues. Quero que a lei da raça seja revogada.

Silêncio.

Tudo ficou tão quieto que daria para ouvir uma mosca voando. Todos me encararam como se eu tivesse acabado de levantar a blusa e pedido algum absurdo.

Então, Seth soltou uma risada grave.

— Espera, anjo.

Ignorei o apelido. Também ignorei o jeito como os olhos da Aiden passaram de cinza à prata num milésimo de segundo.

— Sei que você pode fazer isso, Apolo. Sei que pode fazer com que os outros deuses concordem. Faça isso por mim, e me arrumo para o passeio pelo Tártaro.

Apolo me encarou enquanto balançava a cabeça devagar.

— Você poderia ter perdido tanta coisa, Alex.

Franzi as sobrancelhas.

— Tipo o quê? O que pode ser mais importante que isso?

O olhar dele se fixou no meu, e de repente eu soube no que ele estava pensando. Poderia ter pedido pela proteção dele, porque assim que eu desse um jeito em Ares, a temporada de caça à Alex estaria aberta. Eu sabia que Apolo já faria o que pudesse para garantir que me safasse, mas parecia inútil desperdiçar aquela oportunidade em algo que Apolo talvez não fosse capaz de impedir.

Então, o deus assentiu brevemente.

— Muito bem. Assim que tudo estiver resolvido, iremos mudar as leis e não haverá mais elixir. Você tem minha palavra, não importa qual seja o resultado.

Não importa qual seja o resultado. Ou seja, se Ares nos desse uma surra. Queria que Apolo cumprisse a promessa agora, porque eu tinha a paciência de uma hiena, mas entendia por que ele não podia. A última coisa de que precisávamos era de mais meios-sangues, milhares deles, saindo do efeito do elixir no meio daquela bagunça.

Meu olhar passeou pela sala, passando pelas expressões chocadas de Luke e Olivia. Acho que, naquele momento, perceberam a mesma coisa que Solos, pela expressão em seus olhos. Depois que tudo aquilo acabasse, teriam algo que nunca tiveram antes.

Controle completo e total do próprio futuro.

14

Olivia me abraçou com tanta força que achei que meus pulmões fossem esvaziar. Ela continuou me segurando, e seu corpo esguio tremia. Foi um abraço bom, que me lembrou daqueles que minha mãe costumava me dar.

— Aquela coisa toda dos deuses gêmeos do mal foi tão perversa. Sinto muito, mas que bom que eles saíram — ela disse, e depois, numa voz mais baixa e rouca, completou: — Obrigada.

Eu sabia pelo que ela estava me agradecendo — pelo acordo. Retribuí o abraço e depois a soltei. Mantive a voz baixa.

— Então, o que você vai fazer?

— Depois de toda essa loucura com Ares? — Quando assenti, um olhar distante tomou conta dos lindos olhos dela. Olivia abaixou os braços, balançando a cabeça. — Nossa, não sei. Nunca pensei nisso, mas agora tenho algo para pensar e é...

— Incrível — disse Luke, dando um beijinho rápido na minha bochecha. — Acho que vou me matricular na faculdade.

Eu e Olivia o encaramos.

— Que foi? — Um rubor se espalhou pelas bochechas dele. — Gosto de estudar!

— Esquisito — murmurei.

Hades estava ficando impaciente. *Babaca grosseiro*. Me despedi, dando um abraço duro e meio sem jeito em meu tio. Tensão e euforia guerreavam na sala. O acordo feito com Apolo, que iria permanecer ali em vez de voltar para o Olimpo, foi obviamente um dos grandes, mas a aventura em que nós três estávamos prestes a embarcar poderia se tornar perigosa bem rapidinho.

Perses poderia nos matar e fugir.

Eu não queria continuar pensando nisso, então caminhei até onde Hades estava, entre Aiden e Seth. Meus olhos saltaram entre os dois. Então, imaginei que Perses não seria o maior dos problemas.

Aiden e Seth estavam encarando um ao outro como se fossem entrar numa batalha mortal. Parando ao lado de Aiden, dei uma cotovelada nele.

Ele olhou para mim com olhos da cor de um oceano em tempestade.

— Estou orgulhoso de você.

Ah, aquela sensação gostosa no peito quase me fez flutuar. Dei para ele um sorriso tão grande que minhas bochechas doeram.

— Eu teria usado aquele favor com mais inteligência, meu amor. — Hades soltou um risinho.

E entãããão Hades estourou minha bolha de felicidade com uma rapidez que eu já deveria ter esperado.

— Obrigada pela opinião — murmurei.

— De nada — respondeu. — Todos prontos para nossa pequena viagem de campo?

Com a aprovação de Apolo, Seth recebeu seus brinquedos de volta, e todos nós, até Seth, estávamos portando nossas adagas e pistolas do Covenant. Nossos olhares se encontraram por um momento. Algo naquele olhar âmbar me deixou incomodada.

Aiden estendeu a mão, entrelaçando seus dedos nos meus.

— Estamos prontos.

Sem aviso prévio, o chão se abriu embaixo de nós.

— Santo bebezinho de daímôn! — gritei, tropeçando para trás enquanto o mundo voltava a se endireitar. — Meus deuses...

Aiden deu uns tapinhas no peito para se certificar de que estava tudo no lugar. Seth parecia meio perdido. Nenhum de nós estava preparado para aquele método de viagem.

O Deus do Submundo nos observou. Ele estava envolto em contentamento.

— É mais fácil assim, não acham?

Passei a mão no cabelo, aliviada ao descobrir que ainda estava na minha cabeça. Quando o chão se abriu sob nós, senti que caí por um milhão de metros.

— Você... nos *teletransportou*?

— Tipo isso. — Hades se virou, colocando as mãos na cintura. Tombou a cabeça para trás e soltou um assovio ensurdecedor, que me fez pular.

— Então, isso aqui é o Submundo? — Seth se virou, assimilando os arredores.

Me forçando a superar o fato de ter sido teletransportada por Hades e toda a ciência por trás daquele conceito, olhei em volta. Reconheci onde estávamos.

— Graças aos deuses não é o Vale do Luto, né? — disse Aiden.

Assenti. Aquela parte vasta e deprimente do Submundo não era um lugar que eu gostaria de visitar de novo. Estávamos bem na saída do Vale, a vários metros daquela estrada congestionada que levava à Planície do Julgamento. Seth observou os recém-mortos, seguindo-os devagar com um olhar perturbado. Muitos dos mortos eram sentinelas, com seus uniformes pretos em vários estágios de desgaste. Ao vê-los... bom, acho que foi um lembrete doloroso do que ele ajudou a cometer.

Um som de galope desviou minha atenção do Primeiro, e me virei.

— Santos deuses...

Saltei para trás, esbarrando no peito de Aiden. Um braço envolveu minha cintura, me equilibrando. Pelos deuses do Olimpo, os cavalos eram do tamanho de elefantes! Quatro deles. A pelagem era preta e brilhante como petróleo, as crinas, sedosas e penteadas. Pareciam cavalos extremamente grandes, com exceção das pupilas brancas por trás das viseiras de couro preto.

— Não lembrava que eram tão grandes assim.

— Nem eu.

Seth se aproximou de um, com a cabeça tombada para o lado. O cavalo relinchou.

— São tipo suv versão cavalo.

Quase ri, mas então notei as selas em cada um deles. Olhei para Hades enquanto ele passava a mão grande na crina de num dos cavalos.

— Esses *são* maiores do que os que vocês viram da última vez. São do meu estábulo pessoal. — Ele segurou na sela e montou no cavalo com uma facilidade assustadora. — A jornada até o Tártaro não é rápida. Vamos cavalgar até lá.

Olhando para um dos cavalos perto de mim, hesitei.

— Por que você não nos teletransporta para lá?

— O Tártaro é uma paisagem em constante mudança, se adaptando aos... recém-chegados. — Ele deu de ombros. — Odiaria levar minha mais nova aquisição para dentro de um lago de fogo.

Estreitei os olhos.

Hades riu para mim enquanto segurava as rédeas com suas mãos robustas.

— Não temos o dia todo. Tem uma partida boa de Mario Kart me esperando quando eu voltar.

Resistindo à vontade de chutar Hades para fora da sela, dei meia-volta. Seth já tinha encontrado seu cavalo e estava na sela, parecendo bem orgulhoso de si. Aiden também montou, balançando a perna por cima do cavalo, e fiquei encarando o último animal disponível, que lembrava um tiranossauro.

Ele me cheirou.

— É melhor você se acostumar com essas criaturas magníficas. — Hades exibia um sorriso de frieza e satisfação enquanto olhava para Aiden.

Senti uma dor ao me lembrar do acordo de Aiden. Me virei, pronta para brigar com ele por ter concordado, mas me segurei. Eu estava frente a frente com a cabeça de um cavalo gigante.

Me aproximei e acariciei o focinho dele meio sem jeito.

— Cavalinho bonzinho.

142

Ele abriu os lábios, revelando dentes com formatos esquisitos. Cavalos tinham dentes afiados? Ou só os do Submundo? Meu olhar passeou por seu peito enorme e pela sela de couro. Como diabos iria subir naquela coisa? O estribo estava muito longe do chão, e eu precisaria de uma escadinha para alcançar.

— Coloca o pé no estribo — Seth disse, abaixando o queixo.

— Eu sei — rebati. Mas não me aproximei. O cavalo virou sua cabeça elegante e bufou. — Nunca montei um cavalo antes.

Hades suspirou.

Senti meu rosto corar. Sinceramente, eu tinha um certo medo de cavalos. Os normais podiam quebrar seus ossos. Aqueles podiam te devorar.

Aiden guiou seu cavalo na minha direção, sorrindo de leve ao olhar para baixo.

— Vamos.

Eu o encarei.

O leve sorriso se abriu, revelando uma covinha na bochecha direita dele.

— Tem espaço para nós dois aqui. Cavalga comigo.

Tá bom. Eu tinha medo de cavalos, e isso me tornava uma fracote, mas lembrei de todos aqueles livros de romance que minha mãe costumava ler com um mocinho cavalgando, e lá estava Aiden, todo grandão em cima do cavalo, e aquilo era... bom, era bem sexy.

— Não me importo se você vai cavalgar sozinha ou com o pombinho aí, mas podemos ir logo? — Hades firmou as mãos nas rédeas, virando os cavalos. — Não sou conhecido por minha paciência.

Olhei para ele com desdém e fui ignorada. Me aproximei de Aiden, estendendo o braço e segurando sua mão. Com uma facilidade impressionante, ele me puxou para a sela, à sua frente. Depois de alguns segundos me ajeitando, estava sentada no cavalo, agarrando a borda da sela.

Ciente de que tanto Hades quanto Seth estavam nos encarando, permaneci rígida enquanto Aiden passava o braço em volta da minha cintura e me puxava para trás, entre as coxas. Logo os meus músculos tensos sentiram o calor dele.

— Que fofos — Seth debochou.

— Calado — Aiden disse, e numa voz bem mais baixa, perto do meu ouvido: — Essa foi a melhor ideia que eu já tive.

Me arrepiei todinha.

Então saímos, galopando pela estrada movimentada. Demorei um tempo para me acostumar com o movimento brusco do cavalo e ainda mais para me familiarizar com o ar abafado e doce que soprava em meu rosto. Cerca de meia hora depois, quatro guardas nos flanquearam, com os rostos pálidos e sombrios. Tentei desesperadamente não imaginar Aiden se tornando um dos capangas de Hades, mas era impossível não pensar por que Hades havia pedido pela alma de Aiden. Não foi por não dispor de pessoas com algum tipo de penitência a pagar, e não era isso o que os guardas estavam fazendo? Pagando seus pecados na vida após a morte? Ou era outra coisa?

Eu sabia que era uma punição. Hades sabia que tínhamos entrado sorrateiramente no Submundo para ver Solaris, e claro que não ficou feliz com aquilo. Numa reviravolta irônica, nossa jornada acabou se tornando bem inútil agora. Seth queria que eu me tornasse a Assassina de Deuses, e ele sabia como fazer a transferência. Acabamos não precisando da Solaris.

A paisagem estéril foi ficando mais viva conforme nos aproximamos da encruzilhada. O chão seco e marrom deu lugar a um gramado espesso, verde e brilhante. O congestionamento de recém-mortos cresceu conforme as pontas afiadas do palácio de pedra do Hades enfim surgiram.

E o Tártaro também.

O brilho sinistro e avermelhado à distância era bem difícil de ignorar. Assim como o cheiro leve, quase imperceptível de enxofre. Eu não acreditava que estávamos mesmo indo até lá por vontade própria.

Meu desconforto crescia a cada momento. Eu estava esperando que acontecesse, e quando enfim aconteceu, Seth xingou bem alto.

Um estalo alto ecoou, seguido por um rosnado quando o chão tremeu sob os cascos dos cavalos. O céu se iluminou, sangrando de vermelho e laranja enquanto uma bola de fogo era lançada, espalhando-se primeiro em asas de fogo, e então as mandíbulas do dragão se abriram, emitindo um grito aterrorizante que ficou em nossa cabeça. O dragão de fogo fez um voo rasante, com seu rabo em chamas. O chão tremia mais uma vez.

— Puta merda! — disse Seth de olhos arregalados. — Que porra é essa?

— A festinha de boas-vindas do Tártaro — Hades respondeu. — Vai se acostumando. Tenho a sensação de que você vai ver isso de perto mais de uma vez.

Seth riu, como se a possibilidade de que ele acabasse indo parar no Tártaro não fosse grande coisa, mas meu estômago revirou só de pensar. Olhei para ele enquanto cavalgávamos, me lembrando com clareza de onde o Primeiro da Solaris estava atualmente.

Seth merecia condenação eterna por suas ações?

Ele olhou para mim com uma expressão impossível de ler. Fixamos nossos olhares. Seu rosto perfeito não tinha emoção alguma, mas algo queimava naqueles olhos. *Seth?*

Não houve resposta. Em vez disso, os olhos âmbar, tão parecidos com os meus, se viraram para Aiden.

— Ei, Santo Delphi!

Ai, meu Deus.

Aiden se enrijeceu atrás de mim.

— Sim?

Seth guiou seu cavalo para trás do nosso, e me perguntei onde os dois tinham aprendido a cavalgar tão bem.

— Se você sentir que precisa de mais espaço nesse cavalo, tenho sobrando aqui no meu. — O sorriso firme de Seth cresceu enquanto eu o encarava. — A gente pode... dividir.

Aiden emanava calor. Ele sentiu a indireta.

— Não vai rolar.

Seth deu de ombros em resposta.

— Foi só uma sugestão.

— Será que você pode parar de falar? — Aiden rebateu.

— Ei, só estou dizendo que, por um tempo, a gente dividiu...

— Seth! — chiei, com o rosto queimando.

— Que foi? — ele respondeu com inocência, e se eu não tivesse tanto medo de ser pisoteada até a morte teria pulado do cavalo só para dar uma surra nele.

Nossa pequena briguinha não chamou a atenção de Hades nem dos guardas, e torci para que continuasse assim. Além de ser chato, era tão vergonhoso quanto a vez em que quase quebrei o pescoço de alguém dando um golpe errado durante uma aula. Principalmente porque errei naquela época, mas também errei quando o assunto era Seth e Aiden.

A voz de Aiden saiu com uma calma controlada quando ele falou.

— Ela nunca foi sua, Seth. Nós não dividimos nada.

— Hummm. Não me pareceu que foi assim. Sabe, tem um motivo pra eu chamar ela de anjo.

— Ai, pelo amor dos deuses — murmurei, olhando feio para Seth. Eu tinha certeza que ele já me chamava assim antes mesmo de qualquer parte dos nossos corpos se tocarem. — Podem parar. Os dois.

Seth deu uma piscadinha.

Enfim, ele se aquietou, mas Aiden estava fervendo. Dava para sentir a tensão nele enquanto cavalgávamos, mas não havia nada que eu pudesse fazer, porque tinha a sensação de que qualquer coisa que eu dissesse para acalmá-lo iria instigar o babaca do Seth. Além do mais, minha mente estava em outro lugar.

Grande parte de mim estava esperando ver o Caleb, mas conforme passamos pela Planície do Julgamento, indo diretamente para o brilho vermelho sinistro do Tártaro, eu soube que não daria para vê-lo desta vez. Como se lesse meus pensamentos, Aiden abaixou a cabeça e beijou minha bochecha. Fechei os olhos com força e permiti relaxar no corpo dele, já que não parecia mais que aquele mamute embaixo da gente iria nos devorar.

Contar o tempo no Submundo era difícil. O que parecia ser uma hora lá poderia ser meio segundo no reino mortal, e eu sentia que estávamos naqueles cavalos malditos há bem mais que uma hora. Mas o cheiro de enxofre ficou mais forte e o céu escureceu até virar uma mistura sinistra de laranja e azul-escuro, como o céu do crepúsculo após uma tempestade violenta.

Conforme seguimos viagem, a grama foi substituída por uma leve trilha de fogo que ardia pelo chão, seguindo a trilha até o Tártaro.

O grupo de pessoas que viajava pela estrada era altamente vigiado, e me perguntei se foi por isso que os guardas do Hades apareceram.

Aqueles que estavam na estrada vestiam roupas esfarrapadas e rasgadas. Seus queixos apontavam para baixo e caminhavam lentamente, se arrastando, acorrentados nos tornozelos e nos punhos.

O dragão fez outra aparição, e dessa vez pude sentir o calor do fogo metamorfoseado. Um peso pairava no ar enquanto passávamos sob um arco de pedra mal construído, e estremeci.

Avistei árvores secas com galhos finos como ossos se esticando na direção do céu. Mais à frente, uma montanha de pedras se erguia, afiada, e, além do cume, o brilho laranja era mais forte. O braço de Aiden se apertou ao meu redor quando os cavalos desaceleraram, relinchando baixinho. A atmosfera mudou consideravelmente, não apenas por que a noite havia caído como um cobertor pesado e sufocante. A única luz vinha das finas fileiras de fogo e das tochas brilhantes colocadas ao longo estrada. Um gosto amargo se espalhou por minha boca e uma pontada de ódio sufocou meu coração.

Seth estava encarando alguma coisa à esquerda, e meu olhar seguiu o dele. O rio Estige havia reaparecido, suas águas turvas fluíam rápido, mas não era o rio que ele estava encarando.

Dezenas de mulheres com vestidos brancos ensanguentados estavam à margem do rio. Algumas abaixadas, tocando a água escura. Outras carregavam jarros. Os jarros vazavam. Quando chegavam a poucos passos da estrada, os jarros já estavam vazios.

As mulheres retornavam em silêncio para o rio.

— Quem são elas? — sussurrei.

— São as filhas de Dánao — disse Aiden. Ele tocou minha barriga, passando o polegar em círculos suaves.

— Assassinaram seus maridos na noite de núpcias a pedido do pai. Essa é a punição delas.

Queria desviar o olhar, porque não conseguia compreender uma eternidade de trabalho infrutífero, mas não consegui arrancar o olhar enquanto nossos cavalos passavam. Virei o pescoço, observando as mulheres voltando até o rio, lentas, tristes, com seus jarros vazios. A aparição delas significava uma coisa.

Havíamos chegado ao Tártaro.

15

O Tártaro não era muito bonito.

Imagine a pior parte de uma cidade qualquer, depois imagine que o bairro em questão está em chamas e jogue umas cenas de tortura aleatórias entre as casas destruídas. Isso era o Tártaro.

Havia fogo por toda parte. Arbustos em chamas. Árvores queimando. O Estige, em algum momento, se tornou um rio de chamas que serpenteava pelas construções de pedra. Algumas estavam de pé e, claro, pegando fogo. Outras estavam meio destruídas, com grande parte tombada no chão.

Era como se o apocalipse tivesse acontecido e permanecido ali por mais um tempo.

O fedor de enxofre e sangue era quase insuportável, mas o calor... ai, meus deuses, eu estava a segundos de tirar a camiseta. O suor tomava conta do corpo, escorrendo entre meus seios.

— Um belo lugar para tirar férias — Seth murmurou.

Encarei-o para responder, mas meus olhos avistaram uma... uma roda em chamas?

— Mas que diabos?

Hades olhou para mim por cima do ombro, com os olhos bizarros fazendo aquela coisa estática.

— Aquele é o Íxion. — Conforme nos aproximamos da tragédia, pude ver que havia um homem no meio da grande roda.

— Ai, meus deuses! — Cobri a boca com a mão.

— Cuidado com a Hera — Hades avisou, seguindo caminho. — Zeus não gosta quando outro homem dá em cima da mulher dele.

Aquilo era absolutamente ridículo, levando em conta que Zeus vivia pulando a cerca.

— Para de encarar — Aiden murmurou no meu ouvido, e quando continuei olhando, estendeu o braço e virou minha bochecha. — Achei que o Íxion ficava na parte mais baixa do Tártaro...

Fiz uma careta. Só ele mesmo para saber onde Íxion ficava. Aiden era o maior nerd no colégio — do tipo que levanta a mão para responder a todas as perguntas. *Bobão.* Eu o amava.

— Pegamos um atalho, então estamos muitos níveis abaixo. — Hades parou seu cavalo e desceu. Tínhamos chegado num caminho sem saída, com pedras escuras e lisas. — Existe outra parte do Tártaro que não é mencionada nos mitos.

Seth saiu do cavalo com a graciosidade de um felino.

— E é para lá que estamos indo?

— Sim. Vamos para as Tumbas do Tártaro.

— As Tumbas do Tártaro? — Aiden repetiu, tirando o braço da minha cintura.

Ahá! Uma coisa que ele não sabia! Olhei para ele por cima do ombro e desci do cavalo. Cambaleei para a frente quando meus pés tocaram o chão. O terreno era curiosamente... *macio* e flutuante.

Hades riu.

— Me surpreende como você consegue ser um Apôlion com toda essa agilidade.

Abri a boca para rebater, mas estreitei os olhos. Havia algo de errado com o chão. Dei um passo e meus pés afundaram um centímetro. Ciente de que Aiden estava atrás de mim, me abaixei e passei a mão no chão rosa pálido. Parecia...

Puxei a mão de volta e olhei para cima, horrorizada.

— O chão parece ser de pele!

Um sorriso lento se abriu no rosto de Hades.

— Zeus ficou entediado com toda aquela história de pedra e águia.

História de pedra e águia...? Então a ficha caiu.

— Prometeu?

— Você está pisando nele — Hades explicou.

Meu estômago revirou.

— Meus deuses, acho que vou vomitar.

— Perfeito! — disse o deus.

Seth arqueou as sobrancelhas, mas permaneceu quieto. Me forcei a continuar andando, ignorando desesperadamente a ânsia de vômito a cada passo macio. Atrás de nós, vários guardas desmontaram dos cavalos enquanto Hades caminhava para a direita. Ele parou diante da parte lisa de uma pedra e colocou a mão sobre ela.

Atrás de mim, Aiden tombou a cabeça para o lado. Seu cabelo escuro estava molhado e cacheado perto das têmporas. A parede à nossa frente tremeu silenciosamente, e então uma fenda de pedra se abriu, nos convidando para a escuridão.

Um dos guardas deu um passo à frente, segurando uma tocha. Ele a entregou para o deus e se afastou, com as mãos nas adagas — grandes e terríveis adagas.

— Mantemos os titãs nas tumbas — Hades explicou ao avançar. — Eles ficam separados do resto e precisam ser tratados com delicadeza. Sua condenação vem em forma de sono eterno.

O ar gelado cobriu minha pele pegajosa enquanto eu seguia Seth e Hades, e apesar da bizarrice que era entrar nas tumbas, gostei da temperatura mais baixa. Meus olhos se ajustaram rápido. As paredes de pedra eram cobertas de glifos, assim como aqueles que apareciam na pele do Seth e na minha.

— Sono não me parece uma condenação — eu disse.

— Não conseguiríamos lidar com eles se estivessem todos acordados. — Hades continuou descendo o corredor apertado. — Os poderes deles ficam mais fracos aqui no Submundo, mas se todos estivessem acordados e se mexendo, teríamos um problema.

— Então funcionam do mesmo jeito que os olimpianos? — Aiden perguntou, permanecendo logo atrás de mim. — Eles se alimentam do poder uns dos outros?

— Sim. — Hades chegou numa bifurcação no corredor e pegou a esquerda. A temperatura caiu mais alguns graus enquanto descemos degraus mal esculpidos. — Assim que Perses chegar lá em cima, ele vai recuperar um pouco do poder. Não estará completamente recuperado, mas será tão poderoso quanto qualquer deus menor.

"Qualquer deus menor" significava que Perses seria poderoso. Talvez não no nível de Hades ou Ares, mas ele não seria um fracote. O corredor seguinte era mais largo e desembocava numa câmara circular. No meio, havia uma pequena piscina com leve cheiro de jasmim, o que me fez lembrar da piscina em que eu e Aiden nadamos na última vez em que estivemos no Submundo.

Encarei Aiden e soube que ele estava pensando a mesma coisa. Ele deu um meio-sorriso, e corei.

— Sério? Vocês não conseguem passar cinco minutos sem fazer essa cara de bobo um para o outro? — Seth passou entre nós dois, olhando feio. — Isso tira meu foco.

Aiden riu e abriu a boca. Eu o interrompi antes que entrássemos em mais uma batalha de ânimos que terminaria comigo tentando me esconder embaixo da pele de Prometeu.

— Quantos titãs você tem aqui embaixo?

— Todos aqueles que querem causar problemas. — Hades desapareceu em outro corredor, e suspirei, correndo para alcançá-lo. — São poucos os que estão nos Campos Elísios. Cronos e os amiguinhos dele estão todos lá.

Cronos era o pai de Zeus, Hades e sabe-se lá quantos deuses mais. Um arrepio desceu por minha espinha. Hades mantinha o próprio pai preso numa tumba infernal. O corredor era apertado. Por sorte, não ficamos muito tempo nele. Entramos em outra câmara, mas esta era diferente.

Estávamos nas tumbas.

Doze tumbas, para ser exata. Achei esquisito — o número. Doze olimpianos. Doze titãs sepultados. Estavam em uns contêineres parecidos com cápsulas, enfiados na parede de pedra. Uma camada grossa de gelo avermelhado os cobria, revelando apenas uma forma humanoide por trás da barreira. Mas, pela aparência, os titãs eram altos.

Tipo, gigantescos.

— Vocês sabiam que, na verdade, sou mais velho que Zeus? — Hades perguntou ao colocar a tocha num suporte na parede. — Assim como Poseidon, Deméter e Hera? Mas como Cronos era um cuzão, um cuzão *dos grandes*, e nossa mãe só salvou Zeus, o mundo acha que o bebezão foi o primeiro a nascer.

— Cronos não devorou vocês? — Seth perguntou. Fiz uma careta.

Hades riu.

— A merda toda de "nos engolir" foi só um simbolismo para nos esconder. Ele nos manteve presos até nosso irmãozinho nos libertar. — Ele caminhou pelas tumbas congeladas e apertou os olhos ao parar na frente da tumba do meio. — Vai se ferrar, pai.

Lancei um olhar para Aiden, que balançou a cabeça devagar e soltou um suspiro pesado.

— Houve um tempo em que Perses não era tão ruim, e talvez os anos o tenham mudado, mas não coloco minha mão no fogo. — Ele se virou para mim. — Tem certeza que quer fazer isso, meu amor?

Meu olhar passeou pela tumba diante dele e meu pulso acelerou.

— Como eu disse, não temos outras escolhas.

Hades me encarou por um longo momento e depois se virou para a tumba de novo.

— Não mesmo. — Ele apoiou a mão no centro da tumba. Quis dar um passo para trás, mas me forcei a continuar parada no mesmo lugar. Eu estava certa de que, se saísse correndo pelas tumbas, só acabaria me perdendo, e Seth me zoaria pelo resto da vida.

O gelo estremeceu e uma teia de rachaduras se formou embaixo da mão de Hades, espalhando-se rápido pela frente da tumba. Seth e Aiden se posicionaram ao meu lado e, enfim, os dois ficaram quietos e não implicaram um com o outro.

O gelo deslizou, escorregando da tumba e caindo no chão, emitindo pequenos sons como uma ventania distante. Em poucos segundos, o titã foi revelado.

Perses era *mesmo* bem alto — quase dois metros e vinte, talvez mais. Ele estava estranhamente parado dentro da tumba. Cílios grossos tocavam as bochechas marrons. Sua cabeça era lisa, sem nenhum cabelo, e suas feições eram angulares e exóticas — lábios cheios, maçãs do rosto marcadas e sobrancelhas bem definidas. Ele era lindo do jeito que todas as criaturas divinas eram: desumanamente perfeito.

Parado como estava, o titã parecia morto. Nem seu peito se mexia, mas um ar de perigo o cercava mesmo assim. Eu não podia imaginar como seria quando ele fosse libertado.

Calça de couro e uma túnica cobriam os músculos largos e fortes. Havia algemas em seus pulsos, adornadas com símbolos estranhos que não reconheci.

— Qual é a dos deuses com couro? — murmurei.

Hades me encarou por um bom tempo.

— A gente fica bonitão de couro.

Ficavam mesmo. Não se podia negar, mas a sensualidade dos deuses não compensava a bizarrice e a periculosidade deles.

— Última chance — disse Hades, olhando para a gente por cima dos ombros.

Houve uma pausa, e então Aiden disse:

— Pode continuar.

Com um leve aceno de cabeça, Hades se virou para o titã e colocou sua mão no meio do peito dele. Um brilho vermelho emanou da palma de sua mão e tomou conta de Perses. Nenhuma palavra foi dita, nenhum ritual foi feito. Parecia que só Hades tinha aquele toque especial.

Hades deu um passo para trás e cruzou os braços. Não precisamos esperar por muito tempo.

O titã estremeceu uma vez e então abriu os olhos. Tentei segurar o grito, mas não consegui. Ao contrário dos olimpianos, seus olhos eram completamente pretos. O olho inteiro — o exato oposto dos olhos dos olimpianos. Se eu já achava os olhos dos deuses bizarros, nem se comparavam aos dos titãs.

O olhar de Perses pousou em Hades, e ele sorriu.

— Só pode ser brincadeira.

Arqueei as sobrancelhas com o som grave da voz. Não estava esperando que aquela seria a primeira coisa que o titã diria ao ser descongelado.

Hades tombou a cabeça para o lado, abrindo devagar um sorriso.

— Olá, Perses, como foi a soneca?

— Foi ótima, cuzão. — Minha. Nossa.

O deus enrijeceu a coluna.

— Pelo visto, sua atitude permanece a mesma de quando te acorrentamos nesta tumba.

— *Quase* me acorrentaram — zombou. O titã lançou um olhar rápido para nosso pequeno grupo e então virou a cabeça em nossa direção. A curva violenta em seus lábios sumiu enquanto seus olhos se estreitavam.

— Me acordaram para ver um cuzão, um filho de um semideus e dois Apôlions? Confesso que fiquei curioso.

Fiquei surpresa com o quão bem Hades estava lidando com os insultos que estava recebendo.

— Precisamos da sua ajuda — me forcei a dizer. — Por isso que te acordamos.

Uma sobrancelha escura se ergueu num arco perfeito.

— Vocês precisam da *minha* ajuda? — O titã tombou a cabeça para trás e riu tão profundamente que pensei ter sentido o chão tremer. Mas rir era bom. Pelo menos ele não estava tentando nos matar. — Minha ajuda? Não consigo imaginar o tipo de situação ridícula em que vocês se meteram para que os olimpianos decidissem pedir ajuda a um titã.

— Bom, veja bem... — pigarrarei e expliquei a ele a versão rápida e suja dos acontecimentos. O tempo todo ele me encarou até que senti como se minhas entranhas estivessem misturadas às minhas roupas. — Sabemos que você pode nos preparar e pode...

— Fazer Ares perder um pouco da confiança? Deixar ele desconfortável? — A risada de Perses ecoou pela caverna. — Vocês precisam que eu seja uma carta psicológica na manga.

— Basicamente — Aiden respondeu no mesmo tom.

O titã nem sequer olhou para ele.

— Ares deve estar fazendo uma bagunça das grandes se Zeus deu permissão para me soltar.

— A coisa está feia. Ele deixou os mortais à beira de uma guerra mundial. Os deuses praticamente viraram o mundo do avesso. Pessoas inocentes estão morrendo... — Perdi as palavras ao notar o olhar de tédio que tomava conta da expressão dele. — Você não liga pra nada disso. Certo. Beleza. Não precisamos que você ligue.

— Que bom, garota, porque não ligo.

Respirei fundo. E se Perses se recusasse? Será que estaria disposto a voltar a ser um cubo de gelo de cor esquisita?

— Precisamos que você nos ajude a derrotar Ares. Sabe, o Deus da Guerra.

Perses bufou.

— Ele não é o verdadeiro Deus da Guerra. Eu sou.

— Não é o que *ele* anda dizendo — Seth acrescentou, percebendo aonde eu queria chegar.

— Ele diz que ninguém, no passado ou no presente, pode derrotá-lo — Aiden comentou. — Talvez seja verdade.

Dei de ombros casualmente.

— Se você não quiser lutar com ele ou...

— Se você sugerir que estou com medo, você não ama sua vida, Apôlion. — Perses deu um passo à frente, e o gelo escorregou pela minha espinha. — Não tem nada a ver com medo.

— Acho que não. — Meu olhar voltou para o Hades, que não estava
ajudando em nada. — Mas você não quer a chance de enfrentar o Ares
cara a cara?

Um músculo saltou no maxilar dele.

— O único motivo pelo qual fomos escravizados foi porque fui enga-
nado. — Ele grunhiu baixinho ao lançar um olhar rápido para o deus silencioso. — Ares não é páreo para mim. Nunca foi e nunca será.

— Então prove. Você não precisa se importar com nenhum de nós
para provar — eu disse, quase implorando. — Se você nos ajudar, Hades
não irá te colocar de volta aqui. Ele vai te soltar nos Campos Elísios.

Perses me encarou por um longo momento e depois se virou para
Hades.

— Isso é verdade?

— Não gosto disso. Francamente, acho que você deveria estar no lugar
do Prometeu.

O titã estreitou os olhos.

— Isso não foi uma resposta.

Hades cruzou os braços fortes.

— Se você fizer o que estão pedindo e não causar nenhum problema,
será solto nos Campos Elísios. Caso contrário, vamos acorrentar sua bunda
numa rocha e arrancar a pele do seu corpo, um pedacinho de cada vez.

— Só isso? — Ele arqueou a sobrancelha. — Me parece que você está
ocupado com Ares e não terá tempo para passar a eternidade me torturando.

Hades deu um passo à frente, descruzando os braços.

— Você esqueceu que Ares não tem poder algum no meu reino a não
ser que eu conceda, e ele não pode entrar aqui sem permissão. Ares pode
destruir o mundo mortal, mas se você nos trair, iremos atrás de você e vou
passar a eternidade morrendo de tesão cóm seu sofrimento.

— Pobre Perséfone. — Perses abaixou o olhar, encarando o deus. —
Deve ser difícil para ela se é isso que te dá tesão.

Franzi o nariz.

— Se o nome dela sair da sua língua bifurcada mais uma vez, vou
arrancá-la — Hades prometeu, com a voz baixa e mortal.

A língua do titã era mesmo bifurcada?

Perse abriu um meio-sorriso.

— Que foi? Não gosta de me ouvir falando da sua esposa? — Ele olhou
para nós. — Chamar sequestro de casamento ainda está na moda esses dias?

— Hum... não — respondi, balançando a cabeça. — É algo super mal-
visto.

Hades corou.

— Você está me provocando.

— Ainda nem comecei a provocar.

Aiden suspirou e disse num sussurro:

— Bom, a conversa perdeu o rumo.

— Sim — murmurei, cruzando os braços enquanto observava os dois tentando atacar um ao outro.

Tudo está indo bem. A voz de Seth invadiu meus pensamentos.

Mantive os olhos no titã. *Ele não é tão... ruim. Quer dizer, considerando tudo, sabe?*

A risada dele em resposta fez meus lábios tremerem.

Eu meio que gosto dele.

É claro que gosta.

— Então, deixa eu ver se entendi direito. — Perses aparentemente havia se cansado de brigar com Hades. — Eu ajudo vocês a se prepararem para a guerra, vou na frente no ataque contra Ares e serei devolvido inteiro aos Campos Elísios? Preciso esclarecer isso. Vocês, olimpianos, são muito complicados.

— Sim — respondi, me mexendo quando seu olhar pesado pousou em mim. — Inteiro, feliz e completo. — Franzi a testa. Ele não me parecia do tipo que fica feliz. — Ou como você preferir.

Perses avançou tão rápido que nem o vi se mexer. Num segundo, ele estava diante de Hades e, no segundo seguinte, estava quase em cima de mim. Nem Aiden nem Seth tiveram a chance de reagir.

— Prometa — disse o titã. — E você terá minha palavra.

— Nós prometemos. — As palavras tinham gosto de cinzas na minha língua. — Nós juramos.

— Concordo... — A esperança inundou meu peito. Bom, nem foi *tão* difícil. Perses sorriu. — Com uma condição.

Ah. Tentei não demonstrar desconfiança.

— E essa condição seria...?

Ele voltou a sorrir, e sorriu faminto. Queria que ele desse um passo para trás.

— Preciso de algo forte para beber e preciso de uma mulher. Duas, talvez.

16

Vegas.

Eu estava em Las Vegas com um titã que precisava ficar bêbado e transar.

Santo Hades! Tipo, em que momento da minha curta vida as coisas se perderam tanto a ponto de eu acabar indo parar ali?

Se alguém dissesse, algumas horas antes, que aquilo iria acontecer, eu pediria para que a pessoa maneirasse nas drogas, mas Hades nos transportou para a frente do Palms Place, um hotel brilhante e colossal, perto de um milhão de cassinos cintilantes. Senti como se meu estômago ainda estivesse no Submundo ao observar o túnel alto de vidro que conectava o hotel a um cassino.

Nunca havia estado em Las Vegas. Lembro que, pouco tempo antes do meu despertar e do mundo inteiro virar um inferno, eu e Aiden tínhamos planejado ser designados para um lugar como Las Vegas. Havia uma comunidade enorme — pelo menos costumava ser enorme — de puros-sangues aqui, ou seja, haveria daímônes para matar e coisa e tal. Mas eu não tinha certeza se a comunidade ainda existia ou se eles haviam fugido para os Covenants.

— Vegas! — A voz grave de Perses retumbou. — É como um parquinho olimpiano?

Aiden abriu um sorriso irônico ao se virar em nossa direção e passar a mão pelo cabelo.

— Vegas é basicamente um parquinho para adultos.

O titã sorriu.

— Então é o meu lugar.

— Precisamos arrumar um lugar para passarmos a noite. — Seth olhou para o hotel iluminado. — Pode ser aqui.

Hades nos deu ordens explícitas para o encontrarmos naquele mesmo lugar ao meio-dia do dia seguinte, o que provavelmente nos daria tempo o bastante para Perses fazer, hum, o lance dele. Enquanto nós quatro caminhávamos até a entrada do Palms, passamos por vários turistas mortais. O mundo havia virado um inferno, mas a julgar pelas ruas agitadas e calçadas movimentadas, nada tinha mudado ali.

Mortais tinham uma habilidade maravilhosa de enterrar suas cabeças na areia, mesmo com o mundo inteiro desabando.

Que inveja!

Perses passou por dois universitários rindo. Eles ficaram quietos assim que viram o homem de quase dois metros e meio vestido de couro. Apesar de achar que existiam coisas mais estranhas em Las Vegas, ele chamava muita atenção.

Caminhamos por meio metro quando um monte de xingamentos explodiu atrás da gente. Me virei, e Aiden também. Os dois universitários estavam empurrando um ao outro, perigosamente próximos da rua. Sob os postes iluminados, seus rostos estavam vermelhos de raiva.

Perses riu.

Um calafrio desceu pela minha espinha.

— Foi você, não foi? Já está afetando os mortais.

Ele deu de ombros e continuou andando.

Olhei para Aiden e compartilhamos o mesmo pensamento. *Isso não vai dar certo.*

O saguão do Palms era opulento e bem tranquilo comparado à agitação da rua. Fiquei para trás enquanto Seth caminhava até a recepção. Eu sabia que ele estava usando coação e não queria me sentir mal com aquilo. Olhei para o alto, encantada com o tamanho do lustre brilhante de cristais.

Aiden acariciou minha bochecha com o polegar. Ao mesmo tempo, ele mantinha os olhos em Perses, que mantinha os olhos num grupo de jovens mulheres com vestidos curtos e sensuais — o tipo de vestido que eu usaria se tivesse a chance.

Foi quando me lembrei das cicatrizes em minhas pernas. Duvidei que o mundo quisesse ver aquele horror.

Então, lá estávamos nós, em Las Vegas com nossos uniformes de sentinela ao lado de um titã gigante, parecendo uns idiotas em meio aos clientes bem-vestidos do hotel e do cassino.

Corrigindo.

Os garotos poderiam estar vestindo sacos de lixo que ainda seriam gostosos. Todas as mulheres ao nosso redor secaram descaradamente aquela trindade de gostosura. Eu, por outro lado, parecia ter saído de uma arena de paintball.

A mão de Aiden deslizou por meu ombro enquanto Seth retornava com algumas chaves nas mãos. Ele sorriu.

— Consegui a Cobertura A pra gente.

— Cobertura A? — peguei os cartões, curiosa.

Deixamos o saguão rumo ao elevador quando ouvi o que acreditei ser um estalo alto, como se uma das mulheres tivesse dado um tapa na cara de outra.

A Cobertura A ocupava quase metade do último andar. Tinha três quartos e uma sala de jogos. O lugar era todo decorado. O tipo de ambiente feito para gente podre de rica — móveis luxuosos, bar e geladeira lotados, uma jacuzzi, TVs nos espelhos dos banheiros e uma vista deslumbrante de Las Vegas atrás de paredes inteiras de vidro.

Perses e Seth escolheram seus quartos, e o titã desapareceu imediatamente em um dos banheiros. Não dava para imaginar o que ele acharia da tecnologia moderna, mas pareceu se resolver rápido porque, quando me aproximei da porta, escutei o barulho do chuveiro.

Olhando por cima do ombro, vi Aiden sumindo para dentro do último quarto. Joguei o cabelo para trás e fui até lá, hesitante, parando na porta. Seth estava esparramado em um dos sofás brancos com um copo na mão. Caramba, ele já tinha encontrado as bebidas. Ele arqueou a sobrancelha ao me ver, e o cordão se esticou dentro de mim.

— Quer uma bebida? — ofereceu. — É uísque. Encontrei no bar.

Beber era provavelmente o único jeito de sobreviver àquela noite, mas balancei a cabeça.

— O que vamos fazer com ele? — Assenti na direção do corredor que levava ao banheiro.

— Deixar ele ir atrás do que precisa esta noite. — Seth riu para si mesmo enquanto balançava o líquido dourado no copo. — Damas e drinques, os dois Ds fundamentais da vida.

— Não podemos deixar esse cara perambulando por Las Vegas sozinho. Passou por dois caras e eles quase começaram uma luta de boxe.

— Não estava sugerindo isso. — Seth terminou a bebida e se levantou. — Vou ficar de olho nele.

Pois é, eu não gostava muito daquilo.

— Acha mesmo que é uma boa ideia?

— Melhor do que ficar aqui com vocês dois. — Ele caminhou em minha direção. — Só tem uma parede fina separando nossos quartos. Acho que prefiro passar a noite brincando em casas caras de striptease.

Revirei os olhos.

— Legal.

— Só estou sendo sincero.

— Você não tem dinheiro! — Resolvi dizer.

Ele riu.

— E você acha que *eu* vou precisar de dinheiro?

Se tinha alguém que receberia atenção numa casa de striptease, mesmo sem dinheiro, seria o Seth, mas aquilo não vinha ao caso.

— Aiden pode ir com ele — argumentei.

Seth tombou a cabeça para o lado.

— Ah, anjo, você quer passar um tempo comigo?

Ouvindo o chuveiro desligar, me encolhi. Não queria estar ali se Perses decidisse sair do banho pelado. E duvidei que ele se importasse com privacidade.

— Olha, só estou tentando...

— Você não confia em mim. — Seth se apoiou na parede à minha frente. Perto. Muito perto. — Eu não confiaria se fosse você.

Franzi a testa.

— Nossa, que declaração reconfortante, Seth!

Ele deu de ombros e me encarou de cima.

Me frustrando ainda mais, olhei para trás quando ouvi uma porta se fechar em algum lugar na suíte.

— Você sabe que ele está lá no quarto de vocês, esperando. E deve estar fazendo flexões ou algo assim para conter a vontade de vir até aqui me impedir de... — Ele inclinou a cabeça, deixando a boca a centímetros da minha. — De chegar tão perto assim.

Puxei o ar e o cordão em minha barriga saltou.

Ele deu um meio-sorriso.

— Então, por que você não ajuda o *Santo* e volta pra ele antes que a gente cause mais um drama?

Dando um passo para trás, o encarei.

— Não seja babaca.

— Não seja um pé no saco.

Ele se aproximou, me sufocando e, por um segundo, o desconforto deu lugar ao medo.

— É melhor eu sair com o Perses.

Não entendi a mudança repentina de humor. Quando ele estava na cela, e depois que os deuses gêmeos do mal foram arrancados de mim, Seth estava sendo compreensivo e demonstrando arrependimento. Agora ele tinha voltado a ser o Seth que eu queria furar todinho com um garfo enferrujado.

O que deu em você? Tentei o lance da conversa mental, torcendo para que ajudasse. A última coisa de que precisávamos era eu e Seth tentando estrangular um ao outro.

Os olhos dele flamejaram.

— Nada.

Nem vem. Você está num mau humor do caramba.

— Mau humor do caramba? — Seth jogou a cabeça para trás e riu. *Você não tem ideia.*

— Então me diz.

Seth piscou e se aproximou de novo, falando alto o bastante para que deuses e o mundo ouvissem.

— Não estou a fim de conversar com você. Fazer outras coisas? Talvez. Sabe, em nome dos velhos tempos.

— Você estava errado — Aiden anunciou atrás de mim, aparecendo na porta como um maldito fantasma. — Eu não estava fazendo flexões para me segurar. Só estava me entretendo e imaginando todos os jeitos diferentes de quebrar sua cara. Então mete o pé.

Seth riu ao se afastar da parede, levantando as mãos.

— Olha, eu só estava dizendo a ela que posso ficar na função de babá. Ela queria que você fosse e eu ficasse. A culpa não é minha.

Finquei as unhas nas mãos. *Tô de olho em você, seu palhaço. Você está tentando me irritar de propósito.*

Seth deu uma piscadinha, então a porta atrás dele se abriu e Perses saiu com arrogância, vestindo um terno branco.

Momentaneamente distraída, me movi para enxergar por trás do Seth.

— Onde você arrumou esse terno? Espera. Prefiro não saber.

Perses riu ao se observar num espelho dourado. Ele não estava vestindo nenhuma camisa por baixo do paletó, e quando se virou, o vinco de seu peitoral atraiu todos os olhares. Falando em olhos, os dele pareciam de mortal agora.

— Então o Apôlion macho vai ser minha *babá*. — Ele se aproximou, apoiando a mão grande no ombro de Seth. — Dá pro gasto.

Surpreendentemente, Seth não reagiu à mãozada do titã.

— Vamos nos divertir.

Havia algo na voz do Seth que dizia que ele não iria se divertir tanto assim. Cruzei os braços, me sentindo uma mãe que sabia que seu filho estava prestes a sair e aprontar muito mas não tinha como provar. Eu não achava que Seth tentaria pegar Perses e voltaria correndo pro Ares. Acreditava com cada célula do meu corpo que ele odiava Ares tanto quando eu, mas alguma coisa estava rolando.

— O que aconteceu com seu rosto? — Perses perguntou, me assustando ao se virar de volta para o espelho, ajustando o paletó.

Aiden parou o que quer que estivesse fazendo atrás de mim, o que provavelmente envolvia lançar olhares de "vou te matar enquanto você dorme" para Seth, e apoiou a mão nas minhas costas.

— Não é da sua conta — rosnou.

O titã soltou uma risada grave.

— O puro-sangue é esquentadinho, né?

Seth riu enquanto caminhava até a porta. Aparentemente, iria vestir o uniforme de sentinela para aprontar ao longo da noite. As adagas e a arma não estavam mais visíveis, mas eu sabia que ele ainda as carregava.

— Você não tem ideia — respondeu.

— Sabe... — Perses nos encarou mais uma vez, e suas novas íris brilhavam como duas obsidianas polidas. — Posso acabar com você em meio segundo.

Me mexi para ficar na frente do Aiden. O nó de desconforto em meu peito cresceu e aumentou quando Aiden, de alguma forma, foi parar na minha frente.

— Sei que você pode acabar comigo num estalar de dedos — disse Aiden com o corpo tenso. — Mas não é da sua conta.

O sorriso no rosto do Perses aumentou.

Forcei meus músculos a relaxarem ao dar um passo à frente e ficar ao lado do Aiden.

— Foi Ares.

Perses tombou a cabeça para o lado enquanto seu olhar passeava entre Aiden e eu.

— Imagino que essas não sejam suas únicas cicatrizes.

Balancei a cabeça.

Na porta, Seth ficou visivelmente pálido. Ele parecia querer sair correndo. Eu não o culpava, porque também queria.

— Quão ruim foi? — Perses perguntou.

Embora eu não tivesse a menor vontade de discutir sobre aquilo com qualquer um, muito menos com Perses, precisávamos manter o titã feliz de alguma forma. E, se isso significava entrar na zona de desconforto, assim seria.

— Foi bem ruim. Ele acabou comigo.

O titã não se abalou com minha declaração, mas virou o queixo na direção de Seth.

— Onde você estava quando isso aconteceu? Os Apôlions não são conectados como se fossem um só?

Seth não respondeu de imediato.

— Eu não estava lá por ela — disse ele, e aquelas palavras foram como um vento gelado.

— Interessante. — Perses deu de ombros, esticando o tecido do paletó. — Que pena.

Franzi a testa, sem entender aonde ele queria chegar.

— Que pena o quê?

— O que ele fez com você — Perses respondeu. — Aposto que você era linda antes.

Sentada no sofá mais confortável do universo, cutuquei o jantar que Aiden havia pedido no serviço de quarto depois que Perses e Seth saíram para fazer coisas sobre as quais era melhor não pensar. Aiden estava sentado ao meu lado. A TV estava ligada, e estávamos tentando ser normais, mas minha mente estava em outro lugar. Eu me sentia inquieta, cansada.

Aiden riu baixinho, chamando minha atenção. Ele estava com um discreto sorriso nos lábios.

— Que foi?

— Você não escutou uma palavra do que eu disse, né?

Corando, balancei a cabeça.

— Desculpa. Estava distraída. O que você disse?

— Sinceramente, não foi nada importante. — Ele colocou o prato vazio na mesinha de centro e se virou para mim. Pegando o prato das minhas mãos, também o colocou de lado e me encarou. — Você está bem?

Vinda de qualquer outra pessoa, aquela pergunta me deixaria irritada, mas vinda do Aiden me fez amá-lo ainda mais.

— Estou bem. Sério, não tô mentindo.

— Tem alguma coisa na sua cabeça. — Ele estendeu o braço, acariciando minha bochecha e provocando um calafrio delicado em minha pele. — Você ainda é linda. Sabia disso?

Um sorriso largo tomou conta dos meus lábios.

— O que Perses disse não é verdade. — Ele inclinou a cabeça, tocando seus lábios nos meus. O toque foi quase imperceptível, mas senti em todas as partes do meu ser. — Você continua tão linda como na noite em que te vi naquele armazém em Atlanta.

Coloquei a mão em seu peito e retribuí o beijo. O coração dele pulava ao meu toque.

— Obrigada, mas não é o que Perses falou que está me chateando. — Me afastei, passando os dentes sobre meu lábio inferior, que estava formigando. — Quer dizer, sim, sou tão fútil quanto qualquer outra garota, e ouvir esse tipo de coisa é péssimo, mas já aceitei que não vou entrar num concurso de miss ou algo assim.

— O que está rolando aí dentro então? — Aiden tocou minha têmpora com a ponta do dedo.

De primeira, quis dizer que não era nada e apenas aproveitar um momento de silêncio com Aiden, porque eu duvidava que teríamos outros momentos assim por um bom tempo, mas não havia motivo para guardar aquelas coisas só pra mim. Por menores que fossem, eu devia aquilo ao Aiden.

— Só me parece meio bizarro ficar sentada aqui com tudo o que está acontecendo. — Balancei a cabeça, frustrada por um milhão de motivos diferentes. Incapaz de ficar sentada, me levantei, e o chão estava gelado sob meus pés descalços enquanto caminhava até a janela. A noite de Las Vegas era como ver estrelas no chão. — Não temos um tempo infinito à nossa disposição. Ares está fazendo sabem os deuses o que a uma hora dessas. Nossos amigos estão na universidade, e nós não.

— Apolo está com eles. Ele irá mantê-los a salvo.

— Eu sei. — Pressionei a testa contra a janela e suspirei. — E vai saber o que Seth e Perses estão aprontando. Você viu lá fora, não viu? Ele passou por dois caras, e começaram a brigar. Isso, junto com a personalidade encantadora de Seth, é um combo e tanto.

— Você está preocupada com o tipo de confusão que vão arrumar? — perguntou, e o ouvi se levantar.

— Sim. Não. — Suspirei e me virei para ele, me recostando no vidro. — É que é tão ridículo estarmos fazendo isso. Perses *vai* causar confusão. E Seth? Duvido que ele vá tentar impedir.

Aiden parou a um passo de mim.

— Quer sair e ver se a gente encontra eles? Talvez a gente possa observar de longe.

Jogando a cabeça para trás, fechei os olhos. Aquilo me parecia uma ideia interessante, mas...

— Não. Seth vai sentir no momento em que eu chegar perto e não... — Contive um grunhido. — Tem alguma coisa errada com ele.

Embora ele não tenha dito nada de primeira, senti sua mudança repentina de interesse. A tensão encheu o ar, e o cordão ficou tenso dentro de mim.

— Acha que ele está tramando alguma coisa?

— Seth está sempre tramando alguma coisa. — Deixei meus braços caírem e fechei os olhos com força até ver pequenos pontinhos brancos. — Sei que não tem nada a ver com Ares. É outra coisa. Posso sentir... — Perdi as palavras quando minha ficha caiu. Então, soltei um grunhido alto. — Droga!

— Que foi? — A voz de Aiden estava mais próxima.

— Me sinto frustrada, cansada e irritada, mas não sei o motivo. Não sou eu. Estou percebendo que é Seth através da nossa conexão. E sei que é esquisito e você provavelmente não precisa saber disso, porque é pior do que estar de TPM...

Sem aviso, senti os lábios de Aiden tocando meu pescoço e suspirei. Abri os olhos, e meu olhar se fixou no dele.

— Meus deuses, você é silencioso como um ninja.

Ele abriu um meio-sorriso, e suas mãos tocaram meu quadril.

— Então você está me dizendo que Seth está mal-humorado e, por causa disso, sente os efeitos?

— Sim. — Minha boca ficou seca de repente. Encurralada entre o corpo dele e a janela, senti meu pulso acelerar. — Faz um tempo desde a última vez em que estivemos próximos assim. Tinha me esquecido de como era.

Na verdade, eu sabia que aquilo era parte do motivo da minha angústia, mas também sabia que havia alguma coisa a mais rolando com Seth.

Não sabia ao certo o que e não queria que Aiden se preocupasse sem necessidade.

As mãos dele subiram do meu quadril e pararam na cintura.

— Então, como consertamos isso?

— Consertamos?

Aiden tocou sua testa na minha.

— Seth pode estar no humor que quiser, mas não tem motivo para você sentir isso se houver algo que possamos fazer.

Eu estava prestes a dizer que não era grande coisa, mas aí ele me puxou para a frente, me observando durante o movimento, e eu não disse uma palavra.

— Talvez você precise de uma distração — murmurou, fechando as pálpebras, mas não rápido o bastante para esconder aqueles olhos que agora pareciam prata derretida.

O que eu precisava fazer era parar de reclamar e aproveitar aquele momento de relaxamento. Talvez pudéssemos sair para ver a cidade. Quase ri porque, sério, seria muito inapropriado levando tudo em conta, e sinceramente eu não queria estar em qualquer lugar que me obrigasse a dividir a atenção do Aiden.

Porque aquele tipo de atenção que Aiden estava me dando naquele momento era tudo com o que eu sonhava.

Me forcei a respirar fundo e deixei tudo pra lá — Seth, Perses e Ares. Ignorei o fato de que Aiden seria um empregado na vida após a morte, e os pensamentos das batalhas que me aguardavam, e as incertezas sobre nosso futuro, haja o que houvesse. Eu queria estar *ali* com Aiden, porque ele estava *ali* comigo. Foquei naquelas paredes brilhantes e cor-de-rosa, torcendo para conseguir bloquear o acesso de Seth ao que eu estava sentindo. Não precisava de Seth me espiando.

— Uma distração seria uma boa — concordei, com uma voz que esperava ser séria.

Ele enlaçou minha cintura com os dedos apertados. Me puxou contra o calor de seu corpo, e joguei a cabeça para trás.

— Tem alguma ideia em mente?

Tive umas ideias bem safadinhas num velocidade absurda.

Tantas, tão rápido, que até me preocupei.

— Acho que você pode me beijar. Isso parece sempre me distrair.

— Humm, posso fazer isso. — Ele aproximou os lábios dos meus e a eletricidade percorreu minhas veias. Era aquele brilho; o brilho que eu só tinha com Aiden. Quando afastou a boca da minha, quase gemi. O beijo não foi longo o bastante. — Acho que isso não te distraiu direito.

Balancei a cabeça com o coração a mil. Apoiei as mãos no peito dele, agarrando sua camiseta preta.

— Tenta de novo?

— Claro. — Ele passou a mão nas minhas costas e seus lábios pressionaram os meus, abrindo minha boca. O beijo foi profundo, avassalador de um jeito que me dominou por completo. Me agarrei nele enquanto uma mão se abria na parte baixa das minhas costas e a outra agarrava as pontas do meu cabelo. — Isso te distraiu? — perguntou com a voz grave.

Eu quase não conseguia respirar ou ficar em pé sozinha.

— Um pouquinho.

— Só um pouquinho? — ele disse, com uma risadinha que me deixou arrepiada. — Vou ter que me esforçar mais.

A mão de Aiden deslizou da minha lombar até a curva da cintura. Seus dedos longos escorregaram por baixo da minha camiseta, e saltei quando eles tocaram minha pele.

— Ainda estou tentando — falou, usando a mão em meu cabelo para guiar minha cabeça para trás, deixando meu pescoço exposto. Ele deu beijinhos quentes e rápidos em meu pescoço e sua mão subiu, envolvendo meu seio. Sussurrei seu nome, e ele soltou um som grave do fundo da garganta.

— Continua tentando — eu disse, deixando meus olhos se fecharem enquanto ele pressionava os lábios no meu pulso.

Aiden murmurou alguma coisa e virou seu corpo para o meu, arrancando de mim outro gemido ofegante. Naquele momento, só existíamos nós dois, e eu precisava daquilo. Um segundo depois, minha camiseta caiu em algum lugar no chão, e o vidro nas minhas costas era gelado. Ele envolveu minha cintura com os braços e me levantou. Enrosquei as pernas na cintura dele enquanto Aiden puxava minha boca de volta para a sua.

Havia algo voraz e feroz no jeito como ele me beijou. Era um beijo possessivo, bem-vindo, que reivindicou meu coração e minha alma. Ele se virou e, numa investida poderosa, apoiou minhas costas numa parede próxima, pressionando seu corpo inteiro contra o meu. Eu queria sentir a pele dele contra a minha, mas como estava grudado em mim, aquilo não ia acontecer.

Nossas bocas colidiram, famintas e exigentes enquanto eu enfiava os dedos no cabelo dele. Seu corpo encostava no meu, enviando uma pulsação forte. Os sinais do Apôlion emergiram, fazendo minha pele já sensível formigar. Nos beijamos como se estivéssemos nos afogando um no outro, e cada vez que ele afastava os lábios, eu me sentia despedaçar.

— Meus deuses, Alex — disse ele, entre os beijos. — Você não tem ideia do que faz comigo, de como me faz sentir.

Tive uma boa ideia. Puxei a boca dele de volta para a minha, e não sei como, mas ele conseguia explodir meus sentidos com seus beijos sem parar de andar. Caminhou até o quarto, com as mãos nos meus quadris. Minhas costas adentraram o dossel ao redor da cama, e então ele me deitou,

164

enquanto sua boca deslizava dos meus lábios, descendo por minha pele quente, seguida por suas mãos.

Me sentei, arrancando a camiseta dele, e ele riu quando a joguei para fora da cama, para fora do nosso mundinho. O som me fez sorrir, e Aiden congelou em cima de mim, com os joelhos na cama ao lado das minhas coxas.

— Amo te ver sorrir — ele disse, segurando meu rosto. — E sinto falta quando o sorriso vai embora.

Senti um nó se formar na garganta enquanto meus dedos traçavam as linhas do seu abdome esculpido.

— Senti tanta falta disso.

Ele sorriu ao se abaixar, colocando boa parte do peso sobre o cotovelo, próximo à minha cabeça. Quando me beijou de novo, foi bem mais lento, mas não menos intenso ou profundo do que os beijos de antes. Ele me beijou até meu corpo queimar sob o dele, e então começou a descer, descendo as alças do meu sutiã pelos ombros e depois se livrando dele por completo. Aqueles lábios tocaram cada cicatriz, e eram muitas. Nunca me senti tão linda quanto naquele momento.

Ou quando ele abriu o botão da minha calça e enganchou o dedo no cós, arrancando a calça junto com outra peça de roupa muito importante entre minhas pernas. O ar estava gelado, mas não por muito tempo. Aiden voltou para mim e abri o primeiro botão da calça dele, antes que ele começasse a descer de novo.

Não foi como na primeira vez, em que Aiden parou e me pediu permissão. Dessa vez, não hesitou. Deu um beijo doce na parte interior da minha coxa e senti meu corpo se eletrificar. Nem mesmo usar akasha poderia se comparar com aquela sensação. Me desfiz em um milhão de pedacinhos brilhantes.

Quando se levantou de mim e saiu do dossel, eu gemi.

— Camisinha — ele disse, estendendo o braço para a gaveta da mesa de cabeceira. Ouvi roupas caindo no chão e levantei metade do corpo. — Encontrei mais cedo.

Eu ri, aliviada ao saber que estávamos fazendo tudo com segurança, já que não custava nada.

— Ainda bem que deixam um estoque aqui.

— Você tinha que ver o resto das coisas que tem aqui. — Aiden voltou para mim e perdi o ar ao olhar para baixo. Ele era absolutamente lindo. — Depois te mostro.

Minha curiosidade ficou atiçada, mas quando Aiden me beijou de novo eu não estava mais pensando no que poderia haver naquela gaveta. Aiden mordiscou meus lábios e me abri para ele. Sua língua entrou na minha boca, fazendo os dedos dos meus pés se curvarem enquanto ele se ajustava entre minhas pernas. Sua boca deixou a minha, passeando por meu pescoço

165

e entre os seios. Aiden ficou parado ali, meu corpo arqueando contra o dele enquanto ele voltava para minha boca.

— *Ágape mou* — murmurou, capturando meus lábios em um beijo quente e movimentando os quadris.

Não houve mais palavras, não com nossos corpos se movendo juntos, as línguas se entrelaçando e os corações batendo forte. Rolei para cima dele. Seus músculos ficaram tensos e tremeram sob as minhas mãos.

O fogo mais doce ardeu em mim quando me inclinei, sussurrando sobre seus lábios:

— Te amo.

Aiden me virou, para que eu ficasse de costas novamente, e seu corpo tremia enquanto se mexia sobre mim, *dentro* de mim. Uma tensão poderosa se contorceu em mim, e enrosquei meu corpo no dele. Meu peito se encheu tanto, em conflito com outros sentimentos intensos, que quase passei dos limites quando gritei. Um tempo depois, com a respiração ainda rápida e pesada, Aiden deu um beijo nas minhas pálpebras, no meu rosto e, por fim, nos meus lábios abertos. Entrelaçou os dedos nos meus, segurou minha mão atrás da minha cabeça e me beijou com carinho.

— Te amo.

E então começou tudo de novo.

17

O som de alguma coisa se quebrando no chão me acordou de repente. Sentei na cama, agarrando o lençol enquanto meus olhos se adaptavam à escuridão. O dossel estava parado, mas meu coração acelerou e me sentia... me sentia ridiculamente feliz. Como se tudo estivesse certo no mundo.

O que eu e Aiden fizemos até altas horas fez a terra tremer, mas aquilo era diferente.

Aiden ficou tenso, apoiando-se nos cotovelos.

— O que foi isso?

Antes que eu pudesse dizer qualquer coisa, o som do que parecia ser um corpo pesado caindo no chão rompeu o silêncio.

— Que merda é essa? — Aiden tirou as pernas da cama num pulo.

Levantei e encontrei a camiseta dele na escuridão. Caí de joelhos quando escorreguei nela. Agarrei a adaga na mesa de cabeceira e, quando cheguei na porta do quarto, Aidan já estava vestindo sua calça e segurando uma arma.

Mas a calça estava desabotoada e com a cintura bem baixa e, bom, com o cabelo bagunçado de sono e o abdome sarado à mostra, fiquei um pouquinho distraída por um segundo.

Aiden me flagrou secando ele e abriu um sorrisinho. Me forcei a desviar o olhar, para não cometer nenhum erro, e me preparei.

Do lado de fora do quarto, caminhamos até a porta da sala de estar. Ele destrancou e entrou primeiro, o que foi estupidez considerando que eu era o Apôlion, mas Aiden era um cara.

Acendendo a luz, ele parou bruscamente e soltou uma risada — uma gargalhada alta. Relaxei os músculos. O que quer que fosse, não devia ser tão ruim se estava rindo.

Dei uma espiada por trás dele e fiquei boquiaberta.

Perses estava esparramado no chão, sem o paletó. Havia marcas vermelhas na calça branca dele, algumas em tom de vinho. Outras de um vermelho intenso, borradas perto do zíper.

Uma porção de almôndegas estava no peito dele — metade ainda na caixa, e a outra metade rolando pelo abdome sarado.

O titã estendeu o braço, pegou uma almôndega perto do umbigo e jogou na boca.

— Isso aqui é gostoso pra cacete!

Fiquei sem palavras.

Seth se apoiou no sofá. Sem sapatos. Sem camisa. Seus olhos âmbar estavam molhados e sem foco.

Agora, a felicidade meio boba que senti ao acordar fez sentido.

— Vocês estão completamente acabados — eu disse, de olhos arregalados.

Seth levantou a mão, com os dedos machucados e vermelhos.

— Nós não... estamos bêbados.

— Sério mesmo? — Aiden comentou.

Segurando o riso, relaxei a mão que segurava a adaga.

— O que aconteceu com suas mãos?

— Naaaaada — Seth respondeu, rindo. Perses mastigou outra almôndega fazendo um barulhão.

Olhei para Aiden.

— Isso na sua calça é sangue, Perses?

— Junto com outros fluidos corporais — respondeu, rindo.

— Que nojo.

Aiden guardou a arma na parte de trás da calça e cruzou os braços.

— Imagino que o sangue não seja seu.

O titã riu.

Tá bom, eu estava começando a ficar preocupada.

— Não é sangue de mortal, é?

Seth se levantou e cambaleou. Sentou-se — quer dizer, caiu — no sofá.

— Não. Encontramos alguns daímônes.

Eu o encarei.

— E decidiram cair na mão com eles? Você poderia ter usado um dos elementos ou akasha.

— Seu amiguinho tem muita agressividade contida — disse Perses, pegando uma almôndega. Ele sentou e jogou a bola de carne no ar. — Gosto dele.

Mesmo bêbado, Seth tinha os reflexos de um ninja. Ele pegou a almôndega no ar com uma risada. Eu não sabia o que dizer.

— Muito bem, por mais divertido que isso seja, por favor fiquem sóbrios até meio-dia. — Aiden se virou, segurando minha mão. — Divirtam-se.

Da porta do nosso quarto, olhei por cima do ombro. Seth estava tombando para o lado, com os olhos se fechando e a expressão frouxa. Só então notei que, assim como Aiden, a calça dele também estava desabotoada. Olhando para ele e Perses, me perguntei como conseguiram voltar para o hotel.

De volta ao quarto com a porta trancada, Aiden puxou a arma e a colocou na mesa de cabeceira.

— Nossa — eu disse, sorrindo.

Ele riu.

— Por essa eu não esperava.

— Nem eu.

Depois de me livrar da adaga, ele deu um passo para trás e me encarou. Mesmo na escuridão, pude sentir seu olhar intenso.

— Sei que já disse isso antes, mas adoro te ver usando minhas roupas.

O calor se espalhou por meu rosto e inundou minhas veias.

— Que bom! Porque adoro usá-las.

— Mas sabe do que gosto mais ainda?

Não tive a chance de responder antes que ele tirasse minha camiseta emprestada. A peça voou quando ele me segurou pela minha cintura e me levantou.

Os lábios de Aiden tocaram os meus enquanto ele falava, provocando arrepios.

— Gosto de tirá-las.

Hades apareceu exatamente ao meio-dia, nem um segundo antes ou depois, e não nos fez perguntas. Ele nos transportou para o meio da universidade e, embora aquele método de viagem me deixasse um pouco tonta, parecia que Seth ia vomitar tudo o que bebeu na noite anterior. Isso explicava por que meu estômago estava queimando. Desgraçado.

Minha teoria foi confirmada um segundo depois, quando Seth disse:

— Acho que vou vomitar.

Aiden lançou um olhar de deboche para ele.

— Fracote.

— Cala a boca — Seth grunhiu, abraçando a própria barriga.

O ar à nossa frente tremeluziu, e então Apolo apareceu, me assustando tanto que dei um passo para trás. Encarei ele. Os deuses não podiam apenas andar até os lugares?

Certo. Se eu pudesse surgir em qualquer lugar e evitar escadas, também faria isso.

E provavelmente teria o mesmo prazer doentio que Apolo sentia ao fazer aquilo.

Hades deu um passo adiante, encarando Perses antes de se virar para Apolo.

— Espero que você esteja certo e essa ideia funcione. — Ele lançou um olhar de desdém para o titã, que bufou bem alto. — Esse filho da puta não merece uma chance, e você sabe bem disso.

O sol pareceu banhar a pele de Apolo enquanto ele encarava o outro deus de volta.

— Pelo que me lembro, você não tinha nenhuma outra sugestão.

169

Hades riu.

— Eu tinha. Fechar o Submundo e deixar vocês batalharem lá embaixo. — Ele deu de ombros. — Você não gostou da ideia. — Com isso, o deus desapareceu.

— Nunca fui muito fã do Hades. Esse otário metido... — Apolo murmurou. Arqueei a sobrancelha. Vindo dele, aquilo era novidade.

O titã sorriu.

— Diferente de você, que continua sendo puro brilho e diversão, Apolo.

Apolo estreitou os olhos para Perses.

— Nem começa. Você sabe o que precisa ser feito. E te prometo, se você causar qualquer problema, vai acabar na pedra de Prometeu, só que não vai ser uma águia que vai te bicar.

— O que será, então? — O tom de Seth era curioso.

O sorriso de Apolo causava arrepios.

— Eu mesmo. Pessoalmente. Pedacinho por pedacinho com uma lâmina cega banhada em veneno de cobra. E então, quando terminar no fim do dia, vou te costurar só para rasgar tudo de novo no dia seguinte.

— Uau! — murmurei. — Que criativo.

Perses não pareceu impressionado.

— Já ouvi ameaças piores.

Arregalei os olhos. Ao meu lado, Aiden escondeu o sorriso, coçando o queixo. Seth tinha um olhar distante, como se estivesse imaginando o que Apolo havia dito. Não achei que seria possível, mas ficou ainda mais pálido.

— Você tá bem? — perguntei.

Seth gesticulou com a mão.

— Sim, perfeito.

— Então, cadê o exército que vou treinar? — O tom de Perses era de impaciência. — Só estou vendo prédios, algumas crianças e semideuses nos cantos. Espero que esses não sejam seus guerreiros.

Eu ri.

— Não, não são. São alunos. Nosso exército é treinado. Eles...

— Treinados como guardas e caçadores, certo? — Perses riu de deboche, e eu meio que quis ver Apolo sacando a lâmina cega. — Podem ter habilidade para caçar daímônes, mas são bons o bastante para lutar?

— Eles não vão lutar contra Ares — Aiden explicou, recebendo um olhar interessado do titã. — Ares está altamente protegido por soldados mortais, daímônes e autômatos.

Perses franziu a testa.

— Seu exército precisa ser capaz de se defender contra dois deles. Os autômatos serão um problema, mas o segredo é ser mais rápido do que eles. Não entendo por que vocês precisam de mim.

— Como sentinelas e guardas, nunca tentamos trabalhar juntos em grupos com mais do que três ou quatro. Nunca treinamos táticas de guerra. E *preciso* de você — respondi, me odiando por ter que dizer aquilo. — Preciso que você me prepare para encarar Ares. Você já viu no que deu a primeira vez.

Seth apertou os olhos.

— Você também precisa me preparar para lutar contra Ares.

A probabilidade de eu deixar Seth chegar perto de Ares era a mesma de cozinhar um jantar para mim mesma que fosse comestível. Abri a boca, mas Aiden falou primeiro.

— E preciso ser treinado para lutar contra ele também.

— Gente, da última vez que verifiquei, era eu que me tornaria a Assassina de Deuses, o que já me torna bem foda por si só. E, com o treinamento do Perses, vou ficar imbatível.

— Isso não significa que você não vai precisar de reforços — Seth rebateu.

Quis mandar ele ir vomitar em outro lugar. Engoli aquela sensação de enjoo que estava fluindo entre nossa conexão.

— E você não vai encarar Ares sozinha — Aiden completou. E quis que Aiden fosse ajudar segurando o cabelo de Seth.

Apolo revirou os olhos.

— Crianças, sério, Alexandria é uma garota grande agora e não precisa de dois meninos correndo para defendê-la.

Abri um sorrisão.

— Exatamente!

Nem Aiden nem Seth pareceram concordar, e o olhar que Aiden lançou para mim prometia uma conversa sobre aquilo mais tarde. Ah, mas a gente ia conversar *mesmo*. E ele não iria gostar do resultado. Nunca deixaria Aiden se aproximar de Ares!

Perses soltou o ar com força.

— Posso passar as manhãs treinando o exército e as tardes trabalhando com vocês três. Realmente não me importo com quantos são, mas uma coisa eu digo: Ares deve ter sentido minha presença no momento em que pisei no reino mortal. Sabe que estou aqui. E vai ficar irritado com isso, mas quanto mais demorarmos, mais tempo ele terá para reconstruir sua confiança ou trazer mais reforços. Precisamos atacar imediatamente, em uma semana, ou perderemos nossa vantagem. Porque, se vocês têm espiões, ele também tem.

Olhei para Apolo. Perses tinha razão. Não podíamos demorar demais. Tínhamos que agir rápido, mas será que estaríamos prontos? Será que *eu* estaria pronta?

Apolo tensionou o maxilar e assentiu brevemente.

— Daqui uma semana, na segunda-feira, vamos para as Catskills. Vamos acabar com o Ares.

Treinar com Perses era como dar de cara com um muro, levantar e bater de cara de novo só por diversão.

Começamos o treinamento imediatamente. É claro, Aiden e Seth participaram. Seria perda de tempo tentar convencê-los do contrário.

Assim como na época em que eu treinava com Seth, reunimos uma plateia de sentinelas, alunos e funcionários. A fofoca se espalhava rápido quando havia um titã no campus, algo que a maioria das pessoas imaginava que jamais veria. Eu não os culpava por bisbilhotar. Junto com a multidão reunida na maior sala de treino no prédio da atlética, estavam meus amigos.

O que era ótimo, porque não havia nada como ter amigos e desconhecidos vendo você apanhar.

E estávamos apanhando bonito.

Caí no chão acolchoado mais vezes do que conseguia contar, alternando com Seth e Aiden, que não estavam se saindo muito melhor do que eu.

Era a vez de Seth, e dei uma descansada, mordendo os lábios ao cair de bunda no tatame.

— Acho que quebrei minha bunda — grunhi.

Sentado ao meu lado, Aiden estendeu a mão e acariciou minha lombar. O toque doeu no começo, mas aos poucos o calor começou a relaxar meus músculos.

— Sim, foi uma queda feia.

Tudo tinha começado de modo perfeito. Eu estava atrás de Perses, desarmado por sinal. Ele saltou e girou, estava prestes a dar uma bela voadora, quando se virou, pegou minha perna e me jogou para baixo como uma boneca de pano.

Minha bunda amorteceu a queda.

Seth estava sendo encurralado por Perses, desviando dos golpes vorazes do titã. Em teoria, tínhamos uma semana de treino antes de sair para as Catskills. Era uma viagem de vinte e três horas, e Marcus já estava juntando um bilhão de veículos para a viagem.

Basicamente, o exército precisava de treinamento tático padrão, mas e nós? Tínhamos que derrubar Perses e ganhar vantagem antes de completarmos o treinamento. Parecia fácil, até eu me dar conta de que Perses era tipo Ares com esteroides. De qualquer forma, partiríamos na manhã de segunda-feira, preparados ou não. Olhei na direção da porta. Deacon notou meu olhar e deu uma piscadinha. Sorri para ele, mas meu olhar continuou passeando. Muitos puros-sangues encaravam Aiden e eu. Aparentemente, um puro-sangue tocando minhas costas era mais chocante do que um titã

172

chutando o traseiro de um Apôlion. Revirei os olhos e me voltei para o duelo à nossa frente.

Passando por baixo do braço de Perses, Seth surgiu atrás do titã e, assim como fiz, se preparou para dar um chute feroz. Perses se virou e mergulhou, pegando o pé de Seth. Incapaz de manter o equilíbrio, Seth caiu de lado no tatame.

Perses jogou a cabeça para trás e riu.

— Próximo.

Seth sentou ao meu lado. Olhei para ele.

— Não sei por que vocês dois ficam com esse ar de superioridade um pro outro. Os dois estão apanhando.

Ele deu de ombros.

— Isso não quer dizer que a gente vai se abraçar pra resolver tudo.

Voltando a atenção para Aiden, observei-o executar lindamente um gancho, que nem de longe deteve o soco brutal que Perses deu em sua barriga.

— Sabe que isso é inútil, né? Nenhum de vocês precisa se sujeitar a isso. Vou me tornar a Assassina de Deuses. Vocês não vão lutar contra o...

— Lutaremos com você — Seth argumentou, com a voz baixa. Ele também observava Aiden e Perses. — Só porque você vai ser a Assassina de Deuses não significa que pode ir sozinha.

— Não vou sozinha. — Me encolhi ao ver um chute de Perses na coxa de Aiden. — Vou com Perses.

— Ele não é um reforço de verdade. Sabe-se lá o que ele vai fazer no final. Você precisa de alguém que esteja do seu lado. — Seth se esticou para trás, alongando as pernas. — E nós dois sabemos que Aiden será uma distração.

Travei o maxilar.

— Aiden não vai comigo.

Ele riu.

— Ele já sabe disso?

— Vai saber. — Olhei para ele. — Seth, precisamos conversar sobre quando formos transferir o poder.

— Não é disso que estamos falando agora. Sem chances de eu te deixar encarar Ares só com Perses. Não vai rolar, e não vou discutir com você. Preciso estar lá, nem que seja só para interferir — falou, retribuindo meu olhar. — Além do mais, não podemos fazer a transferência antes de chegarmos nas Catskills.

Abri a boca, mas Aiden caiu no chão de costas e Perses gritou:

— Garota! Sua vez!

Lançando um olhar rápido para Seth, me levantei.

— Falaremos sobre isso mais tarde.

Ele arqueou a sobrancelha.

Enquanto passava por Aiden no tatame, estendeu o braço, puxou a bainha da minha camiseta e continuei. Parei na frente do titã, travando meus músculos. Da porta, Deacon assoviou e gritou:

— Mostra pra ele do que uma garota é capaz!

Tirei os olhos de Perses por um segundo e sorri pro Deacon, e foi só o que bastou. Do canto do olho, vi Perses se aproximando do meu rosto. No último momento, me abaixei. A velocidade do punho de Perses passando perto da minha cabeça fez meus cabelos se arrepiarem — *meus deuses*. Se ele tivesse me atingido, provavelmente teria caído dura.

— Nunca tire os olhos do seu oponente — disse Perses, rindo.

Quantas vezes Ares tinha dito aquilo quando era conhecido como instrutor Romvi? Nada ativava mais meus instintos mortais como ouvir aquelas palavras.

Rolei para a frente e me levantei atrás de Perses. Dando uma volta, esquivei do segundo soco e mergulhei por baixo do braço dele. Eu sabia que era rápida — mais rápida do que Aiden, que era um superninja, e mais rápida do que todos os outros meios-sangues. Mas Perses era como Ares. Lutar estava no sangue dele. Não havia ninguém melhor do que os dois naquele quesito. Só me restava torcer para ficar no mesmo nível.

Mas, naquele momento, eu não estava no mesmo nível que Perses.

Assim que me levantei, ele antecipou o movimento e chutou, atingindo meu tronco com sua bota. A dor explodiu na minha barriga, e me lancei para trás. A mão dele segurou meu ombro, e perdi o equilíbrio. Tropeçando para trás, caí de costas no tatame, com força.

De repente, Perses estava cara a cara comigo, em cima de mim. Deu um sorrisinho.

— Sendo Assassina de Deuses ou não, garota, ele vai acabar com sua raça se você lutar desse jeito. Como você bem sabe, ele não pode te matar, mas pode te fazer implorar pela morte. Isso é algo que você deseja experimentar de novo?

A raiva ferveu nas minhas veias como veneno.

— Meu nome não é "garota", e não, não quero experimentar isso de novo.

O risinho sumiu do rosto dele.

— Então levanta, *garota*.

Encarando Perses, rolei até sentar. Ignorando a dor, levantei.

18

Na quarta-feira, tinha certeza que minhas costas estavam cheias de manchas roxas e azuis. Eu era um hematoma ambulante. Aiden e Seth não estavam melhores do que isso. Na noite anterior, quando Aiden e eu fomos para cama, estávamos doloridos e cansados demais até para tirarmos a calça.

Nem preciso dizer que Marcus desistiu daquela ideia de quartos separados. Não havia mais sentido. Nenhum de nós conseguia fazer qualquer coisa, mesmo se nossos corpos se tocassem.

O Exército Espetacular estava se saindo muito melhor do que nós. Somando quase mil pessoas, estavam aprendendo táticas básicas. Era como aqueles vídeos de treinamento que me lembrava de ver na TV. Acredito que Perses estava só tentando deixá-los mais durões em vez de ensiná-los habilidades reais. Ele era pior do que qualquer instrutor do Covenant que eu já visto.

O titã era um poço de insultos.

Mais tarde naquela noite, depois de me banhar com uma mistura de ervas que Laadan havia preparado, me sentei na cama, cansada demais para voltar até a área comum para jantar.

Ainda bem que Aiden era possivelmente o homem mais maravilhoso de todo o universo. Levou um prato cheio de tiras de frango e fritas para o quarto.

— Gostei da camisa — ele comentou, fechando a porta com o dedão do pé.

Abaixei a cabeça, olhando para mim, e sorri.

— Foi mal.

Aiden riu ao se acomodar ao meu lado, colocando a bandeja entre nós dois.

— Como já disse umas cem vezes, gosto de ver você usando minhas roupas.

Um rubor cobriu meu rosto.

— Estava cansada demais para vestir calça.

Espiando por trás dos cílios, ele sorriu.

— E não vou reclamar disso. — Ele pegou uma lata de refrigerante, abriu e entregou para mim. — Perdi a discussão com Deacon.

— Ai, não.

Deacon queria viajar conosco para Nova York. Ele se sentia nosso mascote oficial ou algo do tipo, já que era o inventor do nome de nosso exército. É claro que Aiden não ficou feliz com aquilo, e eu não o culpava. Deacon estaria muito mais seguro na universidade. Não tínhamos ideia de quem encontraríamos na estrada e do que nos esperava em Nova York.

— Disse a ele um milhão de vezes que me sentiria melhor se ele ficasse aqui. — Aiden arrancou a pele das tiras de frango, me fazendo sorrir. — Mas não vou vencer essa batalha.

— Ele provavelmente iria se esconder no porta-malas, de qualquer forma — Mordi um pedaço de frango, com pele e tudo. — E está preocupado, sabe? Não só com você, mas com Luke também.

— Entendo. — Ele jogou a pele no prato. — Mas isso não significa que tenho que gostar.

Observei Aiden retirar mais peles meticulosamente e, então, respirei fundo.

— Falando em não querer que pessoas se machuquem, que fiquem seguras e tal... Precisamos conversar sobre isso.

Ele levantou o rosto, com os dedos congelados.

— Fala mais sobre isso.

Terminei meu frango e bebi um gole de refrigerante antes de continuar.

— Não estou te pedindo para ficar aqui, porque quero que você vá comigo. E sei que você não ficaria de qualquer forma.

Aiden abaixou seu pedaço de frango, tombando a cabeça para o lado.

— Não mesmo.

— Mas preciso que você saiba que não vou conseguir enfrentar o Ares com você do meu lado. — Falei tudo de uma vez, para que as palavras não tivessem a chance de sair da boca dele. — Sei que você quer estar lá, e respeito isso. Nossa, te amo por isso. Mas Ares vai atrás de você só para me atrair.

Ele soltou o frango.

— Alex, você está me pedindo algo impossível.

— Não estou, não. — Encarei seus olhos tempestuosos. — Eu te amo, Aiden. Te amo mais do que qualquer coisa. E o fato de que você quer estar lá comigo é incrível. Mas não posso ir com você. Ares sabe o quão importante você é para mim, e você será uma distração. Odeio dizer isso, mas é verdade.

Um músculo começou a pulsar no pescoço dele.

— Não sei se devo me sentir ofendido por isso.

— Não deve! — Resisti à vontade de jogar uma tira de frango na cara dele. — Olha, entendo que a ideia de eu ir para esta batalha sem você...

— Me faz passar mal pra caramba?

— Bom, sim, isso, mas você precisa entender que, como eu te amo, não quero ter que me preocupar com Ares colocando as mãos em você.

O músculo estava ficando mais grosso agora.

— E, porque eu te amo, é por isso que me pedir pra te deixar fazer isso sozinha é loucura.

Tentando manter a paciência, enfiei um punhado de fritas na minha boca antes de continuar.

— Não estarei sozinha. O Seth vai comigo.

— Ah, e isso deveria fazer eu me sentir melhor?

— Já tentei fazer ele mudar de ideia também. — Apertei os olhos. — Mas ele é um Apôlion.

— E eu sou um sentinela treinado que sabe cuidar de si mesmo — ele rebateu. — Além do mais, você acha que estarei mais seguro com o exército?

— Se eu pudesse escolher, você nem estaria lá, mas não vou te pedir uma coisa dessas. Me sinto melhor sabendo que você não estará perto do Ares. — Limpando as mãos, cruzei os braços. — E sei, lá no fundo, que você entende isso.

Silenciosamente, ele pegou a bandeja de comida, se levantou e a colocou sobre a mesa pequena. Então se virou para mim e esfregou as mãos no rosto. Suas feições se enrugaram quando ele abaixou os braços.

— Alex...

— É o mesmo motivo pelo qual você não quer que Deacon vá com a gente, mas eu espero... eu imploro... que você me dê ouvidos. — Cruzei as pernas e as cobri com a bainha da camiseta. — E, sério, você me deve essa.

— Devo? — Ele foi na direção da cama.

Assenti.

— Sim. Todo aquele lance da sua alma e do Hades? Não te quero possivelmente morto na semana que vem e passando a eternidade como capanga do Hades.

— Eu não vou morrer, mas você entende que estar com o exército não é exatamente seguro, certo?

Senti uma fagulha de esperança no peito.

— Mas sei que você vai passar ileso por isso. Sei que vai. — Eu não podia acreditar em mais nada. A verdade era que ser parte do exército era perigoso, mas lutar contra Ares era suicídio.

Aiden se acomodou na cama ao meu lado.

— Não gosto disso.

— Você não precisa gostar. Assim como não gosto da ideia de você dar sua alma para Hades. Você só precisa entender.

No momento em que as palavras saíram da minha boca, dei um tapinha mental no meu ombro. Havia momentos em que minha maturidade me surpreendia.

177

Ele se deitou de costas, apoiando as mãos na barriga. Seus olhos estavam fechados. O músculo do pescoço pulsava como um beija-flor, mas enquanto eu o observava a pulsação foi desacelerando. Aiden respirou fundo, o pulsar parou, e enfim abriu os olhos.

Estavam no tom mais suave de cinza ao me encarar.

— Não concordo com isso. Eu *odeio* isso, Alex, mas entendo. Se fosse o contrário, também não iria querer você perto dele. Caramba, *não quero* você perto dele, mas é preciso. Então, sim, vou ficar com o exército.

O alívio relaxou meus ombros e pescoço tensos. Me estiquei em cima dele, beijando sua bochecha.

— Obrigada. Sei que não é fácil para você, então obrigada.

Ele se virou de lado, apoiando a cabeça sobre o cotovelo dobrado. Estendeu o braço e passou a mão por minha perna, desviando de um machucado feio.

— Quando você e Seth vão fazer a parada de transferir o poder?

— Boa pergunta. — Agora que me resolvi com Aiden, era hora de resolver o próximo problema. — Ele quer esperar até chegarmos nas Catskills.

Ele franziu as sobrancelhas escuras.

— Por quê?

Dei de ombros.

— Na verdade, não sei. Ele disse alguma coisa sobre o poder ser algo difícil de conter. Talvez ele ache que vou ceder e, sei lá, começar a atacar todos que estiverem por perto.

Aiden riu.

— Que ridículo!

— Sim, mas sei lá. A outra opção é imobilizar ele e transferir, e acho que isso não seria uma boa ideia.

Ele arqueou a sobrancelha.

— Não tenho problema nenhum com essa ideia. Adoraria imobilizar ele.

Um risinho se formou em meus lábios.

— Você é terrível.

— Só estou tentando ajudar.

Beijei a bochecha dele de novo e me sentei.

— Vou tentar conversar com ele de novo. Acho que precisamos fazer em breve, antes de irmos para Nova York.

— Concordo. — Os dedos brincaram com a bainha da camiseta emprestada.

Nos momentos silenciosos que seguiram, me aproximei e o beijei pela terceira vez.

— Pra dar sorte — sussurrei. — Vamos pra guerra.

Ele fechou os olhos.

— Vamos.

— Você já tinha se imaginado nessa posição? — Apoiei a mão na bochecha macia dele e pressionei. — Eu nunca. Nem em um milhão de anos — confessei.

— Nem eu. — Ele pressionou sua mão sobre a minha, me segurando ali. — Acho que nenhum de nós seria capaz de prever tudo isso.

Mordi o lábio. Naquele milésimo de segundo me senti incrivelmente... jovem. Eu queria ser tranquilizada pelo Aiden.

— E acha que vamos ficar bem depois disso tudo? Voltar ao normal?

— Acho. — Ele beijou minha mão de novo. — Vamos falar sobre coisas menos deprimentes. Você ainda acha que Seth está tramando alguma coisa?

Eu ri.

— Você acha mesmo que esse assunto é menos deprimente?

— Talvez. — Ele sorriu um pouquinho, e meu coração deu uma cambalhota no peito. — E aí?

Comecei a responder, mas alguém bateu na porta. Assim que puxei o cobertor sobre as pernas, a porta se abriu e Deacon entrou, sem esperar um convite.

Seus cachos loiros balançavam enquanto ele pulava na beirada da cama.

— Oi, gente!

Aiden se sentou devagar.

— Oi, Deacon. Você tem noção de que geralmente se espera alguém abrir a porta ou dizer "pode entrar"?

— Não estou interrompendo nada, né? Vocês dois estão vestidos.

Eu ri.

— É verdade.

Aiden me lançou um olhar de "você também não ajuda, viu?".

— Então, o que houve, Deacon?

— Marcus está procurando por você. Está na área comum, então achei que seria melhor eu mesmo vir atrás, só para o caso de vocês estarem pelados. — Ele deu uma piscadinha, e contive outra risada. — De nada.

Grunhindo, Aiden se sentou.

— Tá bom. Você mandou bem.

— Imaginei. — Enquanto seu irmão se levantava, Deacon se jogou na cama, me fazendo balançar. Ele deu um peteleco de leve na minha mão. — Marcus quer falar sobre o conselho ou qualquer merda dessas. A namoradinha dele quer discutir uns planos de reconstrução. Mas aí eu meio que me perdi no meio da conversa.

Arqueei as sobrancelhas. Havia uma cadeira aberta no conselho que pertencia ao pai de Aiden. Como Aiden nunca ocupou a cadeira, ela ainda estava aberta, algo que vinha perturbando o Aiden. Ele sabia que seu pai iria querer que ele seguisse os passos da família em vez de se tornar um sentinela.

Aiden passou a mão pelo cabelo.

— Certo. Bom, isso vai ser interessante.

O irmão dele riu.

— Vou ficar aqui fazendo companhia pra Alex.

— Faça isso mesmo. — Aiden andou em volta da cama, se abaixou e beijou minha bochecha. — Já volto.

Me despedi dele com um aceno e o observei indo embora. Então, olhei para Deacon. Arqueei as sobrancelhas quando os dedos dele voaram pela tela do celular.

— O que você tá fazendo?

— Peraí. — Alguns segundos depois, a porta se abriu e Luke e Olivia surgiram na porta. Deacon sorriu para mim. — Festa do pijama?

Eu ri, chamando-os para dentro.

— Me parece uma ótima ideia!

Olivia se aninhou ao meu lado, enquanto Lucas se deitou perto da cabeceira da cama. Ela estendeu o braço, pegando o controle remoto.

— A gente pode estar prestes a ir pra uma guerra daqui a alguns dias, mas isso não significa que somos velhos demais para uma festa do pijama.

— Só disse verdades. — Peguei o travesseiro que Luke me entregou e me acomodei.

Nós quatro assistimos a um filme ruim até altas horas naquela noite. Foi um dos momentos mais relaxantes que tive em um bom tempo. Quando eles se levantaram para ir embora, me sentei, abraçando o travesseiro.

— Vamos fazer uma promessa — eu disse.

Três pares de olhos me encararam.

— Qual? — Olivia perguntou.

Me senti meio brega por causa do que estava prestes a dizer, mas que se dane.

— Depois que tudo isso acabar, vamos prometer fazer isso aqui pelo menos uma vez por semana. Não importa onde ou o que a gente esteja fazendo.

Um sorriso largo se espalhou no rosto da Olivia.

— Essa é uma promessa que adoraria fazer.

— Eu também — Luke concordou, apoiando o braço nos ombros de Deacon.

Me sentindo bem por fazer planos normais, caí no sono e não acordei até sentir Aiden deitando na cama ao meu lado. Joguei a cabeça para trás, na direção dele, que escorregou o braço ao redor da minha cintura.

— Como foi a conversa com Marcus?

— Boa. — Ele beijou minha bochecha e me puxou para mais perto. — Ele quer que eu ocupe a cadeira do conselho depois que tudo estiver... resolvido.

Imaginei.

— E o que você acha disso?

Aiden ficou em silêncio por um bom tempo.

— Tem coisas que eu poderia fazer no conselho, coisas que posso ajudar a consertar, especialmente quando o elixir parar de funcionar para o restante dos meios-sangues. É só que...

Ele não concluiu. Uma cadeira no conselho era muita coisa para Aiden — mais do que apenas a responsabilidade. Me virei para encará-lo e me aproximei, me aninhando até ficar com a cabeça embaixo da dele.

— Você não precisa tomar essa decisão agora. Você tem tempo.

— Tem razão. — A mão dele deslizou por minhas costas e ficou ali. — Temos tempo.

Depois de mais um treinamento árduo na sexta-feira, me peguei mancando até a sala do diretor. Nosso E.E. sairia na manhã seguinte. Havia muito a ser discutido, e consegui um convite para a reunião. Seth também. As únicas vezes em que fomos chamados na sala do diretor foram quando nos metemos em alguma encrenca, e aquelas reuniões geralmente terminavam com uma troca de insultos.

Tipo quando ameacei cortar Seth com uma das adagas do Marcus. Sorri com a lembrança.

Me acomodei numa cadeira vazia e olhei para a sala ao meu redor. Marcus estava atrás da mesa, porque onde mais ele estaria? E Diana estava ao lado dele. Aiden e Solos estavam zanzando em volta da mesa como dois falcões, ambos com expressões intensas que me diziam que aquela seria uma conversa séria. Até Apolo estava lá. Ele estava passando muito tempo com a gente, vistoriando o treino. Agora, segurava um pêndulo de Newton como se nunca tivesse visto um antes, com a mão flutuando sobre as pequenas bolinhas de prata. Olhei em volta de novo, franzindo a testa.

Tá procurando o Perses? Seth me encarou de onde estava, recostado na parede. *A última vez que o vi, ele estava entrando numa sala vazia com duas garotas puros-sangues.*

— Quê? — gritei alto antes que pudesse me segurar.

Vários pares de olhos se viraram para mim, e Seth riu. Aiden estreitou os olhos em nossa direção, e comecei a suspeitar de que teríamos mais uma performance de ameaças contra Seth.

Apolo soltou a bolinha de prata, que balançou a bola ao lado, criando uma reação em cadeia. Seu rosto foi tomado por um sorrisão.

— Ninguém nunca disse pra vocês que não é legal se comunicar telepaticamente quando há outras pessoas presentes? — disse Marcus, entrelaçando os dedos sobre a mesa.

Pressionei os lábios.

— Não. Na verdade, ninguém nunca disse.

Ele me deu um sorriso forçado.

— Bom, estou dizendo.

Ferrou, disse Seth.

Agarrando as bordas da cadeira, olhei para a frente. *Te odeio.*

— Mas e aí? O que está rolando?

Além do fato do Perses estar dando umazinha em vez de estar aqui?

Apolo pegou uma bolinha prateada do outro lado e soltou. Ai, meus deuses...

O olhar de Marcus ficou desconfiado enquanto encarava Seth e eu.

— Solos estava conversando sobre estratégias de batalha com Perses. Pensamos que, como vocês dois têm um papel importante nisso tudo, seria inteligente chamá-los para estas reuniões.

Seth deu alguns passos adiante e sentou ao meu lado.

— O que precisamos discutir? Até onde sei, é bem simples. O exército vai atacar o portão da frente enquanto eu e Alex entramos escondidos com Perses.

Perses havia discutido seu plano conosco no dia anterior enquanto acabava com a gente. Aiden ainda participava dos outros treinamentos, apesar de ter concordado em ficar com o grupo maior quando partíssemos para atacar o Ares.

Apoiando o quadril na mesa, Solos apontou para um mapa do Covenant de Nova York, um bem melhor do que aquele criado por Atena.

— Na verdade, não é tão simples assim. Precisamos encontrar um jeito de vocês entrarem escondidos. Aposto que vocês se lembram como as Catskills são bem protegidas. Passar pelas cercas preliminares não será um problema. O muro é outra história.

Um sorriso insolente contorceu os lábios de Seth.

— Há uma brecha no muro ao leste. Eu já disse para Perses. Não é um buraco enorme, mas é grande o bastante para uma pessoa passar. A não ser que Ares tenha se interessado por alvenaria, duvido que ele tenha reformado.

— É improvável que Ares vá deixar essa brecha desprotegida — disse Aiden, com os olhos cinza-metálicos. — Vocês não vão conseguir entrar por lá.

O sorriso no rosto de Seth cresceu.

— Eu não estava planejando entrar por lá.

— Tá bom — eu disse, interrompendo antes que uma batalha de opiniões começasse. — Então, teremos que observar o muro antes. Podemos... *Apolo!*

O deus levantou o rosto. Nas mãos dele, as bolas de Newton batiam umas nas outras mais uma vez.

— O que foi? — perguntou.

— *O que foi?* — Lancei um olhar irritado para ele. — Sério. Você nunca viu um pêndulo de Newton antes? Toda vez que balança a primeira bola, as outras vão se movimentar também.

— Não. — O olhar dele baixou para o pêndulo. — Física é irado.

— Ai, meus deuses — grunhi, me afundando na cadeira. — Minha cabeça tá doendo.

Apolo soltou a bola de prata mais uma vez e então colocou o pêndulo na beirada da mesa de Marcus.

— Imagino que o exército vai partir no domingo, certo? — ele disse para Solos. Quando o meio-sangue assentiu, olhou para Aiden. — E você vai viajar com a Alex?

— Precisa mesmo perguntar isso? — Aiden respondeu, apoiando as mãos na mesa e se esticando para a frente.

Apolo deu de ombros.

— Vou sair com o exército também — Marcus anunciou, recostando na cadeira.

Diana pigarreou delicadamente.

— Posso fazer uma sugestão? — Meu tio assentiu, e ela sorriu. — Acho que você será mais necessário aqui, Marcus.

O olhar dele logo ficou afiado, como cristais verdes.

— Vão precisar de mim nas Catskills.

— Sei que você acha isso — ela retomou, paciente e compreensiva. — Você é um sentinela de coração, Marcus, mas temos muito a fazer aqui. Mais do que apenas lutar.

— Ela está certa — disse Apolo, aparentemente pronto para contribuir com a conversa. — Reconstruir é tão importante quanto a guerra, e esse processo começa bem antes da guerra terminar.

O maxilar de Marcus ficou tenso.

— Você estará aqui, Diana, junto com os outros membros sobreviventes do conselho.

— O conselho está em ruínas, Marcus. Precisamos de você aqui e precisamos de você vivo para ajudar a reconstruir depois que tudo isso acabar — Diana argumentou, e eu não pude deixar de pensar se havia algo a mais que a fizesse pensar aquilo. Se fosse o caso, eu não a culpava. Também cortaria meu braço esquerdo para convencer Aiden a ficar para trás.

— Precisamos de você aqui.

Muitos concordaram, e Marcus se enrijeceu na cadeira.

— Sou um sentinela treinado. Tenho habilidades que serão muito...

— Sabemos disso. — Foi Aiden quem falou. — Mas devo concordar com Diana. Somos capazes de resolver tudo por lá.

— Somos mesmo — Solos confirmou. — Derrotar Ares não vai adiantar nada se não pudermos lidar com o caos que virá em seguida. E o caos é certo. Temos Covenants que foram destruídos, ou estão severamente deficientes, e conselhos inteiros foram dizimados. E ainda temos os meios-sangues saindo do elixir e deixando a servidão. Precisaremos de liderança. Uma liderança forte.

Um sorriso orgulhoso se abriu em meus lábios. Marcus seria um grande líder. Ele já era. E eu poderia facilmente vê-lo tomando a posição de ministro-chefe. Marcus podia agir como se tivesse um galho enfiado num lugar bem inconveniente quase o tempo todo, mas era correto e justo. Rígido, mas sempre fazia o certo pelos puros e meios.

Nossos olhares se encontraram, e não sei o que ele viu na minha expressão, ou se meu sorriso tinha alguma coisa a ver com o que fez em seguida, mas gosto de acreditar que sim.

Marcus esfregou a mão na testa, soltando um suspiro pesado.

— Quero ficar lá, mas... tem razão. Preciso ficar aqui.

— Bom, agora que isto está resolvido, acho que vou encontrar um lugar macio para me deitar. — Seth se levantou da cadeira, com movimentos nada fluidos comparados com seu jeito normal. Ele olhou para mim, e um brilho maquiavélico cobriu seus olhos âmbar. — Quer vir comigo?

Revirei os olhos.

Os olhos de Aiden se encheram de irritação, transformando o tom num cinza tempestuoso enquanto ele se levantava da mesa e se endireitava.

— Engraçadinho.

Seth deu uma piscadinha ao se afastar.

— Ei! Só estou sendo um cavalheiro.

— Vai ser cavalheiro em outro lugar, então — Aiden respondeu.

Rindo, Seth saiu pela porta enquanto eu balançava a cabeça. Apesar de eu e Seth termos sido mais que amigos numa época e nossos sentimentos um pelo outro serem profundos, eu tinha cem por cento de certeza de que ele só estava tentando fazer Aiden ter um infarto.

Assim que Seth foi embora, a conversa voltou a ser sobre o conselho, e meu interesse também foi embora. Me levantei da cadeira e saí da sala mancando depois de dizer a eles que iria voltar para o meu quarto. Estava ansiosa por mais um banho de ervas. Tive mais dois treinos com Perses e, embora estivéssemos melhorando, ninguém foi capaz de derrotá-lo.

Ainda.

Um de nós tinha que derrubar Perses antes de sairmos para as Catskills.

Cheguei na metade das escadas antes que Apolo surgisse na minha frente, me assustando. Me joguei para o lado e perdi o equilíbrio. Cambaleando na beirada do degrau, visões de ossos quebrando encheram minha mente. Ele segurou meu braço, me impedindo de cair.

— Meus deuses! — gritei, agarrando o corrimão. — Você precisa mesmo fazer isso?

— Tá tudo bem. — Ele soltou meu braço. — Precisamos conversar.

Me recostei no corrimão, encarando-o com deboche.

— Que foi? O pêndulo de Newton perdeu a graça?

Ele deu um sorriso irônico.

— Por que você ainda não transferiu o poder do Seth?

— Ele quer esperar até chegarmos nas Catskills. — Pausei e ele apertou os olhos. — Olha, vou tentar fazer ele me transferir antes de irmos embora, mas...

— Seth não quer fazer, e aposto que é porque ele não tem certeza se será capaz de te deixar fazer. — Apolo xingou, e um desconforto surgiu em meu estômago. — Isso pode ser um problema em potencial.

O desconforto abriu espaço para a irritação. Ela cutucava minha pele e fazia buracos dentro de mim.

— Sabe, eu amo como você simplesmente brota do nada, quando quer, e oferece pouquíssimas respostas. Nada muito útil também, mas, minha nossa, acho que temos um problema!

Apolo fez uma careta, mas eu estava furiosa. Nada ia me parar agora.

— Olha, isso tudo é uma palhaçada. Eu já disse antes e vou dizer de novo: Ares é problema *seu*. É problema dos deuses. — Ele abriu a boca, mas continuei falando. — E nem ouse dizer que ele é problema do Seth. Ares criou uma bagunça eras atrás quando começou essa merda com a Solaris e o Primeiro. Mas vocês não fizeram nada na época, fizeram? Só mandaram a Ordem matá-los em vez de entenderem o que estava acontecendo.

— Alex...

— E agora está acontecendo de novo. Estamos indo pra guerra por você... pelos deuses. Pessoas vão morrer. Meus amigos e as pessoas que amo podem morrer! — Minha voz falhou e desci um degrau. Minha garganta parecia estar em chamas. — Não esqueci disso, Apolo. Sei que posso acabar morta.

Ele apoiou a mão pesada no meu ombro e apertou.

— Te prometo, Alex, que haja o que houver, vou cuidar de você. Já te disse isso e *sempre* cumpro minhas promessas.

Um nó na garganta dificultava que eu falasse. A probabilidade de que minha morte inevitável acontecesse pelas mãos daqueles que dependiam da minha ajuda não era algo que eu tinha esquecido. Na verdade, era só algo no qual eu não podia ficar pensando o tempo todo. Desde que os gêmeos dos infernos foram exorcizados de mim, me recusei a pensar a respeito, e o motivo disso começou a ficar mais claro naquele momento. No fim, independentemente do que Apolo quisesse, ele não iria desobedecer os outros olimpianos. Pois isso iria dividi-los, causando um desastre.

Piscando para conter as lágrimas, desviei o olhar, pigarreando para ter certeza que, quando eu abrisse a boca, não deixaria o choro escapar.

— Não quero morrer.

— Eu sei — disse Apolo, com a voz surpreendentemente gentil. — Vou fazer tudo que estiver ao meu alcance para que isso não aconteça. Nunca te decepcionei, não é?

Meu olhar se arrastou pelas paredes cinzentas de cimento, enfim encontrando os olhos dele. Ele já havia me decepcionado? Escondeu a verdade e só compartilhava informações quando tinha vontade, mas já tinha me decepcionado? Não respondi à pergunta.

— Os deuses deveriam estar lutando. Não acha, Apolo? Deveriam ser parte disso.

Segundos se passaram.

— Tem razão.

Uau! Fiquei sem palavras. O que iria acontecer em seguida? Aiden e Seth começariam a se pegar, declarando amor eterno um pelo outro?

— Tenho razão?

— Tem. Eles precisam estar envolvidos. Precisam lutar.

Levei alguns instantes para me lembrar de como usar a língua. A esperança nasceu no meu peito como uma chama pequena e deliciada. Se os deuses lutassem, as perdas do nosso lado seriam muito menores.

— E você pode fazer isso acontecer?

Apolo abaixou o queixo.

— Farei tudo o que puder para que se envolvam.

— É o certo. Essa luta é deles.

— Essa luta é de todos — corrigiu. — Porque o futuro é de todos.

19

Sábado foi um dia cheio de dor.

Apesar de estarmos melhores nas lutas contra Perses, ainda estávamos levando uma surra após a outra. Seth chegou perto de derrubar Perses com um chute. O titã tropeçou, mas não caiu. Ele revidou e, em poucos segundos, Seth tinha caído de costas.

Mas domingo foi pior.

— Tatames são para os fracos — Perses anunciou enquanto eu saltitava pelo chão azul acolchoado, e aquele comentário arrancou toda a felicidade dos meus pulinhos. Ele levantou a mão e o acolchoado se levantou sozinho, dobrando no ar como uma sanfona. — Guerreiros não precisam de tatames.

Saltei para trás e por pouco não fui atingida e dobrada ao meio. Sob o tatame não havia nada além de um chão duro e gelado. Suspirei, sabendo que ia doer e, como sempre, tínhamos uma multidão nos assistindo. Três puros-sangues se juntaram aos meus amigos. Solos já estava todo encolhido.

Perses me chamou com um aceno.

— Vem, garota.

Respirei fundo, com calma, antes de caminhar na direção dele. Atacar com raiva me parecia uma boa ideia. Os deuses sabiam que eu era conhecida por fazer aquilo de vez em quando, mas cometia erros no calor do momento, e cometer erros com Perses ou Ares não acabaria bem para mim.

Ele imediatamente avançou, lançando a mão forte na direção de minha cabeça. Moleza. Abaixei, me esquivando do ataque. Me levantei e virei para a esquerda enquanto ele chutava com sua bota. Bloqueei seu joelho e avancei na sua garganta. Perses contra-atacou com um soco, me acertando no braço e me girando. Tentei me livrar e evitar uma queda, mas ao girar ele estendeu o braço me atingindo no peito. O ar explodiu para fora dos meus pulmões. Cambaleando para trás, estava despreparada quando ele chutou, me dando uma rasteira. Caí de costas no chão duro, e o oxigênio foi arrancado de minhas células também.

— Ai! — grunhi, dobrando os joelhos. Pisquei até o teto voltar ao foco, limpando as bolinhas brancas de luz da vista.

Aiden xingou bem alto.

Pairando em cima de mim, a risada de Perses me deu nos nervos.

— Espero que, quando você se tornar a Assassina de Deuses, Ares fique paradinho na sua frente.

Mostrei o dedo do meio para ele.

O titã jogou a cabeça para trás e riu.

— Que fofa.

Me levantei e manquei para o lado, passando por nossa pequena plateia. Olivia me encarou e sorriu com compaixão. *Quase*, ela mexeu com a boca.

Quase não valia de nada. Me juntei aos garotos na parede.

— Bom, que fracasso.

— Nada disso. — Aiden colocou uma mecha do meu cabelo atrás da orelha. — Você mandou bem.

— Ela caiu no chão igual uma panqueca — Seth apontou, ganhando um olhar irritado de nós dois. Ele riu e saiu correndo na direção de Perses.

Me sentei, peguei a garrafa de água que Aiden me entregou e bebi. Enquanto Seth enfrentava Perses, me preparei para mais uma rodada. Quando Seth comeu o chão, Aiden tomou o lugar dele. Metade dos meus ossos parecia rachada, como se estivesse prestes a quebrar, e eu não entendia por que Aiden estava se sujeitando àquilo quando ele não precisava. Mas Perses não reclamava. Quanto mais bundas tivesse para chutar, mais feliz ele ficava. Estendi as pernas, para aliviar os músculos doloridos. Cada vez que eu enfrentava Perses, tinha vontade de usar akasha para dar um bom e velho tapa cheio de éter bem na...

— Santa bunda de daímôn — sussurrei.

Seth olhou para mim, franzindo a testa.

— Hum, que foi?

Me levantei e um sorriso se abriu.

— Já sei.

Ele balançou a cabeça, ao me observar.

— Já sabe o quê? O que vamos almoçar?

— Não. — Empolgada, não pude esperar até Aiden cair. Não é que eu não quisesse aquilo, mas eu queria o Perses. — Já sei como acabar com ele.

Seth riu.

Ignorei a falta de confiança na minha habilidade. Nunca em nossos treinamentos Perses disse para mim ou para Seth que não podíamos usar nossas habilidades de Apôlion. Apenas presumimos que não podia. Afinal, estávamos tratando aqueles treinos como nossas aulas, lutando contra instrutores. Mas não era o caso. Também não éramos alunos normais.

Aiden ganhou um chute nas costas, caindo de joelhos.

— A gente é tão idiota — eu disse para Seth, sorrindo.

Ele arqueou as sobrancelhas.

— Fale por você, anjo.

Enquanto Aiden voltava para perto de nós, passei por ele no meio do caminho e toquei seu braço.

— Vou conseguir — disse a ele.

Aiden sorriu para mim e, enquanto continuei avançando, vi os puros-sangues reunidos nas portas trocando olhares de nojo e descrença. Mandei um dedo do meio para eles também.

Perses bocejou.

— Já voltou, garota?

— Ansiosa para te ver com a cara no chão. — Balancei os braços, deixando a onda de poder em minhas veias chegar à pele.

Me encarou, e eu soube que, assim como os deuses, ele conseguia ver os sinais do Apôlion.

Ele arqueou a sobrancelha suavemente.

— Bom, manda ver.

Recuamos, rodeando um ao outro, e nos encaramos durante aquele momento de fraqueza. Saltando para a frente, se virou no ar, chutando, mas girei para o lado. Ele caiu agachado, disparando para cima. Invocando akasha, acolhi a onda de poder enquanto estendia minha mão. O choque cintilou em seu rosto. Um pulso de luz percorreu a curta distância entre nós, atingindo o peito dele. Não o mataria, mas definitivamente funcionou.

Perses cambaleou para trás, curvando o corpo sobre a cintura. Eu teria poucos segundos para acabar com aquilo. Girei e mirei meu joelho na barriga dele. Perses tentou evitar o chute, mas não foi rápido o suficiente. Acertei seu tronco. Ele caiu sobre um dos joelhos enquanto eu me endireitava. Trazendo meu braço para baixo, bati meu cotovelo nas costas dele, na altura dos ombros. Ele apoiou as mãos no chão para se segurar. Andando com a rapidez de um raio e usando todos os músculos, levantei a perna. A ponta do meu tênis atingiu bem o meio do seu estômago. Perses virou para trás.

Caiu de costas no chão, com os olhos arregalados. Silêncio.

Era como se o som tivesse sido arrancado da sala. E então ouvi Aiden gritar, depois Luke, depois Olivia. Eu havia conseguido.

Havia derrubado um titã, caramba! Chupa, Ares!

De pé por cima do Perses, um sorriso imenso tomou conta do meu rosto.

— Acho que agora você vai parar de me chamar de "garota", né?

Ele grunhiu.

— Que diabos? — Seth correu em nossa direção. — Você usou akasha. Como isso é justo?

Me apoiando nos calcanhares, resisti à vontade de pular e aplaudir.

— Ele nunca disse que não podíamos usar nossas habilidades. A gente só presumiu que não podia.

Seth me encarou.

Perses se levantou.

— Ela tem razão. Só levou uma semana para vocês perceberem, idiotas. Até aquele ali — disse ele, apontando para onde Aiden esperava. — Ele poderia ter usado o fogo, mas nunca usou. Para derrotar Ares ou qualquer deus, vocês precisam usar todas as armas que têm. Essa era a lição.

Quase gargalhei de alegria — alegria *de verdade*.

Seth ficou boquiaberto.

— Se é assim, eu poderia ter te derrubado no primeiro dia.

— Mas não derrubou. — Perses sorriu ao levar o dedo comprido até a cabeça. — Você precisa começar a usar isso aqui também, além dos seus músculos.

Beleza, eu tinha que aplaudir.

Seth revirou os olhos, mas se virou para mim. *Mandou bem, anjo.*

Meu sorriso se espalhou, e deixei o orgulho me consumir por um momento. Perses terminou o treino pouco tempo depois, e Seth desapareceu porta afora, dividindo a multidão ao meio como se fosse Moisés. Observei ele indo embora, sabendo que precisava segui-lo. Tínhamos que fazer a transferência naquela noite.

Aiden me abraçou quando me juntei a ele, apoiando o queixo sobre a minha cabeça.

— Brilhante!

Eu ri enquanto o apertava.

— Não muito. Olha quanto tempo levei para me dar conta de que deveríamos usar nossas habilidades!

— Eu e Seth não sacamos, então você está um passo à frente. — Ele deu um passo para trás, tirando as mãos de mim. Um arrepio me atravessou, algo que não passou despercebido. Seus olhos mudaram de cinza para prata. — O que vai fazer agora?

Senti um friozinho na barriga.

— Adoraria fazer o que você está pensando.

— Mas?

— Preciso conversar com Seth. — Me alongando, beijei seu rosto. Parte de mim só fez aquilo por causa dos puros-sangues abobalhados que ainda estavam na porta, apesar de nossos amigos já terem desaparecido. Outra parte só fez porque eu gostava de beijar Aiden. — Te vejo daqui a pouco?

Aiden assentiu, mas seu maxilar formou uma linha tensa que me dizia que ele não estava feliz.

— Quer que eu vá com você?

Soltei uma risada abafada.

— Não. Isso não ajudaria muito.

Ele murmurou alguma coisa e depois, mais alto, disse:

— Você mandou muito bem hoje, sabia?

Abri um grande sorriso.

— Sim, eu sei.

Aiden riu.

— Quanta modéstia!

— Pfff. — Comecei a me virar, mas parei. — Ei, a gente pode, tipo, relaxar hoje à noite? Assistir a um filme com Olivia e os meninos? Deacon e Luke?

Ele assentiu.

— Se é o que você quer...

Era o que eu queria. No dia seguinte, quando partíssemos para Nova York, as coisas seriam, bom, seriam *de verdade*. E eu precisava que a noite anterior fosse zero estresse.

Com exceção de tentar convencer Seth a transferir o poder e torcer para que eu não virasse o Apólion Exterminador depois disso.

Isso arruinaria meus planos de filminho.

— Alex?

Me virei para Aiden.

— Sim?

— Toma cuidado — falou, bebendo água da garrafa.

— Sempre.

Ele sorriu, mas o sorriso não chegou aos seus olhos. Sabia que estava preocupado com o que eu estava prestes a fazer, e sabia que queria ir comigo, mas ter Aiden e Seth juntos no mesmo lugar não iria ajudar.

Caminhei até a porta e arqueei uma sobrancelha para os puros que ainda estavam ali. Eles se viraram para o lado, me deixando passar.

Parei no corredor, os encarando.

— Oi.

Os três trocaram olhares surpresos, mas ninguém disse nada.

— Ah, vocês não têm nada a dizer. — Coloquei as mãos na cintura e dei meia-volta. — Sei que é chocante ver um puro e uma meio juntos. E, sim, estamos juntos no sentido bíblico da palavra.

Arregalaram os olhos.

Dei uma risadinha.

— E, sério mesmo? Não é nada de mais. Então, por que vocês três não vão procurar outra coisa pra reclamar? Ou, sei lá... arrumem um hobby. Ou, melhor ainda, tem uma guerra enorme prestes a começar. Vocês poderia ver um jeito de ajudar em vez de ficarem parados por aí feito um bando de babacas preconceituosos. Tá bom? Tchauzinho.

Me virei de costas e deixei que me encarassem por um motivo muito melhor do que aqueles preconceitos arcaicos.

191

Em outros tempos, se eu estivesse procurando por Seth, provavelmente o encontraria no dormitório das garotas ou em algum lugar cheio de mulheres solteiras, mas agora? Eu não sabia. Com exceção da noite insana dele em Las Vegas, não o vi dando em cima de ninguém.

Perturbada, suspirei.

Mudamos muito no último ano. Às vezes eu nem me reconhecia quando me olhava no espelho, e não só no aspecto físico. Devia ser o mesmo para Seth — provavelmente ainda mais para ele.

Usando a conexão bizarra entre nós dois, caminhei pela calçada de mármore que ia além dos dormitórios. O cordão começou a puxar conforme eu passava pelo último dormitório e um cemitério surgiu.

Senti um arrepio na espinha. Seth estava no cemitério. Pois é.

Apertando o passo, cheguei aos portões de titânio bem rápido. Entre os mausoléus e uma estátua de Tânatos, os jacintos vermelhos e roxos balançavam suavemente sob a brisa. As flores chamaram minha atenção por alguns momentos enquanto eu caminhava até o meio do cemitério. Sob o olhar pacífico do Tânatos de pedra, procurei em meio às tumbas.

Lá estava ele.

Sentando num banco de pedra, Seth estava de costas para a trilha. Ele se endireitou, com o olhar focado nas oliveiras. Era tão esquisito vê-las na Dakota do Sul... Mas, assim como os jardins, os cemitérios tinham um dedo verde divino. E o mais esquisito era ver Seth ali. Passear em lugares onde tumbas eram construídas como lembranças dos mortos não era muito a praia dele.

— Está me seguindo? — A voz dele fluiu com o vento.

Caminhei até ele e me sentei ao seu lado.

— Talvez.

Seth abriu um meio-sorriso.

— Veio se gabar por ter derrotado Perses?

— Não. — Relutei em dar um sorrisinho. Eu perdi. — Um pouquinho, talvez.

Ele riu.

— Imaginei.

— Mandei bem demais.

Me olhando de lado, arqueou a sobrancelha.

— Mandou mesmo. Quase consegui.

— Aiden também — lembrei. — Ênfase no "quase".

— Que seja. — Ele voltou a encarar as árvores. Me perguntei o que havia de tão interessante naquele emaranhado de folhas.

— O que você está fazendo aqui?

— Esquisito, né? Ficar aqui? — Ele se inclinou para a frente, descansando os braços nas pernas. — Não sei. É silencioso. Gosto de vir aqui para pensar.

Era silencioso, até demais. Aliás, estávamos no meio de um cemitério. Não era um lugar muito movimentado.

— No que você está pensando?

Ele riu de novo, mas o som saiu fraco e curiosamente vazio.

— Como se você se importasse.

Pisquei e abri a boca. O tom dele era leve, mas havia uma camada de gelo em suas palavras.

— Se não me importasse, não teria perguntado. Você, mais do que ninguém, sabe bem disso.

Momentos se passaram, e então ele soltou o ar, tremendo.

— Sabe no que eu penso quando está tudo quieto, Alex? Penso em todas as coisas ruins que fiz.

O ar ficou preso em meu peito como se alguém tivesse me dado um soco. Eu não sabia como responder de primeira. O que vi Seth fazer e o que sabia que ele tinha feito já era o bastante para lhe garantir uma viagem ao Tártaro. Além das coisas que eu não sabia e realmente não queria descobrir.

Me mexi sobre o banco e esfreguei as mãos na calça, com o friozinho passando pela minha pele. Era mais gelado naquela parte do campus, o que era meio sobrenatural considerando a época do ano. Uma eternidade pareceu passar até que eu respondesse.

— Todos nós fizemos coisas tuins.

— Ah — disse ele, esfregando as mãos no rosto. Um sorriso surgia de vez enquanto, mas quando ele enfim abaixou as mãos tinha sumido. — Você já matou uma pessoa inocente?

Abaixei o olhar e balancei a cabeça.

— Não.

— Esse é o nível de coisas ruins que fiz. Talvez você tenha beijado um garoto que não deveria. Talvez tenha feito um escândalo em vez de pensar com mais clareza sobre alguma coisa — ele respondeu. — Talvez você tenha magoado alguém ou feito a coisa errada, mas nada do que você fez chega perto do que fiz.

— Não sei o que dizer — admiti baixinho. — Não posso te falar que está tudo bem. Você saberia que é mentira. Mas, Seth... Você não foi completamente responsável por tudo.

— Quando um viciado mata alguém para conseguir dinheiro pra comprar drogas, não é o responsável? Ou é culpa do traficante? — Quando não respondi, deu uma risada seca. — Enfim, obviamente não estou pensando nessas coisas neste exato momento. Você está aqui. E sei o que mais te trouxe até aqui, além de me perseguir.

Agora eu me sentia meio mal por ter ido atrás dele. Apesar do que Seth fez com muitas pessoas e comigo, eu me importava um pouco com ele e o considerava um amigo — e algo mais que jamais poderia ser rotulado. Ele precisava de alguém para conversar. Precisava de alguém que o ajudasse a consertar as coisas. Precisava de alguém que se importasse com ele — mais do que eu.

Engolindo em seco, virei meu olhar para as árvores. Me senti uma babaca por dizer o que disse em seguida:

— Quero fazer a transferência de poder agora. Por isso que vim até aqui. — Ele ficou quieto, mas pude sentir seus olhos perfurando minha cabeça. — Não quero esperar até chegarmos nas Catskills. Temos que fazer isso agora. Resolver de uma vez para que...

— Não. — A palavra saiu como um soco. — Vamos esperar até estarmos prestes a enfrentar Ares. Nem um instante mais cedo.

Virei a cabeça para ele.

— Por que não? E nem vem com "porque eu disse que vai ser assim".

Ele franziu os lábios demonstrando ironia.

— Droga, essa era minha única explicação.

Estreitei os olhos.

— Vamos esperar — falou, estreitando os olhos também. — E ponto-final.

— Como assim ponto-final? Você não é o único que pode opinar sobre isso.

— Sou o único cuja opinião importa — respondeu.

Me levantando do banco, fiquei de pé na frente dele.

— Ah, agora você está me irritando.

Seth sorriu.

— E daí?

— Não tem graça, Seth. Por que diabos você está tão teimoso com essa ideia de esperar? Estou pronta. Você deveria estar pronto também. Não é só sobre você, amigão.

O sorrisinho insuportável permaneceu.

— Como disse antes, você não tem ideia de como é ser o Primeiro, como é difícil. Então, você não pode nem imaginar como será quando você se tornar a Assassina de Deuses.

A raiva inundou meu corpo.

— Ah, nem vem, Seth! Você só reclama sobre como a "necessidade é terrível" e...

Num milésimo de segundo, Seth estava de frente para mim. Ele se movimentou rápido, acelerando meu coração. Saltei para trás. Sendo Apôlion ou não, *era* o Primeiro, e quando ele se mexia daquele jeito, a sensação não era boa.

— Eu só reclamo? — A raiva deixou ele corado e seus olhos âmbar brilharam. — Você não tem ideia, Alex. Você é só o Apôlion. Isso é tudo com que você tem que lidar.

Dei um passo para trás, tentando controlar a raiva.

— Tenho que lidar com nossa conexão e com esse cordão idiota dentro de mim o tempo todo, caramba!

— Ah, pobrezinha. — Ele deu um passo adiante e os sinais surgiram em sua pele. Seth não estava feliz. Talvez eu não soubesse a hora de calar a boca. — Você tem que lidar com o cordão enquanto tenho que lidar com o fato de que, toda vez que estou perto de você, a única coisa em que penso é em transferir o poder.

A raiva que corria em minhas veias imediatamente se transformou em um ácido borbulhante de ansiedade. Dei um passo para o lado, me afastando dele e do banco, pensando que naquele momento era melhor ter mais espaço.

Seth avançou, me seguindo na trilha.

— Toda vez, porra! Eu sou o Primeiro. Isso é o que eu deveria fazer. É o que fui criado para fazer. Então, resistir a isso já é ruim o bastante, mas depois de provar todo aquele poder? Ah, você nem imagina!

Arregalei os olhos. Quando Seth usou meu poder para acabar com o conselho e matar a Fúria, usou só um pouquinho do que existia no Assassino de Deuses, e aquela pequena amostra já foi o suficiente.

Engoli em seco ao parar sob a asa de mármore de Tânatos. *Seth?*

— Não — esbravejou, respirando fundo. — Lutei contra essa necessidade todos os segundos de todos os dias. Estou tentando, então desculpa se parece que estou reclamando.

Ampliando minha posição, me preparei caso Seth ficasse completamente insano.

— Desculpa. Não foi isso o que quis dizer. É só que...

— Não importa!

Os olhos dele brilharam num tom intenso de âmbar um segundo antes de fagulhas explodirem de seus braços. Um raio de luz intensa — akasha — saiu dele, atingindo o centro da estátua.

O mármore rachou como um trovão. A pedra explodiu enquanto me virei, mandando pedregulhos pelo ar. Jogando os braços para cima, protegi o rosto. Pedaços de pedra voavam pelo ar e a poeira se adensava ao meu redor. Pequenos pedaços caíram sobre minhas costas e meus braços.

Quando a poeira baixou, abaixei meus braços devagar. Meu coração batia insanamente rápido quanto meu olhar encontrou o dele.

— Merda — Seth murmurou, com o peito subindo e descendo rápido.

— Só... fica longe de mim.

Não tive a chance de responder. Ele deu meia-volta, me deixando sozinha entre as ruínas da estátua quebrada. Não tinha como ficarmos longe um do outro. Agora, precisávamos um do outro, especialmente para transferirmos o poder, mas não só por isso.

Mas não fui atrás dele. Deixei Seth ir. Ele venceu. Eu iria esperar, mas não poderíamos esperar para sempre.

20

O céu estava cinza e encoberto. As nuvens estavam espessas. Uma leve garoa cobria o chão e nossos veículos. Um leve friozinho no ar alertava que o outono estava a caminho. Perses queria viajar com o restante do exército, mas nenhum de nós confiava o bastante nele para que isso acontecesse. Só os deuses sabiam o que ele poderia aprontar até chegarmos nas Catskills.

Luke e Olivia também viajariam com a gente, principalmente porque eu e Deacon exigimos.

— Você acha que Deacon vai passar a viagem inteira falando? — Olivia perguntou, carregando uma bolsa pequena de armas e enfiando várias moedas no bolso. Era uma necessidade deprimente depois do que aconteceu com Lea, e todos nós carregávamos moedas agora. Só por precaução. — Aposto pelo menos cinquenta dólares que ele vai falar até cair no sono.

Eu ri.

— Não vou entrar nessa aposta. No caminho pra cá, achei que o Marcus fosse estrangular ele.

— Eu teria, se ele não tivesse caído no sono — disse Marcus, surgindo atrás da gente. — Ou, pelo menos, teria feito ele dormir à força.

Olivia riu.

— Quer que eu carregue isso? — Ela apontou para minha bolsa de coisas feitas para esfaquear e desmembrar.

— De boa — respondi. — Eu consigo.

Sorrindo para Marcus, ela caminhou até onde Luke e Deacon esperavam atrás de um expedition preto. Deacon deu meia-volta e puxou Olivia para uma dança digna de baile enquanto Luke pegava a bolsa de armas dela. Uma risada escapou de meus lábios ao vê-lo segurando Olivia nos braços.

— Que figura, né? — Marcus cruzou os braços. — Apesar de tudo, ele... — Marcus parou de falar, balançando a cabeça. — Ele continua sendo Deacon.

— É isso o que mais amo nele.

Marcus olhou para mim com uma expressão impossível de ler. Vários segundos se passaram.

— Está pronta pra isso, Alexandria?

— Mais pronta que nunca — admiti, secando as gotículas de chuva da minha testa.

Seth apareceu com Perses. Eles foram para outro veículo. Meu estômago revirou. Eu não via Seth desde que ele me deixou no cemitério na noite anterior.

Seth olhou para onde eu estava com Marcus. Nossos olhares se encontraram por um segundo, e então ele desviou, falando alguma coisa com Perses.

— Você não transferiu o poder ainda — disse Marcus.

Apertei os lábios.

— Não. Vamos fazer quando chegarmos em Nova York. — *Assim espero*, mas não acrescentei essa última parte. Respirando fundo, me forcei a tirar os olhos de Seth e virei para o meu tio.

As linhas ao redor dos olhos de Marcus pareciam mais profundas do que no dia anterior. Fios grisalhos salpicavam seu cabelo castanho. Eu não tinha notado aquilo antes, mas já deviam estar lá. Seu olhar era afiado, com inteligência apurada e a visão clara, como de costume.

Por um segundo, o vi como no dia em que retornei ao Covenant. Sentado atrás daquela mesa brilhante, com uma autoridade rígida e resistente. Muita coisa mudou desde o dia em que quase me expulsou do Covenant. Ele mudou. E eu também. Em algum momento no ano passado, ele passou de diretor a meu tio. E, ano passado, eu jamais teria acreditado nisso. Sinceramente, não achava que ele se importava comigo, mas agora sabia que sempre tinha se importado. Ele pode não saber demonstrar muito bem, e eu só dificultava as coisas. Fui muito pentelha.

Marcus sorriu. Quando falou, foi como se soubesse o que eu estava pensando.

— Não sei se já te disse, Alexandria, mas tenho muito orgulho de você.

Meus olhos ficaram úmidos, mas culpei a chuva.

— Você nunca se imaginou dizendo isso, né?

— Sempre soube que um dia diria — ele respondeu, com o leve sorriso suavizando suas feições. — Só achava que seria quando você se formasse no Covenant.

— Eu também. — Suspirei.

— Você trate de voltar para cá. — A voz dele engrossou. — Afinal, tecnicamente ainda não se formou e ainda precisa concluir algumas matérias.

Eu ri, mas o som ficou preso na garganta.

— Tá bom. Combinado.

Marcus assentiu e descruzou os braços. Começou a se virar mas parou. Uma emoção que eu não soube definir atravessou seu rosto e, no segundo seguinte, ele me abraçou. Meu tio dava os abraços mais desengonçados da história. Mas, de certa forma, eram os melhores.

Fechando os olhos, senti o cheiro leve do perfume dele e retribuí o abraço.

— Sei que você vai procurar pelo seu pai quando chegar lá — falou com a voz baixa. — Sei o quanto encontrar ele é importante pra você, mas tenha cuidado. Depois que tudo passar, vai ter tempo para encontrá-lo.

— Tá bom — respondi, apesar de não saber se obedeceria. Por mais que eu quisesse acreditar que Apolo cumpriria sua promessa, não dava para ter cem por cento de certeza que haveria um "depois que tudo passar" para mim.

Marcus me soltou, e pude jurar que os olhos dele estavam marejados. Murmurou alguma coisa sobre ter que ajudar o Luke e foi embora. Depois de me despedir de Laadan e Diana, esperei no canto enquanto Aiden falava com meu tio. Sem dúvidas, estava ouvindo um sermão superprotetor porque, quando se aproximou de mim, Aiden estava uns dois tons mais pálido.

Arqueei as sobrancelhas.

— Tá tudo bem?

Os olhos cinza dele se voltaram para os meus.

— Marcus consegue ser bem assustador quando quer.

Sorri.

— Sim, consegue.

Ele pegou minha bolsa e a colocou no porta-malas enquanto Deacon deslizava pelo banco, se posicionando entre Luke e Olivia.

— Você não viu Apolo, viu? — perguntei, mordendo o lábio inferior.

Fechando a porta, Aiden balançou a cabeça. Contei a ele sobre a promessa de Apolo de levar o resto dos deuses, e também contei que, obviamente, não tinha transferido o poder do Seth, mas deixei de fora a parte sobre a estátua explodindo.

— Eu esperaria sentado, Alex. Apesar de achar que Apolo quer ajudar e se envolver, duvido que os outros queiram.

— Que merda. — Uma raiva familiar ferveu no meu estômago. — Isso leva aquele papo de "pai ausente" pra um novo nível.

— Pois é. — Ele pegou as chaves no bolso da calça. — Mas ao longo da história eles só se envolveram uma vez, por causa dos titãs. Nas outras vezes, a maioria deles não se meteu.

— Agora é diferente — grunhi, chutando cachorro morto, trazendo o cachorro de volta à vida e batendo mais. — Isso foi causado por um deles. O problema é *deles*.

— Talvez Apolo nos surpreenda. — Ele se abaixou, tocando os lábios na minha testa. — De qualquer forma, isso é o que temos.

Balançando as chaves nos dedos, Seth passou por nós.

— Se vocês dois puderem parar de se encarar com esses olhinhos apaixonados, estamos prontos. — Atrás dele, Perses inspecionava o veículo com uma cara desconfiada. Uma das outras suv do nosso pequeno comboio ligou os motores, e o titã lançou sua cara feia para o outro veículo.

199

Aiden se endireitou, apertando os olhos de volta para Seth.

— Inveja é uma coisa tão feia.

— Tipo ignorância cega — Seth rebateu, passando pela frente do hummer.

Aiden foi tomado pela tensão ao se virar para mim.

— Eu realmente não gosto dele na maior parte do tempo.

— Sim, bom... — O que mais eu poderia dizer? Os dois jamais seriam amigos. — Pronto?

— Estamos! — Deacon gritou de dentro do expedition. — Já escolhi a primeira brincadeira da viagem, então pé na tábua!

Balançando a cabeça, Aiden sorriu.

— Essas serão as vinte e três horas mais longas das nossas vidas.

No fim das contas, as vinte e três horas seguintes não foram as mais longas, nem mesmo quando se tornaram quase vinte e seis depois que nossa caravana ficou presa no trânsito perto de Chicago. Troquei de lugar com Aiden e depois com Luke, dando a todos tempo para descansar.

Como esperado, enquanto estava acordado, Deacon nos manteve entretidos mas também à beira de pararmos o carro para colar fita adesiva na boca dele.

Quando entramos em Nova York, seguimos o veículo do Seth, junto com o enorme grupo de sentinelas e guardas. Solos ligava periodicamente para Aiden enquanto liderava os outros veículos. Eles não tiveram nenhum problema, mas era impossível que Ares não soubesse que estávamos chegando. Qualquer um que cruzava nosso caminho poderia ser um espião, mortal ou não, apesar de estarmos viajando em grupos pequenos de suv e carros, para não chamar a atenção. Sem falar que Ares era um deus, então não seria difícil para ele descobrir o que estávamos fazendo.

Mas o fato de termos chegado nas Catskills sem nenhum incidente me deixou inquieta no banco, cansada e nervosa. Quando viajamos para Dakota do Sul, fomos interceptados por sentinelas do Ares, e aquilo foi basicamente no meio do nada. Será que aquela viagem seria tão fácil assim?

Ao entrarmos nas estradas montanhosas, meu desconforto atingiu níveis paranoicos quando o veículo à nossa frente parou. Troquei um olhar nervoso com Aiden. Na frente, Perses colocou o braço para fora, gesticulando para que seguíssemos adiante.

— Por que eles não usam um celular? — Luke perguntou, apoiado no recosto do meu banco.

— E Perses lá sabe usar celular? — Olivia perguntou.

Eu ri enquanto o nó de ansiedade tentava me causar uma úlcera em tempo recorde.

— Ele parece ser do tipo que aprende rápido.

Aiden estacionou o expedition e olhou para o irmão no banco de trás.

— Fica no carro.

Deacon revirou os olhos.

— Sim, pai, já que não sei ajudar em nada.

A provocação foi ignorada. Aiden e eu saímos da suv e fomos até a janela do Perses. Três sentinelas de outros veículos se juntaram a nós — eu os reconheci como os meios-sangues que vi em Dakota do Sul, mas não sabia o nome deles.

— O que está rolando? — Aiden perguntou.

Perses saiu do veículo e fixou os olhos pretos na linha espessa de árvores à frente.

— Algo não está certo.

— Tirando o fato de que nós paramos? — perguntei, cruzando os braços.

O ar era gelado nas montanhas, especialmente onde o sol não atravessava as árvores, e minha camiseta preta não era muito quente.

Ele sorriu com sarcasmo.

— Estou sentindo algo anormal entre nós.

Olhei para Seth dentro do carro. Ele só deu de ombros.

— Como assim?

— Há violência no ar; o cheiro da batalha que ainda está por vir — disse Perses, esticando os braços para cima. Ossos estalaram. Os lábios retorcidos dele viraram um sorriso de verdade. — O derramamento de sangue é iminente.

Arqueei as sobrancelhas ao olhar para Aiden.

— Nossa, nem um pouco bizarro.

— Sim — ele disse, encarando as árvores e a estrada estreita e vazia rumo ao sul.

Seth desligou o hummer e desceu do carro.

— Não sinto nada, mas não sou um titã...

Perses soltou uma risada grave ao caminhar até a frente do veículo.

— Nunca estou errado sobre essas coisas.

Portas se abriram e fecharam.

— O que está acontecendo? — Luke gritou, junto de Olivia. Os dois carregavam adagas. Sentinelas dos outros carros estavam próximos a eles. — Isso é só uma pausa pra irmos ao banheiro ou algo do tipo?

Aiden se virou para eles, abrindo a boca para responder no momento em que o chão sob os nossos pés tremeu. Ele olhou para baixo, franzindo a testa.

— Mas que...?

A vibração continuou, a intensidade crescendo, balançando os veículos e agitando as árvores que cercavam a estrada. O asfalto rachou com um disparo ensurdecedor. Uma fissura cruzou a estrada em direção ao acostamento. Me virei, seguindo o progresso da rachadura. A terra solta se granulava e rolava, árvores gigantes balançavam até que suas raízes grossas começaram a sair do chão.

— Deacon! — Aiden gritou, girando. O irmão dele já estava fora do carro com os olhos arregalados. — Fica perto do Luke!

— Terremoto? — Olivia perguntou, se apoiando no capô do expedition. Balancei a cabeça.

— Isso não está me cheirando bem.

— Não mesmo — disse Seth, se juntando a nós.

O tremor cessou e a terra pareceu se acalmar, junto com meu estômago. A calmaria durou segundos. Da rachadura larga no chão, o solo escuro e fértil explodiu como um vulcão. O cheiro de terra era sufocante. O solo subia e descia, caindo em mais de vinte pilhas diferentes.

— Sim — Luke disse, arrastando a palavra. — Essa merda não é normal.

As pilhas de terra rodopiaram em círculos pelo chão e depois se ergueram, ganhando forma rapidamente. Surgiram pernas, grossas e musculosas, seguidas de torsos, peitos e ombros largos e, enfim, cabeças.

Pisquei uma vez, depois duas.

— Mas hein?

As coisas pareciam humanos — homens que poderiam facilmente ter sido lutadores profissionais em outra vida. O solo deslizou por seus braços, ganhando forma perto das mãos. Viraram machados, com lâminas letalmente afiadas nas pontas. Tipo, eram machados maiores do que eu imaginava que os vikings usavam.

Aquelas coisas... eram feitas de terra, mas os machados eram muito, muito reais.

— Os *espartos*! — Perses gritou. — Guerreiros de terra. Filhos de Ares!

— Ai, merda — disse Aiden, com os olhos em chamas ao reconhecer as figuras.

Eu não tinha ideia do que eram os espartos, mas ver homens enormes de terra, cheios de armas, saindo de um buraco no chão, e ouvir que eram filhos de Ares me fez imaginar que a situação era das piores.

Abriram as bocas em uníssono, soltando um grito de guerra de parar o coração, comparável apenas com o som que saiu da boca de Perses. Ele avançou, saltando sobre a rachadura na estrada, batendo de cabeça no primeiro Homem de Terra.

— É, que se dane — disse Seth, levantando a mão.

Os sinais na pele dele se iluminaram, e explodiu akasha de sua mão, atingindo uma das criaturas no peito.

O Homem de Terra Dois explodiu, mas todas as partículas minúsculas congelaram no ar, e depois voltaram, ganhando forma de novo. A coisa riu, soltando pequenas pedrinhas da boca aberta.

— Cacete — eu disse, boquiaberta.

— As cabeças — Perses grunhiu, pegando sua foice. — Tem que arrancar as cabeças!

Peguei minha foice enquanto o Homem de Terra Dois puxava seu machado. A arma girou no ar, quase atingindo Aiden, e bateu numa árvore ao lado da estrada, fincando fundo. Um segundo depois, uma camada vermelha cobriu a árvore majestosa, engolindo-a por inteiro. Quando a nuvem vermelha desapareceu, não sobrou nada da árvore.

— Puta merda — disse Luke.

Outro machado apareceu nas mãos do Homem de Terra Dois.

Perses rodopiou, arrancando a cabeça do Homem de Terra. A criatura implodiu e o machado desapareceu junto. A risada do titã era tão feliz que dava desespero.

O Homem de Terra Dois avançou, e usei o elemento ar para jogá-lo contra as árvores. A coisa se desintegrou, mas se reconstruiu em segundos. Seth avançou, desviando do machado ao golpeá-lo com a foice, atingindo bem embaixo do queixo.

— Dois já foram — disse Aiden, se movendo para o lado enquanto outro machado passava voando sobre nossas cabeças.

Luke grunhiu ao empurrar Deacon para trás do expedition.

— Fica aqui, bonitão.

Deacon respondeu, mas o som ficou perdido em meio à invasão de espartos. Um deles vinha na minha direção, deixando um rastro de terra. Abaixei, estendendo a foice e apoiando no punho. Me levantei atrás do Homem de Terra Três. A coisa se virou, lançando o machado para baixo. A arma emanava calor, me fazendo saltar para trás.

O Homem da Terra veio. Correndo para o lado, agarrei o braço dele, que se desfez sob minha mão, se desintegrando em uma camada de terra seca. Ignorando como aquilo era nojento, eu o balancei para baixo e o torci com força, fazendo com que a criatura perdesse o controle do machado. Quando a arma caiu no chão, dei com a foice na nuca dele.

— Três! — gritei, sentindo uma onda de adrenalina familiar dentro de mim. Oliva girou graciosamente, arrancando a cabeça de mais um. — Quatro!

Era estranho estarmos contando? Imaginei que não porque, em poucos minutos, já tínhamos derrotado uns dez. Até Perses estava gritando os números, mas ele parecia estar se divertindo muito mais do que nós. Exibia um largo sorriso enquanto perseguia um Homem da Terra, desviando facilmente dos machados arremessados. Parecia uma manhã de Natal para o esquisitão.

Ao me virar, quase perdi a cabeça quando um deles balançou seu machado. Dois estavam na minha cola, um de cada lado. Comecei a invocar o elemento ar de novo, mas Aiden apareceu na minha frente.

Em um movimento gracioso, ele girou e decepou a cabeça de um dos espartos. Eu queria parar um momento para admirar a beleza de seu movimento, mas tinha outro monstro correndo na minha direção. Corri para a frente e o acertei com o lado afiado da foice.

Abaixa!, a voz do Seth gritou na minha cabeça.

Sem pensar duas vezes, me joguei no chão meio segundo antes da lâmina de Seth passar por onde eu estava, derrubando um Homem de Terra que quase me feriu. Nenhuma daquelas coisas poderia me matar ou matar Seth, pelo menos era o que eu acreditava, mas poderiam nos derrubar por tempo o bastante para Ares aparecer.

Me levantei, assentindo para Seth.

— Obrigada.

Ele não disse nada enquanto se juntava a Luke para encurralar mais duas criaturas. Olhando ao redor, vi que Deacon estava seguro e Aiden estava alguns metros à frente. Nada passaria por ele.

Comecei a me aproximar de outro Homem da Terra quando uma bola de chamas pousou a cerca de meio metro de mim. O fogo lambeu o chão. Assustada, virei e meu estômago embrulhou. Surgindo no topo da colina, estava uma das piores coisas que poderíamos ter visto naquele momento.

Chifres, pelos escuros e emaranhados, focinhos longos e achatados que se inclinavam em bocas cheias de dentes fortes surgiram no horizonte. Em seguida, apareceram coxas grossas e cascos grandes feitos de titânio.

Autômatos.

Perses soltou outro grito de guerra, e a onda de adrenalina apertou meu coração. Virei e saí correndo, alcançando o Homem da Terra mais próximo. A coisa mergulhou para a frente, mas me abaixei sob seu braço. Rodopiando, girei a lâmina para baixo, degolando mais uma daquelas criaturas bizarras.

Algo dentro de mim estalou quando corri em direção aos carros, desviando dos machados e das bolas de fogo. Tínhamos que nos livrar dos espartos primeiro. Restavam apenas alguns, então era perfeitamente possível, e Perses estava avançando em direção aos touros para mantê-los afastados por um tempo.

Ouvindo passos pesados atrás de mim, girei e desviei para o lado, evitando por pouco outro machado. Saltando no ar, girei e dei um chute brutal, que teria sido muito bom se meu pé não tivesse afundado no peito daquela coisa.

Caímos em uma explosão de terra e pedras. Voou poeira para dentro da minha boca e do meu nariz. Engasguei, tentando não pensar que tinha acabado de engolir um pouco do Homem de Terra e rolando para longe dele. Ele balançou o machado no ar, raspando em minha coxa. Uma pontada de dor percorreu minha perna quando um pequeno rasgo se abriu na calça. O Homem de Terra rugiu, se levantando e erguendo o machado como um viking saído direto do Valhalla.

Tomando fôlego, soprei o filho da puta para trás, derrubando ele em cima do hummer. Me levantei, corri atrás dele e o matei. Através da nuvem de poeira, vi Aiden enfrentando um autômato. Assim como os espartos, tínhamos que arrancar suas cabeças.

Um dos autômatos se iluminou por dentro, como um raio x azul, antes de explodir em uma chuva de faíscas.

Ou Seth poderia usar akasha. Isso também funcionaria.

Com os autômatos se aproximando cada vez mais, nosso grupo se dispersou. Perses estava acabando com os monstros rapidamente, mas as chamas que caíam dificultavam que prestássemos atenção em qualquer coisa. Uma explosão de chamas disparou de onde Aiden e Deacon estavam, atingindo o autômato mais próximo.

O fogo se espalhou pelo chão e disparei em direção às chamas. Saltando, agarrei um Homem da Terra antes que ele lançasse seu machado em Luke.

Perses cravou a ponta da arma no queixo de um autômato. Sangue prateado espirrou no rosto e no peito do titã, que nem piscou enquanto puxava a lâmina para o lado. Ele se virou, e seu sorriso estava nojento, coberto de sangue.

Naquele momento, entendi a aversão dos olimpianos por Perses. Gostar de batalha e guerra era uma coisa. Bizarro? Sim, mas havia muita gente agressiva por aí. Perses não apenas gostava daquilo. O titã se excitava com violência e sangue.

Por um momento, o titã me hipnotizou. A maneira como ele eliminava o inimigo com aquele nível de alegria daria orgulho aos assassinos em série por todo o país.

Um pouco enjoada, me juntei a Seth e me conectei àquela energia primitiva e bruta. O poder percorreu meu corpo e minha pele formigou conforme os sinais surgiam. Usando akasha, uma intensa luz azul explodiu de mim. Arqueando pelo ar, o raio atingiu seu alvo, reduzindo-o a nada além de uma pilha de poeira cintilante.

Pelo canto do olho, vi Olivia desviar para o lado para evitar uma bola de fogo. Meu coração disparou quando um Homem de Terra arremessou seu machado. Gritei para ela enquanto corria em sua direção. Na minha cabeça, eu estava gritando, mas não sabia se o som estava saindo de meus lábios. Fui tomada por um déjà-vu aterrorizante. Numa fração de segundo, vi Lea em minha mente, mas aquela não era Lea.

Não — não, não, não. Aquilo não podia estar acontecendo de novo.

Um lampejo de reconhecimento surgiu no rosto de Olivia um segundo antes de o machado do Homem de Terra atingi-la no peito. Ela nem tentou se mexer. Acho que, naquele breve segundo, Olivia já sabia que era tarde demais.

— Não! — gritei, e depois gritei de novo.

Olivia cambaleou para trás. A camada vermelha se espalhou por seu peito, dominando-a rapidamente.

Em um piscar de olhos, ela se foi.

Outro grito rouco saiu rasgando de dentro de mim, arranhando minha garganta e escurecendo parte da minha alma.

Olivia se foi. Ela se foi. Simples assim. Não havia mais mundo para ela.

Luke gritou enquanto virava em direção ao Homem de Terra, degolando-o, e então se voltou para onde Olivia estivera. Ele não parava de dizer a mesma palavra — que também que se repetia na minha cabeça.

Não. Não. Não. Não.

Deacon correu para a frente, mas Aiden o pegou pela cintura. Lágrimas escorriam pelo rosto do St. Delphi mais novo enquanto ele se debatia no braço de Aiden. E estava dizendo o nome dela — gritando, na verdade.

Meu coração se abriu quando meu olhar retornou ao mesmo lugar. Aquilo não era justo. Meus deuses, como *doía*. Como alguém podia estar ali e, no segundo seguinte, não estar mais? Não importava quantas vezes pessoas tinham morrido. Eu ainda não conseguia assimilar o fim rápido e implacável da existência de alguém na Terra.

E não havia sobrado nada dela. Nem um pedaço de pele ou roupa. Nem mesmo as armas.

Nem corpo para enterrar ou enlutar.

Caí de joelhos no chão queimado, balançando lentamente a cabeça para a frente e para trás. Ao nosso redor, a luta continuava com Seth e Perses derrotando os autômatos restantes. Chamas explodiam a poucos metros de mim, mas nem pisquei, nem me mexi.

Olivia se foi.

21

Tudo se tornou um borrão depois daquilo. Seth e Perses destruíram os autômatos e, quando retornaram, o titã não deu a mínima por termos perdido alguém.

Por termos perdido Olivia.

— Não temos tempo para isso. Precisamos seguir em frente.

Olhei para ele, buscando uma fagulha de tristeza ou compaixão, ou qualquer coisa, mas não achei nada. Ele avançou, passando por cima do lugar onde Olivia esteve pela última vez.

Luke avançou na direção do titã com os punhos cerrados, mas Aiden agarrou o braço dele, balançando a cabeça ao arrastar o meio-sangue de volta até o expedition.

— Entra — Aiden ordenou.

Os olhos dele ainda estavam fixos em Perses, e ele não se mexeu.

— Luke — Aiden alertou.

Foi Deacon quem conseguiu convencê-lo.

— Vamos. Vem comigo. Por favor.

Luke piscou, e a raiva, a mágoa e uma dúzia de emoções violentas ainda deixavam seu rosto em chamas, mas ele subiu no banco de trás com Deacon.

Alex?

Não respondi quando Seth passou por mim. Me virei, abrindo a porta do passageiro.

Sinto muito, disse ele.

Perdi o ar ao me sentar no banco. *Eu sei.*

Ninguém falou enquanto os veículos engatavam a marcha, contornando a rachadura na estrada, com exceção de Aiden, que estava conversando com Solos. Ele compartilhou o que tinha acontecido em voz baixa. Fiquei imóvel, com a bochecha pressionada na janela, observando as árvores enquanto continuávamos subindo a montanha. Meu coração estava pesado e meus olhos ardiam. A dor arrasava meu maxilar com a força que eu rangia os dentes. Eu mal conseguia me controlar, mesmo sabendo que tínhamos que seguir em frente. Tínhamos que seguir, mas não parecia certo. Eu queria gritar "PAREM!" e fazer com que todos, incluindo o titã, reconhecessem que tínhamos perdido alguém importante para nós, alguém jovem demais para morrer.

Uma lágrima escorreu e fechei os olhos com força enquanto apertava o bolso que continha várias moedas pequenas — as que havia trazido para o caso... para o caso de termos que enterrar alguém. Não conseguimos nem enterrar Olivia, mas ela estava com as moedas. Levaria para o Submundo.

Olivia ficaria com Caleb agora. Ele a encontraria e ela ficaria bem. Olivia estava com Caleb agora. Eu ficava repetindo isso, porque me ajudava saber que eles se reuniriam. Ficariam juntos novamente pela eternidade, e isso era motivo de alegria, porque Olivia nunca tinha superado de verdade a morte do Caleb. Mas saber disso não tornava a aceitação mais fácil. Em algum momento, Aiden apertou minha mão.

Apertei de volta.

Chegamos aos arredores arborizados das Catskills pouco antes do anoitecer. Estacionamos a suv empoeirada em frente a uma casa grande na base das montanhas; Solos havia nos indicado o endereço, então presumimos que o lugar estaria cheio de aliados. Alonguei meus músculos tensos e abri a porta.

Atrás de nós, Seth e Perses já haviam saltado do veículo deles e estavam contornando o nosso. Adiante, avistei um grupo de sentinelas na frente da casa, e havia várias luzes acesas lá dentro. Pareciam ser ainda mais do que os que nos restaram, e um doce alívio percorreu meu corpo. Eles tinham, de alguma forma, conseguido passar pelos autômatos. Talvez estivessem apenas esperando a carona Apôlion-titã.

— Ares já deve estar sabendo disso — eu disse, saltando do carro e caminhando até a cerca de pedra que separava a estrada de cascalho do quintal.

Seth acompanhou meu passo, cruzando os braços.

— Aposto que ele já sabe, mas esse tipo de guerra deve fazer com que se lembre dos dias de glória.

— Tem razão. — Aiden carregava a bolsa de armas no ombro. — Não tem como dois inimigos ficarem tão próximos um do outro numa guerra moderna, mas isso... — Ele acenou com o braço na direção dos sentinelas e guardas que aguardavam. — Isso aqui é como uma guerra de trincheiras.

No ensino médio, antes de voltar para o Covenant na ilha Divindade, eu tinha lido *Nada de novo no front*. Aquilo era tudo o que eu sabia sobre guerra de trincheiras e o suficiente para me fazer querer invadir o Covenant e agir como um míssil nuclear.

Eu não ia aguentar perder mais alguém.

Perses caminhava na nossa frente, alto e quieto, e eu o observei por um momento. Ele se deleitou na batalha que custou a vida da Olivia. O titã prosperava em meio ao derramamento de sangue e morte. Eu não queria odiá-lo, porque ele era assim mesmo, mas não havia um traço sequer de remorso ou tristeza pelas vidas perdidas.

Deacon passou por nós cambaleante, esfregando os olhos vermelhos e cansados.

— Não quero mais entrar num carro enquanto eu estiver vivo.

— Vou te lembrar disso da próxima vez que tivermos que andar por muito tempo e você começar a reclamar — Luke respondeu, com palavras leves mas uma expressão pesarosa.

Ele era muito próximo de Olivia, mais do que eu. Uma dor estraçalhou meu peito quando passei pela pequena abertura no muro de pedra. A única coisa que me consolava era saber — e eu *sabia* — que ela estava com o Caleb. Ela estava com o garoto que amou profundamente e nunca deixou de amar.

Eu ainda estava me agarrando àquilo como se fosse uma boia salva-vidas.

Solos correu pela clareira, diminuindo o passo ao passar por Perses. Ele lançou um olhar para o titã antes de continuar em nossa direção. E parou na frente de Luke, colocando a mão sobre o ombro do meio-sangue.

— Sinto muito — disse ele, e aquelas duas palavras tinham uma carga muito grande.

Luke assentiu e disse alguma coisa em voz baixa antes de seguir andando. A mão de Deacon tocou as costas dele, e dei um pequeno sorriso quando Luke se aproximou dele enquanto seguiam Perses.

Aiden cumprimentou Solos quando o encontramos.

— Como estão as coisas aqui?

— Melhores do que vocês tiveram que enfrentar — Solos respondeu. — Eu deveria ter...

— Não havia nada que você pudesse ter feito — interrompi, inquieta. Eu queria um travesseiro. Urgentemente. — Parece que tem mais sentinelas aqui do que os que trouxemos conosco.

— Tem, sim. — Os olhos dele brilharam de empolgação. — Venham. Imagino que vocês queiram comer alguma coisa. Explico tudo no caminho.

Meu estômago roncou em resposta, e Aiden abriu um sorriso rápido para mim. Tentei não sentir vergonha.

— Então, o que está rolando?

— Nossos patrulheiros avançados encontraram um grupo de cerca de cinquenta sentinelas fora da cidade. São do Covenant de Nova York e estavam patrulhando além da linha dos autômatos. Eles nos mostraram o caminho. Tivemos um pequeno encontro com alguns autômatos, mas não perdemos nenhum número.

Eram vidas, não números.

Ele sabe disso. A voz de Seth me assustou. Eu não tinha percebido que havia projetado aqueles pensamentos.

Mas encará-los dessa forma ajuda a manter a mente focada.

Imagino, respondi sem muita convicção.

— Eles nos trouxeram para cá. Há pelo menos mais cem. Estão aqui desde que Ares assumiu o poder. Conseguiram sair depois que ele foi embora. — A voz dele estava cheia de propósito. — Conhecem a estrutura lá dentro, onde Ares tem se escondido, quantos deles estão por trás dos muros, e por aí vai...

Tudo aquilo era informação valiosa, informação necessária, e era isso que Aiden estava dizendo a Solos, e logo os dois estavam conversando sobre coisas mais importantes. Mas tudo o que eu conseguia pensar era que, se havia sentinelas ali que tinham saído depois que Ares assumiu o poder, meu pai poderia estar entre eles. Solos não saberia responder, mas Seth e Laadan disseram que meu pai tinha ficado para trás com os servos.

— Há servos aqui? — perguntei, interrompendo os dois.

Solos olhou de volta para mim.

— Sim. Alguns. A maioria não está mais sob o efeito do elixir.

Meu coração deu uma cambalhota e meus olhos arregalados encontraram os de Aiden. Havia uma esperança relutante em seu olhar. Eu sabia que ele queria que meu pai estivesse em algum lugar entre aqueles à nossa frente ou dentro da casa, mas se preocupava com aquele sonho frágil e com a decepção esmagadora que viria se meu pai não estivesse lá.

Ele estava atrás dos muros quando estive aqui pela última vez. As palavras do Seth eram tão pesadas quanto as desculpas de Solos. *Ele deve ter saído desde então, mas...*

Mas Ares sabia que meu pai estava lá. Suspirei. *Foi estupidez criar esperanças, não foi?*

— Nunca — Seth disse em voz alta.

Aiden olhou para trás, franzindo a testa, mas depois se voltou para Solos.

Parecia que eu tinha engolido pedras. Cara, aquela decepção não era fácil de engolir também. Tentei deixar pra lá, porque havia coisas importantes para fazer. Tínhamos que atacar Ares bem rápido, provavelmente na noite seguinte, mas eu queria ver meu pai. Ele precisava saber que eu sabia quem ele era.

Se as coisas explodissem rápido, eu queria vê-lo antes de...

Não me permiti concluir aquele pensamento. Eu precisava confiar que Apolo encontraria um jeito de impedir que os olimpianos me matassem assim que me tornasse a Assassina de Deuses. Ele disse que cuidaria de mim. Jurou e, supostamente, deuses cumpriam suas promessas.

Exceto no caso de Solos e basicamente de todas as outras histórias das quais me lembrava. Aff.

Enquanto atravessávamos o quintal, os sentinelas que estavam boquiabertos com Perses fizeram a mesma coisa quando eu e Seth nos aproximamos. Muitos murmuraram xingamentos quando colocaram os olhos no Primeiro, olhares frios, nem um pouco amigáveis.

— São seus amigos? — perguntei, observando um deles colocar a mão na arma.

Seth deu de ombros.

— A gente já deve ter trocado uma ou duas palavrinhas antes...

— Antes de você tirar a cabeça do próprio umbigo?

Ele deixou escapar uma risada.

— Exatamente.

— Você precisa dormir bem essa noite.

Ele desviou de uma bolsa cheia do que me pareciam ser rifles.

— Duvido que algum de nós vai conseguir dormir. — Reconheci alguns dos rostos da universidade, mas havia muitos desconhecidos na multidão, e muitos deles tinham a minha idade. Jovens. Eu não me sentia jovem, não mais, mas acho que tecnicamente ainda era, e eles também.

Solos nos apresentou aos sentinelas que estavam encarregados pelo grupo de dentro do Covenant. Eles pareciam abatidos, mas esperançosos ao verem com os próprios olhos o que Solos deve ter contado a eles.

Os Apôlions unidos, chegando com um titã.

Soava superfoda, mas até aí íamos *mesmo* enfrentar Ares.

Entramos na casa, que na verdade era uma mansão. Alguém disse que pertencia a um mortal do governo, mas foi abandonada quando Ares chegou com as tropas mortais. Nos deram comida e tentei comer silenciosamente enquanto Aiden conversava com alguns sentinelas. Não vi para onde Luke e Deacon foram, mas esperava que, onde quer que tivessem se metido, Luke estivesse bem.

Mordisquei o sanduíche, mas meu estômago estava tão embrulhado que não consegui sentir fome. Parte de mim se preocupou por estar mandando muitas emoções para Seth, mas suspeitei que ele estava me bloqueando. Afinal, ele era muito melhor naquilo do que eu.

Desisti de comer, deixei meu prato de lado, deixei a sala de estar e fui investigar a casa. Perdi a conta de quantos cômodos havia nos andares de baixo depois de passar pelo que me parecia ser a terceira sala de estar. Quem precisava de tantos cômodos? E por que havia tantos corredores pequenos? Parecia um labirinto.

Suspirei, tirando da frente do rosto as mechas curtas de cabelo que escaparam do rabo de cavalo. Eu sabia que deveria voltar para a sala onde estavam Aiden e Solos. Eles começaram a falar sobre os planos para o dia seguinte. Eu deveria estar conduzindo aquelas conversas — ou pelo menos prestando atenção. Ou fingindo ouvir, estando no mesmo ambiente que eles.

— Você não deveria se sentir culpada.

Saltei com o som da voz de Seth, surpresa por ele ter conseguido me seguir sem ser notado. Me virei e o encontrei sob um arco. Bom, lá se foi minha ideia de bloquear meus sentimentos.

211

— Você está me seguindo? — perguntei em vez de responder à declaração dele.

— Sim.

— Não deveria estar seguindo Perses?

— Por quê? — Ele abaixou a cabeça e uma mecha loira caiu sobre a testa. — Ele está se comportando. Agora, está lá fora com os sentinelas, deixando todos eles nervosos.

Me sentei na beirada de um sofá antigo que tinha o acolchoado mais duro e desconfortável de todos os tempos.

— Acha que é uma boa ideia?

— Acho. Ele vai prepará-los para a batalha. Vamos precisar de tudo o que temos para passar pelo exército que Ares tem além dos muros.

Assenti lentamente.

— Acha que vamos conseguir?

— Claro que sim. — Ele abriu um meio-sorriso.

— E acha que somos capazes de derrotar Ares?

— Acho. — Seth se aproximou e se sentou ao meu lado no sofá. Minha reação inicial foi me levantar, principalmente porque ele estava tendo muitos problemas em ignorar o poder que havia dentro de mim, mas permaneci sentada. — Perses vai nos levar até ele e enfraquecer Ares, nos dando tempo para fazer a transferência. Você lembra como fazer?

— Sim. — Juntei minhas mãos no colo e olhei para ele. O tom âmbar em seus olhos estava mais intenso. Decidi arriscar mais uma vez. — Esperar até o último minuto é arriscado.

— Fazer agora é arriscado, Alex. Você não sabe como é. Eu sei...

— Acredito em você — respondi, e acreditava mesmo. O poder corrompeu Seth, ele era apenas o Primeiro. Me tornar a Assassina de Deuses aparentemente iria me transformar numa Exterminadora do Futuro obcecada por éter. Além do mais, gritar com ele não deu certo da última vez. — Se eu não conseguir lidar com isso depois de derrotar Ares, você precisa fugir de mim. Rápido.

Mesmo franzindo a testa, ele continuava lindo.

— Acho que não te disse isso direito. — Arqueei as sobrancelhas. Ele franziu ainda mais a testa. — Você *vai* suportar.

Agora eu estava confusa.

— Não foi isso que você disse antes.

— Repetindo, eu não disse direito. — Seth se virou para mim. — E não estou sendo honesto.

O embrulho no meu estômago piorou, e me contive para não bater nele antes que ele falasse, imaginando que o que estava prestes a ser dito mereceria um tapão no meio da cara.

— *Seth.*

— Alex...

— Sobre que merda você não está sendo honesto agora? — perguntei enquanto uma onda de raiva crescia dentro de mim. — E por que esperou até os quarenta e cinco do segundo tempo para falar?

Seth desviou o olhar, empinando o queixo com teimosia.

— Fala direito comigo.

Mostrei o dedo do meio para ele.

Ele deu uma risada relutante.

— Tá bom. Acho que você vai ficar um pouquinho louca por causa do poder? Provavelmente.

Apertei os olhos.

— Mas você vai conseguir. Você sempre consegue tudo, e eu... — Ele parou de falar, balançando a cabeça. — Nós temos que esperar até o último minuto porque não sei se vou tentar te impedir. Não sei se não vou tentar pegar o poder para mim.

Eu o encarei, desacreditada enquanto assimilava as palavras. Santos deuses, aquilo era importante. Apolo estava certo. Eu quis acreditar no Seth naquela noite na universidade, mas Apolo estava certo.

Dois pontos rosados surgiram nas bochechas dele.

— Você está me olhando como se... como se eu tivesse dito a pior coisa possível.

— Bom, isso é basicamente... hum, bom, é alguma coisa. — Balancei a cabeça. — Seth, se acha que vai me deter e tentar fazer a transferência no meu lugar, como pode achar que esperar até o último minuto é uma boa ideia?

Ele não respondeu. Em vez disso, desviou o olhar, focando num cervo bizarro pendurado na parede.

Seth?

Baixando o queixo, ele esfregou o rosto. *Lá eu vou te deixar fazer. Sei que vou.*

Como? E se não deixar? E se...?

— Eu vou — gritou, levantando a cabeça. Seus olhos estavam brilhando. — Sei que na hora eu vou.

— Desculpa, mas não estou acreditando nisso! — Comecei a me levantar, mas ele segurou meu braço. Me arrepiei.

— Sei que vou, porque muita coisa vai estar dependendo disso.

Ele estava dizendo que agiria melhor sob pressão? Que de alguma forma ter nossas cabeças na reta garantiria que ele não ia tentar me sugar? Que merda é essa? Tentei puxar meu braço, mas ele continuou segurando.

— Acho que deveríamos fazer agora.

Ele fechou os olhos.

— Estou falando sério. Podemos fazer agora. — Meu coração parecia querer sair do peito. — Posso buscar Aiden e nós fazemos. Depois, ele pode garantir que a gente fique separado e...

— Não vou falhar com você nem com ninguém. De novo não. Faremos como planejado.

— Seth...

Os sinais do Apôlion foram à loucura, girando e espiralando sobre minha pele, alcançando a pele dele. O rosto de Seth se contorceu, e senti o cordão saltar dentro de mim. Meu pulso acelerou a todo vapor enquanto cada alerta de perigo disparava. A última vez em que ele disse que...

De repente, a ponta de uma adaga do Covenant estava sob o queixo de Seth, pressionando a pele delicada de seu pescoço. Meu olhar caiu para onde a mão de Seth agarrava meu braço e depois de volta para a ponta da adaga. Com certeza um jeito silencioso de dizer "solta". Seth soltou meu braço, um dedo de cada vez.

Levantei a cabeça e encontrei um par de olhos de um tom quente como chocolate. O ar ficou entalado, e soltei apenas uma palavra em um fiapo de voz:

— Pai?

22

O grande e suposto problema de Seth pegar o poder de Assassino de Deuses de mim no último e possivelmente pior momento que a humanidade já tinha visto, de repente, ficou insignificante.

Eu estava olhando para o meu pai.

Meu pai.

Ele estava exatamente como eu me lembrava — um rosto convencionalmente bonito com marcas da vida, mas seus olhos castanhos estavam cheios de inteligência e percepção. Estava mais magro e fraco do que antes.

E com uniforme de sentinela.

Senti um golpe no peito, como uma porta batendo com força.

Lágrimas escorreram. Ele estava com uniforme de *sentinela*.

E segurava uma adaga contra o pescoço de Seth.

— Tá tudo bem — eu disse com a voz rouca. Olhei para Seth, que parecia tão surpreso quanto eu. — Seth?

Se levantando lentamente, Seth ergueu as mãos. Seu olhar âmbar encarou meu pai.

— Não vou machucá-la.

Meu pai não parecia convencido. Deu um sorriso de escárnio, mantendo a lâmina contra a garganta de Seth, mas o deixou se afastar. O Primeiro foi até a porta e parou para nos olhar antes de sumir pelo arco.

Encarei meu pai, com medo de desviar o olhar e ele sumir, com medo de me levantar porque sabia que minhas pernas não iam aguentar. Minha garganta ficou entalada com tantas emoções, e o rosto dele virou um borrão. Esse tempo todo, desde que recebi a carta da Laadan, esperava vê-lo de novo, mas nunca acreditei que aconteceria.

E ali estava ele, uma noite antes da batalha, na minha frente?

— Pai? — resmunguei.

Era tudo o que eu conseguia dizer. Como se tivesse perdido a habilidade de falar frases coerentes.

Com experiência, ele embainhou a adaga como aprendemos no treinamento. Por um minuto inteiro, não se mexeu nem desviou os olhos. O olhar dele analisou meu rosto, e as linhas ao redor de seus olhos ficaram mais fundas, assim como o franzir de sua testa. Eu sabia que era por causa das cicatrizes e, embora ele nunca tivesse feito parte da minha vida — porque não podia —, pareceram afetá-lo muito.

Soltando o ar que parecia estar prendendo há anos, sentou ao meu lado no sofá.

Eu não sabia o que dizer. A pressão em meu peito e minha garganta era grande.

Ele estendeu a mão e acariciou minha bochecha. Sua mão estava gelada, mas não me importei. Fechei os olhos com força para conter as lágrimas. A pressão aumentou nos cantos dos olhos. Meu pai não disse nada porque não conseguia, mas o toque dele... era melhor do que qualquer palavra que pudesse ser dita.

Lutei para manter a compostura, esperando ter certeza que não cairia no choro antes de falar. E, é claro, disse a coisa mais idiota possível.

— É você mesmo?

Ele assentiu e deu um leve sorriso.

Pisquei algumas vezes, respirando com um tremor.

— Você... você recebeu minha carta?

Ele assentiu de novo.

— Que bom. Que bom. — Respirei de novo. — Há quanto tempo está aqui?

Ele levantou o dedo e depois se inclinou para trás. Colocando a mão no bolso da calça, puxou uma caderneta e uma caneta. Escreveu algo rápido e me entregou. A caligrafia dele era bonita e pequena, muito diferente da minha.

— Dois dias? — Li em voz alta e esperei enquanto ele escrevia mais alguma coisa. — Você ouviu que o grupo de sentinelas chegou. — Meu coração virou do avesso quando levantei a cabeça e olhei para ele. — Você saiu do Covenant para ver se eu estava entre eles?

Ele assentiu.

— Como?

Meu pai escreveu: *Derrubei o guarda que ele deixou me vigiando. Ele acha que eu não sei que ele sabe quem eu sou.*

Eu ri, e os lábios dele tremeram em mais um pequeno sorriso.

— Meus deuses — eu disse, esfregando as mãos nas coxas. Queria abraçá-lo, mas não tinha certeza se ele também queria. — Quando eu estava no Covenant antes, não sabia que era você. Se soubesse, teria feito alguma coisa. Juro que teria.

A caneta dele voou sobre a caderneta. Duas frases. *Eu sei. Não era problema seu.*

— Mas você é meu pai! O problema era meu, *sim.*

Ele balançou a cabeça, negando, e depois escreveu rápido: *Você se parece tanto com a sua mãe.*

Abri um sorrisão, piscando de novo para conter uma nova leva de lágrimas.

— Obrigada.

Houve uma pausa, enquanto ele me encarava, e depois começou a escrever mais rápido do que antes.

Eu e sua mãe não queríamos esse tipo de vida para você.

— Eu...

Ele levantou o dedo e terminou de escrever. *Laadan me manteve informado sobre você, me contando tudo o que podia. Eu desejava qualquer coisa menos isso para você, mas estou muito, muito orgulhoso.*

Respirei fundo. As lágrimas chegavam de novo. Ele estava orgulhoso de mim. Quantas vezes me perguntei se ele estaria? Eu já tinha feito tantas coisas idiotas no passado, coisas que me arrumaram um mundo de encrencas, e os deuses sabiam que ainda havia muita estupidez dentro de mim, mas meu pai estava orgulhoso de mim e, no fim das contas, só aquilo importava. A pressão aumentou até que ficou insustentável.

Me lancei para a frente e me agarrei nele como se ele pudesse desaparecer na minha frente. Ele soltou a caneta e a caderneta, me envolvendo num abraço poderoso. O tipo de abraço que me fez falta a vida inteira. Um abraço que chegou tarde, mas na hora certa.

As lágrimas caíram. Não era possível interrompê-las, mas eram lágrimas de felicidade.

Fiquei com meu pai por horas, falando e fazendo perguntas, e ele respondeu mexendo a cabeça ou escrevendo na caderneta. Vez ou outra, eu acabava chorando. Toda hora achava que aquilo era um sonho, mas quanto mais ele permanecia ao meu lado, mais eu percebia que era real.

Cerca de uma hora depois do nosso reencontro, outra coisa incrível aconteceu. Algo que nunca imaginei que aconteceria.

Meu pai conheceu o outro homem mais importante da minha vida.

Ele conheceu Aiden, que chegou procurando por mim, e então pude ver como era ter um pai em minha vida. Recebeu Aiden com frieza; parecia estar pensando em usar a adaga do mesmo jeito que usou com Seth.

Aiden foi educado como sempre e foi saindo para nos dar privacidade, mas segurei a mão dele. Nossos olhos se encontraram, e ele assentiu. Eu queria ele ali, compartilhando o momento comigo, porque nenhum de nós sabia quanto tempo ainda teríamos, e não fazia sentido perder uma oportunidade como aquela. Aiden sentou no chão, aos meus pés, acariciando minha panturrilha.

Eu adoraria que ele conhecesse meu pai sob condições melhores. Talvez num momento em que nós três pudéssemos sair para jantar como pessoas normais, mas aquilo... aquilo era perfeito à sua própria maneira.

Honrada por meu pai ter deixado aqueles que ainda estavam atrás dos muros para ver se eu estava entre os sentinelas que chegaram, lutei contra a dor e o pânico quando ele me mostrou a mensagem que eu temia.

Preciso voltar para lá. Eles não têm mais ninguém.

Meu coração pesou.

— Mas Ares sabe que você é meu pai.

Não vou passar pela porta da frente, escreveu. *Sei me virar lá dentro e vou ficar longe do caminho de Ares. Se fosse me usar, já teria usado a esta altura.*

— Como você pode ter certeza disso?

Aiden continuou o gesto tranquilizante.

— Ele pode estar certo. Talvez Ares opere por um certo tipo de conduta.

Eu duvidava. Meu peito apertava só de imaginar meu pai caindo nas mãos de Ares.

Meu pai abaixou o queixo ao escrever na caderneta. *Não quero que você faça o que está planejando.* Abri a boca, mas ele continuou escrevendo. *Mas sei que você precisa. Assim como eu preciso também.*

Ele tinha razão. Que droga, meu pai era do tipo sensato. Puxei a rebeldia da minha mãe, mas aparentemente puxei dele a teimosia.

Quando a manhã estava a poucas horas de distância, meu pai se despediu com um abraço, e eu soube que ele iria voltar para o Covenant. Eu não queria soltá-lo, e não soltei por uns bons minutos. Me agarrei nele, apertando o mais forte que podia e, quando nos separamos, senti uma pontada no peito. Vê-lo partir foi uma das coisas mais dolorosas que eu já havia experienciado.

Numa sala pequena com uma pilha de cobertores como cama, encarei o acampamento pela janela.

— Melhor você descansar. Temos que sair amanhã de tarde.

Minha mente estava na batalha que me aguardava.

— E se eu nunca mais encontrar meu pai de novo?

Aiden se aproximou de mim por trás, envolvendo os braços na minha cintura e me puxando contra o calor do corpo dele.

— Você vai vê-lo de novo.

Me agarrei àquilo, joguei a cabeça para trás, contra o peito dele, e fechei os olhos.

— Quando isso tudo acabar, quero sair para jantar, só nós três.

Ele beijou minha testa.

— Escolhe um lugar.

— Qualquer lugar normal. Tipo uma Applebee's.

Aiden riu.

— Acho que podemos combinar isso, sim.

Me virei em seu abraço e apoiei a bochecha em seu peito. Ele me abraçou enquanto eu tagarelava sobre meu pai, e então passamos para assuntos menos felizes. Apesar de não querer contar para ele sobre Seth, eu precisava.

— Não gosto nada disso — falou, apoiando as mãos em minha cabeça. — Se ele não permitir que você transfira o poder, ou se aprontar qualquer merda como já fez antes, você vai ser um saco de pancadas para Ares.

A batalha contra Ares cada vez mais próxima era uma vibração constante de adrenalina, como uma pedra no meu sapato. Chata, mas tolerável. Porém, a possibilidade do Seth se rebelar no último minuto transformava aquela pedrinha num dente de tubarão.

— Vou tentar de novo, mas acho que não vai dar certo. Quando Seth coloca uma coisa na cabeça, não muda de ideia.

— Mas isso é inaceitável. — Aiden abaixou as mãos e se virou, caminhando até o cobertor. — É arriscado demais. Se...

— Não temos outra escolha. — Eu o segui. — E acho que... acho que ele precisa fazer desse jeito, quando o risco é alto. Como...

— Como um viciado que só para de usar drogas quando vai parar na cadeia?

Franzi o nariz.

— É, tipo isso.

— Presos ainda podem conseguir drogas — murmurou, esticando o braço e tirando a camiseta. Os músculos fortes se alongaram e flexionaram.

— Não vou continuar essa conversa. — *Por muitos motivos*, mas guardei a última parte para mim.

Aiden me encarou.

— Sei que o plano é você e Seth irem com Perses atrás de Ares, mas...

— Mas não vamos mudar o plano, não importa quão maluco Seth esteja. — Meu coração acelerou só de pensar em Aiden indo com a gente. — Você não pode estar lá quando encontrarmos Ares! Ele vai te usar...

— Ele só pode me usar se eu for incapaz de me defender, Alex. — Franziu as sobrancelhas, com os olhos prateados brilhando. Ops. — Não sou sua fraqueza.

— Não é. Você é o oposto disso, Aiden, mas sei que Ares vai direto em você. Ele sabe que vou ficar distraída com sua presença lá. E é isso que eu faria se fosse ele.

Aiden desviou o olhar ao passar a mão pelo cabelo. Vários segundos se arrastaram, e então ele soltou o ar, enfurecido.

— Sei que você precisa fazer isso, Alex, mas não estar lá com você vai contra tudo o que sinto.

Mordendo os lábios, assenti. Eu sabia que seria preciso intervenção divina para que Aiden não nos seguisse no dia seguinte.

— Se fosse você me pedindo para não estar contigo, te daria ouvidos.

Ele soltou uma risada seca.

— Você *não* me daria ouvidos, Alex. Iria contra a minha vontade e daria um jeito de estar lá comigo.

— Daria mesmo. — Abri um sorrisinho. — Eu iria mesmo sabendo que você ficaria distraído comigo, porque sou egoísta assim mesmo. Você não é.

— Posso ser muito egoísta. — Seu olhar se fixou em mim mais uma vez, e ele tocou minha face. — Só tenho sido egoísta com você.

Confusa, franzi a testa.

— Como?

— Fui egoísta em te querer, sabendo o que isso significaria pra você. Fui egoísta na primeira vez que te beijei, que te toquei. — O arrepio causando por aquelas palavras não passou despercebido por ele. Uma covinha apareceu. — Fui egoísta na noite em que fui até sua cama quando você estava na casa dos meus pais, e tenho sido egoísta todos os dias desde então. A única vez que não fui egoísta foi quando te afastei de mim, e este é o dia do qual eu mais me arrependo na vida.

Meu estômago se agitou, como se houvesse uma lebre dentro de mim.

— Aiden...

— Você vai se separar de mim amanhã, e vou precisar de toda a força do mundo para te deixar enfrentar Ares sem que eu esteja ao seu lado, então serei bem egoísta agora. — O dedo dele passeou pelo meu rosto, até meus lábios abertos. — Porque só assim posso não ser egoísta amanhã.

Os lábios de Aiden tomaram o lugar de seus dedos, e o beijo não foi lento ou gentil. Foi feroz, arrebatador, e tinha um gosto ardente de desejo e desespero. Nossas roupas sumiram com uma velocidade impressionante e nossos corpos se uniram sob os cobertores. Atrás de cada toque e cada beijo, havia um pensamento que ninguém ali queria colocar em palavras. Então usamos nossas bocas, nossas mãos e nossos corpos para comunicar o que estávamos com muito medo de falar.

Aquele poderia ser nosso último momento juntos.

23

Uma brisa gelada e calma diminuiu o efeito do sol forte da tarde que nos castigava quando chegamos às margens da floresta que cercava o Covenant. O céu estava azul vibrante e brilhante, e apenas algumas nuvens fofinhas flutuavam lá em cima.

Era um dia lindo para uma guerra.

Adagas do Covenant estavam presas na minha cintura, e uma pistola carregada com balas de titânio estava no coldre na minha coxa. Com o cabelo preso num coque apertado e a pele formigando com os sinais do Apôlion, eu me sentia a maioral.

De pé em cada um dos meus lados, as figuras silenciosas de Aiden e Seth. Atrás de nós, Perses e nosso E.E. estavam prontos. Deacon estava mais atrás, e desejei, depois do que aconteceu com Olivia, que ele tivesse ficado na universidade.

Não vi meu pai entre aqueles rostos, nem sei por que estava procurando. Sabia que ele havia voltado. *Torcia* para que tivesse voltado, mas o procurei mesmo assim.

— Guerreiros não conhecem o medo, não demonstram o medo — a voz grave de Perses ecoou, aumentando a adrenalina em meu organismo. — Muitos de vocês vão morrer hoje.

Arqueei as sobrancelhas. Que discursos motivacionais eram esses?

— Mas vocês vão morrer como guerreiros, a única morte verdadeira e honrável.

Ele continuou, e me distraí. Discursos motivacionais de guerra sobre morrer com honra não eram muito a minha praia. Que tal um discurso sobre como todo mundo iria sobreviver maravilhosamente no final? Um desses eu apoiaria. Além do mais, tínhamos uma escalada daquelas à nossa frente, e eu estava usando o tempo para limpar minha mente de tudo o que havia acontecido nas últimas semanas. Tinha tanta coisa comprimindo minha cabeça — Olivia, meu pai, Aiden, Seth, onde diabos estava Apolo e muito mais. Eu precisava focar.

Todos aqueles momentos nos levaram ao aqui e agora, e quando o sol nascesse no dia seguinte, o chão se cobriria de sangue como um rio vermelho. Sangue dos nossos. Sangue dos inimigos. E sangue daqueles que foram manipulados para apoiar o lado errado.

Galhos quebraram e estalaram sob nossas botas enquanto subíamos a segunda colina. Havia só mais uma até chegarmos nos muros. Estávamos em vantagem, mas eles nos avistariam assim que chegássemos.

— Lembre-se do plano — disse Perses, caminhando ao meu lado.

Assenti, porque minhas cordas vocais congelaram. O plano estava em ação mesmo antes de deixarmos Dakota do Sul e tive tempo o bastante para fazer as pazes com aquilo, mas não consegui.

Na última colina, Perses, Seth e eu iríamos nos separar do grupo, deixando Aiden, Solos e Luke para trás com o exército. Bucha de canhão. Ninguém disse isso. Perses falou que eles seriam uma distração necessária para que entrássemos, mas eu sabia que seriam bucha de canhão. Os muros eram protegidos por autômatos, que acabariam com nosso exército em cheio. Depois, quando passássemos pelo portão, havia o exército de mortais... e só os deuses sabiam o que mais.

E onde diabos estava Apolo?

Os sentinelas que estavam dentro do Covenant nos deram as orientações que precisávamos. O muro dos fundos, ao leste, estava exposto, era uma forma de entrar e sair. Haveria guardas, mas nada como aqueles que estariam na frente. Eu sabia no fundo do coração que Aiden, Luke e Solos conseguiriam. Tinham que conseguir. Mas havia uma pontada afiada de medo no fundo da minha garganta.

Alex?

A voz de Seth dentro da minha cabeça quase me fez tropeçar.

O quê?

Você está sentindo muita coisa agora.

Meu olhar focou nas costas dele. Seth caminhava diante de mim e Aiden. *E você não?*

Você está com medo, foi a resposta simples, de poucas palavras. Cogitei empurrá-lo ladeira abaixo, mas imaginei que não seria bom termos um Seth todo machucado antes mesmo de começarmos.

Houve uma pausa. *Ter medo não é o problema, anjo.*

Para de me chamar assim.

Ele me ignorou. *Usa esse medo.* Olhando por cima do ombro, ele deu uma piscadinha para mim. Aiden xingou baixinho e Seth sorriu. *Usa a raiva. Não deixa esses dois sentimentos te consumirem.*

Sim, sensei.

Seth riu.

— Odeio quando vocês fazem isso — Aiden murmurou.

— Desculpa.

Ele me lançou um olhar demorado, mas não havia raiva em seus olhos cinzentos de metal. Na noite anterior, não tínhamos sido muito espertos. Dormimos pouco, desperdiçando aquelas horas preciosas antes e depois de criarmos memórias juntos... de maneiras que me faziam corar apesar do vento gelado no meu rosto.

Nenhum de nós queria admitir o medo de que aquela fosse nossa última vez juntos. Eu não podia me permitir focar naquilo, mas era uma realidade que não dava para ignorar.

Passamos por uma cerca qualquer e depois, rapidamente, chegamos na última colina ao anoitecer. Olhei por cima do ombro, e meu olhar passeou pelo grupo ali reunido. Todos estavam prontos. Era chegada a hora de dar um fim em tudo aquilo. Tudo se resumia àquela batalha, e não só para nós, mas também para os mortais que não sabiam de nada. Se falhássemos, o reino mortal se renderia a Ares, e o Olimpo seria o próximo na lista de conquistas dele. Os sentinelas e os guardas atrás de nós também sabiam disso. Toda a situação era muito maior do que cada um de nós.

— Chegou a hora — disse Perses.

O titã quase emanava empolgação.

Seth assentiu e se virou para mim. Em parte, eu queria atrasar aquele momento, mas era uma daquelas situações em que precisava me comportar como gente grande. O que eu queria fazer e o que precisava fazer eram duas coisas bem diferentes.

Jurei naquele instante que aquela seria a última vez em que eu teria que decidir entre querer e precisar. Me virei e abracei Luke, depois Solos.

— Se cuidem — falei aos dois. — Prometam. Senão, vou encontrar vocês no Submundo e chutar os traseiros de vocês. Juro.

Luke riu.

— Pior que você faria isso mesmo. Prometo.

— Eu também — Solos acrescentou, abaixando a cabeça e dando um beijo na minha bochecha. — Se cuida também.

Assenti e me virei antes que ficasse com a voz embargada, ficando de frente para Aiden. Agarrando a camisa dele, puxei sua cabeça para baixo e o beijei. E não foi um beijo comportado. Nem carinhoso. Nossos lábios se esmagaram, nossos corpos se uniram ao toque. Me embebedei daquele beijo, e ele fez o mesmo.

Alguns assobios baixinhos me puxaram para a realidade. Soltei Aiden, me apoiando nos calcanhares das botas. Ele continuou me segurando. Seus olhos pareciam mercúrio.

— Te amo — eu disse. — Te amo tanto.

Aiden e eu nos beijamos.

— *Ágape mou*, estaremos juntos em breve.

Assentindo lentamente, soltei um suspiro longo e me soltei dos braços dele. Me virei para caminhar até onde Seth e Perses esperavam, e não consegui olhar para trás. Nem mesmo quando nós três começamos nossa jornada para o leste porque, se eu olhasse, voltaria correndo para Aiden, e não podíamos demorar mais.

Viajamos por uns oitocentos metros quando Perses levantou a mão, sinalizando para que parássemos. Ele ergueu o queixo com uma expressão severa. Então, abriu um sorriso voraz. Um segundo depois, um rugido poderoso cortou o ar. Era um som de fúria e determinação — um som de guerra. Me virei para o oeste. O céu do anoitecer brilhava em tons de laranja e vermelho, se intensificando a cada segundo.

— Começou. — O sorriso de Perses se abriu como se ele tivesse recebido um banquete com suas comidas favoritas. — Precisamos correr.

Com o coração acelerado, busquei dentro de mim aquela sensação de dever e me agarrei a ela como se minha vida dependesse daquilo. Junto com Perses e Seth, desci correndo a colina apesar de meu coração ter ficado lá atrás, nos portões, com meus amigos e Aiden.

Derrapando entre os pedregulhos enormes e chutando pedrinhas soltas e terra, atravessamos às pressas o caminho inclinado e árido. O muro de mármore com seus metros de altura surgiu e os sons da batalha no portão da frente cresceram.

Perses correu ainda mais para o leste, atravessando a descida escorregadia e chegando na zona leste do muro de proteção. Muitas bolas de fogo voavam pelo ar, caindo sobre o chão perto do portão, e me encolhi com o impacto, sabendo que, quando aquelas chamas caíam, vidas eram perdidas.

Chegamos ao pé da colina e ao canto leste do muro no momento em que tive aquela sensação sinistra típica dos meios-sangues. Fiquei toda arrepiada e senti um calafrio na nuca.

— Daímônes — eu disse, derrapando até parar enquanto sacava minhas adagas e apertava o botão do meio.

Dos dois lados, as lâminas saltaram.

Seth fez o mesmo, mas Perses parecia preferir usar as próprias mãos para ficar sujo e ensanguentado. Dobramos a esquina e encontramos um grupo de daímônes. Eles abriram suas bocas, pretas e sem fundo, num contraste gritante com suas peles pálidas. Entre eles, havia daímônes meios-sangues, os mais mortais de sua espécie.

Me enojava vê-los ali, sabendo que Lucian, Ares e até mesmo Seth em certo momento controlaram os daímônes alimentando-os com puros-sangues inocentes. A fúria cresceu como uma tempestade violenta dentro de mim, e me agarrei a ela.

Entrei na briga, eliminando o primeiro daímôn com um golpe brutal da foice, decepando sua cabeça. Seth acertou um deles com a bota no peito, derrubando-o no chão antes de acertar a ponta afiada de sua arma no peito dele. Como eu suspeitava, Perses estava investido na luta, quebrando pescoços e arrancando partes importantes do corpo.

Uma daímôn fêmea se lançou em minha direção, e girei, acertando aquela coisa feia no estômago com um chute. Ela foi atingida pela ponta afiada da minha lâmina antes de cair no chão. Mergulhei e me levantei em seguida, girando a lâmina de foice num golpe limpo. Mais um me atacou, e saltei. Caí de cócoras, girei a foice para cima e golpeei, atingindo do daímôn no estômago.

Me levantei rápido, sacudindo o sangue e os resíduos da minha lâmina enquanto me virava. Corpos de daímônes meios-sangues cobriam o chão, mas ainda havia mais deles, pelo menos uma dúzia. Andando ao redor deles, cravei a ponta da minha lâmina nas costas de um daímôn que perseguia Seth. Ao contrário dos meios-sangues, ele virou uma explosão de poeira brilhante — bem na minha cara.

Eca.

Perses chutou um daímôn meio-sangue para o chão e o agarrou pelas pernas, levantando ele no ar. O monstro gritou enfurecido, mas Perses o balançou como um taco de beisebol contra a parede de mármore. Desviei o olhar antes que pudesse ver aquele troço esmagado. Certas coisas eram meio impossíveis desver, e aquela definitivamente teria sido uma delas.

Alex!

O som da voz de Seth na minha cabeça me fez girar.

— Meus deuses!

Correndo em minha direção, um daímôn meio-sangue uivou faminto quando mais um se juntou a ele, e depois mais um. Todo o éter de nós três deveria estar levando as criaturas à loucura. Estavam se agrupando, dificultando que lutássemos conforme fomos treinados.

Seth lançou um vento feroz, mandando aquele trio nojento para longe dele.

É. Que se dane.

Prendendo a foice na cintura, estendi a mão, invocando o elemento fogo. O calor pulsou por minhas veias, esquentando minha pele. Fagulhas emanaram das minhas mãos, seguidas por uma explosão de fogo. As chamas atingiram o daímôn do meio e se espalharam para os que estavam ao lado, consumindo todos eles.

Três daímônes caíram no chão, gritando enquanto se contorciam. O cheiro de roupas e pele queimadas se misturou com o fedor metálico de sangue.

Quando todos os daímônes tinham morrido ou virado pó, não perdemos tempo. Correndo pela extensão do muro leste, encontramos a brecha — uma parte queimada do muro, com um metro de largura. Me espremer ali foi fácil, mas Seth e Perses cortaram um dobrado para conseguir passar pela entrada apertada.

Alguns passos depois do muro, encontramos um grupo de autômatos prontos para atacar. Caramba, a gente não tinha tempo para aquilo.

Seth passou por mim e levantou a mão. Os sinais do Apôlion chicotearam sua pele. A energia se espalhou pelo ar ao nosso redor. Numa explosão de luz, saiu akasha de dentro dele e atingiu o primeiro autômato, deixando-o em chamas. Me juntei a Seth e invoquei o quinto e mais poderoso elemento, atingindo meu alvo.

Acabamos com os autômatos.

— Isso aí é bem útil, viu? — Perses voltou em nossa direção com sangue escorrendo pelo rosto. Não dele. Quase perguntei se ele queria um lencinho. — Vocês deveriam usar mais vezes. Facilitaria bastante as coisas.

Estreitei os olhos.

— Você tem um raio de deus. Por que não usa?

— Prefiro batalhar com minhas próprias mãos. Dá mais significado.

Aquilo nem merecia uma resposta. Balançando a cabeça, lancei um olhar para Seth. *Esse cara é maluco. Mas é bonzinho.*

Correndo pela grama alta do pátio do Covenant, passamos pelas estátuas rachadas e destruídas dos deuses. A única que ainda estava de pé era de Ares. O cara nem tentava esconder sua arrogância.

De repente, Seth estendeu o braço, agarrou minha mão e me forçou a fazer uma virada brusca para a esquerda. Olhei para baixo, quase confundindo o que vi com galhos secos. Mas os gravetos branco-amarronzados não eram gravetos coisa nenhuma. E o material esfarrapado grudado não eram folhas.

— Ai, meus deuses...

Os restos do que antes foram estátuas lindamente esculpidas não eram as únicas coisas que pareciam ter sido esquecidas no chão. A cada passo havia mais... corpos na grama. Alguns antigos e quase decompostos por completo. Outros mais recentes, com as peles manchadas em tons horríveis de roxo e marrom, os corpos inchados.

Cuidado onde pisa, disse ele.

Quando Seth soltou minha mão, levantei a cabeça e vi que Perses nem parou ao pisotear os restos mortais de alguém. Senti a bile no fundo da garganta e me esforcei ao máximo para engolir. Perses era um mal necessário, mas às vezes eu realmente odiava aquele desgraçado.

Os sons da batalha no portão continuaram conforme nos aproximávamos do prédio do Covenant. Berros de dor misturados com gritos de vitória e o som de armas de fogo. A luta havia avançado, alcançando a fileira destruída de estátuas dos Doze Olimpianos, que agora era apenas Um Olimpiano. Dava para ver muitos sentinelas e soldados dos dois lados, se enfrentando em combate corpo a corpo. Parecia que os autômatos foram destruídos, mas estávamos perto demais da luta a ponto de chamar a atenção.

Vários soldados gritaram e um grupo grande se separou, correndo atrás da gente.

— A entrada dos servos — Seth apontou para a lateral do prédio, onde portas e janelas estavam destruídas. — Não temos tempo para isso aqui fora. Precisamos chegar onde ele está e...

Uma risadinha leve e tilintante nos fez parar e meu coração quase saltou do peito. Eu *conhecia* aquele som.

O ar brilhou diante de nós, ganhando forma e forçando até mesmo Perses a dar um passo para trás.

A risada leve como sinos de vento surgiu de novo.

— Isso só pode ser brincadeira — grunhi. — Sério mesmo?

Duas Fúrias flutuaram na nossa frente, com asas translúcidas batendo sem som pelo ar. Loiras e delicadamente pálidas, eram assustadoramente lindas de um jeito que enganava bem. A natureza daquelas criaturas era horrível. E cruel. Muito cruel.

Uma se aproximou, com o cabelo flutuando ao redor do corpo esguio.

— Não estamos aqui por causa de vocês.

— Desta vez — a outra completou.

O sorriso da Fúria mais próxima tinha uma crueldade inimaginável.

— Os deuses ouviram as preces de Apolo e responderam.

Bom, por essa eu não esperava.

A estática crepitou pelo ar e um zumbido baixinho fez meus ouvidos vibrarem. Ao me virar, arregalei os olhos.

— Merda! — Perses exclamou. — Eu não acredito.

Pelo pátio, entre nós e o grupo de soldados, uma névoa se formou, cobrindo a grama alta. Em meio ao nevoeiro, nove criaturas ganharam forma. Em poucos segundos, nove olimpianos estavam ali.

Ártemis pegou o arco das costas e olhou por cima do ombro, nos avistando. Ela deu uma piscadinha e depois se virou, disparando uma flecha de prata.

As Fúrias voaram pelo ar, abandonando suas aparências peroladas e luminosas. Suas peles e asas se tornaram cinzentas e escamosas. Serpentes agitadas substituíram seus cabelos. Elas voaram acima dos deuses, e vi uma delas descer rápido, pegando um homem com suas garras. Um jato de sangue jorrou no ar e algo — meus deuses — vermelho e viscoso se derramou no chão, fumegando.

O soldado havia sido rasgado ao meio.

Jogando a cabeça para trás, a risada da Fúria tilintou no vento, fazendo minha nuca se arrepiar.

Perses arqueou a sobrancelha.

— Elas são tão sanguinárias quanto eu me lembrava.

Olhei para ele.

— E bizarras.

Ele sorriu.

— Acho elas magníficas.

É claro que achava. Uma delas tinha a cabeça de um mortal nas mãos e parecia estar prestes a jogar vôlei com ela. *Perses e a Fúria deveriam se pegar*, pensei, amargurada.

— Vamos! — Seth gritou, sinalizando para nós. Estava ao lado das portas arrombadas. — Eles resolvem isso.

Resolveriam mesmo. Bastou mais uma última olhada por cima do ombro para confirmar. Apolo havia destruído os soldados, e os deuses agora se juntavam à multidão de corpos lutando lá na frente. Correndo atrás de Seth e Perses, chegamos dentro do Covenant, provavelmente a poucos passos de Ares.

Parando à nossa frente, Perses tombou a cabeça para o lado e depois olhou para mim e para Seth, limpando uma mancha de sangue na bochecha. Um sorriso lento e calculado surgiu em seu rosto.

Ele desapareceu.

Puf!

Sumiu. Se escafedeu.

Seth ficou boquiaberto.

— Merda!

24

Estávamos parados na entrada dos servos e o corredor se dividia em duas direções. Manchas cinzentas sujavam as paredes, como se tivesse acontecido um pequeno incêndio.

Não consegui me mexer ou falar por vários segundos.

— Não acredito! — exclamei. — Aquele filho da...

Soldados surgiram da entrada. Seus uniformes camuflados eram perceptivelmente de mortais, mas as braçadeiras com o símbolo de Ares eram qualquer coisa menos mortal. Eles apontaram suas armas, prontos para atirar.

Merda.

Levantei as mãos e invoquei o elemento ar. O vento soprou por detrás dos soldados. Suas botas derraparam no piso. As armas balançaram em suas mãos. Seth entrou no jogo. Alguns soldados caíram. Armas dispararam balas perdidas e, uma a uma, as armas voaram das mãos deles, deslizando pelo chão. Os soldados cambalearam conforme o vento diminuía.

Podemos deixar eles irem?, perguntei.

Seth balançou a cabeça e avançou, sacando suas adagas. *Eles estão sob coação.*

Quis argumentar, mas o soldado mais perto de Seth atacou, balançando o braço. Havia uma faca grande em suas mãos, do tipo que eu imaginava que assassinos em série usariam. Qualquer um com a cabeça no lugar teria fugido de nós, mas aqueles sob coação lutariam até a morte.

Não havia nada que pudéssemos fazer.

Seth mergulhou embaixo do braço do soldado e se levantou, batendo com o cabo da adaga nas costas dele enquanto atingia outro no peito. Saltando por cima do corpo do soldado caído, me abaixei e girei, dando uma rasteira em outro homem. Ele caiu sentado, se empalando na adaga que o esperava.

Puxei a arma e o som de sucção na carne ecoou em minha mente. Me encolhi, ignorei a culpa e me joguei na batalha.

Aqueles soldados eram bastante treinados, mantidos estrategicamente dentro do Covenant para serem a última linha de defesa caso alguém conseguisse entrar. Rolei num chute, recebi a pontada afiada de dor e, me levantando, arqueei a adaga para golpear outro soldado embaixo do queixo.

Rodopiando, vi Seth agarrar um pela cabeça e torcê-la, atingindo o homem na barriga.

Sem nenhum aviso, minhas pernas foram tiradas debaixo de mim com uma rasteira brutal, e meu treinamento se mostrou útil. Me permiti cair, girei no último segundo e rolei, puxando o soldado para que ele ficasse embaixo de mim.

Eu vi o rosto dele por um breve segundo. Era jovem — jovem demais. Recém-saído do ensino médio e com a vida inteira pela frente. Uma dor profunda, mais intensa do que qualquer chute ou soco, atingiu meu coração quando cravei a adaga em seu peito, acabando com sua vida em segundos. Um calor molhado atingiu meu rosto.

Me levantei e respirei pesado enquanto secava o queixo com as costas da mão, uma e depois outra vez. Não queria o sangue do garoto em mim. Me virei. Seth pegava o último soldado pelo pescoço, jogando-o no chão com força o suficiente para quebrar o piso e a espinha do homem. Ele soltou seu último suspiro um momento depois.

Seth levantou a cabeça e seu olhar encontrou o meu. Ele se ergueu devagar, prendeu as adagas nas coxas e sinalizou para que eu seguisse em frente.

Mantendo os olhos no chão, segui Seth pelo corredor à direita. Próximos assim, o éter agia em nós como um guia silencioso, nos puxando para onde Ares estava. Descemos o corredor largo, silenciosos e atentos em caso de qualquer ataque-surpresa. Era o mesmo corredor que eu e Seth já havíamos atravessado certa vez, só que agora não estava cheio de corpos. Estava tão vazio que chegava a ser perturbador, mas com manchas no chão e nas paredes, que antigamente eram impecáveis, e manchas cor de ferrugem a cada passo.

Seth me viu olhando para as manchas.

— A coisa foi feia aqui, quando Ares ocupou o Covenant. Muitas pessoas lutaram.

Levantei o olhar, me perguntando como Seth dormia à noite.

Ele pareceu ler a pergunta em meus pensamentos, porque desviou o olhar e um músculo pulsou em seu pescoço.

— Eu não durmo, Alex. Não muito bem nem por muito tempo.

Parte de mim queria dizer algo que o tranquilizasse, mas o quê? Quem sabia quantas vidas inocentes foram tiradas pelo Seth? E a custo de quê? Eu não tinha ideia de como ele poderia reparar aquilo. Ou, se um dia encontrasse perdão em outras pessoas, será que encontraria em si mesmo? Respirei fundo e me coloquei na frente dele.

Demos mais alguns passos quando palavras ecoaram no fim do corredor.

Vozes familiares.

Escutei a voz grave de Perses insultando Ares e quase me ajoelhei para rezar a todos os deuses possíveis, talvez até para algumas celebridades aleatórias e personagens fictícios. O alívio era palpável naquele nível.

Ele não nos abandonou.

Seth assentiu brevemente. *Não achei que ele tivesse nos abandonado.*

Revirei os olhos. *Por um momento, você achou. Admita.*

Que seja.

Nos aproximando de fininho, me agarrei à parede. Eles estavam no salão de dança, no mesmo onde eu havia enfrentando as Fúrias e matado o puro-sangue.

Que apropriado, Seth lembrou.

Olhei feio para ele, e ele sorriu — com aquele sorrisinho metido e insuportavelmente arrogante que havia sumido há semanas. Meus lábios tremeram em resposta, mas mantive o foco. Eu estava feliz por Seth ter voltado ao normal ou qualquer coisa assim, mas não tinha tempo para dar um tapinha nas costas dele.

Cinco portas, todas abertas, se alinhavam no corredor antes da entrada do salão de dança. Com os dedos formigando, espiei dentro da primeira sala. Nada. Avancei, resistindo à vontade de atravessar o corredor com pressa.

— Você não pode me derrotar, olimpiano! — A voz de Perses me parou por um segundo.

Ares riu, mas a risada parecia estranha. Estremecida.

— Preciso te lembrar que fui eu quem prendeu as correntes em seus pulsos?

— Só com a ajuda de seus irmãos — Perses respondeu. — Os mesmos que estão lá fora, em guerra contra seu exército. Duvido que vão te ajudar desta vez. — Ele pausou. — Você é um tolo, Ares. Um tolo arrogante. Fazendo guerra por puro prazer, mas nunca para tomar controle.

Oi???

Olhei para Seth, que deu de ombros. Perses fugir para dar um sermão em Ares era algo que não entrava na minha cabeça. Aparentemente, ele queria ter a última palavra ou algo assim. Em se tratando de deuses, nunca dava para saber.

Agora, a duas portas do salão, eu estava a um segundo de verificar a sala seguinte quando um sentinela surgiu na porta, me assustando.

Ele abriu a boca, prestes a nos dedurar. Não parei para pensar. Avançando, peguei a adaga em minha perna e coloquei a outra mão na boca dele. Nossos olhares se encontraram por um breve momento. Seus olhos azuis estavam sem foco, enevoados — sinal de coação. O remorso pesava dentro de mim, mas enfiei a adaga no peito dele, em cima do coração, até o cabo.

Seth segurou o corpo, colocando ele no chão enquanto eu guardava a adaga. Rapidamente, inspecionou a sala e sinalizou para que eu continuasse. Passei por cima do corpo, respirando fundo.

Precisava ser feito, disse Seth.

Eu sei.

Ele olhou por cima do ombro com as sobrancelha arqueada como se não acreditasse em mim, e ele estava certo. Matar um sentinela sob coação era tão ruim quando matar um mortal que estivesse sob o controle de Ares.

Tá legal, vou me martirizar por isso mais tarde, mas por enquanto estou bem.

Essa é a minha garota!

Franzi a testa. *Não é assim também, né?*

Deixei Seth verificar a sala seguinte e dei a volta ao redor dele. Meu coração batia forte. O salão de dança era a próxima porta. Em algum lugar, o relógio imaginário parou de tiquetaquear.

Seth segurou minha mão, me rodopiando para dentro de uma sala escura. Pressionou minhas costas contra a parede, e senti seu hálito quente na minha testa. Levantando a mão livre, eu estava prestes a dar um soco na cara dele quando fui parada por sua voz em minha cabeça.

Faz. Transfere o poder agora.

Eu estaria mentindo se dissesse que não estava preocupada com aquele momento desde que Seth sugeriu. Até mesmo antes, quando Apolo disse que aquele era o único jeito, me preocupei. Vendo como Seth sofreu em lidar com o poder, com aquela necessidade que existia entre nós, eu estava preparada para desacordar Seth e transferir o poder se fosse necessário.

Abaixou a cabeça rapidamente, beijando minha resta. *Faz, Alex.*

Cheia de surpresa, hesitei ao encarar os olhos dele, idênticos aos meus. *Não vou falar com você*, falou, e não mentiu.

Agora, ele disse de novo, fechando os olhos ao me soltar.

Minha mão tremeu quando estendi o braço e apertei a mão direita dele.

— Θάρρος. — Coragem.

Um choque atravessou minha mão, subindo pelo meu braço, seguido por um calor. Seth se agitou, mas permaneceu ali de olhos fechados. O formigamento terminou em meu ombro, e então senti o medo em meu peito sendo substituído por uma determinação ardente. Aquilo era o certo. Eu não seria detida.

Segurei a mão esquerda dele e a apertei.

— Δύναμη. — Força.

Um tremor balançou Seth e outra onda de eletricidade sacudiu meu braço esquerdo, mais rápida do que a anterior. O calor ficou ainda mais quente, se espalhando pelos meus ombros. Meu corpo vibrou. Mil pulsões pequenas atingiram meus músculos, rasgando-os e os reconstruindo. Me senti como imaginava que Aiden se sentia — ele era a pessoa mais saudável que eu conhecia, já que só vivia de granola, frango e treino.

Levantei a camiseta de Seth, coloquei a mão sobre o sinal em sua barriga reta e rígida e sussurrei:

— *Απόλυτη εξουσία.* — Poder absoluto.

Seth suspirou e seus olhos se abriram. O tom âmbar brilhou de maneira vibrante, fixo nos meus olhos como um raio laser. A sensação de puro poder quase me fez bater de costas na parede. Cada célula do meu corpo estava em chamas, e os sinais na minha pele queimavam.

— Só mais uma — disse Seth, numa voz baixa e rouca.

Meu corpo inteiro tremia enquanto eu estendia o braço, agarrando a nuca dele.

— *Αήττητο.* — Invencibilidade.

O ar saiu de meus pulmões ao mesmo tempo que saiu dos de Seth, e então aconteceu. A estática carregou a sala enquanto o cordão âmbar surgia ao redor do braço dele. Ela espiralava para baixo, enroscando na pele de Seth e alcançando a minha. A corda azul crepitou mais brilhante e intensa do que a dele.

Os dois cordões giraram, sobrepondo-se, agitando-se e soltando fagulhas azuis e âmbar no ar. Minha mão caiu da nuca dele, mas, tirando isso, eu não conseguia me mexer. Nem ele.

Dentro de mim, na base do cordão, algo mudou e pulsou. Por trás e meus olhos, uma luz ofuscante explodiu em cores vibrantes, recuando rápido.

Sob os meus pés, o chão se moveu. Meus pulmões pararam quando Seth jogou a cabeça para trás e as veias ficaram protuberantes em seu pescoço. Um fogo me acendeu por dentro, percorrendo minhas veias numa velocidade estonteante. Me queimou docemente, gelado e quente ao mesmo tempo. O poder se derramou em meu peito, fazendo meu coração explodir e acelerar.

Sombras dançavam nas paredes, cordões brilhavam, torcendo-se e se unindo, até se tornarem uma corda branca, intensa e cintilante. Minha outra mão se afastou dele e meus braços se levantaram para os lados. Os sinais em minha pele recuavam e apareciam. O cordão, agora branco, pulsou mais uma vez e então voltou rapidamente para mim. Seth abaixou o queixo, com seus olhos âmbar brilhando ao encarar os meus. Depois, desceu os olhos também.

Meus pés não estavam no chão. Não.

Eu estava flutuando de novo.

Havia pelo menos um metro e vinte entre meus sapatos e o chão e, bom, me sentia bem pra caramba.

— Uau — eu disse, sorrindo.

Seth engoliu em seco.

— Uau mesmo.

Mexendo as mãos na minha frente, observei os glifos deslizando por minha pele. A cor parecia mais nítida.

Você vai descer daí? Ele estendeu o braço, segurando minha mão.

Curiosamente, o cordão dentro de mim não pulou. Me fiz descer até o chão. *Como você se sente?*

Ele tombou a cabeça para o lado. *Bem. Não me sinto diferente, na verdade.*

O que significava que ele provavelmente ainda desejava akasha, mas pelo menos não estava ferido. Por um momento, durante a transferência, pareceu que não estava tão divertido para ele.

E você?

Era difícil descrever — o *poder*. Eu queria correr e bater de cara numa parede porque tinha certeza que a derrubaria, mas não me senti incontrolável, já que não estava de fato correndo até a parede. *Eu me sinto... ótima. Me sinto...*

Não havia medo em meu coração, ou pelo menos não do tipo que paralisava. A força deixava meus músculos coçando, e me sentia pronta de um jeito que não estava antes. Horas atrás, eu sabia que receberia o poder de Assassina de Deuses. Eu sabia que iria enfrentar Ares e destruí-lo, mas eu estava pronta de verdade? Não. Era algo que eu sabia que tinha que fazer — um dever.

Agora eu estava pronta de verdade.

Sorri para Seth, apertando os punhos.

— Vamos acabar com isso.

25

Cada passo que eu dava era cheio de propósito e uma determinação firme. Minhas mãos coçavam por luta, mas meu sangue ansiava por liberar akasha em minhas veias.

Ares ia apanhar tão bonito.

No fundo, entendi como Seth devia se sentir na maior parte do tempo — a arrogância, a certeza que nada naquele reino era mais poderoso que o Primeiro.

Até agora.

Parei na frente das portas fechadas do salão de dança e levantei as mãos, invocando akasha. Soltar o elemento não custou nada. A energia pulsou para fora de mim. Arrebentei as dobradiças das portas de titânio, atirando--as do outro lado do salão.

— Meus deuses — Seth murmurou.

Ares e Perses se viraram. Eles estavam a vários passos de distância um do outro. O titã arregalou os olhos. Uma das portas caiu no chão e deslizou, arranhando o mármore. A outra bateu em Ares, jogando-o contra a parede.

Dei um sorriso amplo, entrando no salão.

— Ops. Não te vi aí.

Perses riu ao jogar a cabeça para trás.

— Chegou a Assassina de Deuses.

Com um grito de guerra, Ares jogou a porta para longe. Ela foi pelos ares, atingindo Perses nas costas e o esmagando na parede oposta. O mármore rachou e metade da parede caiu, soterrando o titã.

Não me preocupei. Perses era grandinho. Ele se levantaria. Uma hora ou outra.

Ares esfregou a mão na boca e fez uma cara feia, mas pude sentir o nervosismo dele naquela fração de segundo. A presença de Perses havia feito seu trabalho — Ares estava inseguro.

— Veja só. A garota é a Assassina de Deuses. — Seus olhos totalmente brancos lançaram eletricidade. — Sempre soube que você era um pau-mandado, Seth.

Seth deu o dedo do meio para ele.

O deus riu ao mexer a cabeça para o lado, estalando os ossos.

— Ah, mas vou adorar matar você, garotinho.

— A recíproca é verdadeira. — Seth deu um passo adiante para ficar ao meu lado.

— Você está tão fofa — Ares comentou, se virando para mim. — Toda fortona, mas, nossa, seu rosto parece um mapa rodoviário. Que sexy.

Seth se enrijeceu ao meu lado, mas eu ri.

— Pode falar o que quiser, Ares. Achei que você fosse mais maduro do que isso. E mais inteligente. Tô meio decepcionada.

— Decepcionada? — Ares abriu um grande sorriso, mas não parecia tão confiante quanto naquele dia na sala do diretor. — Ah, garotinha, sendo Assassina de Deuses ou não, você não pode me derrotar. Este mundo será meu.

— Sério? — Dei um passo adiante, com a pele formigando. — Quer dizer mais alguma coisa? Porque sei que você adora dar aqueles discursos enormes de vilão, entediantes e clichês. Podemos pular direto para a parte em que te mato?

Ares rosnou e estendeu as mãos. Uma luz branca pulsou delas, direto na minha direção. Girei, me movendo mais rápido do que nunca, esquivando do seu raio. Ele mandou outro para Seth, que também desviou rápido.

Eu estava cansada daquela conversinha. Fiquei com os músculos tensos e ataquei o deus. Ares evitou meu ataque no último segundo, mas Seth também estava em cima dele. Se esquivou do golpe de Seth, o empurrando enquanto eu saltava atrás de Ares, enfiando meu pé bem no meio das costas dele com toda a minha força. O tipo de chute que teria derrubado um semideus ou um mortal, mas Ares apenas tropeçou para a frente e se virou.

Seu olhar era de *ah, faz favor*.

Ele golpeou e me abaixei, mas foi um instante tarde demais. O punho dele atingiu meu maxilar, jogando minha cabeça para o lado. Uma dor ardente se espalhou por meu rosto. Caramba. Ele sabia como bater. Eu não tinha esquecido, mas ainda assim...

— Ai! — eu disse. — Bater em garotas não é legal.

— Mas Ares não saberia de uma coisa dessas, né? — Seth girou, atingindo a perna de Ares com um chute brutal. O deus cambaleou. — Afinal, se não me engano, só conseguiu se dar bem com Afrodite, e *todo mundo* se dá bem com ela.

Ares estendeu os braços. Não tocou em nós dois, mas de repente eu estava voando para trás. Avistei a expressão chocada de Seth um segundo antes de bater com força na parede.

Caí no chão de joelhos e perdi o fôlego. Antes que pudesse me recuperar, o joelho de Ares colidiu com meu queijo, me derrubando de costas no chão. Minha cabeça girava e eu rolava para o lado.

— Não está mais tão fortona agora, está? Por que você não... — Ele parou, interceptando o ataque de Seth.

Um raio explodiu da mão de Ares e meu coração sentiu a primeira pontada de medo desde que me tornei a Assassina de Deuses. Ares poderia matar Seth, assim como Apolo poderia me matar. Um grito ficou congelado em minha garganta quando Seth parou de repente, com essa percepção transparecendo em seus olhos âmbar. Ele disparou para o lado no último segundo e o raio o atingiu no ombro, jogando-o para trás.

Meu alívio durou pouco. Ares agarrou a frente da minha camisa e me levantou do chão. Grunhiu na minha cara, e suas feições se contorceram de um jeito desumano.

— O Olimpo será meu e governarei este reino. Não há...

Ares me derrubou com um grunhido e caí de bunda no chão, atordoada demais no início para perceber o que havia acontecido. Então, eu vi.

Perses havia se recuperado e derrubado o deus como um linebacker de futebol americano. Deslizaram pelo chão, rasgando pedaços de mármore como se fossem papel. Os punhos do titã desceram com velocidade total, atingindo Ares várias vezes. Seus socos eram mais rápidos do que os olhos conseguiam ver.

Soco soco, bate bate, titã!

Enquanto eu me levantava, Ares bateu com a mão no meio do peito do titã e gritou. O ar estalou com poder, e um momento depois Perses estava a vários metros de distância, caído como uma montanha trêmula e ensanguentada.

Estava caído, e então avancei em direção a Ares, sabendo que precisava de um golpe lindo — um tipo de puro akasha quando ele estava enfraquecido, para acabar com isso. Estava na metade do caminho quando meus sentidos dispararam.

Seth gritou, com dificuldade para se levantar.

Do nada, um daímôn maldito veio em minha direção, com os dentes afiados expostos e as veias como pequenas serpentes pretas. Eu realmente não tinha tempo para aquela palhaçada. Peguei a foice, arqueei o braço para cima, atingindo o daímôn no pescoço.

E ponto-final.

Seth correu para a frente, atingindo Ares na cintura enquanto ele disparava um raio de deus em minha direção. Sem equilíbrio, a mira dele não era lá essas coisas. O raio atingiu minha perna e a dor explodiu num calor molhado.

Santo Hades, aquilo doeu...

Cambaleei para trás e então caí, enquanto a dor ricocheteava por minha perna. Ele jogou Seth para o lado e se levantou logo.

De pé, Ares estava cem por cento focado em mim ao avançar. Mantive meu olhar fixo nele ao me levantar, cuspindo sangue. Havia manchas vermelhas em seu peito nu, e senti uma pontada de satisfação.

— Só preciso de você — provocou. — E você *irá* se submeter à minha vontade.

E tudo o que eu precisava era que ele continuasse com os olhos bizarros de deus em mim, para que continuasse falando besteiras o quanto quisesse.

— Ah, é? Esqueceu meu posicionamento da última vez que você tentou essa parada de submissão?

— E você esqueceu como as coisas acabaram quando você se recusou? — Ares lançou um olhar rápido para o corpo ainda caído de Perses. Ele riu. — Agora, sei como conseguir o que quero de você.

— Me conta. — Dei um passo comedido para trás, invocando akasha mais uma vez. O poder chicoteou por minhas veias como raios, fervendo meu sangue e queimando meu corpo de dentro para fora. A vontade de soltar era grande demais, mas ainda não era a hora certa.

Os lábios de Ares se contorceram com escárnio.

— Você faz qualquer coisa para proteger aqueles que ama. Posso usar aquele seu puro-sangue. Ou que tal seu pai? Os dois estão lá fora, não estão?

Estiquei os dedos. Atrás dele, Seth estava de pé, com uma adaga do Covenant na mão direita.

— Se você fosse usá-los, já teria usado essa cartada antes, o que me diz que você não sabe bem onde meu pai está. E que ainda não pegou Aiden.

— Ah, mas vou — prometeu. — É só uma questão de tempo até chegarem aqui. Os dois virão ao seu resgate, e eu sei, ah, sim, sei que você fará qualquer coisa para protegê-los — disse Ares. — Vou matar um deles e você terá que escolher qual. Só preciso ganhar tempo. — Seth estava quase nele.

Me permiti sorrir.

— Mas tempo é uma coisa engraçada, né? Você nunca tem tanto quanto acha.

Ares abriu a boca, mas suas palavras foram cortadas pela adaga de Seth. Enfiada no fundo de suas costas. O deus recuou e gritou.

— Vou te matar!

— Tá um pouquinho tarde para isso — disse Seth, arrancando a lâmina das costas de Ares.

Avancei no mesmo momento que Ares estendeu os braços, fazendo Seth voar pelo ar. Seth atingiu uma pilastra com um estalo terrível que eu não poderia deixar que me distraísse. Akasha atravessou meu corpo e minha visão ficou esbranquiçada.

Ares girou em minha direção, balançando para o lado, enquanto eu liberava o poder mais puro dentro e fora do reino mortal. Estendendo o braço, irrompeu akasha do meu ombro, assim como o cordão que me conectava a Seth. Espiralando por meu braço, o poder saiu numa explosão. Ares tentou se mexer, mas não foi rápido o suficiente.

O raio de akasha o atingiu no meio do peito, e mantive a energia alta, usando tudo no ataque. A luz crepitou e se projetou no ar. Nuvens finas de fumaça irradiaram sobre o cordão.

Avançando, mantive o raio em cima dele, sem dar chance para que Ares escapasse. Eu podia sentir a energia em mim se enfraquecendo a cada segundo, mas rangi os dentes. Era agora ou nunca. Não haveria uma segunda chance. Quando akasha acabasse, e isso iria acontecer, eu estaria acabada também.

Mas Ares... ele estava se afastando, ainda capaz de andar, e eu estava enfraquecendo rápido. Não tinha ideia de quanto mais poder havia dentro de mim ou do quanto era preciso para matar de vez um olimpiano. Mas akasha pulsou, e então a luz enfraqueceu. O ar saiu dos meus pulmões com força, e senti uma dor atrás dos olhos.

Seth estava ao meu lado, segurando minha mão livre e apertando ela. O cordão entre nós reapareceu e se enrolou em nossas mãos unidas. De repente, fez sentido para mim. Respirei fundo e Seth balançou como se um mestre de marionetes tivesse puxado suas cordas. A luz de akasha brilhou intensamente, crescendo até ficar ofuscante. Saindo de nós dois, o tiro de energia se tornou um fogo branco.

O rugido enfurecido de Ares se transformou num grito cheio de terror. Um estalo alto, como umas cem armas sendo disparadas ao mesmo tempo, veio em seguida. Akasha se desfez, mas sem voltar para dentro de mim, explodindo como fogos de artifício e desaparecendo no céu.

Eu ainda estava segurando a mão de Seth. Meu corpo tremia quando voltei a avistar Ares.

Os olhos do deus estavam arregalados e seus braços, estendidos para os lados. Ele abaixou o queixo e abriu a boca, mas não saiu som algum. Uma bola de luz branca crepitante se formou no fundo de seu peito.

A luz se espalhou, seguindo o caminho tortuoso das veias, até que o peito dele se iluminou.

Respirei fundo, mas o ar ficou preso.

Ares levantou a cabeça. As linhas brancas alcançavam seu rosto em choque, cobrindo toda a cabeça em um segundo.

Ele desapareceu sob a luz branca.

O som ensurdecedor de um trovão estourou pelo salão. O ar se distorceu e ondulou, e percebi com um segundo de atraso. A onda atravessou o salão numa velocidade assustadora, atingindo Seth e eu. Ela me fez soltá-lo, nos separando, e voamos para trás, caindo no chão e deslizando. Uma explosão balançou o salão, e uma poeira fina e branca tomou o ar como neve. Pequenas explosões encheram minha visão, como mil bombas sendo ativadas.

E, depois, veio o silêncio.

Com as mãos e os braços tremendo, rolei para o lado e levantei metade do corpo. A parede à minha frente havia sumido. Havia um buraco no meio dela, expondo as vigas, os tijolos quebrados e a luz do sol.

Olhei por cima do ombro e soltei o ar de maneira brusca.

O local onde Ares estava ficou vazio. No chão, o piso escurecido formava um círculo perfeito, como uma marca. Eu sabia no fundo da alma que Ares havia morrido. Aquela onda foi a explosão da essência dele, retornando para onde quer que fosse sua origem.

Ao me sentar, me encolhi por causa da dor que consumia meu corpo, procurando Seth no salão. A poeira branca havia se acomodado como uma fina camada de neve. Perto da entrada do salão de dança, Seth estava caído com o rosto para baixo.

Encarei ele por um momento, meu cérebro mapeou lentamente os arredores e, quando me dei conta, meu coração quase explodiu no peito.

Seth não estava se mexendo. Meus deuses...

Me levantei aos tropeços e corri até ele, ignorando a fraqueza das minhas pernas.

— Não. Não. Não.

Me joguei ao lado de Seth, agarrei seus ombros e o virei.

— Seth — sussurrei, balançando seu corpo. — Seth, anda!

Os olhos dele estavam fechados. Havia uma sensação devastadora dentro de mim, rasgando e destruindo meu peito de um jeito que parecia muito real.

Ele *não estava* se mexendo.

Agarrei a cara dele. Os sinais do Apôlion — os belos sinais azuis brilhavam sob meus dedos. Não. Não. Não. Tentei chamá-lo por meio de nossa conexão. *Seth?* Mas não houve resposta, nada além de um zumbido baixinho. Em pânico, o sacudi mais uma vez e, quando ele não respondeu, um soluço entrecortado atravessou meu corpo enquanto eu deixava minha cabeça tombar sobre seu peito.

O luto me atravessou — o tipo que eu achava que jamais sentiria de novo, porque senti quando segurei Caleb quando ele morreu. Independentemente do que Seth tivesse feito, das coisas terríveis que começou, ele fez tudo certo no fim. E, mesmo se não tivesse feito, se ele tivesse morrido por minhas próprias mãos, a dor ainda estaria ali. Seth era parte de mim — minha outra metade. E eu estava perdendo aquela parte. Para sempre.

Não consigo respirar.

— Nem eu. Você está me esmagando.

Me joguei para trás, soltando um grito de susto. Seth me encarou com os olhos âmbar um pouco desfocados, mas estava respirando. Estava vivo.

Dei um soco nele. Com força.

— Ai! — Seth rolou para o lado, se soltando de mim. — Do nada esse soco?

— Nunca mais faz isso, seu idiota! — Soquei de novo, atingindo os lábios dele. — Achei que você estivesse morto!

Seth deu uma risada rouca enquanto ajoelhava.

— Eu estava apagado, anjo. Por favor, não faz isso de novo.

Eu o encarei, dividida entre querer dar um soco ou um abraço.

— Te odeio.

— Você sabe que não odeia. — Levantando o queixo, apertou os olhos ao observar em volta. — Você conseguiu, não conseguiu? Ares está morto.

Me sentei e segui o olhar dele. Pilastras quebradas, paredes destruídas. Assenti devagar.

— *Nós* conseguimos.

Nossos olhares se encontraram, e um sorriso bobo apareceu no rosto de Seth enquanto ele estendia a mão. Segurei sua mão, e nos levantamos juntos.

Então, me lembrei de uma coisa muito importante: nosso titã perdido em missão. Soltando a mão do Seth, dei uma volta procurando pelo salão. Nada. Perses era do tipo difícil de passar despercebido, ou seja, ele havia fugido. Os deuses não ficariam nada felizes.

— Merda — murmurei. — Ele deu no pé.

— Não podemos fazer nada sobre isso agora. — Seth pressionou a mão nas costelas e fez uma careta. — É problema deles.

Não era verdade.

— Ele é problema noss...

O ar ficou pesado ao nosso redor, se enchendo de estática.

— Ele não será o primeiro problema deles — eu disse, respirando fracamente. Meu coração acelerava.

Na frente do buraco enorme na parede, formas brilhantes surgiram como raios de sol, uma após a outra. Contei as figuras brilhantes uma vez, depois duas.

— Ai, merda.

Seth passou o braço em volta da minha cintura.

— Devo admitir. Meus olhos estão meio embaçados, mas tem onze troços brilhantes ao nosso redor, né?

Praticamente grudei meu corpo no dele, assentindo. Havia onze *troços brilhantes* formando uma roda ampla à nossa volta. Os Doze Olimpianos — er... Onze. Seriam doze se Ares não tivesse sido eliminado. Perdi o ar.

Duas figuras flutuaram para a frente, ficando mais sólidas. Levantei o braço e cobri meus olhos. A luz deles era tão brilhante, tão linda! Por um momento, só consegui ficar fascinada pelo que estava vendo.

— Você podia ter esperado antes de me bater. Acho que você me quebrou todo — Seth sussurrou.

— Hum, você vai ficar bem — respondi, sentindo seus músculos ficarem tensos.

— Então, você acha que vieram nos parabenizar?

Abaixei o braço, observando as luzes ganharem formas humanas. Um homem e uma mulher estavam diante de nós, com as feições ainda difíceis de reconhecer, mas não eram Apolo ou Ártemis.

— Acho que não — sussurrei.

— Talvez só estejam chateados porque você anda dormindo com um puro — Seth brincou, mas a voz dele tinha uma pontada de desconforto.

Olhei para ele por cima do ombro.

— Sério? Esse é o motivo? Será que não é porque você acabou com um conselho de puros-sangues inteiro?

Um sorriso irônico se formou nos lábios de Seth.

— Agora, você já está procurando pelo em ovo, Alex.

— Meus deuses, você é tão chato.

Ele deu um passo para a frente, bloqueando minha visão dos dois deuses mais próximos. Revirei os olhos e me movi para que ficássemos lado a lado.

Seth olhou para mim.

— Se eu te mandar correr, você corre.

— Não. — Segurei a mão dele e a apertei. Não tive coragem de dizer que não estavam ali atrás dele. — Vamos enfrentar isso juntos.

A luz cintilante diminuiu, relevando os deuses à nossa volta, mas não vi nada além daquele que estava à nossa frente. Um milhão de anos poderiam passar e eu nunca, nunca imaginaria que um dia colocaria meus olhos *nele*.

Zeus não era como eu imaginava.

Sempre imaginei um cara mais velho com uma barriguinha de cerveja e barba grisalha desgrenhada, mas Zeus não era assim. Muito pelo contrário.

Vestindo calça de linho branca, sua barriga e seu peitoral estavam despidos. E eram trincados — trincados do tipo que daria para cortar um dedo naquele abdômen. A curva do maxilar forte também era lisa. Ele era lindo de um jeito sublime, com os lábios largos e os olhos inclinados. Suas feições eram afiadas e angulares, de tirar o fôlego.

Ele tinha uma vibe meio titã.

A única coisa que minha imaginação acertou foi o cabelo dele. Era chocante de tão branco.

— Vocês se saíram bem — disse ele, com uma voz grave e autoritária como a de Perses. Não havia raiva no tom de sua voz. Eu soube naquele momento, antes que Zeus falasse qualquer outra coisa, que Apolo não tinha feito a parte dele. De repente, meus joelhos ficaram fracos e, se eu não estivesse segurando a mão de Seth, teria caído no chão. — Vocês serão muito bem recompensados.

Um tremor me atravessou, mas Seth... não entendeu — não compreendeu o que Zeus disse no fim.

— Bom, por essa eu não esperava — murmurou.

Meu olhar passeou entre os outros deuses, encontrando Apolo ao lado de uma Ártemis sombria. Apolo fez um não com a cabeça, e meu coração afundou. Dei um passo brusco para trás. Minha pele ficou gelada.

— Não — disse Zeus, com a voz comedida e calma. — É o único jeito.

Seth apertou minha mão com mais força.

— O que é o único jeito?

Zeus o ignorou.

— Você sabe o que precisa ser feito. Não podemos permitir a existência de uma Assassina de Deuses. A ameaça é grande demais, maior ainda do que a que Ares representava.

Naquele momento, considerei brevemente tentar acabar com Zeus, mas matar Ares sugou toda a energia minha e a de Seth. Não daria certo. Talvez eu até causasse uns hematomas em Zeus, mas, no fim, não conseguiria derrotar mais um olimpiano. Tudo o que eu tinha era Apolo. Ele podia fugir, se recusar a cumprir a ordem de Zeus, porque ele era o único que poderia me matar — além de um titã, e nosso titã havia desaparecido.

Mas Apolo não parecia estar prestes a desobedecer o próprio pai.

Ai, meus deuses...

Outro calafrio estremeceu meu corpo enquanto a ficha caía. Era isso. Eu queria fugir. Queria lutar, mas encarei os deuses e vi que aquilo seria inútil. Se eu lutasse, Seth se machucaria no processo. E feio. E se Zeus fosse procurar Aiden e meu pai para facilitar o processo? Eu não podia colocá-los em risco. Não podia arriscar a vida de mais ninguém como já tinha feito com Caleb, Lea, Olivia e tantos outros.

Era... era minha vez.

Seth virou a cabeça para trás como se tivesse levado um tapa.

— Não. Você não pode fazer isso. Nós ajudamos vocês! Ela fez tudo o que vocês queriam que ela fizesse! — Ele soltou minha mão, cerrando os punhos. — Você não pode fazer isso com ela!

Como não via Seth tão bravo há um bom tempo, respirei fundo. Meu coração tentava sair do peito de novo.

— Seth...

— Não! — Ele deu um passo na direção de Zeus, mas avancei, agarrando o braço dele. Seus olhos arregalados encontraram os meus. — Alex, você não pode...

— Não há nada que vocês possam fazer — disse Zeus, dando um passo para trás e ficando ao lado de Hera.

Ela inclinou a cabeça para o lado. Muitas mechas do cabelo castanho-avermelhado escaparam do seu penteado elegante.

— É para o melhor de todos.

Um rubor furioso inundou o rosto de Seth.

— Tá falando sério?

— Seth! — Puxei o braço dele.

— Quê? — gritou, se virando para mim. Ele agarrou meus ombros. — Não é possível que você esteja de boa com isso. E você não vai desistir!

Eu estava desistindo? Olhei de volta para Apolo e vi a tristeza em seu rosto.

— Não estou desistindo, Seth, mas eles não vão deixar uma Assassina de Deuses viva.

Seth não respondeu de imediato, porém, quando fez isso, xingou descaradamente.

— Você sabia! Você sabia que isso iria acontecer!

Balancei a cabeça e sussurrei.

— Que poderia acontecer. Eu sabia que isso *poderia* acontecer.

— Poderia ou iria? Tá me zoando? Você sabia que isso *poderia* acontecer e ainda assim se colocou nessa situação? — Ele me sacudiu enquanto o sangue deixava seu rosto. — Como você pôde, Alex?

Pisquei para conter as lágrimas e sacudi a cabeça de novo. Como dizer que ele não teria conseguido lidar com o poder do Assassino de Deuses sem deixá-lo ainda pior?

— Que bonito! — disse Hera, dando um passo para trás e se juntando aos outros olimpianos. — Ele se importa tanto com ela e, ainda assim, ela ama outro. Trágico.

Sério? Olhei para ela, mas então Apolo deu um passo adiante, quebrando a fileira. Cada passo era lento, proposital. Um nó se formou em minha garganta. Não havia tempo o bastante. Percebi naquele momento. O que fiz com Ares tinha se voltado contra mim.

O carma não perdoa.

Assim como o destino, porque aquele era meu destino, não era? De qualquer forma, eu queria ver Marcus mais uma vez e dar outro abraço desengonçado nele. Queria ver meu pai outra vez, talvez jantar com ele. Queria ver Deacon e Luke rindo, ver Solos sorrindo.

E, meus deuses, queria beijar Aiden, só mais uma vez.

Mas não havia tempo. Aquilo iria acontecer. Todos aqueles momentos, desde o segundo em que minha mãe me tirou do Covenant, me levaram até ali. Ela tentou evitar aquilo — até mesmo depois de virar daímôn, ela tentou evitar *aquilo*.

Vovó Piperi disse que eu mataria aqueles que amo.

Ela se esqueceu de dizer que eu também morreria no fim.

244

Meus deuses, era péssima naquela coisa de prever o futuro. Mas Solaris sabia, não sabia? Deu a entender que me veria de novo em breve, e me veria.

Aquilo não era justo.

— Alexandria — disse Apolo, com delicadeza. — Chegou a hora.

Me virei para Seth com o coração acelerado.

— Por favor...

— Não! — ele gritou, ainda lutando contra o inevitável. — Isso não está certo. Eles não podem fazer uma coisa dessas. Você não merece isso. Eu mereço. Eles...

— Eles não vão atrás de você — eu disse, e as lágrimas se acumularam em meus olhos. — Me escuta, Seth. Isso não vai acontecer. Não podem te matar. Ares se foi e sou a Assassina de Deuses. Não podemos fazer mais nada.

O horror daquela situação caiu sobre o rosto expressivo de Seth enquanto ele colocava as mãos no meu rosto. Seth pressionou sua testa na minha.

— Meus deuses, Alex, não quero que isso aconteça, Alex...

Agarrei os braços dele, me forçando a respirar.

— Por favor, cuida do Aiden. Sei que vocês não se dão bem, mas *por favor*. Ele vai precisar de alguém. Então, por favor, cuida dele. Promete, Seth. Me *promete*.

Houve uma longa pausa, e acho que senti as lágrimas dele se misturarem com as minhas.

— Prometo.

Aquela única palavra, bom, ajudou um pouquinho, mas sendo Assassina de Deuses ou não, eu estava com medo e não queria ficar sozinha.

— Não me deixa — sussurrei, fechando os olhos.

— Não — ele jurou, seus lábios tocando minha bochecha. — Nunca vou te deixar.

Comecei a tremer. Eu não queria ficar com medo. Onde estavam a força e a coragem que senti mais cedo? Queria ser aquela que enfrenta o destino de cabeça erguida, mas eu estava com *tanto* medo. Eu sabia que não teria mais volta. Que jamais veria meu pai, meus amigos ou Aiden de novo com meus olhos vivos. Perdi o fôlego e, toda vez que respirava, eu temia ser a última vez.

— Não me deixa. Por favor. Não quero ficar sozinha.

— Você não vai. — Seth deslizou os braços à minha volta, me abraçando. — Você não está sozinha. Nunca estará sozinha, anjo. Te prometo. Você nunca...

Respirei fundo e nunca ouvi o resto daquela frase. Ouvi um palavrão áspero de Seth, e então o mundo acabou para mim logo depois de uma explosão brilhante de luz solar.

26

Morrer pela segunda vez não era nada comparado com a primeira. Quando abri os olhos, soube que estava no Submundo e que estava morta. Não como da vez em que fui esfaqueada por Linard. Não mesmo. Eu estava tão morta quanto todo mundo ao meu redor.

Também não fui parar nas margens do Estige esperando por Caronte com outros mortos. Deveria haver muitos deles depois de toda a luta.

Minha morte era especial.

Quando abri os olhos, estava no meio do palácio de Hades. Não houve dor nem a sensação de sufocamento — num piscar de olhos minha vida havia acabado, e eu estava olhando para o vestido translúcido e brilhante de Perséfone.

A primeira coisa que vi depois de morrer foram os seios e os mamilos de Perséfone. Ou, pelo menos, um mamilo, mas com certeza era *um* mamilo.

Algo parecia errado no fato de aquilo ser a primeira coisa que vi na vida após a morte.

Eu estava muito perdida com toda a coisa de morrer para fazer ou dizer qualquer coisa. Hades já tinha voltado e, quando Perséfone apoiou o braço sobre meus ombros, eu estava muito aérea para me assustar por estar tão perto dela.

— Cadê o Apolo? — perguntei, porque eu queria vê-lo, precisava vê-lo.

A arrogância tipicamente presente na expressão de Hades sumiu quando ele balançou a cabeça.

— Ele virá aqui quando puder.

Não gostei da resposta. Apolo deveria estar ali, e não Hades. Apolo prometeu cuidar de mim, mas terminei morta no palácio de Hades, encarando os mamilos de Perséfone. Aquilo não era o que eu esperava quando ele jurou que eu ficaria bem.

Hades caminhou em minha direção e tocou minhas bochechas. Me encolhi por força do hábito.

— Você fez algo incrível hoje. Temos uma dívida eterna com você.

Aproveitei a deixa.

— Então devolva minha vida!

Ele balançou a cabeça e sorriu com tristeza.

— Não posso te conceder uma coisa dessas.

Então, aproveitei de novo.

— Se é assim, libere Aiden de sua promessa.

E ele balançou a cabeça mais uma vez.

— Também não posso conceder isso, meu amor.

— Tem alguma coisa que você possa fazer? — questionei. — Você é um deus e é...

— Está feito, Alexandria. Acabou. — Olhando para a esposa, assentiu. — Leve-a até o lugar de descanso final dela.

Meu lugar de descanso final?

Estremeci.

Sim, aquilo soava tão perturbador quanto era de se imaginar.

Perséfone me levou para os fundos do palácio e, de início, fiquei absolutamente surpresa com o que vi. Aquilo não se parecia com nenhuma outra parte do Submundo que eu já tinha visto antes.

— É lindo, não é? — Perséfone perguntou. — Esse é o começo dos Campos Elísios, e eles vão até onde os olhos podem enxergar. Assim como o Tártaro, mudam o tempo todo, se adequando à visão de paraíso de cada pessoa.

Os Campos Elísios eram... bom, eram deslumbrantes e pareciam tão reais, tão normais, que meu coração doeu com a visão. O céu era muito bonito — azul e brilhante, sem nuvens. O ar era quente, e o leve aroma de jasmim me lembrava...

Não me permiti concluir aquele pensamento.

— Seu paraíso será o que você decidir, Alexandria, e você pode compartilhar com outros — Perséfone explicou enquanto eu encarava as colinas verdejantes e, mais adiante, os tetos de muitas casas. No vale abaixo, as copas de árvores exóticas balançavam, revelando a água cristalina abaixo delas. — A escolha será sua.

Minha escolha?

Minha escolha era não morrer.

Perséfone segurou minha mão e o chão pareceu nos engolir. Um segundo depois, estávamos de pé num campo vazio, com margaridas brancas e amarelas.

— Aqui será seu paraíso — falou antes de desaparecer. E foi aquilo. Ela me deixou no campo vazio.

Fiquei parada por um tempão, até que o céu lá no alto começasse a escurecer e pequenas estrelas brilhantes aparecerem, cobrindo o azul-escuro da noite. Aprendi algumas coisas sobre estar morta daquela vez.

Meus pulmões funcionavam do mesmo jeito como era em vida, porque eu continuava sentindo o ar preso em minha garganta. Eu ainda conseguia chorar, porque lágrimas silenciosas escorreram por minhas bochechas. Sempre achei que aquele choro alto, que faz o corpo tremer, era o pior tipo, mas estava errada. Lágrimas silenciosas caíam de um jeito que marcava minha alma e pareciam infinitas.

Também aprendi que, mesmo morta, ainda podia me sentir sozinha.

Mas, enfim, depois do que me pareceu uma eternidade, encontrei meu paraíso. Fechei os olhos, forçando as lágrimas a parar, e por algum motivo, pensei na ilha Divindade, nas ondas do mar, na areia quente e limpa. Em minha cabeça, ouvia as gaivotas e sentia a água do mar respingando em meu rosto. E pensei na pequena, mas perfeita, cabana que ficava à beira do pântano.

Abrindo os olhos, soltei um gritinho de surpresa.

Eu estava de volta à Carolina do Norte. Só podia ser, porque o oceano balançava com calma à minha frente, com ondas num azul-escuro profundo sob a noite, com a areia quente sob meus pés. Senti o aroma do pântano e a umidade em meu rosto. Me virei e gritei quando vi a cabana — a luz acesa lá dentro projetava um amarelo suave pela janela. Saí correndo, escorregando pela areia, numa velocidade surpreendente. A porta estava destrancada, e a madeira era quente e muito, *muito real*, sob o meu toque. Abri a porta e percebi que, mesmo morta, meu coração batia forte como se eu tivesse tomado dez latinhas de energético.

Ao ver a sala de estar, levei a mão ao peito. Era bem como me lembrava: uma cozinha pequena e funcional à direita, um sofá grande em frente à TV e a decoração minimalista. Atordoada, caminhei pelo corredor curto e apertado e passei pelo banheiro até entrar no quarto espaçoso.

A cama era *dele* — os lençóis pretos, os travesseiros, o cheiro de mar e de algo terroso, de folhas queimadas, de homem.

Mas *ele* não estava ali.

Porque *ele* estava vivo e eu, bem, estava morta.

Passei horas naquele quarto, mergulhando naquele aroma antes de me levantar. Abri a porta dos fundos ao final do corredor e vi o jardim — uma réplica perfeita daquele na ilha Divindade, onde conheci a vovó Piperi.

Flores desabrochadas e o solo rico, árvores que eu não conseguia nem começar a nomear e plantas o suficiente para abrir um jardim botânico. Havia até um banco antigo de pedra.

Me virei, encarando a cabana.

Depois que encontrei meu paraíso e o sol nasceu no dia seguinte, os outros ao meu redor ficaram visíveis — casas e prédios de tamanhos diferentes, fazendas e cidades amplas. Palmeiras ensolaradas e montanhas cobertas de neve. Era uma mistura de todos os lugares do mundo.

Mas isso não era tudo.

O paraíso era simples, centrado nas necessidades, não nos desejos. Ao longo do tempo que pareceu maior do que dias e noites normais, aprendi como o paraíso operava.

Você tinha tudo o que precisava. Simples assim.

Se eu precisasse sentir fome, eu sentiria. Se precisasse de um bife suculento, ele simplesmente apareceria depois que eu fechasse os olhos. Se não precisasse comer, não sentiria o estômago roncar. Se precisasse usar jeans ou um vestido, era só abrir o armário, que as roupas estariam lá.

E tinha mais.

Aparentemente, quando você morria com cicatrizes assim como morri, você ganhava uma repaginada no pós-morte. Meu cabelo estava longo de novo; do tamanho que tinha antes de Ares me dar aquele corte de cabelo de menina rebelde. Chegando no meio das costas, as pontas eram bem cortadas, e os fios, brilhantes e macios. De início, fiquei obcecada com meu cabelo — tocando toda hora para me certificar de que ele ainda estava ali, pegando uma mecha e puxando por cima do rosto.

Quando se está morta, não tem muita coisa para fazer.

Até aquele momento, eu estava surpresa por tudo o que vi. Me aproximando até ficar quase vesga, analisei meu reflexo no espelho. As pequenas cicatrizes rosadas tinham sumido. Também sumiram do meu corpo. Fui restaurada, mas a repaginada pós-morte foi além disso. As marcas de daímônes que recebi quando estive em Gatlinburg, aquelas manchas pálidas no pescoço e nos braços, foram curadas por completo. E, quando levantei a camiseta, vi que a marca de corte deixada pela lâmina de Linard na primeira vez que morri havia sumido também.

O Submundo acabava com todas as cicatrizes.

Fiquei na ponta dos pés descalços, suspirando.

Curiosamente, o que mais demorei a me acostumar foi com meus olhos. Eram diferentes. As íris eram castanhas, como antes do meu despertar, mas havia uma pequena linha âmbar ao redor das pupilas. Não sei o que aquilo significava ou por que meus olhos eram daquele jeito.

Ele... ele ficaria muito feliz de ver meus olhos castanhos de novo.

Minha garganta fechou imediatamente e fechei os olhos com força. *Não vou chorar. Não vou chorar.* Chorar era ruim no Submundo, eu descobri. Quando você começava, era difícil parar e aquilo poderia se tornar uma passagem só de ida para o Vale do Luto. O que não parecia nada divertido.

Mesmo assim, as lágrimas formigaram em meus olhos.

Sabia que não deveria chorar, mas era difícil porque eu sentia saudade do meu tio e do meu pai. Sentia falta de Luke, Deacon e Solos. Sentia falta de Seth e de como era fácil me irritar. Mas eu desejava ainda mais estar com Aiden. A cada segundo, o desejo só ficava mais forte, mais intenso. Minha vontade dele não diminuiu, e não achava que diminuiria um dia.

— Alex?

Desviando o olhar do espelho, me virei para o garoto deitado na minha cama. Seu cabelo loiro na altura dos ombros estava preso num rabo de cavalo, mas as mechas curtas escaparam, caindo em seu rosto bronzeado. Todos os dias desde que morri, Caleb esteve ali comigo. Passei tempo com minha mãe, com Olivia e até mesmo com Lea, mas Caleb era quem eu mais encontrava. Me sentia mal por tomar tanto do tempo dele, porque tinha certeza que ele e Olivia estavam tentando descobrir se dava para fazer um filho no Submundo em todo momento livre que tinham, mas eu não sabia o que seria de mim sem ele.

— Vem cá — falou, dando um tapinha na cama.

Me aproximei e sentei ao seu lado.

— Olivia vai me cortar todinha se você continuar deitando na minha cama.

Caleb riu e, toda vez que ele ria, eu tinha que sorrir. Sentia muita saudade daquela risada, tanto quanto da minha própria vida.

— Ela não vai te cortar todinha.

— Estou sugando todo o seu tempo.

— Não, não está. — Estendeu o braço, puxando a barra do meu jeans. — E ela compreende. Morrer não é fácil, Alex. Não é fácil para ninguém, muito menos para você.

Arqueei a sobrancelha.

Caleb puxou a barra da calça de novo.

— Por que você não sai comigo hoje à noite? Eu. Você. Olivia. Tem uma balada que descobri há algumas semanas, perto das palmeiras. Acho que pertence a um puro-sangue cuja ideia de "feliz para sempre" é uma festa que nunca acaba.

Os Campos Elísios eram o mais próximo de uma vida que se podia ter, e tinha muita coisa para fazer, pessoas para conhecer e tudo mais. Lea já tinha dado uns beijos num meio-sangue *e* em um dos guardas do Hades.

Dei de ombros.

— Acho que vai te fazer bem, Alex. De verdade.

— Eu sei. — Também sabia onde ele queria chegar com a conversa.

Caleb não decepcionava.

— Você precisa sair e ser feliz. Sei que é difícil, mas estou preocupado com você. Estou com medo. Você pode acabar indo parar no Vale, e de lá não tem volta.

— Não quero que você fique com medo — eu disse, encarando minhas unhas. Elas nunca foram tão bem-cuidadas em vida. — Mas Apolo mentiu para mim. Ele disse que cuidaria de mim.

Caleb não disse nada porque não era a primeira vez que eu dizia aquilo. Eu dizia todos os dias.

— E por onde ele anda? — perguntei, levantando o olhar. O rosto lindo de menino do Caleb se encheu de compaixão. — Não me visitou uma vez sequer. Sinto que ele me usou, o que é idiota, porque é um deus e é isso que fazem, mas eu... — Me perdi nas palavras, balançando a cabeça. — Desculpa. Pareço o canal Alex Reclamona Eterna.

— Tá tudo bem. Não precisa se desculpar. — Ele deu um tapinha na cama de novo. — Deita um pouco comigo? — Me estiquei ao lado dele, encarei o teto.

— Isso me lembra nossa...

— Última vez juntos lá em cima? — completou, depois rindo quando me encolhi. — Pelo menos você não está fedendo agora.

Olhei feito para ele.

— Seu idiota! Eu não estava fedida naquele dia!

— Até parece. Você estava há dias sem banho. — Ele virou de lado, sorrindo. Seus olhos azuis literalmente cintilaram. — Você estava fedida.

— Nada a ver!

— Te amo — respondeu.

Meu sorriso se espalhou e, sinceramente, se eu tivesse que passar a eternidade com Caleb, ficaria tudo bem. Eu podia não ir para o Vale, mas não seria justo colocar aquele peso em cima dele. Ele havia construído uma vida para si mesmo... na vida após a morte, mas eu me aconcheguei mais perto de Caleb, em seus braços abertos, e fechei os olhos.

— Vai ficar mais fácil — prometeu, apoiando a testa na minha. — Vai, sim.

Quis acreditar nele, mas queria Aiden e queria viver, e o paraíso não podia me dar aquelas duas coisas.

27

Eu não era boa em cuidar do jardim do Covenant quando estava viva, mas até que estava levando jeito naquele ali. Havia algo de relaxante e tranquilo entre as rosas e as peônias. Eu voltava toda hora para o velho banco de pedra, especialmente nas manhãs. Talvez achasse que vovó Piperi iria aparecer de forma mágica e me diria outra profecia maluca em nome dos velhos tempos. Seria divertido.

Ou não.

Caminhando pela trilha de mármore, meu olhar passou pelos desenhos detalhados da calçada. De alguma forma, não havia notado antes, mas os entalhes eram os sinais do Apôlion. Interessante.

Dei a volta em um arbusto cheio e levantei o olhar. Parei bruscamente, arregalando os olhos. O banco não estava vazio hoje.

Apolo estava sentado ali, com as mãos unidas entre os joelhos.

— Até que enfim — disse ele. — Estava esperando aqui há quase uma hora.

Eu o encarei, boquiaberta.

— Eu... dormi até mais tarde.

Ele tombou a cabeça para o lado.

— Fiquei sabendo que você anda dormindo bastante.

Me recuperei do choque.

— Onde você se meteu?

— Estava ocupado. — Ele se levantou, e era gigante, se comparado a mim. — Vim o mais rápido que pude.

— O mais rápido que pôde? — repeti, feito uma idiota. — Faz mais de uma semana!

Apolo cruzou seus braços enormes.

— O tempo passa diferente aqui, Alexandria. Uma hora ou duas aqui são um segundo no reino mortal. Não se passou tanto tempo.

— Desde que morri? — Cruzei os braços, imitando a postura dele. — Você disse que cuidaria de mim.

— E cuidei.

Apertei os olhos.

— Eu tô morta. Não entendo como isso significa cuidar de alguém.

Apolo descruzou os braços e se aproximou de mim.

— Você precisa superar esse pequeno detalhe. — Então, ele deu um tapinha na minha cabeça. Juro. Deu um *tapinha* na minha *cabeça*. — Vem. Precisamos fazer uma coisa.

Me virei, tentada a dar uma voadora na cabeça dele e, apesar de ter certeza que eu ainda sabia lutar, não tinha mais meus poderes superlegais de Apôlion. Chutar Apolo, provavelmente, não terminaria bem.

Apolo olhou por cima do ombro, cansado.

— Você vem ou não? O tempo está passando.

— Ah, achei que eu tinha, tipo, uma eternidade de tempo. — Tive vontade de ficar parada, porque estava me sentindo bem birrenta, mas acabei grunhindo e o seguindo. — Aonde vamos?

— Você vai ver.

Fiz cara feia para ele enquanto tentava acompanhar seu passo com aquelas pernas grandes. Irritada, permaneci quieta durante o caminho. Chegamos à margem do jardim antes que eu pudesse segurar minhas perguntas.

— Como está todo mundo?

Ele me olhou de lado.

— Como você acha?

Minhas mãos formigaram, e a raiva esquentou minhas bochechas.

— Algo em mim me dizia que as coisas terminariam assim, mas ainda esperava que seria diferente. Esperava por causa do que *você* disse e do que me pediram para fazer. Você me decepcionou, Apolo. Então, o mínimo que você pode fazer é me dar uma resposta direta.

Os olhos azuis dele ficaram mais intensos, da cor do céu antes de uma tempestade. Eu sabia que tinha pisado no calo dele, mas não me importava. O que ele iria fazer? Me matar? Uma voz silenciosa sussurrou em minha mente que ele poderia mandar minha carinha infeliz pro Tártaro, mas duvidei que ele faria aquilo, independentemente do quanto eu o provocasse.

Apolo suspirou.

— Ninguém está feliz. Seu tio se trancou num quarto e bebeu até perder a consciência. Seus amigos? Inconsoláveis. Acho que você sabe como Seth está se sentindo. Talvez não, não de maneira geral. E Aiden? — Ele fez uma pausa e meus olhos arderam. — Nunca vi um homem surtar como ele. E surtou. Colocou fogo em metade do Covenant. E, se o irmão dele não tivesse aparecido, tenho *certeza* que teria ficado no meio dos prédios em chamas. É isso que você queria saber? Tá melhor agora, Alexandria?

— Não — sussurrei, com o peito doendo como se alguém tivesse me partido ao meio. As lágrimas se acumularam e escorreram por minhas bochechas. Sequei rápido. — Isso não me deixou nem um pouco melhor.

— Imaginei, mas você insistiu. — Caminhou pela frente da cabana, aquela para a qual agora eu não conseguia nem mais olhar. — As pessoas te amavam. Ainda amam. O luto nunca é fácil. Mas eles vão se curar e continuar vivendo.

E eu queria aquilo — queria que todos seguissem em frente. Por mais que quisesse vê-los de novo, não os queria aqui. Eles mereciam viver.

— Não existe mais elixir — disse Apolo. — Imaginei que você gostaria de saber disso.

Olhei para ele enquanto atravessávamos a praia, com a areia quente sob meus pés descalços. Desde que morri, comecei a evitar sapatos.

— Obrigada.

— Em alguns dos servos, ainda terão efeitos duradouros depois de tanto tempo sob o efeito do elixir, mas muitos deles estão indo bem. Diversos passaram a ter opções que nunca tiveram antes. — Ele parou, a vários passos das ondas. — Depois da derrota de Ares, uma reunião emergencial do conselho foi feira. Solos recebeu uma vaga no conselho.

Fiquei boquiaberta.

— Sério? Um meio-sangue no conselho? Meus deuses, isso é... nossa, isso é demais. Como aconteceu?

Um pequeno sorriso surgiu nos lábios dele.

— Apenas alguns dias se passaram, mas muita coisa aconteceu. Aiden assumiu a vaga dele no conselho também.

Respirei rápido, me enchendo de orgulho.

— Ele assumiu? Os pais dele...

— Assumiu. Com o voto dele, junto com outros, oficialmente revogaram a lei da raça e deram os direitos que prometi de volta aos meios-sangues.

Ai, meus deuses! Eu precisava sentar. Aquilo era algo grande.

— Ele também abriu mão da vaga logo depois. Cedeu a cadeira para Solos.

Arregalei os olhos.

— Ele fez o quê? Quer dizer, que bom para Solos, mas por que faria isso? — Então, o medo congelou meu peito. — Ai, meus deuses, ele vai ficar bem, não vai? Não vai fazer nada idiota...

— Não vai fazer nada idiota. Vai ficar bem — Apolo respondeu. — A mudança está chegando para nossa sociedade, Alexandria. Levará tempo, mas vai acontecer. Assim como você irá aceitar sua nova jornada.

Confusa com a última frase, dei um passo para trás, me afastando de Apolo.

— Minha nova jornada?

— Sim, está na hora de começar a seguir em frente.

Fiquei boquiaberta.

— Acabei de morrer!

— E aparentemente já passou tempo o bastante pra ficar chateada comigo por eu não ter vindo te visitar logo. — Apolo sorriu, o fuzilando com o olhar. — Lembra do que você fez com Caleb para honrar sua mãe e aqueles que morreram no verão passado?

— Quê? — A mudança de assunto me deixou tonta.

— Você usou os barcos de espíritos como uma forma de seguir em frente, não foi?

Franzi a testa.

— Você estava me espiando naquela época, Apolo?

Ele ignorou a pergunta.

— Acho que precisa fazer a mesma coisa por você.

— Como assim? — Encarei ele, estupidamente chocada. — Você quer que eu envie um barco de espíritos no oceano para mim mesma?

Apolo assentiu mais uma vez.

— Acho que essa é uma ideia perfeita. Será simbólico e, espero, um novo começo para você.

Muitos segundos se passaram enquanto eu esperava ele gritar "tô brincando!", dando um tapa no meu ombro, mas não fez isso.

— Você tá falando sério?

— Parece que estou brincando?

Na verdade, parecia que queria me bater.

— Mas isso é tão... esquisito.

— Não é esquisito. — O olhar dele pousou em mim. — Mas você precisa se vestir melhor, como estava quando fez isso antes.

Abri a boca, mas, antes que pudesse falar uma palavra, Apolo estalou os dedos e minhas roupas mudaram. Mudaram em meu corpo mesmo. Jeans e regata, minha escolha de visual para a vida após a morte, se transformaram no vestido tubinho preto que usei no dia em que eu e Caleb libertamos aqueles barcos de espíritos.

Passando as mãos pelo tecido macio, levantei o olhar.

— Isso é... isso é bizarro, porque devo ter ficado pelada por uma fração de segundo, então não faz isso de novo.

Ele deu de ombros e depois estendeu a mão, que antes estava vazia. Mas agora não estava mais. Um barco de espíritos surgiu na mão dele, com vela e tudo.

Hesitei.

— Você vai mesmo me obrigar a fazer isso?

— Sim.

Me controlei para não revirar os olhos e admiti que Apolo não iria mudar de ideia. E era tão estranho. Desde que Apolo tinha me matado, me imaginei revidando milhares de vezes, mas agora ele estava ali, segurando um maldito barco de espíritos, e eu não conseguia fazer nada.

Talvez porque eu tinha concordado em me tornar a Assassina de Deuses, sabendo como as coisas provavelmente acabariam.

Balançando a cabeça, peguei o barco das mãos do Apolo. No momento em que meus dedos tocaram o barco, uma pequena chama acendeu no pavio da vela branca. Segurei aquele barquinho frágil nas mãos.

— Você tem noção de que isso é bizarro e mórbido, né?

— Você precisa se libertar da sua vida antiga, Alexandria.

— Minha única vida — murmurei.

Apolo não respondeu.

Suspirei com força e me virei para o oceano. O sol iluminava as ondas, e eu sabia que a água devia estar quente e espumosa, porque era assim que eu gostava. Mas caminhar pelas ondas com um barco de espíritos feito para mim não foi tão fácil quanto se poderia imaginar.

Fiquei parada ali por vários instantes, com muitos pensamentos na cabeça enquanto uma brisa suave vinha do oceano e bagunçava meu cabelo. Será que eu conseguiria fazer aquilo sem rir ou chorar? Porque eu não sabia se era engraçado ou apenas triste. Eu estava pronta? Ao contrário da opinião irritante de Apolo, eu tinha acabado de morrer. Estava pronta para seguir em frente? Eu queria aquilo?

Eram perguntas difíceis.

A dor, a saudade e o anseio se tornaram familiares para mim. Superar me parecia desistir, mas não era bem assim. Mesmo em meus momentos mais sombrios, eu sabia que aquilo não era verdade. A verdade era que eu não queria passar a eternidade daquele jeito. Não queria passar nem mais uma semana daquele jeito. E, com certeza, não queria ir parar no Vale.

Eu não sabia ao certo se o barco de espíritos seria a resposta, mas não custava tentar. E daí se eu me sentia meio idiota fazendo aquilo? Eu estava morta. Ninguém iria me julgar ali.

Respirando fundo, forcei minhas pernas a andar. A areia se desfez sob meus pés, e a água fez cócegas em meus dedos. Segui em frente até a espuma do mar alcançar meus joelhos. Parei, encarando meu barco. Eu já tinha feito aquilo antes. Cheguei a dizer que minha mãe estava num lugar melhor? Ela estava — nos vimos ontem. Arrancamos ervas daninhas do jardim juntas. Então, eu não estava num lugar melhor agora? Chega de ameaças de morte iminente ou desmembramento. Chega de destino ou dever. Chega de perdas.

Só havia a perda que eu já tinha sofrido.

Mas talvez aquilo também sumiria um dia. E veria meus amigos e minha família de novo. Eu sabia daquilo. E, talvez, quando chegasse a hora de Aiden, Hades teria pena de nós. Afinal, aquele filho da puta nos devia uma. Me devia uma das grandes.

Soltando um suspiro, me abaixei e coloquei o barco de espíritos no oceano. Meus dedos continuaram segurando o barco por um segundo, e disse a única coisa que pensei em dizer.

— Adeus.

Então, deixe o barco ir.

Me endireitei, observando as ondas o levarem cada vez mais para longe, até eu não conseguir mais enxergar o barco. Não sabia se estava me sentindo melhor, mas achei que foi um passo na direção certa. Já era alguma coisa, o que, de acordo com meu lema pessoal, era melhor do que nada.

Me virei, prestes a gritar pra Apolo, perguntando se ele estava feliz agora, mas ao olhar para o deus outra coisa chamou minha atenção.

Meu coração parou.

O ar congelou em meus pulmões. Eu não podia piscar, *apavorada* com ideia de que, se piscasse, o que eu estava vendo iria sumir, porque não podia ser real.

Ele não podia ser real.

Aiden estava de pé na beira do mar, com a água batendo em seus calcanhares, molhando a barra do jeans que ele vestia. A brisa atingiu a bainha da sua camisa branca, levantando o tecido de leve e brincando com seu cabelo preto e ondulado. Raios de sol beijavam seu rosto e, à distância, dava para ver que os olhos dele estavam num tom prateado de tirar o fôlego. Ele estava sorrindo.

Estava sorrindo para *mim*.

— Oi — falou, e, ai, meus deuses, era sua voz. Uma voz que pensei que não escutaria por um bom tempo. Ou nunca mais.

Levei a mão ao peito e engoli em seco.

— Isso... isso é real?

O sorriso dele se abriu, revelando aquelas covinhas profundas nas bochechas.

— Isso é real, *ágape mou*.

Não conseguia me mexer.

— Alex — ele chamou, rindo suavemente.

— Como você está aqui? Ai, meus deuses... — Olhei para Apolo. — Ele morreu? Você disse que ele ficaria bem! Que ele não faria nada...

— Não estou morto — Aiden interrompeu, dando um passo adiante. As ondas molharam suas panturrilhas. — Sai da água e te explico. Vem, *ágape mou*.

Fiquei imóvel por mais um segundo ou dois, e depois a ficha caiu. *Aiden* estava ali. Um grito escapou de meus lábios quando enfim me mexi. Segurando o cabelo para trás, meio corri, meio cambaleei em direção à praia. Ele avançou, me encontrando no meio do caminho.

Me joguei em cima dele, quase o derrubei, mas Aiden se equilibrou, envolvendo os braços em minha cintura e me puxando. A sensação de tê-lo, quente e real, contra meu peito era maravilhosa, me deixou toda arrepiada. O cheiro, a mistura de mar e sabonete, me preencheu.

Isso também acabou comigo.

257

Chorei, me afundando no peito dele, apertando-o com tanta força que fiquei surpresa por não o machucar. Mas ele me abraçou do mesmo jeito, sussurrando coisas em meu ouvido que eu não conseguia entender por causa do som do meu choro. E eu estava falando também, mas as palavras não faziam muito sentido.

Por fim, a mão dele deslizou por minha bochecha, deixando um rastro de fogo, e ele soltou um som grave, saído do peito, um segundo antes de seus lábios tocarem os meus. Outro grito saiu das profundezas da minha alma, e o beijo ficou mais intenso. O beijo me alcançou, envolvendo meu coração, me reacendendo de um jeito que nunca aconteceu quando eu estava viva. E retribuí o beijo, provando o sal das minhas lágrimas e do oceano nos lábios dele.

Apolo pigarreou.

Como se dispuséssemos de todo o tempo do mundo e não tivéssemos uma plateia, Aiden desacelerou o beijo no próprio ritmo, dando uma mordidinha em meu lábio inferior ao levantar minha cabeça. Eu estava sem fôlego quando abri os olhos.

Ele beijou minha testa e depois me colocou de volta no chão. Mantendo o braço ao redor da minha cintura e me puxando para perto, nos virou para a direção do Apolo e voltamos para a areia.

O deus estava sorrindo. Não aquele sorriso bizarro com o qual sempre agraciava o mundo, mas um de verdade.

— Como? — perguntei, agarrando a camisa de Aiden como se estivesse planejando mantê-lo ali. — Como isso é possível? Ele está me visitando? Ele está...?

Aiden riu, acariciando meu queixo.

— Não estou visitando.

Meu coração quase implodiu, mas eu não entendia.

Apolo ficou com dó de mim.

— Lembra quando te disse que iria cuidar de você? Era uma promessa que eu não iria quebrar, mas isso... isso não foi só ideia minha.

— Não? — Continuei segurando a camisa de Aiden.

— Eu sabia o que poderia acontecer no fim, bem antes de você concordar com o plano — explicou. — Muitas coisas na vida não são justas, e podemos aprender lições com isso, mas nenhuma lição foi aprendida com sua morte. Então, quando te levei para o Olimpo depois da sua primeira luta contra Ares, me certifiquei de que, independentemente do resultado, você seria recompensada.

— Dando Aiden para mim? — perguntei e, bom, apesar de gostar da recompensa, não parecia justo para Aiden. Os Campos Elísios eram legais e tal, mas ficavam no Submundo.

— Não — disse Apolo. — Entreguei uma bebida para que sua mãe te desse. Lembra? Disse a ela que iria ajudar a te curar.

Eu me lembrava.

— Era saborosa, mas... esquisita.

Ele sorriu de novo.

— Não era uma bebida normal. Era ambrosia.

Meus lábios se abriram devagar enquanto eu o encarava. Ambrosia? O néctar dos deuses? Aqueles que bebiam ambrosia se tornavam imortais.

— Não entendo. Estou morta. Isso não pode ser...

— Você faleceu como mortal, Alexandria, mas não está morta de verdade como todos aqui ao seu redor. Ao liberar o barco de espíritos, você iniciou a próxima etapa da sua existência. Você é imortal. Em termos técnicos, agora você é uma semideusa.

Meu queixo foi parar na areia. Eu não tinha palavras. Nenhuma.

— Mas, para todo presente, deve haver uma troca — Apolo continuou. — Você teve seu falecimento como mortal, e meus irmãos não sabiam o que eu tinha feito. Eles dizem que vou bagunçar o destino se não houver uma troca. Me entende?

Hum, *não*, mas assenti.

— Você terá que passar seis meses no Submundo, seis meses do tempo do Submundo. E depois poderá passar seis meses de tempo mortal no reino mortal.

— Tipo Perséfone? — Ele assentiu e balancei a cabeça. — Santos deuses, não sei o que dizer. Obrigada e... espera aí! — Meu coração saltou quando olhei para Aiden. — Se sou imortal, e Aiden? Não pode ficar no Submundo por seis meses. Não entendo. — Não é que eu seja ingrata. Se pudesse ver meu pai e meus amigos por apenas seis meses lá em cima, aceitaria, mas eu estava confusa. Aiden disse que não estava visitando, e eu sabia que estava faltando alguma informação ali. — Alguém me ajuda aqui, vai?

— Essa é a outra metade — disse Aiden, abaixando o queixo e beijando minha cabeça.

— E não tem nada a ver comigo — disse Apolo. — Eu teria permitido que Aiden te visitasse quando pudesse, por quanto tempo fosse, mas isso... isso tudo foi ideia do Seth.

Pisquei.

— *Seth?*

— Se você está surpresa, imagina eu. — O braço de Aiden me apertou. — Seth fez um acordo com Apolo e Hades antes mesmo de eu saber o que estava rolando.

— Qual acordo? — Olhei para Apolo. — Qual acordo Seth fez?

— Primeiro, você precisa entender que Seth jamais deveria ter existido, Alexandria. Você sempre foi destinada a ser o Apólion, e Seth sabia disso. Para ele, ter sido você a morrer... ele não conseguiria sobreviver sabendo disso — Apolo explicou, e minha pele gelou. — Quando ele veio até mim, falei que você ficaria bem. Expliquei que havia te dado ambrosia e expliquei a troca para ele. E, mesmo depois de dizer que você veria Aiden de novo e que, no fim, você estava sendo bem-cuidada e seria feliz, não foi o bastante para ele.

"Ele sabia que, quando Aiden morresse, a alma dele seria de Hades quando chegasse a hora. E, no fim, você continuaria viva depois que Aiden morresse. Você teria que vê-lo crescer e morrer, permanecendo a mesma enquanto ele envelhecia. Seth não queria isso para você.

Aiden acariciou minha cintura antes de falar:

— Seth ofereceu uma troca. Ele ofereceu servidão aos deuses, o que é bem-vindo, já que ninguém consegue encontrar Perses e nenhum dos olimpianos pode matar Seth.

— Precisamos dele do nosso lado, então estávamos dispostos a fazer o acordo — Apolo confirmou. — Ele ofereceu servidão e obediência em troca de ambrosia para Aiden. Então, ofereceu a própria alma para Hades, no lugar da alma de Aiden, quando ele morrer. E como você pode imaginar, Hades ficou muito feliz com a ideia. Nós aceitamos.

Arregalei os olhos. Não sabia o que dizer. Seth... ai, meus deuses, aquele danado... aquele danadinho maravilhoso.

— Ele deu a própria vida para os deuses, basicamente? Vocês podem pedir o que quiserem para ele.

E, conhecendo Seth, aquilo o deixaria completamente louco.

— E quando ele morrer? — Balancei a cabeça, sem palavras.

O que Seth havia feito foi inacreditável. Ele sacrificou tanto. Meu coração estava acelerado. Eu queria chorar de novo. Provavelmente choraria. E também queria rir, queria encontrar Seth e dar um sacode nele, porque ele não precisava ter feito aquilo. Ele não deveria ter feito. Meu futuro com Aiden não era mais importante do que o futuro dele, independentemente do quanto quiséssemos aquilo.

Eu estava embasbacada.

— Seth não queria que você soubesse que ele fez isso e, embora eu tenha honrado a maioria dos pedidos dele, senti que você precisava saber o que ele fez. Ele te deu isso, Alexandria. Deu isso a Aiden. E sei que é difícil de aceitar. Foi difícil para Aiden aceitar por completo, surpreendentemente. — Apolo acrescentou, seco. — Mas foi a decisão de Seth, e não pode ser desfeita. Quando você subir daqui a seis meses, poderá encontrá-lo para agradecer.

Na verdade, iria abraçar e esmagar e amar aquele cara. E depois dar um tapa nele. E depois abraçar e esmagar e amar de novo.

— Não sabemos ao certo o que isso faz com a conexão de vocês. Você não é mais a Assassina de Deuses, já que teve um falecimento de mortal, mas isso nunca foi feito antes. — Apolo deu de ombros. — Talvez vocês ainda estejam conectados quando você chegar ao reino mortal. Talvez não. Não sabemos.

Eu tinha muito a dizer. Minha cabeça estava girando. Eu não esperava nada daquilo, especialmente o que Seth havia feito. Ele nos deu tudo. Eu não conseguia imaginar como retribuir, mas um dia acharia um jeito.

O sorriso de Apolo se suavizou, a coisa mais humana que já vi naquele deus.

— A jornada dele não acabou, Alexandria. Nem a sua. Nem a de Aiden. Lembre-se disso.

Engasgada de um jeito ridículo, assenti e, então, sem nenhum aviso, Apolo sumiu. Encarei o lugar onde ele estava por um bom tempo e depois me virei para abraçar Aiden.

Ele abriu um meio-sorriso e uma covinha surgiu em uma bochecha.

— Devemos muito ao Seth.

— Tudo — concordei, com os dedos ainda afundados na camisa dele. — Devemos tudo a ele.

Aiden abaixou a cabeça, tocando meus lábios com os dele. Minha boca se abriu imediatamente. Mergulhei nele, pronta para...

— Ah. Quase esqueci.

Saltei uns dez centímetros do chão com o som da voz de Apolo, que estava bem no meu ouvido.

— Ai, meus deuses, você nunca vai parar com isso?

— Não. Mas se certifique de fazer da vida do Hades um inferno enquanto estiver aqui embaixo. — Ele deu uma piscadinha e desapareceu de novo.

Aiden olhou para o lugar onde Apolo estava, depois para mim, e riu.

— Será que tem sinos aqui nos Campos Elísios?

Uma risada borbulhou em minha garganta.

— Sim, aposto que tem. Você meio que precisa de uma coisa, e ela aparece. Tipo, se você quiser comer camarão com coco, você ganha camarão com coco.

— Sério? — Ele riu de novo, abraçando minha cintura. — E Big Macs?

— Sim. Até Big Macs.

— Nossa. Deve ser o paraíso pra você, então.

O nó de emoções voltou à minha garganta.

— Na verdade... não é. Senti tanto a sua falta. Eu... — Me contive.

Ele pressionou nossos lábios ao acariciar meu pescoço com o polegar. Depois, olhou por cima do ombro.

— Aquilo ali é o que acho que é?

Mordi o lábio, torcendo para não parecer uma maluca.

— Me fez feliz e me lembrava... me lembrava você, então transformei a cabana em parte do meu paraíso.

A mão de Aiden deslizou por meu braço, e ele entrelaçou nossos dedos.

— Me mostra?

Levei Aiden até a cabana e, enquanto ele olhava o lugar, vendo a sala e a cozinha familiares, sua mão apertou a minha com mais força. Senti minhas bochechas corarem.

— Tem quarto, banheiro, igual à sua, mas tem um jardim nos fundos. Sei que não é...

— É perfeita. Você é perfeita. — Seu olhar prateado pousou em mim. — Desculpa não ter vindo mais cedo. Sei que...

— Não — eu disse, colocando os dedos sobre os lábios dele. — Você não tem que se desculpar por nada. Apolo me disse sobre o conselho e sobre a lei da raça. Você fez algo incrível. Solos no conselho, e como a lei da raça foi revogada, e...

Aiden se abaixou, me silenciando com um beijo demorado que me deixou sem fôlego quando ele levantou a cabeça.

— Nada do que fiz foi incrível de verdade, Alex. Era só o que tinha que ser feito. Só queria não ter demorado tanto na sua perspectiva.

Ele me contou que Seth fez os acordos antes da reunião do conselho, horas depois da minha morte, mas que ele se resolveu com o conselho e falou com o irmão antes de partir com Apolo.

— Deacon... — suspirei. — Meus deuses, você não verá ele por seis meses. E será ainda mais tempo para ele, com a coisa toda do tempo passando diferente.

— Tá tudo bem.

Balancei a cabeça.

— Mas ele é sua família, e sei que significa tudo pra você.

— Ele é mesmo tudo para mim e vou sentir saudade, mas ele me daria uma surra se não viesse até você. — Aiden sorriu. — Sabe o que sinto por você. Viu como fiquei... depois de tudo. Ele entende e está feliz. Além do mais, nós o veremos de novo.

Então, me dei conta. Empolgada, quase comecei a pular.

— Ai, Aiden! Você vai ver seus pais! Ainda não encontrei eles, mas sei que estão aqui. Em algum lugar.

— Sei disso, mas, por mais terrível que possa parecer e, meus deuses, provavelmente é terrível mesmo, agora não me importo. — Usando minha mão, ele me virou e me puxou contra o peito. — Não é isso o que quero agora *ou* o que preciso.

As palavras proféticas da vovó Piperi voltaram à minha mente. Há o querer e o precisar... Para ela, essas duas coisas sempre foram entidades bem diferentes, mas agora eram uma só.

Ele colocou a ponta dos dedos em meu rosto, de maneira extremamente carinhosa, enquanto seu olhar me analisava.

— Olha pra você — disse ele. — Seus olhos...

Fiquei parada, deixando os dedos dele traçarem um caminho invisível por meu rosto.

— Fiquei bem mais gata como morta-viva, né?

— Você sempre foi linda para mim, Alex. — Ele passou os dedos pela linha do meu maxilar, descendo pelo pescoço. Suas mãos tremeram ao passar por meus ombros. — Meus deuses, Alex, achei que depois do que aconteceu com Linard eu jamais teria que lidar com sua perda de novo. Mesmo quando você se conectou com Seth, ainda estava viva. E mesmo quando não quis ficar comigo, você estava viva, e no fim isso era tudo o que importava.

Aiden respirou fundo.

— Quando cheguei naquele salão e vi Seth e Apolo, mas não te vi, meu coração parou. Fiquei arrasado — admitiu com muita honestidade. — Porque tudo que eu queria era um futuro com você, e isso foi tirado de mim *de novo*.

Fechei os olhos contendo as lágrimas.

— Mas aqui estamos nós — murmurou.

— Aqui estamos nós. — Pisquei os olhos antes de abri-los, com o peito cheio da emoção que li no olhar dele. Recebemos aquele futuro por causa de Apolo e Seth. E não poderíamos desonrar aquele presente não vivendo cada segundo daquele futuro. — Eu te amo.

— *Ágape mou*, você é meu tudo.

Aiden me beijou. Palavras não eram necessárias àquela altura. Ele experimentou os mesmos momentos de perda que eu, cada segundo de desespero, e aquilo se refletia em todo toque, todo beijo, todo gemido suave. Estávamos famintos um do outro no quarto. Em pouco tempo, nossos membros se entrelaçaram, e tudo ficou em câmera lenta quando os corpos se uniram. Nosso desejo um pelo outro nos consumia, mas pela primeira vez desde que trocamos os primeiros olhares em Georgia, tínhamos todo o tempo do mundo para aproveitar nosso amor. E aproveitamos.

Um tempo depois de recuperar o fôlego, Aiden estava sobre mim e sua mão traçava a linha do meu maxilar. Sorri quando algo me ocorreu.

— Somos semideuses agora. — Ri, e uma emoção se espalhou em meu peito. — Somos *semideuses* de verdade.

Os lábios dele responderam, sorrindo e se abrindo até as covinhas surgirem, e meu coração derreteu como só ele conseguia fazer.

— Sim, somos — disse ele.

— Sabe o que isso significa? — Encarei aqueles olhos prateados. Eu teria um número infinito de momentos como aquele para compartilhar com Aiden. — Contarão histórias sobre nós dois.

Aiden abaixou a cabeça, me beijou com delicadeza, profundamente, e com tanto amor que surgiram lágrimas em meus olhos.

— Já estão contando.

Agradecimentos

Agradecimentos nunca são fáceis de escrever. Sempre tem um estresse quando chega a hora de escrevê-los, o medo de esquecer alguém. Mas os agradecimentos deste livro são importantes demais para mim. A história da Alex chegou ao fim, e há muitas pessoas que estiveram com ela desde o primeiro dia, no finzinho de 2007 e no começo de 2008, ajudando a moldar a Alex que todos aprendemos a amar... ou odiar.

Durante esse tempo, a série Covenant teve muitos leitores de teste, que me deram conselhos e emprestaram seu conhecimento. Chu-Won Martin foi a primeira pessoa a ler *Meio-sangue*. A carteirinha de primeira leitora é dela, e como ela não riu na minha cara depois de ler, estamos aqui hoje. Um muito obrigada a Lesa Rodrigues por sempre se empolgar na hora de mergulhar no mundo do Covenant e por ler os primeiros originais, que eram bem ruins. Obrigada, Carissa Thomas, Julie Fedderson e Cindy Thomas por ler estes livros antes que chegassem às mãos dos leitores. Obrigada à galera da Query Tracker por me ajudar a escrever a carta-proposta que resultou no contrato em 2010. Um superobrigada a Molly McAdams, que provavelmente leu os últimos dois livros da série Covenant meses e meses antes do lançamento e sempre fez com que eu me sentisse bem a respeito da história. Um grande obrigada a Stacey Morgan por criticar *Sentinela* e muitos outros livros, um capítulo de cada vez, e por sofrer com todas as mudanças que acabei inventando sem contar para ela.

Muito obrigada, é claro, a Kate Kaynak por arriscar com *Meio-sangue*. A Kevan Lyon também, por sempre ser a agente superincrível que é; a Rebecca Mancini, por apresentar a série Covenant ao mercado internacional; e a Brandy Rivers por, bom, ser incrível no todo. Muito obrigada à minha assistente pessoal maravilhosa, Malissa Coy, e à minha editora das segundas edições Wendy Higgins.

Agora, chegou a parte difícil porque, inevitavelmente, vou me esquecer de mencionar alguém, mas quero citar todos aqueles que me vêm à cabeça. Esses são leitores e blogueiros que fizeram coisas INCRÍVEIS pela série Covenant e estão comigo desde o começo. Obrigada, Vee (sim, vou escrever seu nome da forma como falo; ou Vi, ou Vivian), Valerie, do Stuck in Books, Momo, do Books Over Boys, toda a equipe da Books Complete Me, da Mundie Moms e da Good Choice Reading, todas as irmãs da YA Sisterhood,

Kayleigh, da K-Books, todos os participantes do Covenant Read Along, a família Greer — especialmente o Papa Greer —, Reading Angel, Amanda, do Canadá, e — ai, meus deuses — meu cérebro não consegue mais pensar porque está passando *Ghost Adventure* na tv e estou hipnotizada com o quanto é bom e horrível ao mesmo tempo.

É claro que nada disso seria possível sem minha família e meus amigos, que aturam o fato de eu passar mais tempo escrevendo do que falando com qualquer um deles na vida real.

E, finalmente, a todos os leitores, não consigo agradecê-los o suficiente. É uma honra enorme ter embarcado nessa jornada com vocês. Talvez esse seja o fim para Alex, mas vocês sabem como é... histórias nunca acabam de verdade.

ESTA OBRA FOI COMPOSTA EM ADRIANE TEXT POR BR75 E IMPRESSA
EM OFSETE PELA GRÁFICA BARTIRA SOBRE PAPEL CHAMBRIL AVENA
PARA A EDITORA SCHWARCZ EM JULHO DE 2025.

A marca FSC® é a garantia de que a madeira utilizada na fabricação do papel deste livro provém de florestas que foram gerenciadas de maneira ambientalmente correta, socialmente justa e economicamente viável, além de outras fontes de origem controlada.